Bibliografische Information Der Deutschen Bibliothek:
Die Deutsche Bibliothek verzeichnet diese Publikation in der
Deutschen Nationalbibliografie; detaillierte bibliografische Daten
sind im Internet über http://dnb.ddb.de abrufbar.

1. Auflage 2014
ISBN 9783735785954
Text Copyright © Matthias Thesen
Herstellung und Verlag: Books on Demand GmbH, Norderstedt
Einbandgestaltung: Christian Günther, Atelier Tag Eins
Satz: Satz & Medien Sascha Vukov, Christian Günther

Für John Woo und Shinji Aramaki

Prolog: Mars 2173
Hauptstadt Nutopia City
20.43 Uhr marsianische Zeit
Distrikt 23

»Also, dann willkommen in der Bewegung«, sagte Kailen. Der alteingesessene Separatist saß mit den drei neuen Rekruten in der hintersten Ecke der Bar Elemental Drinks und hatte sich ihnen gerade vorgestellt. Es roch nach synthetischem Alkohol. Fade Rauchschwaden von billigen Zigaretten hingen in der Luft. Die Kneipe war schon immer seine Definition einer richtigen Spelunke gewesen.

Auf den Tisch klopfend versuchte er die Aufmerksamkeit der drei auf sich zu lenken.

»Euer Job wird ein bisschen was anderes, als Ihr es euch vielleicht in euren blutgierigen Gehirnen erhofft hattet. Also folgendes: Einer unserer Jungs, ein Typ namens Tanner, hat vor zwei Monaten bei einer Geiselnahme drei Zivilisten umgelegt. Abgesehen davon ist er auf den Plan gekommen, die städtischen Reservoirs mit Giftmüll zu verseuchen. Dieser Spinner sorgt schon seit einer Dekade für Ärger bei uns. Also macht Ihr ihn platt. Ende der Durchsage.«

Er sah zum Fenster hinaus. Draußen leuchteten auf der anderen Straßenseite zahlreiche Leuchtreklamen, die zu anderen Bars und Nachtlokalen gehörten. Die drei neuen Rekruten sahen einen Moment hinaus und dann wieder zu Kailen. Es ging vor allem darum, ihnen einen kurzen Empfang zu geben und sie mit den Gepflogenheiten innerhalb der New–Separatist–Militia vertraut zu machen.

»Weiß genau, was Ihr jetzt denkt. Was ist das für eine Kacke, dass wir einen Unsrigen ventilieren sollen? Haben wir nicht genug Feinde außerhalb? Ist soweit richtig, verehrte Krieger. Aber wir brauchen solchen Müll nicht in der Miliz, also kommt er weg. Am liebsten würde ich ihn höchstpersönlich alle machen, aber dafür seid Ihr ja die Neuen. Scheiße fällt nach unten, wisst Ihr ja.«

Einen Moment hielt er inne, damit die Rekruten auch realisieren konnten, was er gerade erklärt hatte.

»Und wie soll es laufen?«, fragte Dean.

»Ihr trefft euch heute Nacht mit ihm und seinem Team. Routinesache. Nichts Wildes. Nur ein paar neue Waffen weitergeben. Dann blast Ihr ihn weg, sein Team gleich mit und entsorgt sie in Ihrem eigenen Giftmüll. Lasst euch nur nicht vom MPC erwischen.«

»Ich dachte, erster Job wäre Pacs killen?«, fragte Johann.

»Ja, aber das hat Vorrang. Dieser Depp und seine Bande Volltrottel machen uns schon seit einer Weile nur Stress. Zeit, dass das aufhört. Und für euch Zeit zu zeigen, ob Ihr bei uns zurechtkommt. So läuft es hier. Will einer den wilden Mann spielen, landet er im All. Und das MPC ist nur eure zweite Sorge.«

»Aber in letzter Zeit haben die Pacs doch ein paar unserer Zellen kalt gemacht. Hab ich gehört. Keine Standardrazzia und so… Sondern echt abgefuckter Scheiß. Tür auf, Bam, Bam, Bam. Alles kaltmachen, was nicht schneller ist als der Schall und wieder weg. Ist doch wohl kaum nur Gequatsche?«, fragte Dean.

Der Dritte im Bunde schwieg die ganze Zeit. *Hast wahrscheinlich jetzt schon die Hosen voll. Aber gut, muss ich mich weniger rechtfertigen. Solange dich deine Kumpel gut scheuchen, soll's mir Banane sein.*

»Stimmt alles. Sind so ein paar irre Pacs aufgetaucht und haben alles und jeden zu Klump geballert. Hat aber immer nur ein paar Unwichtige erwischt. Und war ja abzusehen, dass die uns irgendwann mal Todesschwadronen an den Hals jagen. Das ist halt Berufsrisiko, meine Herren.«

Bei diesem letzten Satz hatte Kailen seine Stimme unwissentlich ein wenig erhoben, weil ihm gerade diese Passage besonders wichtig war. Das konnten auch die Rekruten erkennen.

»Gut, Ihr denkt einen Moment darüber nach, was ich gesagt habe. Dann reden wir weiter.« Kailen wollte den Jungs eine Möglichkeit geben, über alles in Ruhe einen Moment zu grübeln, ohne dass er ihnen permanent in die Augen sehen würde, um bei spürbaren Zweifeln sofort seine Pistole zu ziehen. *Unsinn. Sie mussten sich selber für die Bewegung entscheiden.*

So wie er sich damals dafür entschieden hatte, als das Mars–Pacification–Corps bei einer Kundgebung auf ihn eingeschlagen hatte. Die Pacs.

Sie war der verlängerte Arm der Konzerne und tat nichts weiter, als NSMs wie ihn und seine Freunde zu jagen und zu exekutieren. Prozesse kosteten schließlich viel zu viel und wenn Pacs in ihre Berichte ein "bewaffnete Gegenwehr" einfügten, konnten sie sich sozusagen von ihren Taten reinwaschen. Er tastete auf dem Weg zur Toilette unter seinen Mantel, eher aus Gewohnheit statt aus Angst, ob seine Waffe an Ort und Stelle war. Eine halbautomatische Tetra Mk 30. Schon relativ betagt, aber in den Reihen der NSM waren die neuesten Errungenschaften der Technik eher Mangelware, weswegen man immer dankbar sein musste für zur Verfügung stehende Hardware. Obwohl Kailen eigentlich ein lausiger Schütze war. Gruppendynamik war eher seine Stärke. Schießen. Definitiv nicht.

Die Tür zu den Toiletten glitt auf, im Hineingehen nickte der Barkeeper ihm zu. Er würde auf die drei Jungs ein Auge werfen, nur um sicherzugehen, dass nichts passierte. Auch er hatte sich vor langer Zeit der NSM verschrieben. Die Bar war bloß eine Tarnung. Treffpunkt für Mitglieder. Kailen erwiderte sein Nicken und ging dann in den kühlen Raum, in dem er einen Moment Ruhe haben würde.

Er winkelte sein Bein hinter sich in dem Verbindungsgang an einer Wand an, dann trat neben ihm ein junges Mädchen aus der Damentoilette.

Sie blickte ihn an, ging dann an ihm vorbei in den Barraum.

»Hi«, sagte er. Sie entgegnete nichts. Kein Wunder. Kailen war nicht unbedingt Mr. Universe, weder ein Frauenheld noch ein großer Charmeur. Viel hatte er in den letzten vierzig Jahren gelernt, aber mit Frauen war es einfach nicht gut gegangen. Bei seinem Aussehen war das auch nicht so leicht. Gnädig war der Gen–Pool nicht mit ihm umgegangen und so lebte er, von ein paar Eskapaden hier und da mal abgesehen, nur für die Bewegung. Er hatte sich damit abgefunden.

Ein Schuss riss ihn aus seinen Gedanken. Noch ein weiterer. Sofort war Kailen hellwach, riss seine Pistole unter seinem Mantel hervor und warf die Tür zur Bar auf. Ein MPC Trooper hatte den Barkeeper und einen weiteren NSM getötet und Kailen sah gerade noch seine Waffe auf die drei Neuen zurasen. Drei weitere p8Male blitzte die Mündung auf und drei Kugeln rissen die jungen Männer mit präzisen Kopfschüssen aus ihrem Leben.

»Nein!«, schrie Kailen und riss seine Pistole hoch. Der Pac hatte nicht mit ihm gerechnet und war zu spät. Kailen betätigte den Abzug und feuerte sein ganzes Magazin in den Attentäter. Kugel um Kugel krachte in seine graue MPC–Hardsuit, während er von den Einschlägen durchgeschüttelt wurde. Seine Waffe glitt noch im Fallen zu Kailen, doch er kam nicht mehr dazu einen Schuss abzufeuern. Erst als Kailens Waffe leer gefeuert war und beim Drücken des Abzuges kein Mündungsblitz mehr erschien, kam er wieder zu sich. Das junge Mädchen, das an ihm vorbei gegangen war, lief schreiend aus der Bar, gefolgt von den restlichen Gästen. Kailen ließ das Magazin aus der Waffe fallen und lud ein neues in seine Pistole.

Trooper arbeiten niemals allein. Niemals.

Einen Moment hielt er die Waffe auf den Ausgang der Bar gerichtet, erwartete das

Auftauchen von weiteren Hardsuits, doch nichts geschah. Niemand sonst betrat das Bar-innere. Langsam ging Kailen auf den toten Trooper zu. *Drei Kopfschüsse. Ohne Mühe. Dazu war nur ein Profi fähig.*

Kailen hatte wahnsinniges Glück gehabt. Wäre er in der Bar geblieben, würde er jetzt auch tot am Boden liegen. Das war sie also. Seine erste Todesschwadron. *Aber warum nur einer?*

Er sah zu dem toten Trooper, trat an ihn heran und nahm dann die Waffe des Toten an sich.

»Shit«, murmelte er zu sich selbst. Vom Anschein her eine Centurion–10, doch mit sehr viel technologischem Equipment versehen. Sie hatte einen Zielsucher auf dem Lauf und unter der Mündung war eine weitere Apparatur installiert, die er nicht einordnen konnte. Er sah noch einmal zu dem Toten.

Im Hintergrund läuteten Sirenen von herannahenden MPC–Fahrzeugen. Kailen sah in die ungefähre Richtung, aus der sie zu kommen schienen, stopfte dann die erbeutete Pistole in den Bund seiner Hose und entschied sich dafür, die Bar umgehend durch den Hinterausgang zu verlassen…

Kapitel 1:
22.37 Uhr marsianische Zeit
Kolea Distrikt

Willkommen auf dem Mars. Das Paradies ist jetzt. Dieser Satz stand in großen Leucht-buchstaben auf einem Infoscreen, der weit oben an einer dreckigen und schmierigen Hausfassade prangte. Das schwarz–weiße Patrouillenfahrzeug der MPC zog an dem sich immer wieder verändernden Slogan vorbei und Marleen Shou, seit neuestem Angehöriger des Mars–Pacification–Corps sah den wenigen Worten noch hinterher, die für sie nicht deplatzierter wirken konnten. Der Kolea–Distrikt war nicht gerade das, was sie sich unter dem Paradies vorstellte. Neon–leuchtende Nachtclubs und billige Synthetik–Alkohol–Kneipen waren hier mehr vorhanden als jedes andere, ehrbare Geschäft. Das leise Dröh-nen des Motors übertönte das Surren der Neonleuchten, das Geschrei der Leute und das Zersplittern von Eigentum. Links von ihr standen einige zertrümmerte Wasserstoffautos oder auch Hydromobile, an denen zahlreiche Betrunkene gerade dabei waren, ihre Wut auszulassen. Glas splitterte und die schon reichlich verbeulten Seiten der Fahrzeuge be-kamen noch einige Dellen dazu. Normalerweise wäre es ihre Pflicht gewesen, diese Leute wegen Anstiftung zum Aufruhr festzunehmen, aber heute Nacht war das nicht ihre Auf-gabe. Sie und ihre beiden Kollegen hatten einen anderen Einsatzbefehl, der sie noch tiefer in dieses Viertel hineinführen sollte. Separatisten.

Einige Jahre nach der Kolonialisierung des Mars hatte sich die separatistische Bewe-gung gegründet, die sich nicht mit dem Gedanken anfreunden konnte, dass der Mars noch nicht unabhängig war und immer noch unter der Macht der terranischen Verwaltung stand. Diese hatte so ziemlich alles unter Kontrolle, was bis jetzt kolonialisiert worden war. Mit wachsender Macht des MPC als dritte bewaffnete Macht auf dem Mars war es eigentlich vorprogrammiert gewesen, dass es zu einer militanten Bewegung kommen würde. Aus einer unbewaffneten Protestbewegung entwickelte sich eine bewaffnete. Aus den anfänglichen Separatisten wurde die "New–Separatist–Militia." Nach ihrer offiziel-len Gründung begannen sie mit Überfällen auf MPC–Einrichtungen und auf die Kon-zerne, die sich auf dem Mars niedergelassen hatten. Es kam immer öfter zu Straßen-schlachten und Gewaltakten ihrerseits.

Und auch heute Nacht war es das Ziel von Marleen und ihren Kollegen, einen vermuteten Unterschlupf der Separatisten zu untersuchen und alles, was auf Separatisten hindeutete, zu beschlagnahmen. Etwaige Separatisten sollten in Gewahrsam genommen werden.

Sie betrachtete sich selbst im Rückspiegel des Fahrzeuges. Ihre langen braunen Haare reichten ihr bis weit über den Rücken und sie hatte sie zu einem strammen Pferdeschwanz zusammengebunden. Ihre Augen begegneten ihrem Blick und Sie hatte sich ihrer asiatischen Herkunft nie geschämt. Ihre Eltern hatten ihr von einem Ort auf Terra erzählt, einer Bergregion namens Mongolei. Von dort sollte einer ihrer Vorfahren gekommen sein, dem sie ihre leicht asiatischen Augen zu verdanken hatte. Doch im Gegensatz zu vielen Asiaten war sie nicht klein geraten. Mit ihrer Größe konnte sie so manchen Straßengangster beeindrucken. Trotz ihres noch jungen Alters.

»Kennen Sie sich hier aus?«, fragte sie vom Rücksitz des Fahrzeuges den Fahrer, der sich als CJ vorgestellt hatte.

»Nein, erster Einsatz hier. Normalerweise ist das auch kein Stadtteil, in dem sich besonders viel MPC Präsenz befindet.« Der Kollege auf dem Beifahrersitz betrachtete einen Nachtclub und schien wohl gerade daran zu denken, sich nachher noch einen Drink zu gönnen, wenn der Einsatz vorbei war.

»Sie sind noch nicht lange dabei, habe ich Recht?«, fragte CJ.

»Nein, ich war zwei Monate im Shinio Bezirk. Dort habe ich einige Straßenschlachten erlebt, aber man hatte die Gewalt einigermaßen unter Kontrolle. Irgendwann wurden Leute aus meiner Einheit abkommandiert, weil sie in anderen Bezirken gebraucht wurden. Ich gehörte dazu.« Nun drehte sich der Beifahrer herum.

»Sie waren in Shinio? Ich habe gehört, da soll man eine ruhige Kugel schieben.«

»Im Gegensatz zu anderen Vierteln mag das richtig sein, aber wir hatten es trotzdem nicht leicht. Und von meiner Abkommandierung habe ich auch erst vorgestern erfahren.«

»Erste Nachtschicht?«

»Ja, kann man so sagen. Aber ich schätze, jeder ist mal dran. Nachts wirkt alles so viel anders, wenn man auf Patrouille ist.« Nachts war wirklich um einiges mehr los auf den Straßen von Nutopia City, als es tagsüber der Fall war. Tagsüber waren die Leute bei der Arbeit, in den Konzernen oder schliefen ihren Rausch aus. Nachts hingegen arbeiteten nur die Bar–und Clubbesitzer und ihre Schläger. Alle anderen waren damit beschäftigt ihre hart erarbeiteten Credits durchzubringen. Und dafür gab es alles, was man sich nur vorstellen konnte. So dreckig und elendig manche Bezirke wirkten, so verführerisch war doch ihr Angebot an Möglichkeiten, sich mit den wenigen Credits, die man besaß, ein Vergnügen zu machen.

»Sie gewöhnen sich daran. Ein paar Nächte, dann ist das die normalste Sache der Welt. Und nicht jede Nacht ist anstrengend. Wir haben auch schon viele ruhige Nächte erlebt. Stimmt`s nicht, Mike?« Der Beifahrer mit Namen Mike nickte nur. Da es Marleens erste Nachtschicht war, wurde sie einem erfahrenen Team zugeteilt. Das war Standardvorgehen, zwei erfahrene Trooper und einer, der neu war. So konnte man sich gut aufeinander verlassen. Und nicht jeder bekam eine Nachtschicht zugeteilt.

»Und was hat Sie zum Corps geführt?« Es wunderte ihn sicherlich, dass ein so gut aussehendes junges Mädchen freiwillig zum Corps ging. Die Frage war Marleen gewöhnt. Viele fragten danach.

»Bei mir zuhause in Eyers Valley ist total tote Hose. Nichts ist da los und passieren tut auch nichts, da ist es immer langweilig. Typische marsianische Einöde. Und ich wollte schon immer nach Nutopia, in die Stadt, richtig rein und was Abgefahrenes machen. Und bei den Konzernen zu schuften, hatte ich keine Lust, dafür bin ich viel zu aggressiv und zu asozial. Also habe ich mich zum Corps gemeldet. Einfach mal, um zu sehen, wie ich mich anstelle. Und irgendwie hat mir das alles gefallen. Schießen, Nahkampf, taktische

Ausbildung, das Grav–Dodging.«

Gravity–Dodging war der MPC–Fachbegriff für ein in einem Feuerkampf geführtes Ausweichmanöver in Form eines Hechtsprungs, während man im Sprung sein Ziel weiter mit präzisen Schüssen eindeckte. Jeder Trooper musste eine gewisse Rate erzielen und am Ende eine Prüfung darin ablegen, mit nur einem Sprung mehrere Ziele in Bewegung zu treffen. Auch eine Sache, für die sie der niedrigen Gravitation auf dem Mars dankbar war. Ein Drittel Erdgravitation hatte schon seine Vorteile.

Hat man den Erdlingen wenigstens mal was voraus. Die können das nicht. Anfänger...

»Und wie war der erste Nano–Boost für Sie?«

Nach der Ausbildung und vor dem ersten Einsatz auf der Straße bekam jeder Trooper eine Injektion mit winzigen Nano–Bots, jeder einzelne nicht größer als eine Amöbe. In speziellen Stresssituationen und Kampfeinsätzen aktivierten sich diese Bots und injizierten dem Wirt eine Kampfdroge, die sich auf die Wahrnehmung auswirkte. Während der Wirt das Gefühl hatte, alles wie in einer Zeitlupe zu beobachten, verringerte sich die Reaktionszeit um ein vielfaches und macht es für Kontrahenten noch schwieriger, einem Trooper in einer Kampfsituation ebenbürtig zu sein. *Das Zeitalter der Nano–Maschinen.*

»Seltsames Gefühl. Alles läuft unendlich langsam ab und man hat so viel Zeit zu reagieren. Als ich meinen ersten Feuerkampf hatte, ich habe die Angst in den Augen des armen Jungen gesehen, während sich seine Waffe auf mich zu bewegte. War ganz schön heftig. Aber beim zweiten Mal war es dann besser. Und heute, tja, ich schätze, ich habe es jetzt im Griff.«

Der Fahrer unterbrach die Beiden.

»Hey, wir sind fast da, da vorne ist das Lagerhaus.« Das Fahrzeug wurde langsamer und Marleen überprüfte ihr NM–23 Bullpup Sturmgewehr. Es war bereit.

»Standardformation. Ich gehe rein, Ihr deckt mich.« Befehl von CJ. »Alle bereit?« Gemeinsames Nicken antwortete auf die Frage.

»Dann los.«

Sirrend glitten die Türen des Wagens auf und die drei traten auf die Straße. Ein Skytram raste über eine Magnetschiene hinter ihnen vorbei, was Marleen zusammenzucken ließ.

»Nervös? Keine Sorge. Wird schon alles werden«, sagte CJ.

» Ich habe mich immer noch nicht so ganz an das Großstadtleben gewöhnt.«

CJ rannte als erster über die Straße und die beiden anderen folgten ihm. An der Tür machte er halt, hob drei seiner Finger. Dann waren es noch zwei. Und noch einer. Bei der Faust angekommen, drückte er die Tür herunter und trat ins Gebäude ein.

»Mike, du wartest draußen. Marleen und ich gehen rein.« *Na dann zeig mal was du kannst, Kleines.*

Die Lagerhalle war wüst und leer. Am hinteren Ende stand ein Mech–Loader, ein zweibeiniger Laderoboter, der offensichtlich schon einige Zeit nicht mehr in Betrieb gewesen war. Einige zerbrochene Lampen hüllten das Innere der Halle in fades Licht, während viele leere Container durcheinander gestapelt den verlassenen Eindruck vervollständigten. *Niemand zu Hause?*

Auf den ersten Blick sah es wie eine gewöhnliche Lagerhalle aus, die irgendwann ihren ursprünglichen Besitzer verloren hatte und seitdem vor sich hin moderte.

Ein großes Rolltor war als einziger Eingang groß genug für ein Fahrzeug, und eine Treppe gleich neben dem Tor führte zu einer Balustrade. Doch sehen konnten sie niemanden. Keine Separatisten, keine Ausrüstung, die auf ihre mal mögliche Anwesenheit in der Vergangenheit hinwies. Nichts. *Seltsam.*

Im hinteren Bereich, einmal durch die Lagerhalle hindurch gab es ein Büro. Vorsichtig mit der Waffe in Vorhalte schlich Marleen weiter, nutzte einen Container als Deckung. Ihr Partner folgte ihr, ging an einem anderen Container gleich neben ihr in Position.

»Ich gehe voran, du deckst mich von der Balustrade.« Er nickte nur, dann ging er zur der Treppe, die ihn auf die erhöhte Position führte und von wo er die Halle besser überblicken konnte. Allerdings bedeutete es auch, ein leichtes Ziel zu sein, sofern noch jemand anwesend war.

Als er sich positioniert hatte, stand Marleen auf und ging auf den Eingang zu, während ihr Gewehr nach links und rechts schwenkte, um eventuell vorhandene Gegner zu erledigen.

Vielleicht sind sie alle getürmt. Vielleicht haben sie das Fahrzeug des MPC kommen sehen und sind deshalb verschwunden. MPC Kontaktmänner waren eigentlich nicht so schlecht informiert, als das sie einen ins Leere jagten. Marleen sah sich weiter um, kam dem Eingang zum Büro immer näher.

»Wie ist die Lage?«, fragte CJ über das hinter seinem rechten Ohr implantierte Comm–Link.

»Scheint alles ruhig, bleib du dort und pass auf. Ich gehe in die Büros.«

Die Tür öffnete sich und sie sah einen Pausenraum, dessen Funktion lange nicht mehr diese war. Ein großer Tisch stand in der Mitte des Raumes, ein Info–Screen hing an der Wand, lange schon zerbrochen. Kleine elektrische Geräte verstaubten vor sich hin und einige Stühle standen und lagen herum.

Doch eines war merkwürdig. Dort auf dem Tisch lag eine Handfeuerwaffe, eine Centurion–10. *Eine CX?*

So sah sie zumindest auf den ersten Blick aus. Marleen trat näher heran und erkannte ein merkwürdig aussehendes Visier sowie eine zusätzliche Apparatur, die vor und unter dem Lauf angebracht war. Sie vergrößerten die Waffe fast um das Doppelte. *Also doch ein Stützpunkt der Separatisten? Waren die so schnell geflüchtet, dass sie die Waffe hier vergessen hatten? Und wenn sie schon verbessert war, warum hat keiner der Leute die Waffe gegen dich eingesetzt?* Sie blickte sich um, konnte aber niemanden hören oder feststellen, ob noch jemand anwesend war.

Sollte dir möglicherweise ein richtig wichtiger Gegenstand in die Hände gefallen sein? Zögernd sicherte sie ihr NM–23 und hängte es sich über die Schulter, dann griff sie nach der Beutewaffe der Separatisten. Als sich ihre Hand um den Griff gelegt hatte, aktivierten sich zwei winzige elektrische Nadeln, die sich einmal um ihr Handgelenk wanden und einen enormen elektrischen Schlag auslösten. Marleen war in eine Falle geraten.

Ihr Körper verkrampfte sich, sie stürzte zu Boden und schrie unbändig vor Schmerz. Doch die Waffe, die sie nun in ihrer Hand hatte, konnte sich nicht lösen. Ihre Hände hatten sich zu sehr verkrampft und während sie weiter schrie, spürte sie sich selbst schwächer werden. Sie war unfähig, sich der Nadeln zu erwehren. Ihr Blick wurde schummrig und ihr Körper schien den Kampf mit der Waffe zu verlieren. Langsam ohnmächtig werdend vernahm sie ihre eigenen Schreie nicht mehr…

Die Kopfschmerzen machten sie darauf aufmerksam, dass sie nicht tot war. Ihre Augen öffneten sich. Langsam kam sie wieder zur Besinnung. Dann ein Stöhnen. Ihre Hand griff an ihren Kopf, um sich zu vergewissern, dass die Schmerzen aus dem Inneren ihres Kopfes kamen und dass sie ansonsten in Ordnung war.

Sofern man das sagen konnte. Ihr verschwommener Blick sondierte die Umgebung. Als sich ihre Augen an das Licht gewöhnt hatten, erkannte sie, dass sie nicht mehr im Inneren der Lagerhalle war. Sie befand sich ihrer Vermutung nach im Laderaum eines Kleintransporters, dessen Innenraum von einer kleinen Deckenleuchte erhellt wurde.

Mit einem Satz war sie an der Hecktür des Fahrzeuges, doch sie war verschlossen. Es gab keinen Riegel, nur einen kleinen Schaltkasten, der ihr wohl sagen sollte, dass sie bis auf weiteres eingesperrt war. Die kleine rote Leuchte an ihm bestätigte das nur noch mehr.

Sie horchte. Es gab draußen Straßenlärm, aber nur extrem wenig. An ihrem Hals befand sich ein merkwürdig aussehender elektronischer Kragen, dessen Funktion ihr unbekannt war. Sie tastete nach ihm und erkannte, dass er relativ groß war, kein einfaches Halsband, sondern eher ein Reifen, der um sie herum angelegt war. Vorne, gleich unter ihrem Gesicht fühlte sie etwas viereckiges, wie einen kleinen Kasten. *Was soll denn das sein?*

In einem Halfter befand sich die Centurion–10, die sie in dem Lagerhaus gefunden hatte. Merkwürdigerweise leuchteten auch an ihr zwei kleine grüne Dioden. In dem Lagerhaus waren sie ihr entweder noch nicht aufgefallen oder sie waren dort noch ausgeschaltet gewesen. Aber dort hatte sie ja auch noch kein Halsband getragen. Es musste also damit zusammen hängen. Auch ihr NM–23 Sturmgewehr hatten ihre Entführer ihr gelassen. Es lag neben ihr an der Wand und die Magazintaschen ihres MPC–Hardsuits waren voll bestückt.

Das war seltsam. Wer entführte einen Trooper und ließ ihm alle seine Waffen? Warum du, wo du doch neu in der Nachtschicht warst? Und dann noch dieses Halsband...

Während sie über diese Fragen nachdachte, begann es in ihrem Ohr zu rauschen und aus dem im Innenohr implantierten Comm–Link, der eigentlich nur für MPC–Funk gedacht war, ertönte eine verzerrte Stimme.

»Mars Pacification Corps Trooper Marleen Shou. Sie sind ab sofort unser Besitz.« Einen Moment ließ die verzerrte, unbekannte Stimme Marleen Zeit um das eben gehörte zu verarbeiten.

»Machen Sie sich keine Hoffnungen. Sie leben, aber das nur noch, um unserem Zweck zu dienen. Solange Sie dies tun, können sie sich an die Hoffnung klammern, zu überleben. Und um Ihre Frage vorweg zu nehmen. Ihre beiden Kollegen sind tot und können Ihnen nicht mehr helfen.«

»Wer sind Sie, was wollen sie von mir?«, fragte Marleen, unsicher ob man sich überhaupt damit beschäftigen würde ihr zuzuhören.

»Wenn Sie sich dagegen entscheiden, können Sie Ihre Waffe jederzeit gegen sich selbst richten.« Es wurde ihr schwer im Magen. Die ersten wenigen Sätze, die sie zu hören bekommen hatte, waren einem Todesurteil gleich gekommen.

»Das Halsband, das sie tragen, ist mit der Waffe gekoppelt, die Sie in Ihrem Halfter finden. Sollte sich diese Waffe weiter als 5 Meter von Ihnen entfernt befinden, wird eine kleine Sprengladung an Ihrem Halsband gezündet.«

Die Folgen dessen brauchte sich Marleen nicht weiter vorzustellen. Während sie an sich halten musste, nicht laut los zu schreien, erklärte die unbekannte Stimme weiter die missliche Lage, in der sich Marleen befand.

»Sie werden mich nur den Operator nennen. Ich kann Sie hören und Sie können mich hören. Ich bin dazu da, Ihnen Instruktionen für Ihre Aufgaben zu geben und sicherzustellen, dass Sie diesen nachgehen. Wenn Sie es nicht tun, ist es ebenfalls meine Aufgabe, die Konsequenzen dafür zu ziehen. Darf ich nun sicherstellen, dass Sie mich verstanden haben?« Wütend und ohnmächtig drückte sie ihre Fäuste zusammen und zwang ein leises Ja heraus.

»Ihr implantierter Bio–Chip ist ausgeschaltet. Der Stromstoß, den Sie vorhin erhalten haben, hat seine Funktion deaktiviert, was bedeutet, dass das MPC–Hauptquartier nicht in der Lage ist, Ihre Position über ihn zu bestimmen. Offiziell sind Sie verschollen. Hoffen Sie also nicht auf Rettung. Sie können sich im Moment am besten helfen, wenn Sie die Ihnen gestellten Aufgaben erfüllen.«

Vor einigen Wochen waren einige Trooper während laufender Einsätze verschwunden und hatten dann Separatisten–Zellen attackiert, wobei sie von einer Überzahl an Gegnern erledigt wurden. Seltsamerweise hatte man keine Tatwaffen gefunden. *Sie waren also nicht durchgedreht, sondern ebenfalls entführt worden und dann dazu gezwungen worden, diese Morde auszuführen. Und jetzt bist du dran. Dieselbe Scheiße...*

»Die Waffe in Ihrem Halfter ist modifiziert worden. Sie ist mit einem Zielcomputer und einer äußerst wirkungsvollen Munition bestückt, die sich aus der Entfernung kontrollieren lässt. Alles was Sie zu tun haben, ist den Lauf in die Richtung ihrer Zielperson zu halten und über die eingebaute Kamera werden alle verfügbaren Ziele programmiert. Die Munition, die Sie manuell durch Betätigen des Abzuges abfeuern, trifft ihr Ziel, auch wenn sie aus der Deckung heraus, ohne Blickkontakt zu den einprogrammierten Zielpersonen feuern. Das sorgt dafür, das Sie ihre Ziele in jedem Fall ausschalten, selbst wenn Sie einer maximalen Anzahl an Gegnern gegenüber stehen. Sie sehen also, Ihre Chancen sind gar nicht so schlecht. Trotzdem war es unabwendbar, einen guten Schützen für diese Operation zu bekommen und den Aufzeichnungen des MPC zufolge sind Sie eine der besten Schützen der Abgänger dieses Kadettenjahrganges. Sie sind prädestiniert für diese Operation.«

Du bist zur Akademie gegangen, um den Frieden auf dem Planeten zu sichern und Aufrührer zu jagen. Nicht um als Killer missbraucht zu werden.

»Deswegen bin ich aber kein gewissenloser Auftragskiller!«, schrie Marleen.

»Überlegen Sie. Sollten Sie die Nacht überleben, dann ist es durchaus realistisch, dass sie lediglich als Entführungsopfer dargestellt werden. Ihre Kollegen mögen gescheitert sein, doch wo sie scheiterten, können Sie siegen.« *Er hat vorausgeahnt, dass du die getöteten Trooper von vor ein paar Wochen da mit einbeziehst. Verdammt, ist er gut.*

Marleen hatte keinen ihre Geiselnehmer gesehen und die verzerrte Stimme war unidentifizierbar. Die an ihr angebrachten technischen Spielereien würde sie als Beweis mitbringen können. Das würde ihre Unschuld beweisen. Sofern sie die Nacht überlebte.

»Und wer garantiert, dass ich nicht sowieso sterben werde?«

»Jeder ihrer Kollegen starb an normalen Schussverletzungen, sie wurden während der Ausübung ihres Auftrages getötet, weil sie nicht gut genug waren. Dass noch keiner von ihnen die Nacht überlebt hat, liegt nicht an uns.«

»Nein, Sie haben sie ja nicht entführt und zu wandelnden Killern gemacht.«

Ein Piepen ertönte und eines der beiden Lämpchen an ihrem Halsband schwang von Grün auf Rot.

»Möchten sie mit mir jetzt darüber diskutieren?«

Marleen schwieg. *Scheiß Deal. Wenn ich nichts tue, sterbe ich hier und jetzt. Wenn ich zusage, dann vielleicht ein wenig später.*

Sie schlug vor Wut gegen die Wand des Transporters.

»Sie verfluchter Scheißkerl. Ich mach es nicht. Dann sprengen Sie mich halt in die Luft. Na los, worauf warten Sie den?«, schrie sie gegen das Echo ihrer Schläge an. »Nutzen Sie jemand anderes als Killerin aus, aber nicht mich!« Ihre Hand schmerzte von den vielen Schlägen, doch auf eine Art und Weise hatte es ihr für den Moment geholfen, sich wieder zu fassen. Sie atmete einmal tief ein, schlug noch einmal mit aller Kraft gegen die Wand, als immer noch nichts passierte...

»Lecken Sie mich. Sie Bastard. Eher verrecke ich hier drin, als bei Ihrer Scheiße mitzumachen.«

»So etwas haben wir uns bereits gedacht. Und es tut mir Leid, dass mir keine andere Möglichkeit bleibt, als Sie mit etwas anderem zu überzeugen, unserer Sache zu dienen. Sehen Sie auf Ihren Datapad.«

Jeder MPC–Trooper verfügte über einen Datapad, der hinter der rechten Hand auf dem MPC–Anzug angebracht war, um Informationen über Ziele, neue Befehle oder Mitschnitte von Überwachungskameras in besetzten Gebäuden anzuzeigen. Ihr Datapad aktivierte sich und Marleen sah eine junge Frau ihres Alters, die aus einer Bar herauskam. Und dann realisierte Marleen, dass sie diese Frau kannte.

Lexia. Nein, nicht so…

»Wir haben natürlich Ihre Akten gelesen. Auf der Akademie haben Sie sich sehr gut mit dieser jungen Frau verstanden. Während der Ausbildung in der Akademie haben Sie sich mit ihr angefreundet und sind oft auch zusammen unterwegs gewesen. Dass Lexia Masters die Ausbildung abgebrochen hat, weil sie zu spät erkannt hat, was es bedeutet im Zweifelsfall auf einen Menschen zu schießen, ist uns ebenfalls nicht unbekannt, doch nicht weiter von Belangen. Sie hatten nach Lexias Austritt aus der Akademie viel Kontakt mit ihr und ihr Verhältnis zu ihr steht außer Frage. Uns interessiert nun, ob Sie auch bereit wären, ihr Leben zu verantworten…«

Sie werden sie also auch töten. Aber wer sagt dir, dass sie überhaupt wissen, wo sie jetzt lebt. Marleen sah genauer auf den Datapad. Das war die Bar, in der sie am Rande des Southern Valley arbeitete. *Und wenn sie dich während eines laufenden Einsatzes entführen können, dann können sie das bei ihr erst recht.*

»Sie sehen also, wir haben an alles gedacht. Ihre Entscheidung, Ihr eigenes Leben zu opfern, können wir akzeptieren. Aber bei Ihrer Freundin sieht das doch vielleicht ein wenig anders aus. Sind sie wirklich bereit, auch ihr Leben zu opfern, nur damit Sie heute Nacht nicht töten müssen?«

»Sie dreckiger Haufen Scheiße! Lassen sie Lexia in Ruhe! Sie hat niemandem etwas getan! Sie ist unschuldig! Sie hat doch nichts mit dieser Sache zu tun.«

Auf dem Datapad folgte die Kamera Lexia zu ihrem Hydromobil und als sie einstieg und den Wagen anfuhr, hob sich die Kamera ab und folgte ihr. Jetzt verstand sie. Eine Drohne.

»Sie werden sterben, aber bevor Sie das tun, werden Sie mit ansehen, wie Ihre Freundin qualvoll in ihrem Wagen verbrennt. Sind sie dazu bereit?«

Ein Fadenkreuz peilte das Hydromobil an und machte ihr unweigerlich klar, dass es jetzt Zeit war für eine Entscheidung.

Lexia hat niemandem etwas antun wollen. Und du bist ihre Freundin. Wenn du schon dein eigenes Leben nicht retten kannst. Rette wenigstens das ihre…

Marleen weinte. Die Ohnmacht gegenüber der Entscheidung, die sie zu treffen hatte, die unausweichlich war, sofern sie Lexias Tod nicht mit eigenen Augen erleben wollte, lag vor ihr. Schluchzend stützte sie sich mit ihren Händen auf dem Boden des Lieferwagens ab und Tränen tropften aus ihren Augen und zerplatzten auf dem kalten Metall.

Marleen schrie Lexias Namen in die Leere des Wagens hinein.

Das Heulen hallte im Klang des Lieferwagens wieder und nichts vermochte ihre Trauer über das kommende zu nehmen und ihr Heilung zuteilwerden zu lassen.

Niemand konnte ihr helfen, sie war völlig ausgeliefert. Und nicht nur sie, selbst ihre beste Freundin hatten sie in ihrer Gewalt. Wenn auch sie nicht mit einem Halsband dazu gezwungen werden sollte, Menschen umzubringen.

Marleen streifte sich mit einem Arm die Tränen aus dem Gesicht und versuchte sich wieder zu fassen.

»Also gut. Ich… mache es.« Ihre traurige Stimme war leise und ohnmächtig, aber eine andere Möglichkeit gab es nicht.

»Ich versichere Ihnen. Wenn Sie während einem der Aufträge sterben sollten, werden wir Ihrer Freundin nichts antun. Versuchen Sie sich damit zu trösten.«

Sie zog noch einmal ihre Nase hoch, dann hatte sie sich wieder einigermaßen im Griff.

»Lassen Sie mich raten. Eine Garantie, dass ich die Nacht überlebe… gibt es nicht.«

»Und die werden Sie auch nicht bekommen.«

War ja auch klar, oder? Du musst einfach sehen, was passiert. Es ist deine Entscheidung. Tu es für Lexia.

Marleen griff nach der CX, die in ihrem Holster war und begutachtete sie. Die vielen zusätzlichen Geräte machten sie um einiges hässlicher, aber sofern sie ihre Funktion tat, war das Aussehen kein störender Faktor. Mit einem Klicken löste sich das Magazin und sie sah sich die intelligente Munition an. Nach außen hin wirkte sie wie ganz normal, aber sie musste unglaublich weit fortgeschritten sein. Dass solche Technologie existierte, wusste sie, aber im Moment war sie dankbar, dass sie keine der Zielpersonen war, die es auszuschalten galt.

Wunderbar. Aber was bleibt dir auch? Also gut.

»Erstes Ziel?« Trotz in ihrer Stimme.

»Wenn Sie den Transporter verlassen, befinden sie sich in einer Seitengasse. Diese führt zu einer weiteren Straße, wo sich ein Waffengeschäft befindet. Es sollte Ihnen keine Probleme bereiten, den dort befindlichen Inhaber zu liquidieren. Er arbeitet seit einer Weile mit der separatistischen Bewegung zusammen und unterstützt sie durch Waffenlieferungen. Sollten sich dort noch weitere Separatisten–Mitglieder befinden, sind diese ebenfalls auszuschalten.«

»Zielperson?«

»Sehen Sie auf Ihren Datapad.« Dieser aktivierte sich und zeigte nun ein Foto des Mannes, den es auszuschalten galt. Ansonsten war sich Marleen sicher, dass der ebenfalls kontrolliert wurde und die Entführer die volle Kontrolle über sämtliche Geräte an Marleens Anzug besaßen. Die Aufnahme von Lexia war verschwunden und Marleen wusste, wenn sie muckte, würde sie diese sicher wieder zu Gesicht bekommen.

Sie holsterte die CX und griff nach dem NM–23 Gewehr. Entnahm das Magazin und überprüfte es. Legte es wieder hinein und entsicherte die Waffe, legte an.

»Nach seinem Ableben erhalten Sie die Information für ihren nächsten Auftrag.«

»Ach wirklich?«, nörgelte sie. Damit entriegelte sich das Schloss vor ihr und aus dem roten Licht wurde ein grünes. Die Tür öffnete sich und Marleen sprang aus dem Transporter heraus einer ungewissen Nacht entgegen…

Die Gasse, in der sie sich befand, war schmal und der Transporter, der sie hierhin gebracht hatte, passte gerade so hinein. Es lagen Dreck und Unrat an den Seiten und die Wände um sie herum sahen schmutzig und verkommen aus. Dementsprechend weit weg aus dem Stadtzentrum musste sie sein und wahrscheinlich waren in diesem Bereich der Stadt seit langem keine Patrouillen mehr unterwegs gewesen, so dass die Separatisten sich in aller Ruhe organisieren und weitere Zellen aufbauen konnten. *Super, du bist bestimmt willkommen hier.*

Ein weiterer Blick nach hinten bestätigte ihr, dass sich niemand in der Gasse befand und sie zumindest einen Moment Zeit hatte, um Luft zu holen und das gerade Gehörte einen Moment sacken zu lassen. Auch wenn man sie fast vollständig kontrollierte, Marleens Gedanken kontrollierten sie nicht und so hatte sie immerhin noch die Freiheit zu denken, was sie wollte. Auch wenn es ihr im Moment kein bisschen weiter half.

Lexia. Du würdest sie gerne halten und sie atmen hören. Sie wird dich begleiten, heute Nacht. Bei jedem Schritt. Denk an sie, dann hat es wenigstens einen Sinn.

Einen Atemzug später schritt sie auf den Lärm der Straße zu, auf dem sich das Waffengeschäft befinden musste. Schon beim Näherkommen sah sie unzählige Passanten und hörte Musik und Gebrüll. Es war ein Bereich der Stadt, an dem man nach Mitternacht noch Geschäfte machen konnte. Waffen, Drogen und Ähnliches gehörten hier zu den begehrtesten Artikeln, von einer Razzia allein würde so mancher Trooper nur träumen. Die Luft konnte sehr schnell sehr bleihaltig werden, wenn man es nicht ruhig oder gut gepanzert anging.

Ein Seiteneingang eines Nachtclubs gleich neben ihr öffnete sich und ein sehr stämmig aussehender Schläger mit einem Cyberarm schlug einem Betrunkenem in die Magengegend, worauf dieser rückwärts taumelte und stöhnend auf dem Boden zusammen sackte.

»Und wenn ich das nochmal erlebe, dann wirst du…«

In diesem Moment erblickte er Marleen. Eine tiefschwarze Sonnenbrille verdeckte seine Augen und Marleen ahnte hinter der Brille ebenfalls Cyberimplantate, sonst war die Brille auch kaum zu erklären. Bei dem faden Licht würde er sonst noch sein Opfer verfehlen, wenn er nicht genug sehen konnte.

Das ließ zumindest den Schluss zu, dass in diesen Etablissements Sicherheit geschätzt wurde. Marleen tippte auf ihrem Sturmgewehr herum und der Schläger überlegte wohl kurz, ob er es riskieren sollte, sich vor Marleen aufzubauen und ihr den Weg zu versperren. Doch dann entschied er sich anders.

»Was glotzt du so?«, war seine einzige Reaktion. Weiter auf ihrem Sturmgewehr tippend, ging sie vorsichtig an ihm vorbei und sah ihn dabei mit kaltem Gesichtsausdruck in die vermuteten Cyberaugen.

Wer in solchen Bezirken nicht den richtigen Gesichtsausdruck parat hatte, würde schneller in einer Gasse mit brummendem Schädel aufwachen, als Marleen schießen konnte. Und das war keine Vermutung.

Gut für sie, dass sie einen soliden Ausdruck aufsetzen konnte. Sie ging an dem Schläger vorbei und während der noch einen Moment hinter ihr stand und wohl überlegte, was ein einzelner Trooper hier verloren hatte, sah sie noch einmal zurück. Diesmal reichte es, um den Schläger ein wenig stutzig zu machen. Selbst wenn er bewaffnet war, würde Marleen schneller sein. Allerdings verspürte sie nicht den Wunsch danach es herauszufinden.

Der Schläger knurrte noch einmal, schlug die Tür hinter sich mit einem Knallen zu und ließ den eben Rausgeworfenen in Ruhe mit seinen Schmerzen.

»Reizende Gegend.« Eigentlich wäre es ihre Pflicht gewesen, dem Verletzten zu helfen, doch weder machte er den Eindruck, als wolle er dass man ihm half, noch hatte sie dafür Zeit. Hätte man sie nicht entführt, würde sie gar nicht hier sein und einen Moment überlegte sie, ob ihre Entführer das nicht inszeniert hatten, um sie zu testen. Obwohl der Gedanke ziemlich abwegig war.

Sie drehte sich wieder nach vorne und ging zum Ende der Gasse. Ein gelbes Automatentaxi mit schwarz–weißem Taxistreifen rauschte an ihr vorbei und hielt nur ein paar Meter neben ihr. Die Schiebetür öffnete sich und ein Mann zog seinen implantierten Bio–Chip am Lesegerät des automatischen Fahrers vorbei, das ihm den Betrag für die Fahrt berechnete. Er kam heraus und begutachtete die Umgebung. Als sein Blick die neben ihm stehende MPC–Hardsuit erfasste, veränderte sich sein Gesichtsausdruck von einem Moment auf den anderen zu einem wirklich nervösen und fragenden Blick. Es schien beinahe, als würde er denken, Marleen wäre nur seinetwegen da. Sein Kopf kreiste herum und erkannte keinen weiteren Trooper, sah dann wieder zurück zu Marleen. Nach ein paar weiteren Sekunden, in denen nichts passierte, entschied er sich dafür, sich davon zu machen, bevor der Pac möglicherweise nach seiner ID fragte. Marleen sah zu dem Automatentaxi, das jetzt langsam davon fuhr. Einige Passanten waren ihm im Weg und es hupte einige Male, bevor der Weg frei war. Ein Betrunkener warf eine Flasche gegen die Scheibe, die offenbar speziell verstärkt war. Die Flasche zersprang, die Scheibe hielt.

Als sich Marleen umsah, erkannte sie weitere Taxis, aber es schien sich nicht eins mit einem menschlichen Fahrer hier aufzuhalten. Diese Gegend wurde wohl von den menschlichen Fahrern mittlerweile gemieden, trotz allem wussten die Taxiunternehmen um der zusätzlichen Credits, die man hier verdienen konnte. Also Fahrzeuge mit künstlicher Intelligenz. Die rebellierten wenigstens nicht gegen die rauen Methoden, die man hier zum allgemeinen Umgang zählte.

»Das wird ja immer besser. Haben Sie mir ja einen netten Ort für meinen ersten Auftrag ausgesucht. Ich kann schon froh sein, wenn ich es überhaupt lebend über diese Straße schaffe.«

»Wir haben eben Vertrauen in Sie. Das Geschäft befindet sich übrigens zu Ihrer Linken.« Andys Gun–Shop stand in großen, neon–rot–leuchtenden Buchstaben über dem kleinen Eingang und dem dafür umso größeren Schaufenster, in dem einige der vorgestellten Waren zur Schau gestellt waren. Marleen ließ ein weiteres Automatentaxi an sich vorbei rauschen, dann sprintete sie, das Sturmgewehr fest umklammert über die Straße. Aus dem Augenwinkel konnte sie sehen, wie man ihr verächtliche Blicke zuwarf und Leute begannen sich Fragen zu stellen. Die ihr allerdings im Moment egal waren.

Und innerlich hoffte sie, nach dem vollendeten Auftrag nicht wieder zum Haupteingang heraus gehen zu müssen. Sie warf einen schnellen Blick in das Schaufenster, konnte aber nicht in das Ladeninnere blicken, da der ganze Schaufensterbereich mit Waffen ausgekleidet war. Sie ging zur Tür und verhielt einen Moment.

Lexia. Es tut mir …Leid.

Sie nahm das Sturmgewehr hoch und betrat das Innere des Geschäftes.

Es läutete, als sie den Laden betrat und auf den ersten Blick war der Geschäftsraum leer.

»Bin gleich da. Moment«, ertönte es von irgendwo hinter der Kasse. Dort musste sich der Weg zur Werkstatt und anderen Räumlichkeiten befinden und war damit auch, sofern es eine Hintertür gab, Marleens Fluchtmöglichkeit. Sich umsehend ging sie mit vorgehaltener Waffe langsam auf den Warentresen zu. Sie fühlte sich unsicher. Unsicher, weil es das erste Mal sein sollte, das sie jemanden kaltblütig und in böswilliger Absicht erschoss. Sie hatte schon in Notwehr Männer getötet, aber das hier war etwas völlig anderes.

Das Geschäft war bis auf sie vollkommen leer, was sie nicht unbedingt ruhiger stimmte.

»Was dagegen, wenn ich meine eigene Waffe benutze. Oder muss ich Ihr edles Spielzeug bevorzugen?«, fragte sie leise.

»Die CX ist zur Vereinfachung Ihrer Aufgaben gedacht, es steht Ihnen völlig frei, sich aller Waffen zu bedienen, deren Sie habhaft werden können.«

»Na, das ist doch mal eine gute Nachricht.«

»Haben Sie etwas gesagt?«, ertönte es aus der Werkstatt des Geschäftes.

»Nein, ich bin nur erstaunt über Ihr Sortiment«, gab Marleen schnell zurück. Ihr Blick landete auf einer Tetra Mk 30 und glitt dann hinüber zu einem Clawgiver–12 Schrotgewehr. Eine äußerst grobe Waffe, aber wirksam im Nahkampf. Ein 12 Schuss Magazin und die halbautomatische Funktion der Waffe hatte sie sehr beliebt gemacht bei Straßengangs und anderem Ungeziefer. Doch bei einer Schutzmontur, wie der des MPC war die Wirkung der Waffe nahezu null. Außer dass sie einen von den Füßen werfen konnte und man erst mal wieder zu sich finden musste, wenn man aus zu kurzer Distanz etwas abbekam. Vielleicht etwas, das es wert war, nach vollführter Arbeit zum Inventar hinzuzufügen. Ebenfalls ansprechend war die Tetra Mk 30, die sie ebenfalls am Schießstand einige Male ausprobiert hatte.

In einem elektronisch gesicherten Wandregal hingen zahlreiche andere Sturmgewehre und Maschinenpistolen. Es vielen ihr einige Beretta Zephyr Pistolen auf, sowie Modelle von Heckler & Koch. Aber das Meiste war Marsware. Namen wie Centurion, Auermark und Kennler waren zahlreich vertreten.

Hier konnte man sich wirklich für eine Revolution passend ausrüsten, wenn man die nötigen Credits besaß.

Nun kam der Mann, der auf Marleens Display abgebildet war, in das Innere des Verkaufsraums und blieb beim Anblick von Marleen sofort abrupt stehen. Sie richtete ihre Waffe auf ihn und er verhielt noch im selben Moment. Ihm musste die Anwesenheit eines MPTs in seinem Geschäft genauso absurd vorkommen, als wenn es ein dreiäugiger grüner Außerirdischer wäre, der Waffen kaufen wollte, um seinen Planeten zurückzuerobern.

Mit fragender und grimmiger Miene betrachtete er sie.

»Was wollen Sie? Pacs sind hier nicht gerne gesehen.« Dabei schien seine Hand irgendwo unter dem Tresen, den Marleen nicht einsehen konnte, nach etwas zu greifen.

»Man will dass Sie sterben. Warum?« Einen Moment zögerte sie, doch als sich sein Gesichtsausdruck verfinsterte und er den Gegenstand von unter dem Tresen hervorziehen wollte, aktivierte sich ihr Nano–Boost. Die Zeit schien einzufrieren, während Andy nach der Waffe griff, seinen wütenden Gesichtsausdruck stur auf sie gerichtet.

Marleen betätigte den Abzug des Sturmgewehres.

Das Rattern der automatischen Waffe im Inneren des Geschäftes war um einiges lauter, als sie es erwartet hätte. Der Besitzer wurde gegen die Wand geworfen und starb durch die Einwirkung der Salve in einem Augenblick. In seiner Hand war eine Pistole erschienen, und er hätte ebenfalls keinen Moment gezögert diese einzusetzen. Dessen war sich Marleen sofort bewusst. Sie sah ihn noch einen Moment an, als er auf dem Boden zusammensackte.

Es krachte aus der Werkstatt und ein weiterer Mann hatte im Moment die Tür aufgestoßen und feuerte mit eine Clawgiver–12 aus dem Gang heraus. Der erste Schuss krachte gegen ihre Panzerung und riss sie von den Füßen. Sie landete in dem Regal hinter ihr und es zerbarst mit einem Splittern und einige der Waffen, die sich in ihm befunden hatten, polterten auf den Boden. Schmerz machte sich bemerkbar, doch die Panzerung hatte standgehalten. Sie verbarg sich hinter dem Tisch, auf dem die Clawgiver lag. Der Mann feuerte im Stehen seine Schrotflinte zwei weitere Male ab, während er Flüche von sich gab. Weitere Scherben und Splitter landeten auf Marleen, die sich duckte. Durch den Treffer hatte der Nano–Boost einen neuen Schub in ihre Arterien gejagt und willkürlich feuerte sie, Kugeln zerrissen den Tresen vor ihr, zertrümmerten ihn ohne Probleme und trafen den Separatisten, der sich genau vor ihr befand.

Dann begann ihre Wahrnehmung langsam wieder zur Echtzeit zurückzukehren. Als der Mann ausgeschaltet war, holsterte sie ihr Sturmgewehr mit einer schnellen Bewegung und griff zu der vor ihr liegenden Clawgiver–12. Sie vergewisserte sich, dass die Clawgiver geladen war, öffnete den Verschluss, um zu sehen, ob sich im Lauf eine Patrone befand. Dann sprang sie auf und sah nach dem eben Getroffenen. Er lag bewusstlos am Boden und rührte sich nicht. Sie selbst sah an der Einschlagstelle der Schrotprojektile an ihrem Hardsuit herunter und konnte außer einigen Schrammen an der Panzerung nichts erkennen. So ganz hatte es die Panzerung nicht absorbiert, aber der Schmerz in ihrem Brustbereich würde vergehen. War er schon immer. Es war ja auch nicht das erste Mal gewesen…

Von hinter ihr hörte sie Stimmen und sie wusste, dass es jetzt zu gefährlich war den Vorderausgang zu benutzen. Vorsichtig ging sie um den Kassentisch herum, spähte nur mit dem Kopf in den Gang hinter dem Getöteten, verhielt einen Moment und lief dann in das Innere des Ganges. Eine Werkstatt befand sich zu ihrer linken Seite und zu ihrer rechten ein Büro, in dem ein Infoscreen vor sich hin flimmerte und ein Nachrichtensprecher etwas über einen getöteten Trooper bei einer Razzia in einem anderen Stadtviertel berichtete. Eine weitere Tür mit der Aufschrift Ausgang war gleich hinter dem Büro und Marleen öffnete sie, schnellte mit dem Gewehr nach links und rechts, konnte keine unmittelbare Bedrohung erkennen und verließ den Ort ihres ersten vollführten Auftrages. Unsicher und innerlich zitternd rannte sie die kleine Gasse entlang. *Mission erfüllt.*

Die Gasse führte zu einer weiteren Straße und als sie sich ein wenig sicherer fühlte, verlangsamte sie ihr Tempo und sah noch einmal nach hinten, um sich zu vergewissern, dass nicht noch weitere Männer hinter ihr waren. Ein lautes Dröhnen gleich neben ihr ließ sie wieder herum schnellen. Eine Straßenkehrmaschine steuerte direkt auf sie zu. Nur wenige Zentimeter fuhr sie an ihr vorbei, während die Borsten die Straße so gut wie möglich zu reinigen versuchten. An ihren Seiten waren Kritzeleien und Plakate von wohl in der Umgebung ansässigen Clubs angebracht, die das Gefährt wohl als unfreiwillige Werbefläche nutzten. Die Besitzer würden es wohl nur selten davon befreien, da man genau wusste, dass es eine Nacht später doch wieder als Litfaßsäule missbraucht wurde. Und abgesehen davon kam es bei der Maschine ja auch nicht auf die Schönheit an. Es sollte nur seine Arbeit erledigen. Genau wie bei den Taxis auch hatte man auf einen menschlichen Fahrer verzichtet und das Gerät steuerte eigenständig durch die düsteren, neonleuchtenden Straßen dieser Gegend. Marleen wusste nicht, wo sie sich überhaupt befand.

Einen langen Atemzug später hatte sie ihre Umgebung ein wenig genauer in Augenschein genommen. Auch hier gab es einige Nachtclubs, aus denen laute Musik und noch lauteres Geschrei der Gäste kam. Die Kehrmaschine war nicht wirklich in der Lage, die völlig verdreckten Straßen zu reinigen. Schließlich kam jede Nacht wieder mehr Dreck hinzu. Einige Hydromobile standen links und rechts der Straßen und machten ebenfalls den Eindruck, dass die Besitzer sie schon lange abgeschrieben hatten. In dieser Gegend ein Fahrzeug auf offener Straße stehen zu lassen, war nicht unbedingt die beste Idee. Nach einer Nacht war man immer schlauer.

Eine Skytram–Station erregte ihre Aufmerksamkeit und Marleen war versucht, sich zumindest zu informieren, wo sie sich befand.

»Kluger Gedanke, der nächste Zug wäre sowieso für Sie bestimmt gewesen.«

»Das beantwortet doch meine Frage. Hoffentlich ist der nächste Zielort ein wenig ansehnlicher als dieses Drecksloch.«

»Haben Sie schon mal gehört, dass sich Separatisten in Nobelvillen verschanzen?«

»Mhm«, gab sie von sich, bevor sie sich vor dem Fahrplananzeiger vergewisserte, wo sie sich befand. Maluna West.

»Und, jetzt zufrieden?«

»Viel weiter weg von jeglicher MPC–Präsenz hätten Sie mich gar nicht bringen können. Hier kommt wirklich nur alle paar Jahre ein Trooper vorbei. Und wahrscheinlich bleibt es bei dem Hierherkommen. Gehen ist ja wieder eine andere Sache.«

»Wenn Sie gut genug sind, werden Sie wohl einer der ersten Trooper sein, der diesen Bezirk auch wieder lebend verlässt.«

»So viel Vertrauen in mich. Ich fühle mich geschmeichelt.«

Der Sarkasmus machte ihr zumindest ein bisschen Mut. Und der Operator schien sich darauf einzulassen. Auch wenn sie noch weit davon entfernt war, ihn als ihren Partner anzunehmen. Wenn sie versagte, würde er eiskalt den Knopf betätigen, der ihrem Leben ein Ende machte. Dessen war sie sich sicher.

»Sie müssen nur eine Station weiter. Maluna Central.«

»Und wie soll ich die Fahrt bezahlen?«

»Sie vergessen, dass wir in der Lage sind, Ihren Bio–Chip zu manipulieren, wie wir es für nötig befinden. Und dass es kein Problem ist, Sie mit den notwendigen Credits auszustatten, um eine Skytram Fahrt bezahlen zu können. Das gehört noch zu den einfachsten Manipulationen.« Das Geldsystem auf dem Mars, mit einigen Ausnahmen, wurde komplett über die Bio–Chips abgewickelt. Man speicherte das erarbeitete Geld auf dem Chip und musste nichts weiter tun, als seinen Arm mit dem Chip gegen ein Lesegerät zu halten und die zu bezahlende Summe wurde abgebucht.

Beim Einstieg in den Zug wurde ihre Anwesenheit im Zug eingespeichert und beim Verlassen wieder ausgeschrieben. Der Computer errechnete die gefahrene Distanz und die Credits wurden eingezogen.

In solchen Stadtbezirken fuhren die Bahnen alle paar Minuten. Marleen rannte die Treppe hinauf. Oben angekommen sah sie auch schon den nächsten Skytram heran rauschen. Das Magnetschwebesystem hatte sich bezahlt gemacht. Bei so einer großen Stadt wie Nutopia City war es trotz enormer Population möglich, die relativ großen Entfernungen schnell zu überwinden. Die nächste Station musste nicht unbedingt heißen, dass es eine kurze Fahrt werden würde. Es konnte sich schon durchaus um ein paar Minuten handeln, ehe es für Marleen Aussteigen hieß. So hatte sie Zeit, sich einen Moment zu besinnen. *Fühlt sich nicht anders an als sonst. Du tötest NSMs und der Rest wird sich ergeben. Vorerst.*

Die schnittige Bahn glitt an ihr vorbei und kam einige Meter weiter zum Stehen. Sich daraufhin noch einmal umblickend, kam ihr die schöne und elegante Form der Skytram verglichen mit dem heruntergekommenen Eindruck dieses Stadtteils ein wenig absurd vor, doch hier auf den Stationen achteten die Transitbehörden auf Sauberkeit.

Ein kleiner Säuberungsdroide fuhr auf dem Bahnsteig umher und sammelte eine leere Flasche ein, die in seinem Transportbehälter verschwand. Dann kam er mit sirrendem Geräusch näher und hielt zu Marleens Füßen. Er spritzte Säuberungsmittel auf ihre Stiefel und sie erkannte eine rote Flüssigkeit, die sich von ihren Stiefeln auf den Boden übertrug. *Blut.*

Beim Entkommen aus dem Waffengeschäft musste sie in eine Blutspur getreten sein. Nicht gerade die cleverste Methode für eine Flucht. Auch wenn die nur kleine Spur für so manches menschliche Auge schwerer zu erfassen war als für die eines Droiden. Oder für jemanden mit Cyberaugen. Dabei musste sie an den Schläger denken, der ihr begegnet war. *Wäre ihm etwas aufgefallen?*

Der kleine Droide war fertig mit dem Putzen ihrer Schuhe, als sich die große Schiebetür des Skytrams öffnete. Sie betrat das Innere und setzte sich auf einen freien Platz.

Das Innere ihres Wagens war gähnend leer. In einer Ecke war ein junges Pärchen so ineinander versunken, dass sie Marleen gar nicht wahrnahmen. Auf einer hinteren Sitzbank war ein junger Mann der eine VR–Brille trug, das dazugehörige Deck auf seinem Schoss und die Kabel mit den Datenbuchsen in seinem Hinterkopf verbunden. *Er weiß nicht mal von deiner Gegenwart. Umso besser.*

Das Sturmgewehr hing hinten an ihrem Anzug an dem dafür vorgesehenen Magnetslot. Das Clawgiver trug sie noch in der Hand, während die unbenutzte CX weiter in ihrem Halfter ruhte. Glücklicherweise konnte sie das Gewehr an ihren noch freien, zweiten Slot ablagern, auch wenn es sie um einiges unbeweglicher machte, mit zwei Waffen auf dem Rücken. *Wieder ein Punkt für Mars–Gravitation. Viele Waffen tragen leicht gemacht.*

Aber so, wie sie den Operator einschätzte, würde früher oder später der Zeitpunkt kommen, wo sie die Waffe auch einsetzen musste.

So einfach wie beim ersten Mal würde es wohl nicht mehr werden. Sicher nicht. Da ruckte die Tür zu und der Skytram fuhr an.

Du kannst noch es noch nicht ganz wahrhaben, oder? Du, jetzt auch ein Killer? So wie die anderen vor ein paar Wochen…

Außerhalb der Fenster der Skytram glitten die weiter entfernten, großen Konzernherbergen ein wenig zur Seite, während die nah angrenzenden, kleineren Gebäude an ihr vorbei zu rasen schienen.

Ihr Blick erfasste die Tzusaka Industries Serim, dessen Form der eines Stachels glich, nach oben hin wurde das Gebäude immer schmaler, bis nur noch ein winziger Stachel übrig war, der das Head–Office des CEO von Tzusaka Industries beherbergte.

Umringt wurde die Serim von anderen Konzerngebäuden, durch zahlreiche Tunnel und Verbindungskanäle miteinander zu einem gigantischen Labyrinth verwoben. Kleinere Stachel, die das Territorium von Tzusaka aussehen ließen wie ein ausgeschlachtetes Schiff, dessen totes Skelett in den Himmel emporragte.

Eine Straße kam in ihr Blickfeld, die in einen Tunnel hineinführte. Unzählige Hydromobile standen auf der Straße und rührten sich nicht. Es musste in dem Tunnel zu einem Stau gekommen sein. Und das um diese Uhrzeit. Was ein Paradies für die Menschen hätte werden sollen, hatte sich in einen riesigen Moloch verwandelt, umzäunt von einer riesigen Sturmmauer, die nur von den größten Konzernmegaplexes überragt wurde. Den die Sandstürme auf dem Mars konnten heftig werden und manchmal gerieten sie völlig außer Kontrolle.

Nutopia City war aus Perspektive der Skytram ein einziges, glitzerndes Gebilde, in dem selbst zu später Stunde Verkehrsstaus möglich und Schießereien an der Tagesordnung waren. Ihr Blick schwang herüber zu dem größten Konkurrenten von Tzusaka Industries. Das NarcoTek Pasodium war ähnlich der Form der Pyramiden auf Terra angelegt, nur dass sie auf halber Höhe nicht fertig gestellt schien, sondern in einer riesigen Ebene endete, die als Luxusresort für ihre Topmitarbeiter diente. Eine gigantische Kuppel thronte auf dem Dach des Pasodium, die tropische Wetterverhältnisse jederzeit möglich machte. An den Seiten des gigantischen Konzernmegaplexes gab es vier gewaltige Hangars, die zu jeder Stunde betrieben wurden. Unzählige Vertikopter stiegen auf, kamen zurück oder wurden zum Start vorbeireitet. Nur als winzige, leuchtende Silhouetten waren sie am Nachthimmel zu erkennen.

In den restlichen Städten auf dem Mars ging es zwar nicht ganz so schlimm einher, wie hier, aber mit gutem Beispiel voran gingen sie auch nicht gerade.

Outback Haven und all die anderen kleinen Siedlungen, vor allem in der Nähe des Eisenabbaus waren nur bedingt besser dran. Einige Trooper hatten sich dorthin versetzen lassen, in der Hoffnung, es dann ruhiger zu haben. Aber sie hatten die Rechnung ohne die Ortsansässigen gemacht. Vom Regen in die Traufe. Auch wenn es auf dem Mars nicht regnete.

Außerhalb der Städte gab es nur die Einöde und die ewige Wüste. Sicher, es gab ein paar abgelegene Siedlungen und Orte, an denen man vernünftige Lebensbedingungen vorfinden konnte. Aber dazu musste man schon eine Weile suchen.

Auf dem kleinen Monitor vor ihr wurde jetzt die nächste Station angezeigt und der Skytram fing an sich zu verlangsamen. *Schon wieder weiter? So ein Mist...*

Marleen stand auf und sicherte das Clawgiver jetzt an ihrem zweiten Magnetslot. Auf Knopfdruck wurde der Magnet an ihrem Rücken aktiviert und das Gewehr wurde gesichert. Mit Waffe in der Hand machte sie einen weitaus gefährlicheren Eindruck, als ohne. So würde sie nicht ganz so aggressiv wirken. Und nicht ganz so viele Straßenschläger nervös machen.

Die Station kam in Sicht und der Zug kam schließlich ganz zum Stehen. Mit einem Zischen glitt die Tür vor ihr auf und Marleen verließ den Skytram.

»Was jetzt?«

»Runter und auf der unten befindlichen Straße halten Sie sich nach rechts. Dort finden Sie einen Nachtclub namens Vulena`s Dreams. Dort erhalten Sie Instruktionen für ihre nächste Zielperson.«

»Verstanden.« Die Tür glitt hinter ihr wieder zu, als sie den Zug verließ und sie vernahm das Piepen des Gerätes, das den fälligen Betrag von ihrem Bio–Chip abhob.

»Wie versprochen«, gab der Operator noch hinterher.

Sie ging die Treppe am Bahnsteig herab und sah sich auf der Straße einen Moment um. *Würde es wieder so einfach werden? Oder war der erste Auftrag nur zum Warmwerden? Gewöhnen an das Töten?*

Der Club befand sich am hinteren Ende, wo die Straße in eine T–Kreuzung abschnitt. Ein davor die Straße herauf rollender Lebensmitteldroide erregte ihre Aufmerksamkeit, das sie seit einiger Zeit nichts mehr gegessen hatte. Doch der Blick auf den ihr näher kommenden Droiden ließ auch in ihrem Mageninneren das Gefühl hochkommen, dass es mal wieder Zeit war, etwas zu sich zu nehmen. Seit sie gefangen genommen wurde, mussten ja auch einige Stunden vergangen sein und irgendwann würde sich das auch auf ihre Konzentration auswirken.

Der Rest von Maluna Central wirkte auf den ersten Blick ein bisschen ruhiger. Die Fahrzeuge, die hier auf der Straße standen, waren unbeschädigt und als im nächsten Moment ein Taxi mit einem menschlichen Fahrer an ihr vorbei fuhr, beruhigte sie das noch umso mehr. Das Taxi hielt auf dem benachbarten Taxistreifen und der Taxifahrer stieg aus und reckte seine Arme. Er hatte wohl eine lange Nacht hinter sich. Marleen würde es in ein paar Stunden nicht anders ergehen, auch wenn sich Taxifahren und das Anhören von Geschichten nicht vergleichen lies mit dem was sie diese Nacht zu tun hatte. *Vielleicht hättest du auch Taxifahrerin werden sollen.*

Den Gedanken wieder von sich werfend, schritt sie langsam die Straße hinab auf die Bar zu und hielt dabei immer ein Auge auf der Umgebung. Der Droide würde sicher nicht erstklassige Waren verkaufen, aber zum Auffüllen des Mageninneren sollte es wohl reichen. Sie blieb vor dem Droiden stehen, der mit einem Sensor erkannte, dass sie daran interessiert war, eine seine angebotenen Speisen zu erwerben. Ein Piepen ertönte, als eine kleine Konsole aus ihm hervor fuhr und sich aktivierte. Die vorhandenen Speisen wurden dort aufgeführt.

»Was soll denn das werden? Das ist nicht der befohlene Zielort.«

»Ich habe seit Stunden nichts gegessen und wenn ich hungrig bin, macht mich das irgendwann unkonzentriert.« Beim Scrollen über den Monitor gab es eine gute Auswahl an schnellen Fertiggerichten wie Protein–Suppen, die man aus einer kleinen Tüte gleich an Ort und Stelle verzerren konnte, bis zu aufwärmbaren Synthetik–Steaks. Auch wenn das Equipment für letzteres nicht zur Verfügung stand.

Musste sie mit den Protein–Suppen vorlieb nehmen, solange es nur ihren Appetit stillte. »Hungriger bin ich weit weniger effizient, als anders herum und Sie wollen doch, dass ich effizient bin oder nicht?« Die Frage war, ob ihr Bio–Chip noch mit Credits geladen war, den wenn nicht, konnte so ein Droide auch sehr ungehalten werden. So schlimm konnte es nicht sein, aber dennoch wollte sie dem Operator Zeit geben, die nötigen Credits zu transferieren.

»Nun gut, aber machen Sie schnell.«

Marleen hatte sich für zwei Protein–Suppen mit Hühnchen Geschmack entschieden. *Schon mal ein Hühnchen auf dem Mars gesehen?* Sie scrollte auf dem Monitor zu der ausgewählten Ware und tippte dann als Bestätigung auf das Symbol, das den Kauf abschließen sollte. Dem Droiden entkam ein Fiepen, als ob er sich persönlich darüber freuen würde, dass er etwas verkauft hatte und dann erschien auf dem Screen der Hinweis, den Bio–Chip gegen das gleich neben dem Monitor befindliche Lesegerät zu halten. Sie kam der Aufforderung nach und es klickte, auf dem Bildschirm erschien ein Symbol, das den Geldtransfer bestätigte und eine kleine Klappe unter ihr warf die erworbenen Speisen aus.

»Na dann, guten Appetit«, gab der Operator noch hinterher.

»Danke.« Sie entnahm die beiden Suppen, war sich nicht sicher, ob eine nicht gereicht hätte und ließ den Droiden dann passieren, der sich noch einmal mit einer piepsigen Melodie für ihren Einkauf bedankte. Die Verpackung bestand aus einer Plastikfolie, die man an einem kleinen Schlitz aufreißen musste, damit man durch den Schlitz die Suppe genießen konnte. Sie riss die Suppe auf, winkelte ein Bein an der hinter ihr befindlichen Hauswand an und nahm einen tiefen Schluck der Suppe, dessen warmer und angenehmer Geschmack ihrem Hunger gleich Einhalt geboten. Auf der linken Seite ihres MPC–Hardsuits hatte sich Dreck auf ihrem Abzeichen angesammelt und sie wischte ein wenig auf ihm herum, dann nahm sie einen weiteren Schluck und verschlang fast den kompletten Inhalt der Packung mit einem Zug. Als sie wieder absetzte, stand ein Mann vor ihr, der sie musterte.

»Kann ich helfen?«

»Hhm. Nettes Outfit.« Dann ließ er Marleen in Ruhe und ging weiter. Was er damit hatte sagen wollen, war ihr nicht klar gewesen, aber es war umso besser, dass daraus keine lange Unterhaltung geworden und er gleich weitergezogen war. Ohne sich noch einmal umzusehen, schlenderte er die Treppe zur Skytram Station hinauf und verschwand aus ihrem Blickfeld.

Sich hier allzu lange aufzuhalten, war also doch keine gute Idee. Deine MPC–Hardsuit macht doch so manchen Passanten nachdenklich. Mit einem letzten Zug war der Rest der ersten Suppe verschlungen und sie verspürte ein deutlich besseres Gefühl. Die zweite Suppe riss sie ebenfalls auf und trank sie mit deutlich schnelleren Zügen. Es verschloss das Loch in ihrem Magen zu ihrer Zufriedenheit und als sie den letzten Rest der zweiten Suppe verzehrt hatte, meldete sich der Operator erneut.

»Wenn Sie dann soweit sind. Noch mehr Aufmerksamkeit zu erregen, ist keine so gute Idee.«

»Jaja. Ihr Halsband nervt.« Sie kratzte sich, wo das Halsband an ihr entlang scheuerte und schritt dann zu der Bar.

»Die Zielperson ist der Besitzer des Clubs, Raimon Vulena.« Sein Bild erschien auf dem Datapad. »Sie können davon ausgehen, dass er eine Anzahl an Schlägern und Bodyguards hat. Möglicherweise sind einige von ihnen mit Cyberimplantaten ausgestattet. Sie sollten diesmal unserer Waffe den Vorzug geben.« Es gab an der Tür eine Wache, die Marleen kontrollieren wollte. Ein Blick auf ihre Bewaffnung machte ihn nervös, dann lies er sie passieren, während er mit sich selbst redete. *Jetzt wusste Vulena von einem Trooper in seinem Laden. Schnell sein ist Priorität.*

Am Eingang angekommen, nahm sie ihre CX aus dem Halfter und entsicherte sie. Die Tür vor ihr glitt auf und ein Mann mit einer Dame im Arm trat aus dem Club. Der Mann erschrak, als er Marleen mit der Waffe dort stehen sah, die Frau rührte sich nicht. Ihr leerer Blick sah Marleen einen Moment an, doch dann wurde sie von dem Mann mit Energie davongezogen. Sie musste ein Sexdroid sein. Sexdroiden als Lustobjekte einzusetzen, war erfolgreich und viele Nachtclubs waren von menschlichen auf künstliche Frauen umgestiegen. Dennoch gab es immer noch Leute, die es lieber mit jemandem ihrer Rasse bevorzugten.

Es widerte sie ein wenig an. Der Gedanke, dass sie diesen Club nun schließen würde, machte es ihr zwar im Kopf einfacher, aber der Besitzer war immer noch nur ein Mensch. Die Tür stand halb offen und im nächsten Moment schritt Marleen hindurch, mit der Waffe in der Hand.

MPC–Trooper waren auf dem Mars die absolute Autorität, weswegen es auch nicht unbedingt ungewöhnlich war, wenn eine Einheit des Corps mitten in der Nacht sich dafür entschied, einen Nachtclub oder andere Etablissements aufzusuchen, um die Zulassungen für Sexdroiden, Waffen oder ähnliches zu überprüfen. Sich gegen eine laufende Untersuchung zu entscheiden, war nie eine wirklich gute Idee. Selbst in so einem Bezirk wie diesem hier gab es einen gewissen Respekt. Auch wenn es genug Leute gab, die nicht zögern würden, einen Angehörigen des Corps ins Jenseits zu befördern. Vulena bildete da sicher keine Ausnahme.

Als sie das Innere des Clubs betrat, dröhnte lauter Meta–Punk an ihre Ohren. Sie konnte sofort erkennen, dass sie von mehreren Schlägern akribisch beobachtet wurde. Sie redeten kontinuierlich mit sich selbst, was bedeutete, dass ihre Beute vorbereitet sein würde.

»Und wo finde ich diesen Vulena?«, fragte sie.

»Sehen Sie nach oben.«

Dort befand sich ein großes Fenster, das dem Besitzer zu jederzeit einen guten Einblick in das Innere seines Clubs bot. Vulena kam im selben Moment ins Blickfeld des Fensters und blickte Marleen an. Dabei standen zwei weitere Begleiter zu seiner Seite, was die Sache definitiv schwieriger machen würde, als beim ersten Mal. Ihre Hand war für einen Moment versucht, die Waffe sofort nach oben zu ziehen, doch zuerst zählte sie die übrigen Männer, die sich hier im Tanzbereich des Clubs aufhielten. Hinter der Bar stand ein Barkeeper und er würde sicher unterhalb des Tresens eine Waffe zur Verfügung haben, eine Clawgiver konnte wahrscheinlich sein. Ein Fünfter war neben einer Hintertür postiert, in dem man sich mit dem ausgewählten Sexdroiden zurückziehen konnte. Dort musste es auch einen Hinterausgang geben. *Damit hast du einen Plan, oder?*

Der Sechste stand unweit von Marleen zu ihrer rechten an einer Wand gelehnt und wartete ebenfalls darauf, dass etwas passierte. *Plus den an der Tür. Macht 7 Männer, Vulena eingerechnet.*

»Ich hoffe für Sie, dass Ihr Wunderwerk funktioniert.«

Einige Gäste wurden durch ihre alleinige Anwesenheit unsicher. Sie blickten immer wieder von den vorhandenen Sicherheitsleuten zu ihr und überlegten wohl, ob das der Vorbote einer großen Razzia war. Ein Mann, der an der Bar stand, stellte sein Getränk ab, das noch fast voll war und ging langsam auf Marleen zu. Sie merkte ihm an, dass er nervös war. Er schien einen Moment zu zittern, als er an ihr vorbeiging und schließlich durch den Haupteingang verschwand. Als nichts passiert war, nahmen das andere Gäste zum Anlass, dass Bleiben möglicherweise nicht die beste Idee war und taten es ihm gleich, standen auf und ließen die bereits angesprochenen Sexdroiden einfach stehen. *So ist es gut, dann enden sie nicht im Kreuzfeuer.*

Sie drängten sich an Marleen vorbei, während die weiterhin nach oben durch das Glasfenster starrte. Ihr Blick schien mehr Fragen, als Antworten zu geben, aber Vulena ließ sie gewähren. Er erwartete wohl, dass sie zu ihm hinauf kam, um seine Zulassungen zu sehen, aber vorher vergraulte sie ihm noch einige Kunden. Seit längerer Zeit schon war das unter den Troopern eine Standardprozedur. In einen Club oder Lokal eindringen und durch schiere Präsenz die Leute zum Gehen zu motivieren. Auch heute Nacht klappte dieses Verfahren hervorragend.

Einige andere Gäste sahen sie grimmig an, doch kümmerten sich nicht weiter um sie. Unbeeindruckt galt ihre Aufmerksamkeit weiter den Sexdroiden und nicht Marleen.

Zeit für die CX. Die Waffe war mit einer schnellen Handbewegung hochgenommen und Marleen zielte auf Vulena.

»Ziele erfasst, feuern Sie.« Das Donnern der CX krachte auf und die erste intelligente Patrone verließ den Lauf.

Nano–Boost ein.

Marleen betätigte den Abzug erneut und feuerte ein zweites und ein drittes Mal. Die erste Kugel krachte durch die Glasscheibe und Vulena wurde durch den Kopf tödlich getroffen. Noch bevor die beiden Männer, die zu seiner Seite standen, reagieren konnten, ereilte sie das gleiche Schicksal.

Die getroffene Glasscheibe zersplitterte in einer sekundenlangen Sequenz und die Überreste der Scheibe regneten langsam nach unten. Jetzt reagierten die anderen drei

Männer mit einer Geschwindigkeit, als würden sie durch eine klebrige Masse waten.

Grav–Dodge. Trifft auf. Nano–Boost.

Marleen vollführte einen Hechtsprung, während sie in der Luft durch den Nano–Boost dahinsegelte, glitt ihre Waffe zu dem an der Hintertür stehenden Wachmann. Diesmal brauchte sie den Zielcomputer nicht. Noch im Sprung verließen zwei Projektile den Lauf ihrer Waffe. Eine Kugel traf den Mann in der Brust, die zweite in seinen linken Arm. Wie in Zeitlupe gab seine Waffe einen Feuerstoß nach links ab, als der getroffene Arm als Reaktion den Abzug der Waffe betätigte.

Sie landete nach dem Grav–Dodge und warf sich hinter ein Tanzpodest. Was gute Deckung bot, als der Barkeeper seine Waffe entsichert hatte und zwei Schuss auf Marleen abfeuerte, die in dem Podest einschlugen, es aber nicht durchdrangen. Die Bar war vermutlich ausgekleidet und verstärkt worden, was erklärte, warum er sich hinter der Bar duckte und es für klüger hielt, dort auch in Deckung zu bleiben. Der Mann, der an der Tür seine Pistole hervorgezogen hatte, war nicht so defensiv veranlagt. Seine Mündung blitzte auf und er rannte im Feuern mit seiner Pistole auf Marleen zu, die ihre CX ihrerseits aus der Deckung heraus in seine ungefähre Richtung hielt. Kugeln schlugen in die Wand hinter ihr und in das Podest.

Der Mann an der Hintertür feuerte von seiner Position aus und für einen Moment war Marleen zwischen zwei Waffen eingeschlossen.

In der Hoffnung, der Operator würde schnell genug sein, wechselte die CX in die linke Hand und sie gab zwei Schüsse auf den anstürmenden Wachmann ab. Zweimal krachte der Lauf der CX zurück und als das Einschlagen der kleinkalibrigen Geschosse erstarb, wusste sie, dass der Operator den ersten ausgeschaltet hatte. Sofort danach wanderte die Waffe zurück in die rechte Hand und zwei weitere Schüsse beendeten das Feuer des anderen Schlägers. *Noch der Barkeeper.*

»Ich wusste gleich, dass mit dir etwas nicht stimmt! Stirb!«, schrie er von hinter seinem gepanzerten Tresen. In Deckung bleibend, hielt Marleen die CX in Richtung der Bar.

»Operator, können Sie ihn ausmachen?«

»Nichts zu machen, er wartet wahrscheinlich hinter dem Tresen, bis Verstärkung kommt. Wenn er sich zeigt, dann ist er geliefert.«

»Wenn er sich zeigt«, gab Marleen noch unschlüssig hinterher.

In diesem Moment kam der Barkeeper hinter dem Tresen hervor und feuerte einen weiteren Schuss ab. Es splitterte vor Marleen und das Podest hielt, aber irgendwann würde es auch zerschossen sein.

»Ziel ist erfasst, aber jetzt duckt er sich wieder. Beim nächsten Mal…«

»So viel Zeit haben wir nicht.« Mit einem Satz war sie auf den Beinen und sprintete auf die Bar zu. Einen Schuss gab sie ab, um den Barkeeper hochzuscheuchen. Auf die Falle viel er herein. Sie sprang auf einen länglichen Tisch und rutschte auf ihrem Rücken in Richtung Bar, während sie auf Gut Glück Schüsse abfeuerte.

Dabei zersplitterten durch ihre Rutschbewegung unzählige Gläser und Flaschen, die sich auf dem Tisch befunden hatten. Die niedrige Schwerkraft ließ sie ohne Probleme den ganzen Tisch überqueren, ohne noch einmal Schwung holen zu müssen.

Sein Gesicht erschien hinter dem Tresen und wurde durch einen der einprogrammierten Schüsse getroffen, während die restlichen zahlreiche Flaschen zerfetzten.

Ein paar Atemzüge später hatte sich der Nano–Boost abgeschaltet.

Aus dem Winkel hätte sie ihn mit herkömmlicher Munition nicht getroffen, aber die intelligente Munition brauchte diesen Luxus nicht. Nach Ende der Rutschpartie begab sie sich zum Hinterausgang.

»Das nächste Mal bitte weniger spektakulär, Sie sollen uns doch noch eine Weile erhalten bleiben.«

»Ja, mal sehen.« Die Hintertür, an der einer der Toten lag, wurde von Marleen aufgestoßen und sie schritt hindurch und war in einem dunklen Bereich des Clubs, aus dem sie das Gewimmer einiger Gäste hörte, die wohl annahmen, dass sie als nächstes dran waren.

Mit der Waffe im Anschlag ging sie schnell durch den Gang hindurch, immer bereit, weitere Kontrahenten niederzustrecken. Vor ihr tauchte ein ängstlich aussehender Mann auf, der sofort auf die Knie fiel und um sein Leben bettelte. Sie würdigte ihn kurz mit einem Blick, dann wandte sie sich wieder ab und verschwand durch den Notausgang aus dem Club.

Dein zweiter Auftrag. Wie fühlst du dich? Auch wieder nur Gangster dieses Mal. Bestimmt wollen sie dich nur dran gewöhnen, die richtigen Ziele kommen erst noch. Und dann hast du dich an das kalte Töten gewöhnt. Oder eben auch nicht. Gib dich nicht auf, Kleines. Gib dein Herz nicht auf.

»Sie müssen die Gasse hinunter gehen, bis Sie zu einer weiteren Querstraße kommen.« Sofort nahm sie Tempo auf und begann die Gasse herunter zu rennen. Im Moment war es wichtig, Abstand zwischen sich und den zweiten Tatort zu bekommen, vor allem, da es diesmal Leute gegeben hatte, die sie dabei gesehen hatte. Der winselnde Mann war nur der letzte gewesen, aber während der Schießerei hatten sich im Inneren des Tanzsaales noch Besucher aufgehalten, selbst wenn sie mehr damit beschäftigt gewesen waren, den Sexdroiden Komplimente zu machen, so würde doch der eine oder andere bestätigen können, dass es Marleen gewesen sei, die das Feuergefecht begann. *Keine Guten Karten für dich.*

Als sie dem Ende der Gasse näher kam, hörte sie Straßenlärm und erkannte eine Auffahrt zu einem Automated–Linear–Highway. Die Gasse selbst endete mit einer kleinen Mauer, gleich darüber befand sich eine Straße. Noch im Laufen holsterte sie die CX und nahm Schwung für den Sprung auf. Mit einem Satz hatte sie das obere Ende der Mauer erreicht und zog sich daran hoch. Ihr langer brauner Pferdeschwanz wirbelte ihr vor den Augen herum, so dass sie ihn zurückwerfen musste.

Ein Gitter trennte sie von der Straße, aber dieses sollte das kleinste Hindernis darstellen. Klettern war in der MPC–Akademie ebenfalls ein Ausbildungsbereich gewesen und schon hatte sie sich am oberen Ende festgekrallt und sprang mit einem Satz herüber auf die Straße. Die niedrige Schwerkraft bremste ihren Fall ein wenig.

Ein Hydromobil sauste in diesem Moment nah an ihr vorbei, wich aus und hupte dabei. Gegen das Gitter zurückweichend, erschrak sie für eine Sekunde und sah dem abfahrenden Wagen noch einen Moment erbost hinterher. So ganz an die Geschwindigkeitsbegrenzung hatte er sich auch nicht gehalten. Vor allem nicht, wenn man eine kurvige Auffahrt hinauf fuhr.

»Und was jetzt, Sie Genie? Soll ich per Anhalter weiter?«

»Nicht ganz, warten sie einfach.« *Warten, worauf? Dass mich jemand über den Haufen fährt?*

Ein Hydromobil kam die Auffahrt hoch, die hellen Scheinwerfer schienen genau auf Marleen und blendeten sie. Sich eine Hand vor das Gesicht haltend, fragte sie sich, was der Operator jetzt wieder ausgetüftelt hatte. Der Wagen wurde langsamer und hielt dann genau neben Marleen am Fahrbahnrand. Die Fahrertür öffnete sich und sie zögerte einen Moment. Als ein weiterer Wagen von hinten herankam und sich an dem stehenden Wagen vorbei schlich, entschied sie sich für einsteigen.

Im Wagen angekommen, erwartete sie eine gähnende Leere. Es gab keinen Fahrer, lediglich das Armaturenbrett blinkte friedlich vor sich hin. Das ließ nur den Schluss zu, dass der Wagen manipuliert wurde.

Ihre Waffen machten es ihr nicht gerade bequem. Sie griff herunter zu den Auslösern für die Magnethalfter und ließ die Sicherungen deaktivieren. Auf dem Beifahrersitz war genug Platz für die Utensilien. Als die Waffen abgelegt waren, fühlte es sich gleich angenehmer an, sich in den Sitz fallen zu lassen.

»Dieses Fahrzeug bringt Sie in die Nähe Ihres nächsten Zielortes. Diesmal ist es nicht so klug, die Skytram zu nehmen, nachdem sie offensichtlich als Angehörige des MPC erkannt wurden. Es ist besser, wenn Ihre Flucht verwischt wird.«

Der Wagen rollte in gemächlichem Tempo die Auffahrt zum Automated–Linear–Highway hoch. Das automatische Erfassungssystem übernahm die Kontrolle über den Wagen und würde ihn solange auf dem ALH steuern, bis der Fahrer ein Signal zum Verlassen an die Erfassungskontrolle abgab. Oben angekommen, fuhr das Fahrzeug mit einem leichten Schlenker nach links auf die zweite Spur und hielt dort eine konstante Geschwindigkeit, die mit allen anderen Fahrzeugen übereinstimmte.

»Ich kann an diesem Fahrzeug nichts einstellen?«

»Negativ, die Fahrtroute ist berechnet und ich würde es Ihnen nicht raten, an dem Fahrzeug etwas zu ändern.« Für einen Moment überlegte sie, ob sie den Operator danach fragen konnte, wenigstens ein wenig Musik zu hören, entschied sich aber dagegen. Ein wenig Ruhe war schon das Meiste, auf das sie hoffen konnte. Privatsphäre alleine war schon etwas, für das sie dankbar war, selbst wenn der Operator immer zuhören würde.

Der Fahrersitz war bequem und schien genau auf sie eingestellt, sie lehnte sich zurück und streckte die Beine aus. Auf der rechten Seite, neben der Fahrbahn kamen zahlreiche Info–Screens in Sicht, die grell bunte Werbeslogans für einige der Großunternehmen anzeigten, die sich auf dem Mars niedergelassen hatten. NarcoTek war das führende Unternehmen, was Robotertechnologien, Mandroiden und Cyberware betraf.

Auf dem Screen wurden neue Serviceroboter präsentiert, die mit einer drehenden Bewegung ihr Innenleben per Simulation offenbarten. Allerneuester High–Tech Stand, so wurde es gepriesen. Sie sah wieder nach vorne und blickte über die Straße. Dafür, dass es mitten in der Nacht war, waren viele Fahrzeuge unterwegs. Marleens Hydromobil fuhr neben einem schweren Sattelzug, der mit konstanter Geschwindigkeit auf der rechten Spur lag. Das Logo von NarcoTek an seiner Seite. Sämtliche Lastwagen, die für Großkonzerne fuhren, waren mit automatischen Kontrollsystemen ausgestattet.

Nach einer Weile hatte man den Fahrzeugen einen holografischen Fahrer spendiert, damit sich die überholenden Verkehrsteilnehmer wohler fühlten, selbst wenn sie sich darüber bewusst waren, dass es nur eine Illusion war. Eine Studie hatte das eines Tages ergeben, also hatte man den kleinen Zusatz mit in die autarken Transportsysteme eingebaut.

Marleen sah kurz die Projektion des Fahrers. *Obwohl der Mensch weiß, dass es nur eine Fälschung ist, akzeptiert er es trotzdem. Merkwürdig...*

Automated–Linear–Highways zogen sich mehrfach durch die Stadt und waren nun mal nichts weiter als schnurgerade Straßen, die von einer künstlichen Intelligenz überwacht wurden. Fahrzeuge wurden automatisch erfasst und auf eine stetige Geschwindigkeit programmiert bis sie den Highway wieder verließen. Die menschlichen Fahrer hatten keinerlei Möglichkeit etwas daran zu ändern, obwohl es schon zahlreiche Hacker gegeben hatte, die versucht hatten, das System auszutricksen. Ohne Erfolg. Die wenigen hatten meistens mit einem plötzlichen Stopp mitten auf dem ALH und eine stundenlangen Blockierung ihres Fahrzeuges bezahlt.

Vor ihr kamen hinter dem Schutz der kleineren Gebäude, die immer noch viele Stockwerke hoch waren, das Pasodium in Sicht. Aus dieser Entfernung wirkte es wahrhaftig wie eine Festung. Die riesigen Hangar Türen spuckten unaufhörlich Vertikopter aus, die im Namen der Firma Waren, CEOs und anderes nutzloses Zeug zu ihren ausgewählten Zielen brachten. Die gläserne Kuppel auf dem Dach war aus dieser Nähe nicht zu sehen, stattdessen aber die gigantischen Fensterfronten, die jedem Angriff standhalten würden.

Was auch hieß, dass sich Marleen auf dem Weg ins Zentrum befand und die verdreckten Bezirke erst einmal eine Weile hinter sich lassen würde. Sofern das Hydromobil seine Fahrt auf dem Highway noch lange fortsetzen und nicht eine der zahlreichen Abfahrten nehmen würde, die auf kleinere, stadtteilbezogene Highways führte oder direkt zu ihrem nächsten Ziel ging. Doch einen Blick auf das stetige Tempo des Wagens ließ sie hoffen, dass die Pause noch einen Moment anhielt.

Um sich abzulenken, sah sie wieder hinaus zu den Konzernmegaplexes, die majestätisch in den Nachthimmel ragten. Gleich auf der anderen Seite des Linear Highways lag das Serim von Tzusaka Industries. Sie waren die Nummer Zwei, was Cybertechnologie und Cyberware anging, hatten daher auch nur die weniger imposanten Gebäude zu bieten. Sie konnte durch die vielen anliegenden Gebäude nur die Spitzen des Serim entdecken, sie wirkten trotz der Nähe nur wie die Stacheln eines Skorpions. *Was auch stimmte.*

In einem der von den Konzernen beherrschten Viertel mochte es zwar um einiges sauberer aussehen, als in den verdreckten Ecken, wie Maluna Central. Das hieß aber nicht, dass die Konzerne Unstimmigkeiten nicht gleich auf den Straßen gegenseitig ausfochten. Straßenschlachten zwischen bestens ausgerüsteten und trainierten Spezialeinsatzkräften waren hier auch nicht die Seltenheit. Die Gebäude des Kontrahenten gleich mit einzureißen, gehörte glücklicherweise noch nicht zum allgemeinen Vorgehen bei solchen Operationen dazu.

Genau wie Trooper in den verdreckten Vierteln unerwünscht waren, zogen es die Konzerne auch vor, ihre Kriege unter sich auszufechten. Vom Prinzip unterschieden sich die Gegenden also nicht von den Vierteln, denen Marleen heute Nacht schon einen Besuch abgestattet hatte.

Es gab Gewalt und Auseinandersetzungen, nur dass alles professioneller und geordneter ablief, was aber nicht hieß, dass es nicht einen enormen Blutzoll zu beklagen gab, wenn ein Konzern sich wieder fremde Technologie mittels bewaffneten Diebstahls aneignen wollte.

Gerade hatte sie den Gedanken beendet, als das Hydromobil langsamer wurde und auf die rechte Spur überwechselte. Um den Highway zu verlassen.

Hinein, in die Höhle der Konzerngiganten.

Kapitel 3:
00.17 Uhr marsianische Zeit

»Sie verlassen jetzt den Automated–Linear–Highway. Stellen sie sicher, dass ihre Bordintelligenz aktiviert ist oder übernehmen sie ihr Fahrzeug«, gab das große Schild über ihr zu verstehen.

»Gibt es eine Frage?« Sie sah noch einmal zu dem Pasodium und dann blinkte das Hydromobil und wich auf die Ausfahrt, die es von dem Automated–Linear–Highway herunter führen sollte.

»Ihr nächstes Ziel befindet sich im Florisson Apartment Gebäude. Sie werden dort in einigen Minuten ankommen, weitere Details gibt es bei Ihrer Ankunft.«

»Na wunderbar, bestimmt besser als die Elendsviertel. Statt mich mit halbstarken Kneipenschlägern zu prügeln, erledige ich halt ein paar Konzernsöldner. Auch nicht schlecht.« Ihr Sarkasmus war unüberhörbar, doch der Operator machte sich nicht viel daraus.

»Sie haben da nicht ganz unrecht, allerdings sollten Sie nicht so negativ denken. Es ist nur ein einfacher Auftrag.« Einfach war in dieser Nacht ein relativer Begriff, vor allem wenn er von einem Mann gesagt wurde, der Marleens Leben und das ihrer besten Freundin in der Hand hatte und frei darüber entscheiden konnte.

Ein Grummeln war für den Moment ihr einziger Kommentar.

Alles Weitere war für den Moment überflüssig, sie wollte den Operator lieber gar nicht erst anfangen zu reizen. *Denk an Lexia. Er hat euch Beide im Griff.*

Der Wagen steuerte ruhig unter den ALH und fuhr auf einer weiteren, kleineren Auffahrt herunter in die Straßen des Bezirks. Einige kleinere Hochhäuser standen hier abseits der Straßen, trotzdem waren die Eingänge prunkvoll und viel zu luxuriös ausgestattet. Als sie die Auffahrt verlassen hatte erkannte sie, dass gleich neben den Eingängen einige Fahrzeuge parkten. Vor allem genau hier, zwischen den beiden Firmen war das Aufgebot der Sicherheitskräfte enorm. *Immer bereit für einen kleinen Blockkrieg.*

Zwei gepanzerte Transporter mit schweren Maschinengewehren sicherten das erste Gebäude auf der linken Seite. Es gehörte zu Tzusaka Industries. Einige kleine Straßenblockaden und Sicherheitszäune schirmten den Eingang zusätzlich ab. Die Innenwände würden wahrscheinlich speziell gepanzert sein. Männer mit schweren Kampfanzügen und Sturmgewehren, die nach Durchschlagskraft aussahen, standen neben den Transportern. Zivilfahrzeuge wurden nur dann kontrolliert, sofern sie eins der Gebäude ansteuerten. Vielleicht war es ein Labor oder ein Forschungszentrum, auch wenn es unsinnig erschien, sie gleich gegenüber dem größten Konkurrenzunternehmens aufzubauen. Eine Ampel schaltete sich auf Rot und das Hydromobil hielt an. Jetzt sah sie auch die andere Seite.

Dort standen ebenfalls schwer bewaffnete Männer und einige Wachtürme mit Maschinengewehren und mannshohe Sicherheitswände machten klar, da sie durchaus bereit waren, ein Feuergefecht einzugehen. Ein schwer bewaffneter Geländewagen steuerte neben ihr vorbei und fuhr auf das kleine Tor zu, dass auf der rechten Seite das erste Gebäude von NarcoTek absicherte. Zwischen den Gebäuden gab es die Straße und die leeren Areale unterhalb der Brücke. Diese Pufferzone musste für die Sicherheitskräfte so etwas wie die Frontlinie sein. Stacheldraht und zusätzliche Straßensperren standen überall herum und würden ein gegenseitiges, gewaltsames Eindringen doch sehr erschweren. Nun schaltete die Ampel um und ihr Hydromobil fuhr langsam an.

Blicke wurden ihr von den Sicherheitskräften von Tzusaka Industries entgegen geworfen, aber sie waren zu weit weg, um bei den begrenzten Lichtverhältnissen ins Innere des Fahrzeuges blicken zu können.

Das Hydromobil steuerte nach der Ampel nach rechts und es war klar, dass es in den von NarcoTek kontrollierten Bereich gehen würde. Die nun näher kommenden Sicherheitskräfte taten es ihren Kollegen von der anderen Straßenseite gleich, blickten zu dem Hydromobil, ließen es näherkommen und passieren. Innerlich zitternd, da sie wusste, dass sie keine Chance hatte, sofern einer der Männer das Feuer eröffnen wurde, griff sie zu ihrem Sturmgewehr. Ein Lieferwagen, der ihr entgegen kam, auf das Tor und die Wachtürme einschwenkte und zugleich hereingelassen wurde, lockerte sie wieder ein wenig auf. *Diese Männer tun bloß ihre Arbeit. Bleib ruhig.*

Sie blickte wieder nach vorne. Das Florisson Apartment Gebäude hatte sie hinter den riesigen Türmen der Konzerne nicht sehen können. Es war eine Art Nobelhotel, in dem die absoluten Top–Entwickler und Leiter des NarcoTek Konzerns untergebracht waren. Zu diesen gesellten sich auch Mitarbeiter anderer Tochterunternehmen und Firmen, die eine innige Beziehung mit NarcoTek pflegten. Dafür ließ man sie in Luxusapartments mit allen Annehmlichkeiten, die es nur irgendwie gab, von Sexdroiden bis hin zu Virtual–Reality–Kriegsspielen, wohnen. Zudem hatte man jederzeit die Möglichkeit auf diese Mitarbeiter zuzugreifen, da diese sich meist nie weit von ihrem Arbeitsplatz oder einem Labor entfernt befanden. Konzerne und ihre Arbeitsweise. *Musste man studiert haben, um es zu begreifen.*

Die nun ins Blickfeld kommenden Straßenzüge waren alle umringt von Hochhäusern und Firmen, die zu NarcoTek gehörten. *Hier arbeiteten alle miteinander und jeder war speziell ausgewählt, der hier seine Zelte aufgeschlagen hatte.* An den Straßenseiten befand sich so manches Luxushydromobil und die Sauberkeit in diesem Teil der Stadt war auch nicht zu übertreffen.

Passend zu ihrem Gedankengang kam eine Straßenkehrmaschine in ihr Blickfeld. Doch anders als die, die sie vorher in Maluna Bay gesehen hatte, war diese hier das absolut neueste Modell von einer der kleineren Unternehmen, die unter NarcoTek arbeiteten. Genauso sauber wie die Straße, war auch die Maschine. Als Marleen an dem Gefährt vorbei rollte, konnte sie keinen Unterschied erkennen, zwischen dem was schon gereinigt und was noch zu reinigen war. Vor und hinter dem Fahrzeug sah alles identisch aus. Es schien ihr wie eine Farce, dass es jemand für nötig gehalten hatte, die Maschine heute Nacht zu aktivieren. *Typisch Konzerne.*

»Sagt Ihnen der Name Viktor Flechett etwas?«, fragte der Operator.

»Nein, keine Ahnung.« Hinter einer Kurve kam das erste wirklich große Gebilde zum Vorschein und Marleen konnte durch die Windschutzscheibe nicht mal das obere Ende des Turmes sehen. Eines der absoluten Top–Sicherheitsobjekte.

»Noch zwei Straßen weiter«, kam ihr der Operator zuvor.

»Ich weiß, wie das Florisson aussieht.« Aus ihren Erinnerungen kamen Schemen zum Vorschein, da Sie bei einem Briefing für einen Raid dabei gewesen war, in dem es darum ging, einen Wissenschaftler unter MPC Schutz aus dem Gebäude zu schaffen, nur damit er nachher für die andere Seite arbeiten konnte.

Inoffiziell war es bloß ein Seitenwechsel mit dem Deckmantel einiger unwichtiger Projekte. *Industriespionage mit offizieller Unterstützung. So etwas war nur auf dem Mars möglich.* Deswegen wusste Marleen aber trotzdem über die groben Züge des Gebäudes Bescheid.

Es gab eine große Grünanlage mit allerhand Freizeitmöglichkeiten, die unter einer künstlichen Kuppel untergebracht war. Die komplette Anlage war direkt hinter dem Gebäude und nur durch das Gebäude selbst zu erreichen. Unterhalb gab es riesige Parkdecks für die Fahrzeuge der Bewohner. Die Fahrzeuge der Angestellten mussten draußen vor dem Gebäude auf einem Parkplatz stehen. Man wollte eben kein Sicherheitsrisiko. Weshalb auch keine Besucher mit ihren Fahrzeugen nach unten gelassen wurden. Auf dem Dach gab es zahlreiche Vertikopterplattformen, zudem einen Hangar, in dem jederzeit eine Hand voll zur Verfügung stand. Zum privaten und auch geschäftlichen Gebrauch. Wobei ersterer klar den höheren Prozentanteil einnahm. *Vergnügungstouren mit Company–Vertikoptern.*

»Viktor ist Ihre nächste Zielperson. Sie haben Zugang zum Gebäude. Ich habe Ihnen eine Zutrittserlaubnis auf den Rechner des Wachhabenden zukommen lassen. Wenn Sie Ihren Bio–Chip über das Lesegerät halten, werden Sie als MPT identifiziert, der heute Nacht Zugang zum Gebäude hat. Wenn Sie das Sicherheitssystem annimmt, dann wird auch keine der Wachen Fragen stellen.«

»Werde ich von ihm erwartet?«

»Nein, aber laut unserer Information ist er um diese Zeit meist noch wach. Sie werden ihn also nicht wecken müssen. Eher das Gegenteil ist der Fall...«

»Ihn Schlafen zu legen, schon klar. Und was meinen Sie, wie ich entkommen soll? Das ganze Gebäude ist mit dem allerneuesten High–Tech Security Systemen ausgestattet, die man sich überhaupt vorstellen kann. Die letzten Ziele mögen unwichtige Mittelsmänner der Separatisten gewesen sein, aber bei diesem hier wird das komplette Privatmilitär von NarcoTek hinter mir her sein. Nicht zu vergessen...« Doch der Operator unterbrach sie.

»Sie denken ernsthaft, das haben wir nicht bedacht?«, entkam es ihm mit lauter Stimme.

Einen Moment war es ruhig und Marleen ertappte sich dabei, dass sie den Operator und die Organisation unterschätzt hatte. *Regel Nummer Eins im Kidnapping lautete eben immer noch: Unterschätze nie deine Entführer.*

»Sämtliche Kameras sind mit einer Endlosschleife versehen worden und die falsche MPC–Identität, mit der Sie ins Gebäude kommen, wird niemanden auf Sie aufmerksam machen. Lediglich das Ziel selbst ist in der Lage, Sie zu identifizieren. Und das auch nur, wenn Ihre Aufgabe scheitert. Ihre allererste Priorität sollte also sein, dass Sie das Ziel liquidieren. Nur von ihm geht eine Gefahr für den weiteren Verlauf der Nacht aus. Dieser Mann ist Ihr größtes Risiko. Die vorher ausgeschalteten Zielpersonen waren nur kleine Fische, Sie sind zwar auch wichtige Ziele gewesen, aber Sie haben schon richtig erkannt: Konzernsöldner und Sicherheitssysteme sind um einiges gefährlicher als die Kneipenschläger, mit denen Sie es vorher zu tun hatten. Tun Sie Ihre Arbeit vernünftig und bleiben Sie ruhig. Dann wird es eine einfache Sache. Sie finden Ihr Ziel im 96. Stockwerk.«

Das Haupttor befand sich vor ihr. Der Wagen hielt an der Zugangsschranke zu dem Gebäude an und sie hielt ihren Arm an das Lesegerät, das die Schranke kontrollierte. Langsam öffnete sie sich und das Hydromobil steuerte automatisch weiter auf das Parkareal. Im Zentralcomputer, der alle Personen verwaltete, wurde sie jetzt eingeschrieben, allerdings war ihr nicht klar, ob man sich für ein Foto von der wirklichen Marleen entschieden hatte oder man ganz einfach ein anderes genommen hätte, in der Hoffnung, die wenigen menschlichen Wächter würden nicht genau hinsehen. Sie wusste es nicht und der Operator war schon genug genervt durch ihre letzte Ansprache. *Kein Grund ihn noch einmal zu fragen. Von jetzt an ist es wohl besser wenn du ihm wirklich vertraust. Alles in Frage zu stellen, wird deine Situation auch nicht verbessern.*

Das Hydromobil steuerte einen freien Parkplatz nahe dem Haupteingang an und kam zum Stehen. Einen Moment verhielt Marleen, schloss die Augen und atmete tief ein. Die letzten Male waren wirklich Kinderspiele gewesen, im Gegensatz zu diesem Auftrag. Vielleicht war es auch bloß die Nervosität und die Logik, die ihr das einreden wollten. *Möglicherweise würde doch alles glattgehen.*

Neben ihr schwang die Tür auf. *Zeit zu gehen. Bleib ruhig. Dann geht alles gut.*

»Na gut«, sagte sie zu sich selbst. Sie stieg aus, griff sich ihr Sturmgewehr vom Beifahrersitz und hielt es nach hinten gegen den Magnetholster. Die Clawgiver im Auge überlegte sie, ob sie bei diesem Auftrag von Nutzen sein konnte, rang sich schließlich zu einem Ja durch und sicherte sie ebenfalls an dem zweiten Slot ihres Anzuges. Die Fahrzeugtür wurde automatisch geschlossen und verriegelt, Marleen wusste, dass es bis auf weiteres nicht mehr möglich war, in den Wagen zu gelangen.

Sie drehte sich herum und sah hoch zu dem Gebäude. Ein Windstoß fegte durch ihren Pferdeschwanz und ließ ihn einen Moment umherwirbeln. Majestätisch und einladend wirkte das Florisson. *Wie eine Festung. Nur dass Festungen nicht einladend wirkten.* Doch auch Festungen konnten erobert werden. In ihrem Fall musste es sogar sein.

Auf dem Parkareal gab es noch einige andere Fahrzeuge, doch viele waren es um diese Zeit nicht. Langsam schritt sie zum Haupteingang, an dem zwei Wachposten sich die Füße in den Bauch standen. Sie sahen sie mit der Annahme an, dass wenn der Zentralrechner ihre Anwesenheit gespeichert hat, es schon in Ordnung sein wird.

Bleib schön ruhig, sonst ist deine Reise hier zu Ende. Die riesige Doppelglastür wich zurück und ließ sie in das Innere des Gebäudes. Nun stand sie in der Eingangshalle. Ein Springbrunnen in der Mitte der Lobby und Sitzgelegenheiten an vielen Ecken luden sie zum Verweilen ein, doch dafür hatte sie keine Zeit. Am Ende des Saales gab es einen Aufzug, der sie in jedes Stockwerk des Gebäudes führen würde. Zahlreiche Kameras hingen an den Wänden und Marleen erinnerte sich wieder an die Worte des Operators, dass sie nicht mehr aktiv waren und die Endlosschleife bereits im System vorhanden war. Sie war ein Geist und im Moment nur für die menschlichen Wächter sichtbar, die sich hier und da befanden, ihr aber keine Aufmerksamkeit zukommen ließen.

Hinter einigen Schutzwänden, die sich nur unmerklich von der übrigen Wand abhoben, mussten Sicherheitsdroiden auf ihren Einsatz warten.

Welcher Art, dass konnte sie nicht sehen, da die kleinen Kabinen nicht einsehbar waren. Vier alleine befanden sich hier in der Eingangshalle und sicher gab es dazu noch automatische Geschütze in den Decken. Sicherheit wurde hier eben doch groß geschrieben, aber eben nur, wenn man hier nicht willkommen war. *Gut, dass du willkommen bist.*

Im Aufzug angekommen, betätigte sie den Knopf für das 96. Stockwerk und die Tür schloss sich mit einem Sirren und die Fahrt nach oben begann. Aufzüge waren eine feine Sache, aber Marleen hatte sich in ihnen noch nie besonders wohl gefühlt. Es waren für sie nur Käfige, die sich ganz schnell in eine Falle verwandeln konnten.

»Und wenn ich oben bin, was dann? Frage ich dann einen Pagen freundlich nach seiner Zimmernummer?« Dabei sah sie in die kleine Kugel, die in einer Ecke des Aufzuges hing. Die Kamera im Inneren war ebenfalls deaktiviert.

»Sie werden wenn Sie oben sind, Ihre Frage beantwortet bekommen. Alles zu seiner Zeit.« Dann ließ er Marleen wieder in ihren Gedanken zurück. Sie stellte sich an den großen Spiegel im Inneren und spreizte ihre Arme, während sie auf den Boden sah. Man hatte sie in den letzten Stunden von einer gesetzeskonformen MPT in eine gewissenlose Killerin verwandelt, die nur um ihr Überleben willen das tat, was man ihr befahl.

Sie blickte in den Spiegel und sah sich selbst in die Augen, während sich ihre Arme angelehnt hatten. Ihre Haare sahen eigentlich wie immer aus, sie waren nur ein wenig zerzauster, als sonst. Ihre Augen schien ihr etwas zuzuflüstern, dass es falsch war. Dass sie das, was sie tat, um sich selbst zu retten, nicht rechtfertigen konnte. *Dein Leben und das von Lexia für ein Haufen Unbekannte. Du hast deine Entscheidung getroffen. Für Reue ist es wirklich zu spät...*

Doch ein Blick auf ihr Halsband inklusive dem Wunsch sich andauernd dort zu kratzen, reichten, um sie in die Realität zurückzuholen.

Niemand konnte ihr sagen, wann all das vorbei sein würde und ob sie die Nacht überleben würde. Wann man sie von ihren Aufgaben befreite, stand nicht zur Debatte. Ihre Augen sahen kalt aus. Hatten sie sonst Wärme und Mitgefühl für ihre Kollegen und die Leute gespendet, mit denen sie zusammen gearbeitet hatte, war in der letzten Stunde nichts mehr davon übrig geblieben. Nur ihre Waffe war an ihrer Seite und der Drang zum Überleben. Der Tod selbst schien an ihr vorbei zu gleiten, während andere an ihrer Stelle von ihm geholt wurden. *Doch das kannst du gut.* Sie erkannte es in ihren Augen.

Wenn sie lang genug überleben würde, dann konnte sie es schaffen. Sie würde einen Ausweg finden. Der Operator war auch nur ein Mensch. Irgendwann musste auch ihm ein Fehler unterlaufen. Aber bis dahin war es wichtig, zu kämpfen. Ihre Aufgabe zu erfüllen. Sich an diese Hoffnung klammernd, entschied sie sich für das Überleben.

Schloss die Augen und wartete auf das Öffnen der Aufzugtür. Es dauerte noch einige Sekunden, bis es soweit war.

Die Geschwindigkeit des Aufzuges verlangsamte sich und Marleen öffnete ihre Augen wieder. Dann sah sie die 96 auf dem Anzeigedisplay langsam näherkommen und schließlich kam der Aufzug zum Stillstand. Die Tür glitt auf und Marleen trat hinaus.

Der Gang, in dem sie sich nun befand, war ruhig. Ein kleiner Dienstbot kam den Gang heruntergefahren und hielt vor Marleen.

»Kann ich helfen?« Dienstbots zu manipulieren war also ebenfalls eine Stärke des Operators. Ob er allein für die komplette Manipulation aller Geräte verantwortlich war, mit denen Marleen in Kontakt kam oder ob er nur derjenige war, der ihr die Befehle übermittelte, war nicht ersichtlich und auch nicht wichtig. Im Moment jedenfalls.

»Ich bin auf der Suche nach Viktor Flechett.« Einen Moment brauchte der Dienstbot, um die Information zu verarbeiten, dann piepte seine Antwort heraus.

»Folgen Sie mir.« Der Bot drehte sich herum und begann den Gang hinunterzufahren. Marleen schritt langsam hinter ihm her und begutachtete die Wände, die mit teuren Malereien versehen waren.

»Wünschen Sie, dass er über Ihre Ankunft informiert wird?« *Ein Opfer über das An-kommen seines Killers zu informieren?* Vielleicht hatte der Operator doch keine Kontrolle über den Bot und es war Routine, dass sich einer zu dieser Stunde um die Besucher des Gebäudes kümmerte.

»Ja, das MPC ist hier, um ihm einige Fragen zu stellen.« Der Bot aktivierte einen kleinen Monitor und auf ihm wurde eine Willkommen im Florisson Sequenz abgespielt, dann erschien ein Gesicht auf dem Monitor und Marleen stockte einen Moment. Sie hatte nicht mit einer direkten Verbindung der Bots mit den Räumlichkeiten des Gebäudes gerechnet.

»Dass die MPC so spät noch Hausbesuche macht, ist mir nicht bekannt. Aber gut, es handelt sich ja schließlich um einen ernsten Fall. Ich nehme an, Sie sind wegen Botschafter Deserov hier?« Zögernd blickte sie von dem Bildschirm zu der Wand, unsicher was sie sagen sollte. Schließlich wusste sie nicht, worum es ging.

»Ja, darum bin ich hier«, entkam ihr nur.

»Gut, der Botschafter kommt in weniger als einer Stunde am Thessarus SpacePort an. Meinen Informationen zu Folge wird man alles versuchen, um ihn zu beseitigen. Ich bin allerdings erstaunt, dass Sie allein gekommen sind. Oder haben Sie den Rest des Begleitschutzes unten gelassen?«

»Nein, ich bin vorerst allein verantwortlich für Sie.«

»Sie müssen eine gute Schützin sein, wenn man Ihnen meine Sicherheit anvertraut.«

»Das bin ich. Ich gehörte zu den besten Schützen meines Kadettenjahrganges.«

Ausnahmsweise brauchte sie nicht zu lügen.

»Haben Sie Kampferfahrung?«

»Ja, reichlich. Sonst hätte man mich auch nicht ausgewählt, oder?« *Was wird hier gespielt? Wieso erwartet er jemanden? Er rechnet mit Begleitschutz. Also weiß er, dass man ihn töten will.*

Keine gute Entwicklung. Wenn wirklich noch ein Team unterwegs ist, um ihn zu schützen, musst du in der Tat schnell sein. Aber sie hatte auch die Möglichkeit herauszufinden, warum man ihn umbringen wollte. Wenn sie noch einen Moment Schauspieler sein würde, könnte sie an Informationen herankommen. Nur ob der Operator ihre Neugierigkeit akzeptierte, war die andere Frage.

Der kleine Bot war an einer großen Tür angekommen, die sogleich aufschwang und Marleen ins Innere seiner Räumlichkeiten hinein ließ. Der Bot fuhr herum und steuerte den Weg an, den er gekommen war.

»Gut, dann darf ich Sie willkommen heißen und Sie fragen, was Sie über Ihren Auftrag wissen.« *Einen Dreck weißt du.*

Sie stand in der Tür und betrachtete den Raum. Durch ein riesiges Fenster hatte man einen beeindruckenden Blick auf die Stadt und die Ausstattung des Apartments war allererste Klasse. Wie erwartet. Teure Sofas standen in der Mitte des Raumes und auf einem Monitor gab es eine Auswahl von Simulationen, die man mittels der VR Ausrüstung, die auf dem Tisch lag aktivieren konnte. Eine Bar stand zu ihrer linken und war gut gefüllt.

»Ich bin nicht näher über Sie informiert worden, man hat mich gleich abkommandiert und mir gesagt, dass meine Fragen hier beantwortet werden.« Der Operator schaltete sich ein.

»Sie sind hier, um ihn zu töten, nicht um sich mit ihm zu unterhalten. Führen Sie Ihren Befehl aus.« Ohne ihn zu beachten, wartete sie auf das Erscheinen des Mannes, den sie eben auf dem Screen des Bots gesehen hatte. Um authentisch zu wirken, nahm sie das Sturmgewehr von ihrer Schulter und hielt es vor sich.

»Sie wissen also nichts?« Der Mann, den sie eben auf dem Monitor gesehen hatte, war nun in den Raum hineingekommen.

Im selben Augenblick hob sie das Sturmgewehr.

»Ich weiß, dass ich hier bin, um Sie zu töten.« Ohne eine Reaktion blieb der Mann stehen.

»Sie sind also nicht zu meinem Schutz da.« Das Sturmgewehr zielte auf ihn, aber Marleen wusste auch, dass einige der Fragen die sie hatte, von genau diesem Mann beantwortet werden konnten. Und das ließ sie zögern. Ungläubig, dass sie wirklich auf ihn schießen würde, stand Viktor dort und musterte Marleen. Er schien sie für einen Moment im Griff zu haben.

»Also, was wissen Sie?«, schrie er lauter. Mit finsterem Gesichtsausdruck sah sie ihn an. »Sie wissen also nichts. Dann soll es auch dabei bleiben.« Seine Hand presste sich zusammen und sie vernahm ein Klicken in seiner Hand. *Verdammt! Eine Falle.*

Der Nano–Boost schaltete sich ein und Marleen hatte Zeit, die Auswirkung Ihres Fehlers in Ruhe zu begutachten.

Vor ihr, gleich über dem Sofa öffneten sich zwei Luken und zwei vierbeinige Spinnenroboter wurden aus einer Vorrichtung fallen gelassen. Sie krachten auf den Boden und aktivierten sich im selben Moment. Viktor nutzte den Moment, um in ein Hinterzimmer zu fliehen. Die Spinnenroboter waren mit Maschinengewehren ausgestattet, die eine beachtliche Feuerrate erzielen konnten. Marleen warf sich zurück, durch die große Tür in den Gang. Im selben Moment eröffneten die Roboter das Feuer.

Grelle Mündungsfeuer kamen aus den Gewehrläufen, die auf den vierbeinigen Gestellen angebracht waren und krachten in die Wände. Marleen hielt ihr Sturmgewehr ungezielt um die Tür herum und feuerte. Das Gewehr bäumte sich auf und ließ die Patronen in den Raum hinein regnen. Menschliche Gegner hätte sie damit vielleicht verunsichern können, aber die Roboter feuerten einfach weiter. Während Viktor Zeit hatte zu entkommen. *So wird das nichts.*

Es klickte und das Magazin des Sturmgewehres war leer. *Diese Waffe nützt dir nichts gegen die Spinnenroboter. Clawgiver.* Nun hatten die Roboter ihr Feuer eingestellt und warteten auf eine Reaktion Marleens. Die Schrotflinte von ihrer Schulter nehmend, entsicherte sie die Waffe und verhielt einen Moment.

Der rechte Spinnenroboter fing an, sich auf Marleen zuzubewegen. Seine metallischen Füße machten ein unverkennbares Geräusch, als sie näher kamen.

Marleen schnellte um die Ecke und feuerte einen Schuss auf das große Gebilde. Die Schrotladung traf den Spinnenroboter und der Einschlag warf seinen Oberkörper mit dem Maschinengewehr ein wenig zurück, während seine Beine den Schuss abfederten. Sie hatte beinahe das Gefühl, ihn in der Luft stehen zu sehen. *Ohne den Nano–Boost hättest du nicht ansatzweise ein Chance.*

Dann krachte zuerst die Mündung des anderen Roboters auf, dessen Geschosse aber nicht in der Lage waren, die dicke Wand zu durchdringen, hinter der Marleen sich versteckte. Sie umklammerte das Schrotgewehr und war innerlich froh, sich dafür entschieden zu haben. Die kleinen Schrotpatronen waren durchaus in der Lage, einem Roboter Schaden zuzufügen. Laut krachten die Kugeln hinter sie in die Wand und sie wartete, bis die Roboter ihr Feuer wieder einstellten.

Als es soweit war, kam sie hinter der Ecke hervor und gab dem schon angeschlagenen Roboter eine zweite Ladung. Funkensprühend entkam ihm eine Rauchwolke und der Oberkörper fiel zusammen und die Beine sackten zurück, als seine Systeme abschalteten. *Einer noch.* Der zweite Roboter lief auf Marleen zu und sie rollte sich auf dem Boden entlang und wich mit einem Grav–Dodge seinen Schüssen aus. Aus der Rolle heraus feuerte sie ein weiteres Mal und traf den Roboter, dessen Zielfunktionen dadurch einen Moment lahmgelegt waren. Das Maschinengewehr feuerte noch, allerdings krachten die Schüsse neben Marleen in die Wand, kamen ihr aber schnell näher.

Einen zweiten und dritten Schuss abfeuernd, wurde der Spinnenroboter zurückgeworfen und durch die Wucht der Geschosse überschlug er sich. Seine Systeme versagten und auch er fiel in sich zusammen.

»Gut, jetzt kümmern Sie sich um Viktor.« Schnell war das Schrotgewehr wieder an ihrem Magnetholster gesichert und sie griff zu ihrem Sturmgewehr. *Du hast zu viel Zeit verloren. Beeilung!*

In den Raum hinein rennend, während ihre Wahrnehmung in Echtzeit zurückschaltete, war sie unsicher, ob es weitere Roboter geben würde, aber vorerst sollte es wohl bei den Zweien bleiben. Im Laufen zielte sie auf die Roboter, wartend, ob sie wirklich nichts mehr ausrichten konnten. Im Hinterzimmer angekommen, wurden ihre Befürchtungen war.

Es gab ein Fluchttreppenhaus, durch das Viktor getürmt war.

»Sie haben gezögert. Nächstes Mal ist das Ihr Ende.«

»Weil ich nun mal zu einem Polizisten ausgebildet wurde und nicht zu einer Killerin.« Menschliche Züge konnten sich Profikiller nicht erlauben, weshalb sie diese zu kontrollieren wussten. Bei Marleen aber war es etwas anderes.

»Wo ist er hin? Rauf oder runter?« Für den Moment schien er sich mit der Antwort zufrieden zu geben, immerhin war das Ziel dabei zu entkommen, während sie weitere Zeit mit Diskutieren verschwenden würden.

»Er ist auf dem Weg zum Dach. Ich muss Ihnen nicht sagen, was dort wartet.« *Scheiße. Vertikopter.*

Marleen rannte die Treppen hinauf und wusste, dass es nicht wirklich weit zum Dach war.

Dort würde Viktor versuchen, einen Vertikopter zu nehmen und damit zu entkommen. Da sie Ihn nicht ebenfalls rennen hörte, während sie die Treppen hinauf hastete, hieß, dass er schon oben in einem der Hangars angekommen war. Allerdings musste man einen Vertikopter auch erst mal startklar bekommen. *Konnte durchaus einen Moment dauern, also hast du noch eine Chance.* Während sie rannte, meldete sich wieder der Operator.

»Nun gut, Sie sollten trotzdem nicht vergessen, dass es keine so gute Idee ist, ihn entkommen zu lassen.« Mit einer Hand griff sie ans Treppengeländer, wirbelte herum.

»Lassen Sie mich raten, er fliegt zum Flughafen und warnt diesen Deserov. Und ich brauchte wohl nicht zu fragen, wer mein nächstes Ziel gewesen wäre.« *Kluges Mädchen.*

Ihre Ausdauer war so langsam am Ende, doch das Ende des Treppenhauses kam umso schneller näher.

»Ihr nächstes Ziel ist, egal wie es jetzt ausgeht, der Botschafter. Ob nun Flechett sich ebenfalls dort befindet oder nicht. Sie müssen bedenken, dass sein Shuttle erst in einer Stunde landet.«

»Dann eben zwei Fliegen mit einer Klappe oder Kugel, wenn Sie das bevorzugen.« Mit einer Hand griff sie an ihr Sturmgewehr und ließ das Magazin herausfallen, nahm ein neues und schob es ein. *Das hätte noch gefehlt. Keine Munition.* Die Tür vor ihr schlug auf und ein eisiger Wind stieß ihr entgegen. Zusammen mit dem Lärm zweier Triebwerke. Auf dem Landefeld gleich vor ihr befand sich ein bewaffnetes Security Gunship, das nicht mehr lange zu benötigen schien, um startklar zu sein.

Sofort war das Sturmgewehr in ihrer Hand und sie zögerte keine Sekunde. Im Cockpit sah sie bereits Viktor, der auf die Piloten ein brüllte, dass sie sich wohl beeilen mögen. *Kugelsicher, wetten?* Es krachte, als die Geschosse aus dem Sturmgewehr gegen die gepanzerte Scheibe schlugen, bis auf ein paar Kratzer aber keinen Schaden verursachten. Die Hoffnung nicht aufgebend, feuerte sie das ganze Magazin leer, doch wider Erwarten gab es keine Reaktion. Sie war einen Moment zu spät. *Das nächste Mal erst schießen, dann fragen.*

Die beiden Kreiselrotoren an den Flügeln beschleunigten und das Gunship hob von dem Landeplatz ab. Sofort drehte es sich herum und unterhalb der breiten Kanzel kam eine Schnellfeuerkanone aus dem Rumpf hervor und begann nach Marleen zu suchen. »Verdammt.«

Als die Mündung losleckte und die einschlagenden Geschosse den Beton aus dem Landeplatz kratzten, war Marleen schon wieder im Treppenhaus und rannte es hinunter. Über ihr krachte es durch die Wand und die großkalibrigen Geschosse hatten keine Mühe, die Wand zu durchschlagen. Hätte sie sich nur hinter der Wand versteckt, wäre nicht mehr viel von ihr übrig geblieben. *Also gut, dann eben Plan B.* Immer weiter rannte sie die Treppen hinunter, wohl wissend, dass sich die Situation um einiges verschlechtert hatte…

Mars–Pacification Marshal Derecks saß an seinem Schreibtisch und hatte für einen Moment genug von den ganzen Meldungen. Seine nun dritte Nachtschicht in Folge hatte ihm nicht gerade die Ruhe eingebracht, die er sich gewünscht hatte. Nachts zu arbeiten, hatte aber trotz allem seine Vorteile.

Er stand auf und ging zu dem kleinen Wasserspender, der unweit von seinem Büro auf dem Gang des Präsidiums stand. Seine Abteilung hatte Zugang zu fast allen Troopern, die heute Nacht Dienst hatten, auch wenn er selbst nicht über ihre Einsatzbefehle entscheiden konnte. Trotzdem war es immer gut, einen Überblick zu haben.

Das kühle Nass aus dem Spender lief in einen Becher und er griff nach ihm, setzte an und entleerte ihn mit nur einem Zug. Überlegend, ob er sich noch einen zweiten Becher genehmigen sollte, kam ihm der große Monitor, der in seinem Büro hing, zuvor.

»Was zum Teufel ist eigentlich los bei Ihnen?«, schrie eine bekannte Stimme. Sofort drehte sich Derecks um und war mit einem zweiten, gefüllten Becher wieder zurück im Büro.

»Viktor, was ist denn mit Ihnen?«, entgegnete Derecks. Auf dem Monitor war Viktor Flechett zu sehen, der schweißgebadet und offensichtlich auch ängstlich dort saß und darauf wartete, dass ihm jemand antwortete.

»Wo sind Sie?«, fragte Derecks.

»Ich bin in einem Gunship und auf dem Weg zum Thessarus SpacePort.« Derecks warf einen Blick auf seine Uhr.

»So früh. Der Botschafter kommt doch erst in…« Doch er wurde unterbrochen.

»Ich wurde von dem reizenden Besuch einer Ihrer Trooper beehrt. Doch unglücklicherweise gehörte Sie nicht zu dem Geleitschutz, den man mir versprochen hatte.«

»Und was hatte Sie dann für ein Anliegen?«

»Sie versuchte, mich zu töten.« Einen Moment konnte der Marshal seinen Ohren nicht trauen.

»Sie scheinen meine Worte wohl nicht für voll zu nehmen. Na gut, dann sollen Sie es mit eigenen Augen sehen.« Viktor betätigte den Knopf auf einer Konsole, die mit einem kleinen Kabel direkt mit seinem Kopf verbunden war. Implantierte Cyberaugen waren bei vielen Konzerngrößen und wichtigen Personen Standard, um alles Wichtige, was im Leben einer Person geschah, festzuhalten und gegebenenfalls auch noch einmal abzuspielen. Auf dem Monitor erschien eine Sequenz, in der ein Trooper im Raum stand, den Viktor jetzt betrat.

»Sie wissen also nichts?«, hörte Derecks Viktor sagen.

»Ich weiß nur, dass ich hier bin, um Sie zu töten.« Der auf dem Bildschirm sichtbare zielte genau auf Viktor. Dann fror das Bild ein.

Die Kinnlade des Marshal viel herunter, zeitgleich mit dem Becher, den er in seiner Hand hielt. Klatschend ergoss sich der Inhalt über den Flur.

»Zwei Spinnenroboter waren in der Lage, meinen Attentäter für eine Weile hinzuhalten, doch während des Starts unternahm Sie noch einen zweiten Versuch, der allerdings kläglich scheiterte.«

Blitzend sah Viktor das Sturmgewehr feuernd, während Viktor im Gunship noch einmal genau zu seiner Attentäterin hinschaute, kurz bevor das Gunship von dem Landeplatz abhob.

»Ich wusste nicht, dass Sie schon Killer im Corps ausbilden. Ich muss sagen, ich bin ganz und gar nicht erfreut über diese Entwicklung.«

»Wir haben nichts Derartiges zu verantworten. Wenn Sie einen Tötungsauftrag hatte, dann muss Sie für jemand anderes arbeiten.«

»Könnten Sie vielleicht ihre Mittel und Wege einsetzen, um diese Sache aufzuklären?«

Derecks sah auf das Bild des Troopers, die auf dem Bild klar erkennbar war.

»Gut, ich werde einen Scan durchführen und dann finden wir ihre Identität heraus. Dann werde ich einen Suchbefehl herausgeben.«

»Sparen Sie sich den Aufwand. Schicken Sie Ihr bestes Team zum SpacePort. Sie hat bei mir versagt, aber wenn ich meine Widersacher richtig einschätze, werden Sie es am SpacePort noch einmal versuchen. Sie wird ebenfalls dort sein.« Zögernd betrachtete der Marshal das Gesicht der jungen Frau. Sie auszuschalten, sollte nicht das Problem sein, aber dass die Öffentlichkeit dabei zusah war eine andere Sache. Die Ankunft des Botschafters war zwar geheim gehalten worden, allerdings würde es trotz allem von Zivilisten am SpacePort nur so wimmeln.

»Ich werde mich darum kümmern.«

»Gut, ich treffe mich mit dem Botschafter, wie vereinbart. Um nicht zu viel Aufmerksamkeit zu erregen, werde ich keine weiteren Sicherheitsleute aktivieren. Die Wächter des Botschafters sollten ausreichen. Wenn Ihr Team uns am SpacePort empfängt, sollte es ein angemessener Schutz sein. Sofern Sie überhaupt aus dem Florisson entkommen ist.«

»Haben Sie den Sicherheitsalarm ausgelöst?«

»Sofort nach dem Start, allerdings ist um diese Zeit nur ein Minimum an Sicherheitspersonal vorhanden. Und Sie ist sicher über die Fluchtkabine schon auf dem Weg nach unten.«

»Was erwartet Sie unten?«

»Es gibt dort eine Garage, mit einem Fluchtfahrzeug. Wenn Sie schnell genug ist, kann Sie es kapern.«

»Was ist mit den Security Codes?«

»Sie glauben doch nicht, dass eine Profikillerin, wie Sie, nicht für so eine Situation ausgerüstet ist?« Nachdenklich wusste der Marshal darauf keine Antwort…

»Was für ein Code?«, schrie Marleen, als sie in der Garage des Florisson vor dem Fluchtwagen für Notfälle stand. Der blaue Terra–3, ein schnelles und luxuriöses Hydromobil war in der doch recht großen Garage das Fahrzeug, was Flechett die Flucht hätte ermöglichen sollen, sofern er sich für den Weg nach unten entschieden hätte. Einige weitere Fahrzeuge standen ebenfalls in diesem Teil des Parkdecks, doch der Operator hatte ihr versichert, dass dieses Fahrzeug zu Flechett gehörte und ihre Möglichkeit war, zu entkommen. Klingelnd öffnete sich die Aufzugtür am Ende des Parkdecks und Marleen wusste, wer mit ihr heruntergefahren war. *Sicherheitsleute.*

Der Boost war schneller und Marleen sah durch ihre verzehrte Wahrnehmung, wie sich die Türen der Liftkabine langsam öffneten und die beiden Männer in ihr sich bereit machten.

Grell bellend leuchteten die Mündungen ihre schweren Sturmgewehre auf, als sie Marleen sofort hinter dem Fahrzeug erkannt hatten. Es krachte und splitterte, als die Geschosse in das Hydromobil einschlugen, doch die Panzerung hielt stand. Duckend griff sie zu ihre CX, während Funken über ihren Kopf hinüber flogen.

Diesmal nicht auf den Operator warten. Sie legte an und feuerte, während es um sie herum einschlug und kleine Splitterpartikel auf den Boden regneten.

Der erste Schuss traf die erste Wache, dessen Weste der manipulierten Munition nicht standhalten konnte. Er zuckte zurück und stellte das Feuer sofort ein. Dann ging er hinter einem Pfeiler in Deckung. Die zweite Wache wich nach rechts aus und versuchte weit genug vorzudringen, um Marleen hinter ihrer Deckung erledigen zu können.

»Sind Sie noch bei mir?«, fragte sie den Operator, doch er antwortete nicht. *Was ist bloß mit ihm?* Vielleicht war das Parkhaus so verstärkt, dass keine Signale aus ihm hinausgehen konnten. Und auch nicht hinein, um Marleen zu sagen, was nun zu tun sei. Doch vorerst konnte sie sich noch helfen.

Blitzend feuerte der zweite Wachmann sein schweres MR–15 Sturmgewehr ab und rannte um einen Pfeiler herum. Dort verhielt er einem Moment, um seine Waffe nachzuladen. Die zweite Wache feuerte nun von dem anderen Pfeiler erneut auf das Hydromobil, um seinem Teamkollegen Deckung zu geben.

Marleen sprang mit einem Grav–Dodge hinter das nächste Hydromobil. Der angeschlagene Schütze konnte so schnell nicht mithalten und erzielte keinerlei Treffer, als Marleen ihre Position wechselte. *Kein Nano–Boost? Hättet ihr lieber beim Corps anheuern sollen.*

Hinter dem zweiten Hydromobil ging sie wieder herunter und duckte sich. Doch nun konnte sie die zweite Wache besser einsehen, wenn er wieder hinter seine Deckung hervorkommen würde. *Zeig dich, Feigling.* Da rannte er los.

Die CX in Marleens Hand blitzte auf und sie traf auch diesen Mann, während er in Bewegung war. Sein Lauf endete hart auf dem Boden des Parkdecks und Marleen wusste nicht, ob sie den Schuss gelandet hatte oder ob der Operator ihr dazu verholfen hatte. Sie feuerte noch zwei Schuss auf den liegenden Wachmann ab, die ihn ganz kampfunfähig machten. *Eine Bedrohung erledigt, noch eine halbe übrig.* Im Vertrauen, dass der Operator für den guten Schuss zuständig war, hielt sie die Waffe hoch, als das Mündungsfeuer der zweiten Wache wieder aufloderte und sie dazu zwang, in Deckung zu bleiben. Ein paar Sekunden verhielt ihre Hand so, dann drückte sie den Abzug herunter. Und ein weiteres Mal.

Ein lauter Schrei ertönte und ein Geräusch von einem auf den Boden fallenden Sturmgewehr nebst dazugehörigem Wachmann machte ihr verständlich, dass der Operator mit ihr zwar nicht kommunizieren konnte, aber durchaus in der Lage war, sie aus ihre Lage zu befreien. Oder sie hatte einfach eine Menge Glück gehabt und den Wachmann zufällig getroffen. *Glück? Nicht heute Nacht.*

Was aber eher unrealistisch war. Als sie die CX in der zurückerlangten Echtzeit wieder herunter nahm, viel ihr auf, dass sich der Schlitten in Ladeposition befand. Das erste Magazin der Waffe war verschossen. Bei ihrer Entführung hatte man ihr noch drei weitere Magazine spendiert. Sie waren ebenfalls an ihrem MPC–Hardsuit angebracht worden. Klickend verließ das leere Magazin die CX und klapperte auf den Boden, ein neues rastete ein und dann schnappte der Verschluss der CX wieder nach vorne.

Wo sie gerade über verschossene Munition nachdachte, viel ihr eines der MR–15 Gewehre ins Auge. *Haben.* Diese Gewehre waren eigentlich speziell für militärische Aufgaben entwickelt und auch die Standartwaffe der Mars Federal Army, kurz MFA.

Dennoch konnte es nicht schaden, eine solche Waffe zur Verfügung zu haben. Wenige Schritte später stand sie vor dem zuerst ausgeschalteten Wachmann und nahm das schwere Gewehr an sich. Den Magazingürtel ebenfalls, in dem vier weitere Magazine gesichert waren. Mit einem Sirren schloss sich die Aufzugtür und der Aufzug fuhr wieder nach oben. *Noch eine Runde machst du nicht mit.* Nun musste sie schnell sein. Sie rannte zu dem blauen Terra–3 und hielt ihren Arm gegen die Tür. Es klickte und die Tür glitt auf.

»Das nenne ich mal Service.« Sie sprang hinein und warf die MR–15, samt Magazinen auf den Beifahrersitz. *Diesmal bist du auf dich selbst gestellt.*

Der Wagen sprang in dem Moment an, als sie auf dem Sitz Platz genommen hatte. Schon glitt ihre Hand an das Lenkrad und ihr Fuß drückte das Pedal zu Boden. Quietschend fuhr das Fahrzeug los und sie lenkte es auf die Ausfahrt zu, dessen Tor sich langsam öffnete. Hinter ihr öffnete sich der Aufzug ein zweites Mal und vier weitere Wachen rannten heraus und feuerten sofort, als sie das blaue Hydromobil sahen. Einschläge krachten gegen die Scheiben während sie die Auffahrt hinauf fuhr.

Oben angekommen sprang das Fahrzeug, so hatte Marleen es beschleunigt, über die Ausfahrt. Sofort lenkte sie auf das Tor zu, dass ihr vorher Einlass gewährt hatte. Da schloss es sich vor ihren Augen und von links kamen zwei Spinnenroboter im schnellen Tempo heran und hatten sie im selben Moment auch schon in der Zielerfassung. Diesmal zuckte Marleen nicht mehr zurück, als die vierbeinigen Monster das Feuer eröffneten und dem Fahrzeug weitere Kratzer zufügten.

»Können Sie mich jetzt hören? Wenn das Tor zu ist, dann sitze ich in der Falle!«

»Ob Sie jemals Vertrauen in mich haben werden?«, hörte sie den Operator sagen, als das Tor wie von Geisterhand stoppte und sich wieder öffnete.

Genau auf das Tor zuhaltend, kam ein Spinnenroboter vor ihrer Windschutzscheibe hervor. Das Steuer fest in der Hand, krachte Marleen mit dem schweren Wagen in das vierbeinige Ungetüm und es schlug gegen die Scheibe, wurde umhergewirbelt und rollte über das Dach, bis er schließlich hinter dem Fahrzeug wieder auf dem Boden aufschlug und dabei zwei Beine verlor. Zusammen mit seiner Funktionsfähigkeit. *Du wirst eine hübsche Konservenbüchse.*

Das Haupttor passiert, riss sie den Wagen sofort herum, um mit Höchstgeschwindigkeit zu entkommen. Hinter ihr schloss sich das Tor erneut.

»Ihr Timing macht mir manchmal ein bisschen Angst.« sagte sie.

»Und Ihre Entschlossenheit macht mir ein bisschen Angst.«

Sich in den Sitz zurückfallend, entkam ihr ein Keuchen.

»Das schon wieder. Ich habe es Ihnen schon mal gesagt. Ich bin ein MPT. Und kein Killer. Wenn Sie einen Killer gewollt hätten, wäre das Militär oder irgendein gelangweilter Sicherheitskonzern die bessere Adresse gewesen. Ich habe ein Problem damit, Menschen kaltblütig umzubringen, selbst wenn Sie es von mir verlangen und mein eigenes Leben davon abhängt. Dafür bin ich nicht zum Corps gegangen.«

Sie steuerte den Wagen zurück in Richtung der Auffahrt zum Automated–Linear–Highway. Der Weg zum SpacePort war nicht sehr weit. *Das erste richtige Ziel und du versagst. So eine Scheiße… Wenn du dir jetzt nicht in den Hintern trittst, dann war das eine kurze Nacht. Und denk ja nicht, dass dir der Operator irgendeinen Gefallen tut.*

Kapitel 4:
01.13 Uhr marsianische Zeit

»Gut, ich schalte sie bis zum Leitstrahl des ALH auf Auto–Drive. Ich muss Ihnen aber lassen, dass Sie sich selbst in Extrem–Situationen gut im Griff haben. Ihre Selbstbeherrschung bei der Flucht aus dem Gebäude und auch im Apartment war allererste Klasse. Vielleicht verstehen Sie jetzt, warum wir uns für Sie entschieden haben.« *Ein Lob, welch Überraschung.*

»Das habe ich begriffen.« Das unangenehme Gefühl an ihrem Rücken zeigte ihr, dass die noch vorhandenen Waffen ihren Komfort erheblich einschränkten. Da der Operator wieder die Kontrolle über das Fahrzeug hatte, konnte sie sich davon befreien und warf sie zu dem schon abgelegten MR–15.

»Ich nehme also an, dass Sie mir noch eine Chance geben?«

»Sie liegen richtig. Wenn wir Sie hätten Tod sehen wollen, dann wären Sie es. Sie wären aus der Garage nicht lebend herausgekommen. Obwohl ich nicht in der Lage war, zu Ihnen durchzukommen, war Ihre Denkweise richtig. Sie wussten, dass ich die Waffe noch kontrolliere.«

»Ich habe es geahnt. Aber wissen konnte ich es nicht. Ich habe einfach versucht, zu entkommen.«

»Sehen Sie, genau das ist der Punkt. Sie sind eine Kämpferin und haben beachtliche Eigeninitiative bewiesen. Ihre Schwachstelle ist die eigentliche Erfüllung des Auftrages. Stellen Sie sich diese Frage: Hätten Sie nicht gezögert, wäre Ihre Flucht um einiges angenehmer verlaufen. Keine Spinnenroboter, keine Sicherheitsleute.«

»Kein neues Sturmgewehr.«

»Dass Sie eine neue Waffe erbeutet haben, ist erfreulich und ebenfalls ein Beweis für Ihre Initiative. Aber es wäre trotzdem für Sie erheblich einfacher gewesen, das Gebäude zu verlassen, wenn Sie Ihre Missionsparameter eingehalten hätten.« Vor der Windschutzscheibe kam die Auffahrt in ihr Blickfeld und dann fuhr das Hydromobil sie auch schon hinauf.

Reichlich mehr Verkehr befand sich mittlerweile auf dem ALH. Die Spuren schienen um einiges gefüllter, als es bei Ihrer letzten Fahrt der Fall gewesen war. Sie betrachtete die um sie herum vorhandenen Fahrzeuge und erkannte in einiger Entfernung ein Patrouillenfahrzeug des MPC. Es fuhr ihr voraus und seine Geschwindigkeit war um einiges schneller, als die Ihre. Es würde bald außer Sicht sein. Die einzigen, die auf den ALHs die Kontrolle behalten durften.

»Ja, das haben Sie mir schon begreiflich gemacht. Wollen Sie mich jetzt schon einmal auf mein nächstes Ziel vorbereiten. Dass es sich um den Botschafter handelt, habe ich ja selber schon für mich erschließen können. Und das Flechett auf dem Weg zu ihm noch seine Leibwache alarmiert hat, kann ich mir auch denken.«

»Da muss ich Sie leider enttäuschen. Flechett hat keinerlei Sicherheitsvorkehrungen getroffen. Lediglich die Leibwache des Botschafters wird anwesend sein.« Ungläubig, das Flechett nach einem Mordanschlag wirklich keine Sicherheitsvorkehrungen getroffen hatte, sah sie zum Fenster heraus und betrachtete die Kulisse der nun vorbeiziehenden Industriekomplexe.

»Das ist ja mal eine gute Nachricht, sofern es dabei bleibt.« *Niemals. Mit Irgendwas wird er bestimmt aufwarten.*

»Es werden keine NarcoTek Sicherheitsleute anwesend sein. Das kann ich Ihnen versichern.«

»Und was haben dann Flechett und der Botschafter gemeinsam? Das Vulena mit den Separatisten kooperiert, das erscheint ja noch logisch. Aber das Flechett ebenfalls in der Bewegung aktiv ist, passt nicht ins Bild. Und der Botschafter erst recht nicht. Der Botschafter ist doch im Auftrag der terranischen Verwaltung hier, um sich mit der Spitze des MFA und der Terraforming Commission zu treffen. Er gehört doch zur absoluten Gegenseite. Es ist der Terranischen Verwaltung schließlich ein Anliegen, den Kontakt mit dem Mars so gut und so intensiv wie möglich zu halten. Warum also die beiden als nächste Ziele? Das leuchtet mir nicht ein.« *Gut Mitgedacht, Kleine.*

Die Terraforming Commission war so etwas wie die vorläufige Regierung des Mars, die man aber nie von einer wirklich eigenständigen Regierung abgelöst hatte. Weshalb sich nach einer Zeit auch die separatistische Bewegung gegründet hatte. Sie hatten am Anfang lediglich dafür gestanden, dass die Terraforming Commission von einer richtigen Regierung abgelöst wird und sich der Mars unabhängig von der terranischen Verwaltung entwickelt. Doch nach zahlreichen Protesten und dem Gründen des MPC unter dem Kommando der Terraforming Commission kam es zu immer mehr Demonstrationen und Ausschreitungen, in denen nicht zuletzt auch das MPC ihre Macht angewandt hatte, um so manche Protestaktion mit Gewalt aufzulösen. Erst nachdem das MPC immer härter gegen die Demonstranten vorgegangen war, hatte sich die "New Separatist Militia" gegründet, deren erklärtes Ziel es war für einen unabhängigen Mars zu kämpfen. Die terranische Verwaltung versicherte den Bewohnern des Mars, dass es lediglich nur Sicherheitsvorkehrungen gewesen seien und das der Mars noch lange nicht bereit war, sich von der Erde zu trennen.

Ferner versicherte man den Menschen, das es aber in der Zukunft ein Anliegen war, dass der Mars unabhängig von der Erde sein solle und wenn es soweit war, würde die Terraforming Commission, an deren Spitze einige der mächtigsten Unternehmen des Mars saßen, sich auflösen und eine eigene unabhängige Regierung gründen.

Diese würde natürlich ebenfalls von den Konzernen gestellt werden, aber da sie die Arbeitgeber auf diesem Planeten waren, schien es vielen Leuten egal zu sein. Doch im Laufe der Zeit wuchs die Unzufriedenheit der Bürger und anhand der sich vermehrenden NSM Gruppen spaltete sich der Mars immer mehr in zwei Lager. In den von Kleinkriminalität kontrollierten dreckigen Stadtteilen regierten die Banden und die NSMs. Auf der anderen Seite gab es die Industrieviertel und die Viertel, die von den Konzernen beherrscht wurden. Marleen war sich der Unterschiede schon immer bewusst, aber heute Nacht hatte diese detailreiche Kontrastreise, die sie ja mittlerweile durch die verschiedenen Stadtteile gemacht hatte, einen etwas tieferen Eindruck hinterlassen.

Vor ihren Augen erschienen die verdreckten Straßen der ersten Zielorte und dann die gepflegte Sauberkeit des letzten zusammen mit der Ausstattung des Florisson. So waren die Verhältnisse nun mal. Für eine Weile hatte Marleen auch mal daran geglaubt, etwas ändern zu können, indem sie als Trooper für Ruhe auf den Straßen sorgte. In ihrer Ausbildung, die nicht allzu lange zurück lag, war es täglich das Thema gewesen, das die Konzerne den Mars eines Tages unter einer eigenen Regierung unabhängig machen würden. Es war klar, dass es ruhige und nicht so ruhige Viertel geben würde und dass man die Konzerne nicht von ihrer Rolle als Machthaber auf dem Mars ablösen konnte. Immerhin waren sie es gewesen, die den Mars besiedelt hatten. Sie hatten die ersten Städte gebaut, die ersten Eisenfelder wurden alle von ihnen bestellt und ohne sie hätte es keine Terraforming Commission gegeben.

Sofern die Leute Arbeit hatten und sich auf dem neuen Planeten wohl fühlten, gab es keinen Grund, das die TFC nicht als Regierung an der Macht blieb, bis sie den Mars für bereit genug erklärten, sich dann eigenständig weiter zu entwickeln. Die Separatisten wollten den zweiten Schritt schon relativ schnell gehen, weil sie der Meinung waren, der Mars wäre dazu schon in der Lage. Ob dem nun so war oder nicht, konnte Marleen nicht entscheiden.

Natürlich hatte sie sich diese Frage schon gestellt, aber die Versorgung der Menschen, die Infrastruktur und nicht zuletzt auch das marsianische Militär wurde von der TFC finanziell unterstützt und im letzteren Fall auch gestellt. Die Regierung des Mars funktionierte. Gäbe es keine Separatisten, würde sie ebenfalls funktionieren.

»Es ist nicht Ihre Aufgabe zu fragen und vor allem nicht, zu wissen, warum Sie Ihre Ziele neutralisieren sollen. Das kann ich nicht oft genug wiederholen.« *Vorhersehbar.*

Ihr Kopf sank zurück und sie stieß ein Pusten aus.

»Es würde aber einfacher sein, zu verstehen.« Schweigen sollte ihr sagen, dass sie für den Moment nicht mehr Informationen bekam, zumindest was die Hintergründe anging. Wenn sie es schaffen würde, zu entkommen, wenn es überhaupt möglich war, dann konnte sie sich die Fragen hinterher auch noch stellen. Ansonsten war es wohl wirklich verschwendete Zeit, den Operator weiter auszufragen. Er würde doch nicht antworten.

Dann halt nicht.

Ein grelles Licht blitzte auf und es schien sie fast zu blenden, eine Sekunde später ertönte ein lautes Donnern und ein großes Objekt erschien in ihrem Blickfeld und bestätigte ihre Gedanken. Ein Shuttle war gerade von einer der drei Startrampen des Thessarus SpacePort gestartet und würde nun seinen Flug zu dem im Orbit liegenden Raumliner aufnehmen. Damit sie den 7–monatigen Flug nach Terra antreten konnten. Mit allen Annehmlichkeiten, die man sich auf einem Raumliner erlauben konnte. 7 Monate konnten eine sehr lange Zeit sein, wenn man nichts zu tun hatte und außerhalb nichts als der Weltraum war. Schwimmbäder, Einkaufszentren, Krankenhäuser, Fitnessstudios. Die Überfahrt von Erde zum Mars konnte sich nur die privilegierte Elite erlauben, dafür gab es auch den entsprechenden Service. Es machte keinen Sinn, eine Überflugmöglichkeit für mittlere Verhältnisse zu schaffen. Wenn sich jemand den Luxus der Reise nicht erlauben konnte, hatte dieser jemand meistens auch keinen Grund den anderen Planeten zu bereisen. Von einem der Planeten zu entkommen, wenn man nur in der Mittel oder Unterschicht weilte, war ein sinnloses Unterfangen.

Marleen sah dem grellen Feuerball hinterher, dessen Rauchschwaden die Startrampe völlig einhüllten und erinnerte sich an die Geschichten von der Erde. Es solle ein wunderschöner und blühender Planet sein. Nicht so wie die Einöde auf dem Mars. Sie war schließlich ein reiner Marssprössling. In all den Jahren hatte sie schon viele Geschichten von der Erde gehört, Bilder und VR–Clips gesehen und immer davon geträumt, eines Tages selber einmal in einem Shuttle zu sitzen und diesen Roten Felsen verlassen zu können. *Eines Tages.*

Ein anderes Shuttle wurde gerade zum Start vorbereitet und es gab trotz der nur privilegierten Elite genug Leute, die zu eben jener Elite gehörten und sich den Flug leisten konnten. Einer von ihnen war ihr nächstes Ziel, der terranische Botschafter Vilius Deresov. Er war einer derjenigen, der für diese Reise alle paar Jahre bezahlt wurde und dem wirklich jeder nur vorhandene Luxus auch zur Verfügung stand. Seinetwegen musste eine ganze Sektion der riesigen Omega Sternenliner geräumt werden, damit er in Sicherheit war. Ob es jemals Profikiller an Bord dieser Sternenkreuzergiganten geschafft hatten, war ihr unklar. Aber für einen Moment war ihr nächster Gedanke, das ihr der Operator bei Scheitern des Auftrages und der Flucht Deserovs ebenfalls eine zweite Chance gab, die aber dann besah den Botschafter an Bord des Raumliners auszuschalten. Was Unsinn war, Deserov hatte schließlich Geschäfte auf dem Mars und Treffen einzuhalten. Kreativität, was die Ziele oder eher die Anschlagsorte anging, musste sie dem Operator und seiner Organisation schon zuschreiben. Wenn doch die weitere Steigerung des Schwierigkeitsgrades nichts Gutes erahnen ließ.

Der SpacePort war definitiv der falsche Ort um einen Anschlag auszuführen, aber Marleens letzte Chance. *Zwei Ziele auf einmal heißt auch doppelte Vorsicht.*

Der Kontrolltower des SpacePorts sah imposant und technisch weit fortgeschritten aus. Einige Male schon hatte sie Eskorte für so manche wichtige Persönlichkeit von der Erde sein müssen. Und jedes Mal hatte es ihr gestunken, nur Chauffeur zu spielen.

Über ihr kam das Abfahrtschild "Thessarus SpacePort" in Sicht und schon war es vorbei. Die Abfahrt erschien und da scherte der Terra–3 aus. Ein weiteres Shuttle erschien am Firmament des Nachthimmels und steuerte langsam sinkend auf die Landepiste des Spaceports zu, der inmitten der Stadt gebaut war. Warum das so war, musste auch mit der Konzernpolitik zusammenhängen. Marleen hatte es immer als Flüchtigkeitsfehler gesehen. Wenn ein Shuttle abstürzte und inmitten der Stadt aufschlug, würde es tausende von Toten geben. Bis heute allerdings hatte es noch keinen Absturz gegeben, was also für die Positionierung des SpacePorts sprach. Die Shuttle konnten nur wenige Menschen zu einem Raumliner transportieren und es brauchte meist drei Monate, um einen Raumliner vollständig von den alten Passagieren zu befreien und die Ausreisenden an Bord zu bringen. Während der wochenlangen Liegephase im Orbit wurde die Besatzung ausgewechselt und es musste Proviant, sowie alles weitere, was man für eine 7–monatige Reise benötigte, an Bord geschafft werden, weswegen vor allem in diesen Zeiten Hochbetrieb auf den SpacePorts herrschte.

Das Shuttle fuhr seine Fahrwerke aus und kam mit rauchenden Reifen auf der Landepiste des SpacePorts auf. Die enorme Größe ließ das Gunship, mit dem Flechett getürmt war, wie ein Spielzeug aussehen.

Der Wagen fuhr die Abfahrt herunter, zu den großen Anlagen des SpacePorts. Nun schaltete sich der Operator erneut ein, um seine Instruktionen zu geben. Zur Bordausstattung des Terra–3 gehörte ein herausfahrbarer Monitor, der alles anzeigen konnte, von einem Film bis hin zu detaillierten Informationen über das Fahrzeug. Stattdessen erschien auf ihm ein Live–Mitschnitt einer Überwachungskamera auf dem Rollfeld, auf dem das Shuttle gerade gelandet war. Auf dem Schirm zoomte die Kamera an die geöffnete Kabinentür heran, aus der jetzt das zweite Ziel für den nächsten Einsatz heraustrat. Vilius Deserov.

Graue Haare und eine Halbglatze markierten ein fortgeschrittenes Alter und der Anzug sah aus, als würde Marleen ihn nicht in ihrem Leben bezahlen können. Er rückte seine Krawatte zurecht und trug einen altmodischen Aktenkoffer.

»Ihr Ziel, falls Sie noch nicht wissen, wie er aussieht. Sie erhalten von mir ebenfalls ein Portrait für Ihren Datapad. Er wird sich in aller Öffentlichkeit präsentieren. Dafür bedeutet im seine Stellung auch zu viel, als das er gedenkt sich einfach zu verstecken. Seine Leibwache wird ebenfalls dort sein.« Gleich hinter ihm stiegen nun vier voll gepanzerte Männer aus, die mit Sturmgewehren bewaffnet waren. *Militärisch. Was sonst?*

»Werden die Kugeln der CX ihre Panzerungen durchdringen können?«

Ihre Augen waren auf den Monitor gerichtet waren, auf dem weitere Shuttleinsassen ins Bild kamen.

»Natürlich, aber wenn Sie der Meinung sind, das sich Ihre erbeuteten Waffen als nützlicher erweisen müssten, können Sie diese gerne bevorzugen. Es bleibt wie immer Ihnen überlassen.« *Deine Vorgehensweise. Deine Beerdigung.*

»Und was ist mit Flechett?«

Das Bild auf dem Monitor wechselte sofort und Flechett kam in Begleitung zweier Männer, wahrscheinlich Sicherheitsleute aus dem Florisson ins Bild. Erwartungsvoll stand er inmitten der Menschenmenge in der Empfangshalle. Herangezoomt erkannte Marleen, dass er nervös zu sein schien, was angesichts des vorherigen Anschlages auch kein Wunder war. Würde auf Marleen ein Anschlag verübt werden und sie wüsste, dass der Täter entkommen war, wäre es mit ihrer Verfassung vielleicht dasselbe. Instinktiv war sie einen Moment dafür dankbar, dass sie nicht das Ziel war, sondern nur der Attentäter. Wenn das auch nicht unbedingt eine Verbesserung war. Aber Marleen empfand es dennoch als eine. Man wusste, wen man erwarten würde. Im Gegensatz zu den Opfern.

Der Terra–3 fuhr nun auf den SpacePort Parkplatz und rollte langsam zu einem Haltestand.

»Sie steigen aus und nehmen mit, was Sie für sinnvoll erachten. Sie können nicht all Ihre Waffen tragen.«

»Sind Sie sich sicher?« Das Clawgiver konnte sie halten. Die beiden automatischen Waffen an den Slots. Ihr Anzug würde das zusätzliche Gewicht einfach absorbieren, immerhin waren sie dafür vorgesehen, einiges an Gewicht zu transportieren.

»Sie sind ein intelligentes Mädchen. Ich kann es gar nicht oft genug feststellen.«

»Das will ich meinen. Gut, Sie werden wohl einen Parkplatz für mich ausfindig machen, habe ich Recht?« Kaum hatte sie das ausgesprochen, hielt der Terra–3 auch schon.

»Und Sie wollen wirklich das Gewehr ebenfalls mitnehmen? Es sind nicht mehr viele Geschosse übrig.«

»Das lassen Sie mal meine Sorge sein. Wie ich Sie kenne, kann ich nachher sowieso nicht mehr zurück zu meinem Fahrzeug. Ich verfeuere die restliche Munition und dann werfe ich das Ding weg. Noch Fragen?« *Einmal nicht, bitte.*

Niemand antwortete ihr. *Na also.* Sie stieg aus, das Schrotgewehr mit einer Hand nehmend. Das MR–15 hing sie an ihren zweiten Slot. Mit einem Schnappen schloss sich der Magazingurt für die Sturmgewehrmagazine um ihre Hüfte. Sie war nun voll ausgestattet.

»Und Sie sind sicher, dass Sie nicht auffallen? Mit einer derartigen Ausrüstung?«

»Sie haben mir das hier eingebrockt, wenn ich mich recht erinnere. Wie ich den Job erledige, ist immer noch meine Aufgabe. Also sein Sie still.«

»Gut, wie Sie meinen. Ich verschließe jetzt den Wagen.« Sirrend glitt die Flügeltür des Terra–3 herunter und verschloss sich. Marleen drehte sich herum und sah hoch zu dem Eingangsschild des SpacePorts.

»Willkommen im Thessarus SpacePort. Wir wünschen einen angenehmen Aufenthalt.« *Wirst du haben. Ganz bestimmt.* Auf dem Monitor über dem Eingang, der Marleen am nächsten war, wurde das Innere eines Shuttles gezeigt, die glamouröse Luxuseinrichtung angepriesen und der erstklassige Service der Mitarbeiter des SpacePorts. Gleich darauf kam das eigentliche Glanzstück, einer der Omega–Raumliner ins Bild und die Sprecherin begann über die Annehmlichkeiten des Fluges zu sprechen.

"7 Monate Urlaub." Wenn diese Nacht vorbei sein würde, dann hieß es auch für Marleen Urlaub. *Aber mehr als sieben Monate. So viel war sicher.*

»Herr Botschafter, ich habe unerfreuliche Neuigkeiten.« Als Vilius Deserov Viktor Flechett die Hand gab, konnte er an seinem Blick erkennen, dass etwas nicht stimmte.

»Nun, ich freue mich auch, wieder auf dem Mars zu sein, danke der Nachfrage. Seine Farbenpracht und Fröhlichkeit haben mir sehr gefehlt.«

»Man hat versucht, mich zu liquidieren.« Deserov ging langsam neben Flechett her, als beide, von den Wachen Deserovs abgeschirmt, in die Eingangshalle traten.

»Das ist in der Tat unerfreulich. Weiß Ihr Attentäter um unserer Verbindung?«

»Ich weiß es nicht. Aber Sie trug einen Kampfanzug des MPC. Ich habe bei Marshal Derecks Unterstützung angefordert, sie wird uns ebenfalls zusätzlich absichern. Wir sollten hier auf Sie warten.«

»Ein MPT als Killer sagen sie. Höchst ungewöhnlich. Aber ein raffinierter Schachzug. Mit einem gefälschten Bio–Chip bekommen diese Leute Zugang zu vielen Einrichtungen und haben außerdem eine gewisse Autorität, alleine schon durch ihre Hardsuit. Ich habe unseren Gegner wohl unterschätzt. Wann sagten Sie, versuchte man Sie auszuschalten?«

»Man hat mich in meinem Apartment versucht zu liquidieren. Zwei Spiderbots konnten Schlimmeres verhindern, aber die Attentäterin ist aus dem Gebäude entkommen. Dabei wurde mein Terra–3 aus dem Parkhaus entwendet und zwei Sicherheitsleute getötet. Die beiden Spiderbots aus meinem Apartment und ein weiterer der Eingangssicherheit gehen ebenfalls auf ihr Konto. Sie muss eine Spezialistin sein.«

»Eine weibliche Killerin. So etwas ist wirklich extrem selten. Sie denken, man wird es erneut versuchen?«

»Ich bin mir sicher. Der Marshal hat mir jeden Schutz versprochen, aber vorerst müssen Ihre und meine Leute wohl ausreichen.«

In der Haupthalle des Thessarus SpacePort war Hochbetrieb. Gepäckdroiden fuhren umher und transportierten ihre Güter von den Kontrollstationen in die Abfertigung. Sicherheitsleute der SpacePort Security standen vereinzelt herum, während Fluggäste an den Schaltern auf ihre Erlaubnis zum Betreten des Shuttles warteten. Eine große Rolltreppe führte die beiden mitsamt ihrer Eskorte von dem kleinen Tunnel, aus dem sie kamen, hinauf auf die Hauptebene des SpacePorts. Niemand außer ihnen konnte die Unterhaltung verfolgen, darum kümmerten sich die Eskorten.

»Hat der Marshal Sie schon identifizieren können?«

»Sie gehört zur MPT, seltsamerweise. Damit hatte ich nicht gerechnet.« Auf einem kleinen Datapad erschien das Aktenfoto von Marleen und ihr letzter Eintrag.

»Name: Marleen Shou. Angehörige des Mars–Pacification–Corps. Ausbildung vor knapp zwei Monaten an der MPC–Akademie mit Auszeichnung beendet.«

»Sie war ausgezeichnet? In welchen Gebieten?«

»Schusswaffen und Verhalten im urbanen Häuserkampf. Klingt eher nach einer Soldatin, als nach einem MPT.«

»Weiter.«

»War gestern Abend auf einem Routineeinsatz mit noch zwei weiteren Troopern im Kolea Distrikt. Es ging um eine Säuberung eines vermuteten Separatisten–Unterschlupfes. Bei einer Schießerei wurden ihre beiden Kollegen getötet. Das Signal ihres Bio–Chips wurde ebenfalls terminiert, bei einer Durchsuchung des Gebäudes durch ein zweites Team fand man aber nur die Leichen ihrer Kollegen. Einer auf der Straße, ein weiterer mitten in der Lagerhalle. Von Kugeln zersiebt. Sie müssen ihnen aufgelauert haben.«

»Und wie erklären Sie sich das Auftauchen von Shou in Ihrem Apartment. Das scheint nicht zusammen zu passen.«

»Ich kann es mir nicht erklären. Möglicherweise hat Sie einen neuen Arbeitgeber und der hat, um ihren Seitenwechsel zu vertuschen, diese Schießerei inszeniert. Wie man aber ihren Bio–Chip ausgeschaltet hat, ist mir rätselhaft. Das ist normalerweise nur nach Ausfallen des Pulsschlags der Fall.«

»Sie meinen also, Sie hat sich töten lassen, um Seitenwechsel zu begehen? Das ist doch Schwachsinn, Viktor. Niemand würde sich umbringen lassen, um die Seiten zu wechseln. Nicht mal Ingenieure bei NarcoTek, die fahnenflüchtig werden, sind so eiskalt. Das ergibt keinen Sinn.«

»Ich kann es mir auch nicht erklären, aber das ist die Information, die ich von Marshal Derecks Minuten später im Gunship erhalten habe. Wenn Sie auf dem Weg hierher ist, dann vermutlich in meinem Terra–3. Derecks hat ein Reaper–Team angefordert und es wird in wenigen Augenblicken zu uns stoßen.«

»Das klingt nach Sicherheit. Aber über Ihre Attentäterin bin ich trotzdem verwundert. Meinen Sie, diese Geschichte hängt mit Ihrer neuesten Entwicklung zusammen?«

»Die erste Generation der Flechett–Rail Gewehre ist bereits fertig gestellt. Eine Einheit unter General Maxim Alenius wurde mit ihnen ausgestattet. Das Waffenlager im Cyrus Valley Militärlager unter General Alenius hat vorgestern die ersten Prototypen erhalten. Wenn die Tests positiv ausfallen, wird sie die neue Standardwaffe der MFA und auch des MPC. Die lästigen Straßenkämpfe mit den Separatisten werden dann sehr schnell vorbei sein. Mit diesem Gewehr können wir…« Deserov unterbrach ihn.

»Ersparen Sie mir Ihre Vorträge, ich will mich selbst von der Durchschlagskraft der Waffe bei der Vorführung überzeugen. Wenn sie hält was Sie mir versprechen, dann werden NarcoTek weitere Gelder zur Forschung von der Terraforming Commission zur Verfügung gestellt. Und bis dahin müssen wir Ihren Killer finden, sonst bekommt Sie noch eine Ihrer Wunderwaffen in die Finger. Und ich brauche Ihnen nicht zu sagen, in was für Problemen Sie stecken, wenn die Separatisten auch nur eins Ihrer Spielzeuge für sich gewinnen können. Diese Waffe wurde zu unseren Gunsten entwickelt.«

»Beruhigen Sie sich. Selbst wenn Shou es geschafft hat aus dem Florisson zu entkommen, wir reden hier von einem Stützpunkt der MFA. General Alenius kommandiert ein Dutzend schwerer Einheiten. Sie wird es niemals schaffen, in den Stützpunkt einzudringen. Wir wissen ja nicht einmal, ob Sie von der Existenz dieser Gewehre überhaupt etwas weiß.«

»Denken Sie, man hat versucht Sie umzubringen, weil Sie mal eine Hure nicht bezahlt haben? Wenn man einen offiziellen MPT zu einer Killerin umfunktionieren kann, dann wird das nicht wegen eines kleinen Fisches sein. Wer immer dahinter steckt, weiß, um was es hier geht. Es geht darum, das sich niemand unserer Macht entgegensetzen kann, sobald die Gewehre in das Arsenal der Truppen eingefügt werden.«

»Ein konkurrierender Konzern vielleicht? Denken Sie, Tzusaka könnte dahinter stecken?«

»Wäre eine Möglichkeit, immerhin hat es in letzter Zeit häufiger Straßenkämpfe zwischen den Sicherheitsleuten gegeben. Ist nicht undenkbar.«

»Aber wenn wir Tzusaka beschuldigen, bringt das nur neue Unruhen. Am besten ist, wir schnappen uns Ihre Killerin und zwar lebend. Wenn Sie etwas weiß, dann können wir Sie auch zum Reden bringen. Sonst müssen wir einen tiefenpsychologischen Scan durchführen. Als Sie im Apartment vor mir stand, wirkte Sie eher unsicher. Sie vollbrachte es zwar, die beiden Spiderbots auszuschalten und aus dem Gebäude zu entkommen, aber in dem Moment, wo Sie vor mir gestanden hatte, zögerte Sie und machte eher den Eindruck, als wolle Sie Informationen.«

»Und warum haben Sie Shou dann nicht weiter ausgefragt?«

»Sie wusste nichts. Und so wie Sie mich angesehen hat, habe ich ihr geglaubt. Aber eine Gefahr war Sie trotzdem. Ich musste die Spiderbots aktivieren.«

»Na schön, Sie sind sich sicher, dass Sie also keine bezahlte Killerin ist?«

»Sie zögerte. Sie hat mich angesehen und mit dem Gewehr auf mich gezielt. Sie sagte nichts, aber wenn Sie mich ohne Widerstand hätte töten wollen, hat Sie die Möglichkeit dazu gehabt. Weshalb ich mir auch so unsicher bin. Dazu noch ihre Identität. Wer legt denn Wert darauf, die Identität einer MPT zu gefährden, um mich auszuschalten?«

»Alles sehr rätselhaft, in der Tat. Es wird wohl trotzdem besser sein, wenn Sie uns nicht mehr gefährlich werden kann. Sofern Sie wirklich keine Informationen besitzt, ist ein Scan auch reine Zeitverschwendung.«

Vier Männer in dunkelblauen Kampfanzügen kamen in die Eingangshalle des Terminals 3, in denen sich Flechett und Viktor aufhielten. Das Reaper–Team.

Sofort erkannten die vier Trooper ihre Zielpersonen und kamen zu ihnen herüber. Die schweren Kampfanzüge wirkten bedrohlich und zugleich fühlten sich Viktor und Flechett sicher. Diese Anzüge waren schwer gepanzert und in ihren Helmen konnten die Trooper jede nur erdenkliche Gefahr sofort scannen und analysieren. Die schweren Sturmgewehre wurden ebenfalls von einem kleinen Zielkreuz im Inneren des Helmvisors gelenkt. Mit dem Auge konnten die Trooper ihr Ziel anvisieren und die Arme der Kampfanzüge würden automatisch in die Richtung geschwenkt, in der sich das Ziel befand. Zu diesen Anzügen hatte NarcoTek auch einen erheblichen Beitrag geleistet.

»MPT Gustav Anderson. Marshal Derecks hat uns Ihre Sicherheit anvertraut.«

Einen Augenblick betrachtete Deserov die schweren Monturen. Er hatte sie noch nie in Aktion gesehen, sie waren ihm zwar bekannt, da sie diejenigen waren, die für spezielle Sondereinsätze, Mordaufträge und Sicherungen oder einfach zur Klärung einer Straßenschlacht eingesetzt wurden. Aber sie für zwei Personen als Geleitschutz anzufordern, dafür musste man schon Beziehungen nach ganz oben haben. Die tiefe Stimme des Mannes, der sich mit Anderson vorgestellt hatte, ließ auf den Kaliber schließen, der sich im Inneren dieser Gebilde aus modernster Kriegsführung befand. Allein durch ihre Größe erzielten sie einen Einschüchterungseffekt, der es jedem Angreifer noch einmal begreiflich machen sollte, was ihn erwartete, wenn er es mit diesem Hybrid aus Mensch und Maschine aufnehmen wollte.

»Ich bin beeindruckt.« Deserovs Hand strich auf dem Torso des Mannes entlang, der genau vor ihm stand und er sah in die Objektive, die dem Mann im Inneren wahrscheinlich gerade jede Einzelheit über das Leben Deserovs erklärten.

»Sie sind willkommen und ich vertraue Ihnen meine Sicherheit nur zu gerne an. Ich erwarte Wachsamkeit von Ihnen. Sie sind über unser Ziel informiert worden?«

»Wir haben sämtliche Informationen über die ehemalige MPT Marleen Shou. Ihre Datenbank ist in unseren Neocortex eingespeichert und wir haben jederzeit Zugriff auf alle Informationen.«

»Gut, Ihre Befehle lauten also ihre sofortige Eliminierung bei Sichtkontakt.«

»Verstanden, wir werden wachsam sein.«

Viktor nickte Deserov zu und ein Strahlen entkam ihm. Das würde es jedem Angreifer unmöglich machen, einen Anschlag auszuführen. So hoffte er jedenfalls.

Im zweiten Terminal war es sehr geschäftig, überall rannten Passagiere zu ihren Shuttle–Zuweisungen und Gepäckdroiden fuhren alle paar Sekunden an Marleen vorbei.

Die prunkvollen Korridore und riesigen Hallen des Spaceport trotzten vor Luxus. Glamouröse Glasfassaden zierten die Wände und auf Reklametafeln liefen die Details der Ausstattung und der Annehmlichkeiten der Reise im Minutentakt. In jedem Terminal leuchtete die Holografie eines Shuttles in gelbem Licht über den dahineilenden Bots und den Menschen in einer festen Position in der Mitte der Halle. Niemand widmete sich der eindrucksvollen Darbietung, es war lediglich Teil der perfekten Welt innerhalb der Raumhafenkorridore. Nirgendwo war ein Staubkorn zu sehen, geschweige den Müll, alles war in einem absoluten Bestzustand.

Marleen sah das rotierende Shuttle einen Moment an, dann hielt einer der Droiden genau vor Marleen und seine kleinen Arme zum Fassen der Gepäckstücke schwangen aus.

»Meine Sensoren zeigen an, dass Sie sehr viele Gepäckstücke mit sich herum tragen. Meine Dienstanweisung sieht vor, Sie von Ihren Lasten zu erleichtern.« *Bitte?*

Einen Moment füllte sich Marleen unsicher, was er damit meinte, aber offensichtlich hatte er ihre Waffen als Gepäckstücke gewertet und war der Meinung, das Marleen zu schwer mit ihnen zu tragen hatte.

»Nein, danke, ich komme schon klar.« Dann ging sie ein paar Schritte weiter, in Richtung des Durchgangs zum Terminal 3, wo sich Deserov aufhalten musste. Die Information hatte jedenfalls auf einem Anzeigeboard gestanden, die sich auf Deserovs Shuttle bezogen hatte. Der kleine Droid ließ sich nicht so einfach abschütteln und fuhr neben Marleen her.

»Sie sind wirklich sehr schwer belastet mit so viel Gepäck. Ich würde Ihnen meine Transportdienste nur zu gerne anbieten.«

»Das kann doch nicht…« Sie blickte herunter zu dem Bot, dessen Arme einladend darauf warteten, das Marleen etwas in ihnen ablegen würde. Aus dem Augenwinkel sah sie, dass einige der herumstehenden Zivilisten schon neugierig und unsicher drein blickten. Sie mussten sich fragen, was ein MPT mit so vielen Waffen hier verloren hatte. Zwei Gewehre an ihrem Rücken und ein weiteres in der Hand machten wirklich keinen ungefährlichen Eindruck. *Vielleicht hättest du das Clawgiver wirklich im Wagen lassen sollen.* Doch der Droid konnte sich noch als nützlich erweisen.

»Na gut, kleiner Piepser. Du hast gewonnen.« Sie gab das Clawgiver dem eifrigen Helfer. Glücklich über das erhaltene Geschenk fing der Droid an zu piepen und der Arm legte das Gewehr in seinen Tragebehälter.

»Sie tragen immer noch sehr viel mit sich herum. Sind Sie wirklich sicher, dass Sie nicht noch mehr ablegen möchten?« Da kam ihr eine Idee.

»Operator, hören Sie mich?«

»Ja, ich bin hier.«

»Können Sie diesen Gepäckdroid hacken?«

»Sollte kein Problem sein, was haben Sie denn vor?«

»Wonach sieht es aus?«, sagte sie, als sie das MR–15 von ihrem Rücken nahm und es dem mechanischen Diener reichte. »Ich falle zu sehr auf mit den vielen Waffen, aber er wird nicht unbedingt beachtet. So kann er meine Waffen transportieren und immer in meiner Nähe bleiben, ohne dass ich auf zu viel Feuerkraft verzichten muss.«

»Verstehe. Ihr eigener mobiler Waffenschrank, sozusagen. Keine schlechte Idee. Moment, ich hacke das System.« Marleen sah den Droid an, dessen Leuchten auf einmal anfingen, ein wenig schneller zu blinken, als es normalerweise der Fall war. Ein Klicken vernahm sie noch, dann schien es wieder wie vorher zu sein.

»Der Kleine gehorcht nun Ihnen und nur Ihnen. Sie sollten sich jetzt aber beeilen. Einige Sicherheitsleute sind schon auf Sie aufmerksam geworden.« Das nahm Marleen zum Anlass sich schnell umzusehen und den beiden Security–Guards, die von einer Brüstung auf sie herabsahen, mit einem Salutieren zu Grüßen. Ihre Anwesenheit war also nicht länger geheim. Aber wundern tat sie das sowieso nicht. Nicht an einem SpacePort. *Einen unpraktischeren Ort für einen Anschlag konnte es auch gar nicht geben.*

Sie ging auf das Tor zu, das sie zu Terminal 3 führte. Hinter ihr verschwand der Droid in der Menge und Marleen sah ihm noch einen Moment hinterher, während er auf sicherem Abstand mit ihr Schritt zu halten schien. Ob der Operator selbst ihn jetzt kontrollierte oder es lediglich eine neu programmierte Routine war, konnte Marleen nicht erahnen, aber sofern er ihr im richtigen Moment zur Seite stand, war das auch nicht weiter wichtig. Das große Tor vor ihr öffnete sich und sie betrat den Mittelgang, der sie in die unmittelbare Nähe des Zieles brachte. Zwei Ziele auszuschalten war an sich schon schwierig genug, hätte Marleen vorher nicht gezögert, wäre es jetzt um einiges einfacher. Und sie war immer noch unsicher, über das was der Operator ihr gesagt hatte. *Kein weiterer Geleitschutz? Sollten sie wirklich so leichtfertig mit ihren Leben sein?* Gleich würde sie eine Antwort haben.

Als sie durch den Mittelgang fast hindurch war, erkannte sie einen Pulk Menschen, unter denen sie den von vorhin entkommenen Viktor Flechett sah. Ihre Hand glitt zu ihrer CX, doch im nächsten Moment traf es sie wie ein Schlag, als sie die vier dunkelblauen Hellsuits ausmachte, die um die beiden Ziele herum standen.

Ein Reaper–Team. *Spezialeinheit. Schwere Waffen. Sonderausbildung. Scheißdreck.* Sie hatten sich doch um zusätzliche Sicherung gekümmert.

»Sie verdammter Scheißkerl. Sie haben mich belogen«, war ihre erste Reaktion gegenüber dem Operator. In das zweite Terminal blickend, verhielt sie an Ort und Stelle und drehte sich sofort wieder herum, ging ein paar Schritte zurück, um aus ihrem Scanbereich zu kommen.

Hinter ihr fuhr ihr kleiner Gehilfe in den Mittelgang und sirrte langsam neben ihr vorbei, die Waffen sicher zwischen den restlichen Gepäckstücken versteckt, dass niemand, der nur flüchtig hinsah, etwas erkennen konnte. Sie kratzte sich unterdessen an ihrem Hals, so gut sie unter das Halsband durchgreifen konnte.

»Ich habe nicht gelogen. Ich sagte, Sie werden keine Sicherheitsleute von NarcoTek antreffen. Sonst habe ich Ihnen gar nichts versprochen.« *Du hattest Recht. Verdammter Schwindler.*

Wütend stemmte sie sich gegen eine Wand und versuchte, nicht allzu laut zu sprechen, sonst könnten die durch den Gang laufenden Zivilisten zu neugierig werden.

»Ich habe gewusst, dass Sie mir nur Unsinn erzählen. Das sind Trooper. Wenn ich einen von ihnen auch nur anspucke, kann ich mich einsargen lassen. Sie werden…«

»Bei Ihrem letzten Auftrag haben Sie übersehen, dass Viktor Flechett mit Cyberaugen ausgestattet ist, die alles festhalten, was er sieht. Er hat SIE gesehen und das lange genug, um Ihre Aufzeichnung an einen Marshal des MPCs weiter zu leiten. Sie sind offiziell enttarnt worden, Marleen Shou.« *Nein! NEIN!*

Als sie diese Worte hörte, wusste sie nicht, wie ihr geschah. Von jetzt an würde man sie jagen. Noch ein weiterer Toter und es würde eine allgemeine Fahndung nach ihr geben. Wenn sie den Auftrag ausführte, würde man ihr alles hinterherhetzen, was das MPC nur aufzubieten hatte.

Für einen Moment gelähmt, war sie unfähig, etwas zu sagen. Bis jetzt hatte sie gehofft, man würde ihr Amnestie anbieten, wenn die Nacht vorbei war. *Keine Amnestie für MPT-Killer. Kein Bisschen. Lebenslange Haft lautet das Urteil.*

Ihr Blick sauste zu den in der Halle stehenden Zielpersonen. Selbst wenn sie schnell war, würde sie die Beiden erledigen können, aber die schiere Feuerkraft der vier MPTs und der Leibwache des Botschafters würden jeglichen Versuch zu entkommen, zu Nichte machen. Allerdings musste sie schnell handeln, wenn sie erst mal aus dem Terminal verschwunden waren, würde das ihr Todesurteil besiegeln.

»Es ist nicht meine Schuld, dass Sie ihn nicht getötet haben. Wenn Sie ihn ausgeschaltet hätten, wären seine Aufzeichnungen gelöscht geworden.«

»Und das hätten Sie mir nicht früher sagen können. Es ist schließlich mein Kopf in der Schlinge.« Ein gerade an ihr vorbei gehender Mann in feinem Anzug sah sie widersinnig an, schüttelte dann den Kopf und ging weiter. Ihre Anwesenheit machte den Leuten vielleicht nicht unbedingt Sorgen, aber ihre Art, mit der momentanen Situation fertig zu werden, könnte es durchaus.

»Sie müssen Ihren Auftrag erledigen. Die Geschosse Ihrer CX und die Munition Ihres erbeuteten MR–15 sind beide in der Lage, die Panzerungen der Hellsuits zu durchdringen. Wenn Sie Ihren Auftrag erledigen, kann ich Ihnen weiterhelfen. Das ist Ihre einzige Chance.«

Ihr Todesurteil schien unausweichlich. Sie könnte hier im Gang sterben oder bei der Schießerei. Aber wie der Operator vorhatte, sie aus dieser Situation heraus zu boxen, das verlangte schon nach einem Wunder. *Du hast dir geschworen, zu überleben. Und jetzt raus da.*

»Wenn ich Sie in die Finger kriege, mache ich Sie fertig. Und nur deswegen werde ich jetzt gehen.« Aus dem Halfter schwang die CX nach oben und Marleen machte sich bereit für das Unmögliche.

Vorsichtig ging sie durch die Glastür. Gleich neben dem Eingang gab es eine Rolltreppe nach oben zu einer weiteren Ebene. Sie konnte nicht einfach drauflos feuernd in die Halle rennen. Jetzt war die Umgebung ausnutzen angesagt. Sie schlich zur Rolltreppe in einem Moment, als die Reaper gerade nicht hinsahen. Geduckt lief sie die Treppe hinauf, während Weltraumtouristen ihr mit merkwürdigen Blicken begegneten.

»Zusätzliche Sicherheitsmaßnahmen für den Botschafter. Bitte lassen Sie mich durch«, flüsterte sie einem Ehepaar zu, das den Weg versperrte. Missmutig machten sie Platz und sahen ihr hinterher, während Marleen ein Flüstern von ihnen vernahm. *Sollen sie doch denken, was sie wollen. In ein paar Minuten ist es eh egal.*

Oben angekommen warf sie einen schnellen Blick nach rechts und erkannte eine große Reklametafel an zwei Streben befestigt hängen, genau über der Haupthalle, durch die Deserov und seine Begleitung jetzt gingen. *Das kann ich nutzen.*

Sie zielte mit ihrer CX auf die Tafel.

»Operator, speichern Sie die Streben in der Waffe, die Schüsse müssen die Tafel zum Absturz bringen. Danach arbeite ich mich zu der hinteren Rolltreppe am anderen Ende der oberen Ebene an Deserov heran.«

Marleen wartete gar nicht erst auf eine Bestätigung. In ein paar Sekunden würden sie durch den Haupteingang entkommen und in gepanzerten Fahrzeugen sitzen. Es musste hier und jetzt passieren. Die CX krachte auf und zwei Schüsse rasten aus dem Lauf. Noch während die Kugeln in der Luft waren, aktivierte sich der Nano–Boost. Marleens Wahrnehmung verschwamm und konnte beinahe die Flugbahn der Kugeln verfolgen. *Vielleicht wird die Wirkung mit jedem Einsatz heftiger. Oder es kommt dir nur so vor...*

Die Halterungen der Reklametafel wurde getroffen und das berstende Metall erfüllte die ganze Halle mit Schrecken. Laut schrammte die Tafel aus ihrer Halterung und der Widerhall der Zerstörung gab Marleen genau die Zeit, die sie brauchte.

Das Reaper–Team war abgelenkt und sicherte Deserov, während sie den Absturz der Reklametafel verfolgten. Marleen rannte an der Balustrade der oberen Ebene entlang und feuerte in den wenigen Sekunden die sie hatte ihre CX unentwegt ab. Schuss um Schuss krachte im Laufen aus der Waffe, der Schlitten fuhr zurück, repetierte eine neue Patrone, lud sie in den Lauf, während sie der Rolltreppe am anderen Ende immer näher kam. Sie erkannte Deserov und Flechett in der Zeitlupe zu Boden gehen, sowie den ersten der vier Reaper.

Die anderen hatten sie jetzt erkannt. *Grav–Dodge.* Wie sie es erwartet hatte, richteten sich ihre Mündungen gleichzeitig auf sie. Belfernd erwachten die Waffen der Reaper zum Leben und Schüsse krachten in die Glasbalustrade vor ihr, wo sie eigentlich jetzt gestanden hätte. *Vorausberechnende Waffen. Natürlich.*

Sie sprang über die Balustrade, glitt durch das Hologramm des Shuttles und griff nach dem Rest der baumelnden Strebe, die jetzt kein Gewicht mehr zu tragen hatte. Der Flug kam ihr durch den Boost unendlich lange vor. Unbeirrt feuerte sie ihre CX nach unten gerichtet ab, in der Hoffnung, dass der Operator seine Arbeit weiter erfolgreich tat. Sie griff nach der Strebe und die Hellsuits waren eine Spur zu langsam, während weitere leer gefeuerte Hülsen aus Marleens Waffe dem Boden entgegen fielen. Mit Schwung schleuderte sie sich aus der Schusslinie der Reaper, vollführte eine Rolle in der Luft und sprang auf ihren Gepäckdroiden, den sie vorher als Landemöglichkeit in Betracht gezogen hatte. Sie landete hinter dem Stapel aus Gepäck und zögerte keine Sekunde. Ihr Magazin war leer.

Sie entschied sich für ihr MR–15. Eine Sekunde später war die CX an ihrem Halfter gesichert und Marleen zog das schwere Sturmgewehr aus dem Droiden und rannte weiter. *Nur noch ein Reaper übrig und die restlichen Sicherheitsmänner hinter großen Säulen in Stellung. Das wird eng.*

Sie nahm Schwung auf, ließ sich fallen, glitt rutschend unter einem Feuerstoß des Reapers durch, der sie ohne Zweifel getroffen hätte und feuerte während des Schlitterns ihre Waffe in Richtung des letzten schwer gepanzerten Gegners. Blitzend spiegelte sich ihre Mündung auf dem rutschigen Boden wider, leere Hülsen flogen in der Bewegung über ihren Kopf hinweg, während die Kugeln seine Panzerung trafen und durchbohrten. Der letzte Hellsuit krachte zu Boden und Marleen hatte sich der schwierigsten Gegner entledigt.

Noch die einfachen Wachmänner. Marleen kam hoch und nahm sofort hinter einer Säule Deckung, während um sie herum die Kugeln von NM–23 Waffen der Sicherheitsleute einschlugen, Splitter und Funken auslösten. Ihr Feuer war mittlerweile mehr schlecht als Recht präzise. *Der Anblick der getöteten Reaper muss sie wohl völlig aus der Fassung gebracht haben. Würde dir nicht anders gehen.*

Sie nahm die CX wieder in die Hand und warf das Magazin aus. Ein neues rastete ein und Marleen mobilisierte ihre letzten Kraftreserven. Sie sprang aus der Deckung heraus, während sie zwei Kugeln aus der CX abfeuerte, rollte sich am Boden ab und sah einen der Männer zu Boden gehen. Der andere bekam Panik, feuerte seine NM–23 ungezielt ab und verließ seine Deckung. Glas splitterte überall um sie herum, als sie aufstand und ihn ihrerseits versuchte mit der CX zu erwischen. Doch der Operator war diesmal zu langsam. Kugeln aus der CX krachten in die Wand und die Glasfassaden der Halle, doch er hatte sich schon wieder hinter einer weiteren Säule versteckt. Sein NM–23 blitzte auf und Marleen warf sich erneut hinter einen Gepäckdroiden, der durch zahlreiche Einschläge seine Funktion eingebüßt hatte.

»Würden Sie bitte nicht so verschwenderisch mit unserer Munition umgehen?«

»Sie haben ihn doch nicht getroffen! Erzählen Sie mir nicht, ich könne nicht schießen!« Sie kam aus ihrer Deckung hoch und feuerte drei weitere Kugeln ab, doch auch die gingen fehl. Dann erwiderte er das Feuer und Kugeln zerrissen den Gepäckstapel, hinter dem sich Marleen verborgen hatte. Reste von Gepäck flogen umher und regneten auf Marleen nieder.

»Jetzt«, empfahl der Operator.

Marleen hielt ihre CX nach oben und drückte den Abzug einmal herunter. Ein Geräusch, wie das von einem auf den Boden fallenden Körper machten ihr klar, dass sie diesmal getroffen hatte.

»Sie müssen weiter. Laufen Sie die Rolltreppe gleich vor Ihnen hinauf und gehen Sie dort auf die Aussichtsplattform.«

Ihre Knochen wollten nicht mehr, aber eine Wahl hatte sie nicht. Das eben erlebte Feuergefecht hatte ihr alles abverlangt und sie hoffte, dass der Boost ihre Erschöpfung ausgleichen konnte, bevor sie endgültig am Ende war.

Sie spürte ihren Körper langsam in die Realität zurückkehren und mit der Realität kam der Schmerz, den ihre geschundenen Knochen ihr mitteilten. Die eben ausgeführten Manöver hatten sie an den Rand des Belastbaren gebracht. Und auch wenn der Nano–Boost Schmerzen vorübergehend ausblendete, irgendwann kam das kalte Erwachen.

Es tat weh, als sie sich wieder in Bewegung setzte und die Rolltreppe hinaufrannte. Um sie herum schrien Zivilisten und rannten wild durcheinander. Einige waren damit beschäftigt, Verwundeten zu helfen und ihre Verletzungen so gut es ging, zu versorgen. Auch die Reaper mussten bei dem Feuergefecht einige Personen getroffen haben. Der angerichtete Schaden war enorm. Marleen hatte dazu einen nicht unerheblichen Beitrag geleistet, was sie spätestens ab jetzt auf eine Abschussliste für weitere Reaper–Teams setzen würde. *Die Zeit für Spielchen ist vorbei, Kleine. Jetzt geht es erst richtig los.*

Entkommen war nur noch eine Ausrede. Die Rolltreppe endete an einem Imbiss, an dessen rechter Seite eine Tür war, die zu einer Aussichtsplattform führte. Was sie hier sollte, war nicht ersichtlich, doch sie wusste nun besser, dass es sinnlos war, dem Operator zu widersprechen. Sie warf sich gegen die Tür und einige wimmernde Zivilisten, die sich hier nach Anfang der Schießerei verkrochen hatten, sahen sie an und fürchteten für einen Moment um ihr Leben. Ein kalter Windzug raste an Marleen vorbei, während sie sich auf der Plattform umsah. Ihr Haar wurde durch den Wind umhergewirbelt und einen Moment versperrten sie ihr die Sicht, bevor sie es nach hinten warf.

Vor ihr befanden sich die drei Startrampen für die Shuttles, an denen zwei Shuttles startbereit zu sehen waren. Das dritte stand auf einem Rollfeld und wurde gerade mit Gepäckstücken beladen. Unsicher was nun sein würde, stand sie einfach da, drehte sich um und wartete auf weitere Reaper oder SpacePort Sicherheitsleute, die durch die eben gegangene Tür kommen würden, um ihr das letzte bisschen Lebenskraft zu nehmen. *Na kommt schon, so leicht wird es nie wieder.*

Stattdessen aber vernahm Marleen ein Donnern gleich unterhalb der Plattform. Ein schwarzes Gunship das gerade gestartet war, verhielt mit donnernden Rotoren genau vor ihr. Es schwebte und wartete nur darauf, das Marleen zustieg. *Dein Ausweg aus diesem Chaos.*

Eine Luke des Gunships öffnete sich und sie zögerte nicht eine Sekunde. Mit einem Satz war sie über die Brüstung hinaus und sprang in die Passagierkabine des Fluggerätes.

Kaum hatte sie sich ins Innere des Fluggerätes begeben, da hörte sie die Turbinen beschleunigen und das Gunship gewann an Höhe. Raste ihr für den Moment noch ein kalter Windzug entgegen, so wurde auch dem ein Ende gesetzt, als sich die Kabinentür sofort hinter ihr verschloss und sie alleine ließ in dem in Rotlicht getauchten Raum für den Passagiertransport. Nun wirklich ohnmächtig sich noch zu bewegen lag sie auf dem Boden des Raumes und versuchte das eben Erlebte und Getane durch ein heftiges Ein und Ausatmen zu verarbeiten. Es war sinnlos die Frage zu stellen, ob dieses Gunship bemannt war, es würde nicht so sein. Wie immer hatte der Operator ein Gefährt manipuliert, um ihre Flucht vom Tatort zu ermöglichen. Als sie auf dem Boden lag und langsam ihre Kräfte wieder zurückkehrten, fixierte sie ihren Blick auf eine der roten Leuchten, die den Innenraum beleuchteten. Normalerweise verfügten über solche Gunships nur Sicherheitsfirmen und die MFA, aber bei der schieren Menge an Sicherheitsfirmen auf dem Mars und noch viel mehr Konzernen, war es definitiv nicht unmöglich ein solches zu entwenden und per Fernsteuerung zu manipulieren. *Vor allem, wenn man die Ausrüstung hat und nur als Operator angesprochen werden möchte.*

Sie schloss ihre Augen und war versucht, einzuschlafen. Es war eine lange und kalte Nacht gewesen. Richtiger Schlaf war etwas, dass sie zwar kannte, aber was ihr im Moment erschien, wie ein weit entfernter Traum. Hatte sie doch eigentlich erst vorgestern ihren letzten gehabt, war seitdem so viel passiert. Ihre Entführung und das darauffolgende Ausgeschaltet Sein zählte sie nicht zu natürlichem Schlaf dazu. Es hätte sie auch nicht gewundert, wenn sie aufgewacht und tot gewesen wäre. Die letzten Erinnerungen während der Entführung hatten sie das Glauben lassen. Mit Stromschlägen ausgeschaltet zu werden, brachte einem dem Tod ganz schön nahe und wenn man sich schließlich den Schmerzen und der Ohnmacht hingibt, dann wird jeder, der halbwegs bei Verstand ist, daran denken, dass nun die Lichter ausgehen. Bei Marleen war es nicht anders gewesen. *Doch stattdessen. Das hier.*

Die Müdigkeit und Erschöpfung, die sie jetzt fühlte, waren etwas ganz anderes. Sie hatte unzählige Männer getötet und Verbrechen begangen, für die es kein Urteil zu geben schien. Sie hatte gemordet und sich den Befehlen eines anderes hingeben müssen, scheinbar unwillkürliche und völlig unzusammenhängende Personen ausgeschaltet. Sah man einmal von den letzten Beiden ab, die definitiv zusammen gehörten.

Sie hatte einen Zwischenstand erzielt, der keinesfalls lobenswert war. *Highscore.* Von nun an würde das MPC hinter ihr her sein. Es würden Suchbefehle und Liquidierungsaufträge an Reaper–Teams ausgehen und man würde alles tun, um sie zur Strecke zu bringen. Nun war ihre Unschuld vorbei. Sie war schuldig geworden.

Entführt und von anderen dazu gezwungen. *Wer würde dir diese Geschichte abnehmen? Würdest du überhaupt eine Möglichkeit haben, dich zu äußern oder hieße es von jetzt an nur noch, solange zu überleben, bis dich eine Kugel trifft, die allem ein Ende macht? Was würde Lexia sagen, wenn sie wüsste, dass du ihretwegen mordest?*

Diese Fragen waren in dem Dröhnen der Turbinen und dem matten roten Licht so präsent und real, wie nie zuvor in dieser Nacht. Sie hielten Marleen wach, an Schlaf war nicht mehr zu denken. Ihre Situation war die, das sie ein Ziel war, für jeden, der eine MPC–Hardsuit trug.

Und es musste auch jemanden gegeben haben, der das Reaper–Team zum SpacePort geschickt hatte. Dieser Jemand war es, der sich jetzt darüber informierte, was am Space-Port passiert war. In diesem Moment mussten die Befehle und ihr Bild in sämtlichen MPC–Stationen auf dem Mars auf allen Screens und Infoboards auftauchen und sie offiziell als nicht mehr der Truppe zugehörig und Amok laufend bezeichnen. *Sie können aus der ganzen Geschichte unbeschadet davonkommen. War ja klar, dass es nur Geschwätz gewesen war.*

Die Träumerei, aus dieser Geschichte noch herauszukommen, war vorbei. Das stand für Marleen fest und im Moment des Realisierens fragte sie sich, warum es dann noch wert war, sich von dem Operator weiter als Tötungsmaschine ausnutzen zu lassen und mehr Menschen umzubringen. Wenn der Sinn zum Überleben nicht mehr gewährleistet war, war es dann auch das Ende ihrer Nacht? Hatte sie nicht dem Operator geschworen, ihn fertig zu machen, sofern sie ihn in die Finger bekam? War das nicht noch wenigstens ein Grund, das Überleben weiterhin als ihr Hauptmissionsparameter anzusehen?

Den Operator finden. Hinter diese ganze Geschichte kommen. Es aufklären. Doch noch ein Weg, wieder zu einem normalen Leben zurückkehren zu können? Sie ballte ihre Fäuste, während sie auf dem Boden lag und erkannte, dass es eigentlich eine unsinnige Ausrede war. Verzweifelt blieb sie liegen und einige Tränen entkamen ihren Augen. Die Chancen waren nicht gerade auf ihrer Seite, aber wenn sie sich dafür entschied, weiter zu machen, würde sie ihn kriegen. Sie wusste, dass sie ihn erwischen würde und wenn es das letzte war, was sie tat. Während sie mehr Tränen weinte, versuchte sie sich an dieses Versprechen zu klammern.

Sie öffnete ihre Augen wieder und die Tränen, die sich an ihren Augenlidern gesammelt hatten, begannen ihren Weg hinunter. Es waren Tränen der Angst, des Ausgeliefert Seins und der Ohnmacht. Aber durch sie fasste Marleen wieder neue Hoffnung. Wenngleich auch diese Hoffnung nur so lange existierte, solange der Operator es tat.

Du findest ihn. Und dann machst du ihn kalt. Das war ab sofort ihr neues Missionsparameter. Sie wiederholte den Satz noch einige Male in ihrem Kopf um sich von jetzt an, bei allem, was noch auf sie warten würde, daran zu erinnern, dass es noch eine Sache gab, die es wert war, nicht aufzugeben. Solange, bis sie vor ihm stand. Und ihn zur Strecke brachte.

»Sie sind so schweigsam. Woran denken Sie gerade? Sind Sie in Ordnung?«, fragte dieser, als hätte er ihre Gedanken gelesen.

»In Ordnung? Sie mieses Schwein haben noch die Skrupellosigkeit mich zu fragen, ob ich in Ordnung bin«, schrie sie gerade heraus mit einer Stimme der Erschöpfung.

»Sie haben Ihr letztes Ziel mit absoluter Kaltblütigkeit erledigt. Ich bin wirklich sehr beeindruckt. Allerdings ist Ihnen wohl klar, dass es noch einige…«

»Sie Bastard. Lassen Sie mich gehen. Ich kann nicht mehr. Ich will nicht mehr weiter machen.« Jetzt hatte sich ihre Stimme in ein Heulen verwandelt und in das Dröhnen des Vertikopters entließ sie ihre verzweifelten Tränen.

»Sie mögen erschöpft sein, das kann ich zu gut verstehen, aber wenn wir jetzt nicht handeln, dann werden Sie es sehr viel schwieriger haben, bei Ihren nächsten Aufträgen.«

Wie viele denn noch? Der Gedanke, dass man sie solange durch die Stadt hetzte, bis es sie letztendlich doch erwischte, ließ sich nicht abschütteln. Erneut gab sie keine Antwort heraus, weitere Tränen entkamen ihr und ihre Erschöpfung ließ es einfach im Moment nicht zu, nur ein einziges Wort zu sprechen.

»Sie möchten mir nicht antworten, na schön. Ich werde Ihnen trotzdem etwas zu Ihrem nächsten Ziel sagen, dass sich nach Ihrer letzten Eskapade aufgezwungen hat. Es gehört damit nicht zu den Zielen, die ursprünglich vorgesehen waren, aber seine Eliminierung ist leider unvermeidbar. Es handelt sich um Marshal Derecks von der MPC.«

Mit einem Schrecken sah sie wieder auf und fasste sich. Dann antwortete sie.

»Sie sind wohl völlig durchgedreht. Erst soll ich eine Eskorte der Reaper eliminieren und nun auf einmal einen der höchsten Köpfe des MPC? Nein, hören Sie Nein!«

»Sie werden sich fragen, wo die Eskorte für Flechett und Deserov hergekommen ist. Flechett hat gleich nach seinem Abflug Derecks kontaktiert und zwar nur ihn. Sonst weiß noch niemand beim Corps oder speziell bei den Reaper, das Sie Diejenige sind, die sich heute Nacht auf der Jagd befinden.«

Schweigen.

»Sie mögen denken, dass Sie enttarnt wurden, das entspricht auch der Wahrheit, aber so ist lediglich der Marshal für Ihre Enttarnung zuständig. Nachdem Flechett ihm Ihr Bild hat zukommen lassen, hat er nach Feststellen Ihrer Identität es an das Reaper–Team weitergeleitet. Nur er und das tote Reaper–Team wissen also wer Sie sind.«

»Sofern ich ihn also eliminiere, dann weiß niemand mehr, wer ich bin? Und was ist mit den Überwachungskameras am Raumhafen?«

»Manipuliert. Was denken Sie denn?«

Der Gedanke war verlockend, wenn auch trügerisch. Eliminierte sie den Marshal, verschaffte ihr das zumindest etwas Luft, bis man ihre Identität erneut feststellen würde. Sofern der Operator die Wahrheit sagte, war das eine Möglichkeit für sie, die MPT und Reaper–Teams vom Hals zu bekommen und ihre Spuren zu verwischen. Aber dazu musste sie schnell sein. Was ihr sagte, warum sie sich in einem Gunship befand und nicht wieder zu ihrem Terra–3 zurückgekehrt war.

»Das Gunship bringt Sie zum seinem Arbeitsort. Sie werden in wenigen Momenten dort sein, also gehen wir kurz die Details durch.« Somit konnte sie an ihrem ursprünglichen Ziel festhalten und außerdem dafür sorgen, dass sie nicht mehr länger verfolgt wurde. Klang alles ganz vernünftig. Sofern diesmal alles gut gehen würde. *Kommst du also doch noch so davon?*

»Zu Ihrer Rechten finden Sie, was Sie brauchen.«, erklärte der Operator. Kaum hatte er das gesagt, fuhr ein Schrank für den Transport der Waffen aus der Wand heraus und Marleen erkannte sofort das CRT–31 "Ripper" Scharfschützengewehr, das als eines der edelsten Gewehre für den Fernkampf angesehen wurde, obwohl sie noch nie ein solches berührt hatte. Geschweige denn abgefeuert.

»Diesmal verschwenden Sie nicht Ihre Zeit damit das ganze Gebäude niederzumähen. Sie erledigen ihn aus der Entfernung mit diesem Gewehr. Es verfeuert Hochgeschwindigkeitsmunition, die in der Lage ist, die Wände des MPC Hauptquartieres leicht zu durchschlagen. Alles was Sie zu tun haben, ist das Gewehr anzulegen und das Gunship wird für den Moment vor dem Fenster des Marshals verhalten. Allerdings muss ich Ihnen nicht sagen, wie wichtig es ist, das Sie diesmal nicht zögern.«

»Das werde ich nicht.«, gab sie sofort zurück. Es klang selbstsicher, wenn auch der Operator nicht wusste, ob dem wirklich so war. Das Gewehr war der neueste High–Tech Killer, wenn es um Fernkampfwaffen ging. Eine Visiereinrichtung mit optischem und Infrarotvisieren, sowie einem kleinen Computer, der Dinge wie Herzschlag, Windstärke und so weiter berechnete, machten es für sie einfach einen präzisen Schuss zu landen. Es schien wirklich nur ein einfaches Assignment zu werden. Vielleicht der einfachste Auftrag der Nacht. *Vielleicht.*

Aber das hatte Der Operator auch gesagt, als Marleen vor dem Florisson gestanden hatte. Darauf verlassen konnte sie sich also nicht, obwohl sie zumindest nicht ins Gebäude eindringen musste. Und dass man ein in der Luft befindliches Gunship stürmte, war auch eher unwahrscheinlich.

Sie nahm das Gewehr und legte es auf den Boden des Innenraumes. Die Luke, durch die sie in den Raum gelangt war, würde sich öffnen und sie würde nur kurze Zeit haben, den Schuss zu setzen. Dieses Mal durfte sie wirklich nicht zögern.

In seinem Büro wartete Marshal Derecks ungeduldig auf das Erscheinen von Gustav Anderson auf dem Screen, der ihm die sichere Ankunft in der provisorischen Unterkunft, die für Deserov und Flechett vorgesehen war, bestätigte. Es war noch gut eine halbe Stunde Zeit, bis zur geplanten Eintreffen des Teams in dem Gebäude, das vom Corps zur Verfügung gestellt wurde, wann immer man eine Unterbringung für gefährdete Personen benötigt hatte. Es gab viele solcher Schlupflöcher und da die meisten, die es nötig hatten, sich in Solchen zu verstecken, zu der Regierungs– und Verwaltungsebene gehörten, waren sie auch entsprechend ausgestattet.

Trotzdem hatte der Marshal ein unwohles Gefühl, etwas, das ihm sagte, dass nicht alles nach Plan verlaufen sein konnte. Vor wenigen Minuten erst hatte sich das Team gemeldet und den Kontakt mit ihren beiden Zielpersonen hergestellt. Seitdem hatte der Marshal es nicht weiter verfolgt und verfluchte sich still dafür, die Unterhaltung zwischen Deserov und Flechett nicht aufgenommen und weiter beachtet zu haben. Richtmikrofone in den Hellsuits der Reaper waren dafür bestens geeignet. *Aber was nicht war, konnte man ja durchaus nachholen. Und zwar sofort.*

Er setzte sich an sein Terminal und aktivierte auf dem Touchscreen das Display der gerade im Dienst befindlichen Einheiten. Einen Armbewegung später leuchteten vier rote Punkte auf dem Schirm vor sich hin und ihr Standort variierte nicht. Derecks Augen wurden größer und für einen Moment glaubte er, dass sich ein Fehler eingeschlichen hatte, dass es sich lediglich um einen Defekt handelte. Eine Sekunde später, während er noch auf den Schirm starrte, krachte seine Tür auf und ein Adjutant stürmte in sein Zimmer, um das, was auf seinem Schirm angezeigt wurde, zu bestätigen. Das Reaper–Team war tot.

Die vier roten Punkte zeigten ihre nicht mehr intakten Lebensfunktionen an und im selben Moment begann der Adjutant, seine Hiobsbotschaft mitzuteilen.

»Ein Massaker am Thessarus SpacePort, Marshal. Botschafter Vilius Deserov und ein Wissenschaftler namens Viktor Flechett, der für NarcoTek arbeitete, wurden ermordet. Ein Reaper Team gab ihnen Geleitschutz, doch auch sie, sowie die Eskorte des Botschafters wurden getötet.« Derecks hob seine Hand, als Zeichen, das er Ruhe wünschte. Der junge Adjutant sah etwas ungewiss drein, als er der Aufforderung nachkam und das am Raumhafen passierte nicht weiter ausführte. Stattdessen stand der Marshal auf und begann von dem Bild auf dem Screen und den vier roten Punkten in das Gesicht des Adjutanten zu sehen.

»Wer ist nur zu so etwas fähig? Ich habe das Reaper Team dorthin beordert, um genau das zu verhindern.« Scinc Aussage war eher an sich selbst gerichtet, der Adjutant hatte darauf keine Antwort und Derecks blickte von ihm in den Raum hinein, während er weiter ausführte. »Flechett hat mich kontaktiert und ein Reaper–Team als Geleitschutz angefordert, weil man ihn umbringen wollte. Es war aber nur eine einzige Person, dazu noch eine MPT, die es versucht hatte. Und jetzt sind der Botschafter und Flechett tot. Sowie das Team. Und Sie wollen mir erzählen, das wieder nur eine Person dafür verantwortlich war?«

Am Ende der Frage sahen seine Augen wieder in die des Adjutanten, der unsicher versuchte, eine Antwort auf die Frage zu finden, die ihm der Marshal gestellt hatte.

»Augenzeugen berichten von einem Trooper, die in das Terminal eintrat und in einer wilden Schießerei den Botschafter und Flechett tötete. Aber mehr ist zu diesem Zeitpunkt noch nicht bekannt. Fest steht nur, das Sie das Reaper–Team, sowie zwei NarcoTek Wachleute ausgeschaltet hat und danach entkam. Man weiß aber nicht, wie Sie entkam und wo sich die Attentäterin jetzt befindet. Einer der Leibwächter des Botschafters hat uns sofort kontaktiert, allerdings hat er sich nach Beginn der Schießerei in Sicherheit gebracht und kann uns nicht mehr sagen, als das was er gesehen hat.« Damit schloss der Adjutant seine Berichterstattung ab.

Der Marshal nahm wieder in seinem Sessel Platz und legte seine Hände gefaltet auf den Tisch. Seine Finger tippten aneinander und er fragte sich innerlich, ob die schon im Florisson in Erscheinung getretene Marleen Shou für dieses Blutbad verantwortlich war.

»Gibt es tote Zivilisten?«, war eine eher zweitrangige und unwichtige Frage, aber Opfer in der Bevölkerung waren ein extrem zweischneidiges Schwert, vor allem wenn es

MPTs waren, die für diese Opfer verantwortlich waren. Weswegen der Marshal diese Frage gestellt hatte. Dass ein Amok lief, wussten die Zivilisten, die daran zu Schaden gekommen waren oder es miterlebt hatten, nicht unbedingt zu schätzen und solange Sie nur die graue Hardsuit der Trooper sahen, konnte es schon reichen, um den Hass gegen das MPC weiter zu schüren.

»Die Situation am Raumhafen ist chaotisch, es sind mehrere Medi−Teams und Einheiten von uns auf dem Weg, wir gehen aber davon aus, das Unbeteiligte verletzt und sogar getötet wurden.« Das Gesicht des Marshals verzog sich unwillkürlich zu einer Grimasse. Wenn er nach diesem flüchtigen Trooper suchen ließ, war es immer besser, der Bevölkerung einen Grund zu geben, dass sie sich an der Suche beteiligten. Verletzte Zivilisten waren immer ein guter Grund, die Öffentlichkeit auf seiner Seite zu haben, da die allgemeine Stimmung gegenüber dem Mars−Pacification−Corps nicht die Beste war. Doch Amok laufende MPTs waren nicht die Art Publicity, die dem Corps zu Nutzen war. Eher anders herum.

Ein seitenwechselnder MPT konnte sich in den richtigen Stadtvierteln durchaus eine Weile verstecken, wenn er mit einer kriminellen Gruppierung zusammenarbeitete und für sie mordete. Sofern man die richtigen Leute kannte und die richtigen Verbindungen besaß, war es kein Problem in Nutopia City vor dem Gesetz unterzutauchen und auf andere Art und Weise jenseits weiterzuleben. Die Frage war nur, ob Marleen Shou diese Art von Person war. Und vor allem, was sie dazu gebracht hatte, in dieser Nacht die Seiten zu wechseln.

Und ob sie wirklich diejenige gewesen war, die es am Raumhafen erneut versucht und diesmal vollendet hatte, Flechett zu töten. Wenn dem nicht so war und es noch weitere amoklaufende Trooper gab, dann war die Situation noch um einiges Schlimmer als es überhaupt schon der Fall war. Aber zu dieser Information hatte er im Moment noch keinen Zugriff und es war jetzt wichtig, die flüchtige Person zu finden.

»Und gibt es Hinweise auf die Flucht des Attentäters?«

»Wir wissen noch nichts Genaueres. Nach Beginn der Schießerei brachte sich der Leibwächter sofort in Sicherheit. Als die Schießerei aufgehört hatte, ging er in die Halle, um nach dem Botschafter zu sehen. Er konnte aber nur Verletzte und Tote erkennen, von einer MPT war keine Spur und dann hat er uns kontaktiert. Wir wissen also nicht...«

»Ersparen Sie mir den Rest, ich will es gar nicht wissen. Rufen Sie bei der Raumhafensicherheit an und versuchen Sie Aufnahmen und Fluchtweg des Attentäters herauszufinden. Ach, und noch eine Sache.« Mit nervösem Blick sah der Adjutant den Marshal an, der jetzt auf seiner Tastatur etwas tippte und als im selben Moment ein Bild auf dem großen Screen hinter ihm erschien, wusste der Adjutant erst nicht, was es damit auf sich hatte. Als er das Bild einer jungen MPC−Kadettin, die vor nicht langer Zeit aus der Akademie entlassen wurde, erkannte, wusste er, worum es sich handelte.

»Das ist Mars−Pacification−Trooper Marleen Shou. Sie ist für das Attentat im Florisson Apartment Gebäude verantwortlich. Bis gestern Abend war Sie im Dienst des MPC und verschwand während einer Untersuchung eines vermuteten NSM Stützpunktes. Zwei ihrer Kollegen sind tot. Die Umstände um ihr Verschwinden sind unbekannt und die zuständigen Stellen wissen nichts über ihren Verbleib oder die Hintergründe. Ihr Bio−Chip lässt sich nicht überprüfen, weswegen man anfangs lediglich von ihrem Tod ausgegangen ist. Doch ein Scan nach dem Vorfall im Florisson hat uns ihre Identität bestätigt. Ich will noch keine große Suchaktion daraus machen, denn wenn bekannt wird, dass wieder ein MPT Amok läuft, dann werden die Separatisten unruhig. Und bevor es neue Unruhen gibt, lasse ich lieber in kleinerem Rahmen ermitteln. Die Separatisten genießen so schon genug Zuspruch von der Bevölkerung, es muss nicht noch mehr werden.«

»Gut, wie Sie meinen. Wie also sollen wir vorgehen?« Es war klar, das etwas passieren musste, bevor es noch mehr Tote gab, die zu weit oben im Regierungsapparat saßen.

Wenn Männer auf der Straße getötet wurden, egal ob Separatisten, Gangmitglieder oder auch MPTs, dann konnte man durchaus darüber den Mantel des Schweigens ausbreiten und es ungeschehen machen. Wenn aber an öffentlichen Orten, wie dem Raumhafen Botschafter und Wissenschaftler ermordet wurden, dann würde das die Bevölkerung aufschrecken. Auch wenn der Marshal nicht wusste, wie die Öffentlichkeit den Tod des Botschafters aufnahm. Flechett war zwar wichtig für die Terraforming Commission, aber in der Öffentlichkeit war er weit weniger bekannt. Was es zumindest einfacher machte, seinen Tod zu verschleiern. Der Adjutant wartete immer noch auf Anweisungen und als Derecks seine Ungeduld erkannte, traf er seine Entscheidungen.

»Sie schaffen die Leichen so schnell wie möglich vom SpacePort weg, höchste Sicherheitsstufe. Wenn nötig, dann lassen Sie die Körper mit einem Gunship ausfliegen. Sobald das getan ist, kümmern Sie sich um die anderen Verletzten. Aber Flechett und Deserov haben auf jeden Fall Vorrang, sie sind ihre erste Priorität. Lassen Sie außerdem die Aufnahmen der Überwachungskameras sicherstellen und sofort hierher übermitteln. Das Sicherheitsbüro ist unter strengste Bewachung zu stellen. Niemand außer Ihnen und ihren Troopern hat Zugang zu diesen Aufnahmen. Am wichtigsten ist, dass Sie die Öffentlichkeit aus der Sache raus halten. Versuchen Sie so lange wie möglich, zu verhindern, dass jemand von dem Tod Deserovs erfährt. Wir wollen ja nicht, dass die Separatisten anfangen, ihre Macht zu demonstrieren. Sonst beanspruchen sie diese Tat noch für sich und es gibt noch mehr Tote. Alles Verstanden?« Das Gesicht des Adjutanten blickte aber den Marshal nicht direkt an, sondern schaute fixiert auf den großen Screen hinter Derecks. Anstatt die Befehle zu bestätigen und sich an die Arbeit zu machen, stellte der Adjutant noch eine weitere Frage, die der Marshal nicht beantwortet hatte.

»Was wird aus ihr, Marshal?«

Der Marshal drehte sich herum und betrachtete das Bild von Marleen Shou genauer. Gedanken kreisten in seinen Kopf, doch eine Antwort auf die Frage hatte er im Moment nicht. Nach ihr fahnden lassen, bedeutete Flagge zeigen und würde die Frage aufwerfen, warum man sie suchte. Den Tod Flechetts als Grund zu nennen, schien plausibel. Das aber bedeutete Sympathien bei den Separatisten zu erregen. Auch wenn die letzten Amok laufenden Trooper Separatisten getötet hatten.

Es bedeutet Schwäche, wenn man der Öffentlichkeit sagte, dass man mit seinen eigenen Leuten nicht mehr fertig wurde. Nein, öffentlich fahnden kam nicht in Frage. Es musste also anders laufen.

»Alarmieren Sie sechs Reaper–Teams und lassen Sie diese Teams gezielt nach ihr suchen. Schicken Sie zwei weitere Teams in Gunships zum SpacePort und kontrollieren Sie die ALHs auf die flüchtige Person. Geben Sie dem Department, für das Marleen gearbeitet hat, Bescheid, dass wir nach ihr suchen lassen. Sie sollen ebenfalls alle Reaper–Teams losschicken, die Sie haben. Schicken Sie ebenfalls Leute zu ihrer Unterkunft und lassen Sie alles leer räumen. Mehr können wir im Moment sowieso nicht unternehmen.«

»Wird erledigt.« Der Adjutant war für einen Moment nicht sicher, ob er alles behalten hatte, aber für solche Zwecke konnte ihm sein implantierter Memorychip von Nutzen sein, um allzu lange Aufträge einfach noch einmal abzuspielen und alles, wie befohlen, auszuführen. Mit einem schnellen Gruß war er durch die Tür verschwunden und der Marshal drehte sich herum und sah wieder zu dem Bild Marleens.

»Wo hast du dich versteckt?« murmelte er leise, während er sich nachdenklich sein Kinn rieb.

»Machen Sie sich fertig, wir sind in Kürze am Zielgebäude.«

Marleen hatte an der Wand gelehnt und ihre Gedanken einfach treiben gelassen. Doch jetzt war es mit der Ruhe vorbei. Sie nahm das Scharfschützengewehr, legte es auf den Boden der Kabine und ging in Position. Sie strich sich eine Haarsträhne aus dem Gesicht, die ihren Blick durch das Visier blockiert hatte.

Nur aus liegender Haltung konnte man ein solches Gewehr abfeuern, alles andere hatte keinen Sinn. Durch das Visier war nur die Luke zu sehen, die sich aber in wenigen Momenten öffnen würde.

»Schalten Sie auf Thermo–optischen Modus um.« An der Seite des Gewehres befanden sich einige Knöpfe und auf einem waren kleine Abbildungen zu sehen, die ihr sagten, dass sich hiermit die Optik regulieren ließ.

Mit einem Klicken schaltete sie um und im Inneren des Visieres begann es zu sirren. Als sie hindurch sah, konnte sie selbst durch die Außenhülle des Helikopters sehen. Neugierig über diese Möglichkeit hielt sie das Gewehr fest und sah in das Gebäude, das sich in ihrem Visier aufzeichnete. Mehrere Männer saßen an einem Tisch und machten eine Einsatzbesprechung. *Na, die langweilen sich bestimmt, so wie du es auch viel zu oft getan hast.*

Das Richtmikrofon im Inneren der Waffe war wegen der Hülle nicht in der Lage, das Gespräch mitzuhören. Aber sie war sich sicher, das es sich bereits um das MPC–Distrikthauptquartier handeln musste, in dem der Marshal arbeitete. Sie erkannte, dass das Gunship Höhe aufnahm und soeben war die eben gesehene Szene auch schon wieder verschwunden. In weiteren Büros erkannte sie Trooper, die umher liefen mit Synthi–Kaffee und andere, die hinter ihren Monitoren eingeschlafen waren. *Keine Sorge, gleich habt ihr einen Haufen Arbeit.*

Nachtschicht war eben doch nicht jedermanns Sache. *Vor allem nicht die erste.* Sie kannte das von sich aus. *Die erste war immer die Schlimmste.*

»Gut, noch vier Stockwerke.« Die besten Modelle der Gunships hatten einen Silent–Mode, der es ihnen erlaubte, die Geräuschabgabe der Triebwerke um ein vielfaches zu reduzieren. Wenn man dann noch die Möglichkeit hatte, die komplette Beleuchtung auszuschalten, dann war es kein Problem an einem Wolkenkratzer entlang zu fliegen und unentdeckt zu bleiben. Weitere Hitzekörper kamen und gingen durch ihr Visier und sie zählte von jetzt die verbleibenden Stockwerke. Die Geschwindigkeit, mit der das Gunship stieg, wurde geringer und dann schien es in der Luft zu stehen. Kaum war es zum Stillstand gekommen, da verdunkelte sich der Kabineninnenraum völlig und die Tür, vor der Marleen mit ihrem Gewehr lag, öffnete sich. Kalter Wind machte sich in dem vorher warmen Innenraum des Gunships breit, wirbelte durch ihren langen Pferdeschwanz und es dauerte nicht lange, da war die angenehme Wärme, die Marleen empfunden hatte, verschwunden.

»Fertig zum Schuss?«

»Fertig.« *Du willst dein Ziel. Oder?*

Ruhig versuchte sie ihren Atem zu kontrollieren, so wie sie es auf dem Schießstand beim Feuern auf weit entfernte Ziele gelernt hatte. Auch wenn sie keine professionelle Schafschützenausbildung genossen hatte, so konnte sie doch mit so einer Waffe umgehen. Das glaubte sie jedenfalls.

»Sehen Sie einen etwas korpulenteren Offizier, der gerade zu einem Wasserspender geht?« Marleen bewegte das Visier leicht herum und ging einige der Gestalten durch, die sie erkennen konnte. Doch keiner von ihnen stand an einem Wasserspender. Noch einen weiteren Schlenker nach rechts, dann erkannte sie das Ziel.

»Ziel bestätigt.«

»Sie haben nach dem ersten Schuss nicht viel Zeit. Nach meiner Information gibt es noch ein weiteres Ziel, das Ihre Identität kennt. Sie müssen also noch einen zweiten Schuss setzen.«

»Hätte mich auch gewundert, wenn in letzter Minute nicht noch eine Planänderung von Ihnen gekommen wäre«, gab sie ungehalten von sich. Nun wunderte sie wirklich nichts mehr. »Wer ist das zweite Ziel?«

»Der Adjutant des Marshals, er ist die Person, die Sie gerade anvisieren. Er ist gerade von einer Unterredung mit dem Marshal gekommen und dabei einige Reaper–Teams zu informieren, die Ihren Tod sicherstellen sollen. Danach folgt der Marshal selbst.«

»Feuerbefehl?« *Mach schon.*

Das Fadenkreuz der Waffe zielte genau auf den Brustkorb des eben erwähnten Adjutanten.

»Erteilt.« Der Nano–Boost aktivierte sich und es klickte sanft, als der gedämpfte Lauf der Waffe die Kugel freigab, die in dem Inneren des Magazins auf ihren Abschuss gewartet hatte. Die Scheibe vor ihr zerbarst. Die Kugel raste durch das Innere des Raumes und traf den Adjutanten in der Brust, worauf hin dieser tot zu Boden sackte.

»Links, in einem großen Zimmer. In sitzender Position.« Der rauchende Lauf des Gewehres schwang herum und sie suchte ihr neues Ziel.

Den Arbeitstisch hatte sie gefunden, der Mann, der das zweite Ziel war, hatte gerade den Adjutanten zusammenbrechen sehen, als die Mündung auf ihn zielte. Im Aufstehen wurde der Marshal getroffen und fiel verkrümmt hinter seinem Tisch zurück auf den Stuhl, aus dem er versucht hatte, aufzustehen. Einige im Gang befindliche MPTs hatten mittlerweile durch die geborstene Scheibe das Gunship erkannt, das sich dahinter befand. Ohne zu zögern, zogen sie ihre kleinkalibrigen Tetra Mk 30 Pistolen und feuerten sofort auf das Luftfahrzeug. Einige Kugeln verirrten sich in die Kabine, doch ehe sie ihr gefährlich werden konnten, war das Scharfschützengewehr auf einen der Trooper gerichtet und Marleen feuerte einen dritten Schuss ab. Der Mann wurde durch den Einschlag nach hinten geworfen und flog durch ein Fenster, das in ein weiteres Büro führte. Eingeschüchtert gaben die Männer den Versuch auf mit ihren Pistolen dem Gunship Schaden zuzufügen, dann verschloss sich die Tür vor ihr und das Gunship beschleunigte und begann sich vom Ort des Geschehens zu entfernen. *Jetzt Urlaub. Bis zum Ende deines Lebens.*

Das wieder aufflammende Rotlicht im Inneren der Kabine machte ihr deutlich, das ihr Einsatz vorüber war. Sämtliche Spuren, die zu ihr geführt hatten, waren eliminiert worden und nun konnte sie davon ausgehen, dass es eine Weile dauerte, bis erneut Reaper–Teams zur Suche nach ihr abkommandiert wurden. Und erst jetzt wurde ihr bewusst, dass sie gerade einen MPC–Marshal und zwei weitere Angehörige der Truppe getötet hatte. Sie war nun wirklich das geworden, was sie anfangs für unmöglich gehalten hatte. Sie war eine Killerin, die alles tat, nur um zu überleben.

Doch dieses Mal hatte sie sich darüber im Griff, sie wusste, dass ein Zurückkehren in die Truppe unmöglich war. Weshalb es ihr nichts mehr ausmachte, gewissenlos den Befehlen des Operators zu folgen. Nur darauf wartend, dass ihr eine Chance gewährt wurde, überhaupt irgendwie weiterzumachen. Kein Wahl zu haben und nur auf die richtige zu Situation hoffend war eine schwache Hoffnung, aber besser als gar keine. *Es bleibt also beim Alten, Kleines. Aufträge erhalten. Zielpersonen liquidieren. Überleben.*

Was sie zu der Frage führte, warum man sie erst zu Fuß durch die Stadt gehetzt hatte und ihr nun ein Luftfahrzeug als Transportmittel diente. *Beförderung, vielleicht.*

»Warum haben Sie mich nicht gleich von Anfang an in einem Gunship von Ort zu Ort transportiert, wenn Ihnen so etwas schon zur Verfügung steht?« Diese Frage hatte sich aufgezwungen. Und jetzt schien auch der richtige Zeitpunkt zu sein, um diese zu stellen.

»Das kann ich Ihnen gerne sagen. Sie erregen zu viel Aufmerksamkeit. Beim ersten Mal vielleicht nicht, aber nach einer Weile ist ein durch die Stadt fliegendes Gunship um einiges auffälliger, als ein Trooper, der willkürlich Verkehrsmittel auswählt«, erklärte der Operator. *Macht Sinn, oder?*

»Ich habe also diesen Luxus nur für diesen einen Auftrag genossen, sozusagen ein Mittel für den Notfall.«

»Richtig. Es wäre zwar Ihr Transport zum nächsten Zielort gewesen, aber da der Marshal und sein Adjutant unabdingbare Ziele gewesen sind, kann man auch einen Schlenker fliegen, genauso wie auch ein Hydromobil kurz in eine andere Straße hineinfahren kann.«

»Logisch. Und jetzt? Verraten Sie mir schon, wie es weitergeht oder bin ich erst mal in der Kabine eingesperrt?«

»Was denken Sie wohl? Ich würde Ihnen nach Ihrer letzten Präzisionsarbeit gerne weiteres erzählen, aber ich habe das nicht zu entscheiden.« *Wie immer. Den Rest erfährst du kurz bevor es wieder los geht…*

Marleen stellte sich auf und sah durch das kleine Fenster hinaus in den Nachthimmel zu den unzähligen Konzerntürmen und Wolkenkratzern. Scheinbar unendlich reihten sie sich aneinander, bis weit hinten an das Ende des Horizontes. Nur an sehr schönen Tagen konnte die Grenzen der Sturmmauer erkennen, aber jetzt im Schimmer der Millionen von Lichtern sah sie nur die riesigen Strukturen der Megaplexes und das Dahinschleichen auf den riesigen Highways, die sich wie Pulsadern durch die Stadt zogen.

»War ja auch nicht zu erwarten«, ergänzte sie noch. Drei kleine Lichter, die sich weit entfernt im Nachthimmel abzeichneten, erregten ihre Neugier und Marleen war der Meinung, das diese drei Objekte sich näherten. Es konnte aber auch nur eine Täuschung sein. Aber sicher gehen wollte sie schon. *Was haben wir denn da?*

Mit einem schnellen Griff lag die Mündung des Gewehres auf dem Rand des Fensters und Marleen schaltete das Visier wieder auf normalen Sichtmodus um. Die drei Punkte schienen sich in der kurzen Zeit weiter angenähert zu haben und als sie mit der Vergrößerung des Visieres auf sie heranfuhr, erkannte sie, was sich ihr annäherte. Zwei kleine, schräg stehende Propeller trieben die Objekte an, die wesentlich kleiner waren, als ein Vertikopter oder Gunship. Unter den Propellern lag ein unbemannter Körper und mehrere kleine Objekte an kleinen Flügeln bestätigten ihre Vermutung. *MPC–Vertikopter Flugdrohnen! Scheiße, d*as hat noch gefehlt!

Diese kleinen Maschinen waren bewaffnete, unbemannte Fluggeräte, die für Verfolgungsaufträge gedacht waren. Sie kamen immer dann zum Einsatz, wenn flüchtige Täter gegenüber menschlichen Verfolgern maximale Gewalt angewandt hatten und wenn es nur darauf ankam, die Flüchtigen aus der Luft mit ebenso maximaler Gewalt zu stoppen. Ihre Bewaffnung ließ keine Wünsche offen und selbst für schwer gepanzerte Fluchtfahrzeuge hatten sie kleine Luft–Boden Raketen im Gepäck, die jeden Fluchtversuch unmöglich machten. Und Marleen brauchte nicht weiter zu überlegen, dass diese Drohnen sofort nach dem eben ausgeführten Anschlag gestartet waren, um sie vom Himmel zu holen. Deswegen auch kein Gunship als Kurierfahrzeug für ihre Aufträge. Der Operator hatte Recht behalten. *Spar dir also nächstes Mal dumme Fragen.*

Kaum hatte sie den Gedanken zu Ende geführt und sich der Nano–Boost aktiviert, um sie in die übliche verzehrte Wahrnehmung zu geleiten, donnerten unterhalb der Drohnen die schweren Maschinenkanonen los und grellgelbe Mündungsfeuer erhellten den Nachthimmel. Unwillkürlich duckte sich Marleen hinter der kugelsicheren Scheibe und einen Atemzug später tackerten die Geschosse der Drohnen gegen die Außenhülle des Gunships und ließen Marleen noch mehr zusammenzucken.

»Haben Sie das etwa nicht voraus gesehen?«, schrie sie unter den Einschlägen der Geschosse den Operator an.

Sie erhielt auf ihre Frage im ersten Moment keine Antwort.

Was ihr als Antwort ausreichte. Der Operator hatte gerade seinen ersten Fehler begangen. Die Drohnen waren also sogar ihm zuvorgekommen. Während die ersten Einschläge verhallten und Marleen wieder aus dem kleinen Fenster heraus sah, bestätigte sich ihre Vermutung. Gerade noch konnte sie unter den kleinen Flügeln, die keine solchen waren, sondern nur zum Transport der Waffen gedacht waren, einen Feuerschweif erkennen. Dann noch einen weiteren. Raketen. *Das wird ja immer besser.*

Zwei längliche Objekte trennten sich von ihren Halterungen und gingen auf Kurs mit dem Gunship. Wie in Zeitlupe sah sie ihre Feuerschweife näher kommen und einen Moment glaubte Marleen, dass es das Ende ihrer Jagd war. Das Gunship aber bäumte sich in diesem Moment auf und ging in einen Sturzflug über, der sie aus der unmittelbaren Flugbahn der Raketen hinaus brachte. Unsanft krachte sie gegen die Tür, die zum Cockpit führte. Über ihr in dem kleinen Fenster, sah sie einer der Raketen vorbei zischen und wusste, dass der Operator gerade noch rechtzeitig das Gunship hatte ausweichen lassen. Der Nano–Boost verlangsamte zwar ihre Wahrnehmung, aber aufgrund der Tatsache, dass sie eingesperrt war, konnte sie das Geschehen in Ruhe verfolgen. Was ihre Lage aber keinesfalls besserte. *So schnell würden die Drohnen nicht aufgeben.*

»Lassen Sie mich ins Cockpit. Ich will wenigstens nicht ganz unwissentlich sterben.«

»Sie werden nicht sterben. Dafür werde ich schon sorgen.« *Der hat gut reden.* Die Tür zum Cockpit öffnete sich und Marleen warf sich auf den Sitz des Piloten und schnallte sich fest. Im Sturzflug durch eine Kabine gewirbelt zu werden, war nicht gerade eine ihrer Lieblingstätigkeiten. Der Gurt schnappte zu und vor ihr erkannte sie einen kleinen Highway, der ihr immer näher kam. Links und rechts neben ihr konnte sie durch die große Cockpitscheibe zwei der Drohnen erkennen, wie sie hinter dem Gunship hinterher hetzten und wie sich im selben Moment von einer der Drohnen zwei weitere Raketen lösten. Das Gunship beendete den Sturzflug und schnitt in eine enge Kehre nach links. Die beiden Raketen rasten an dem Cockpit vorbei und krachten unten in den Highway. Grelle Explosionswolken rissen Stücke des Highways auseinander und ein Hydromobil, das zu schnell war, um noch zu bremsen, krachte in das entstandene Loch.

Die auf der linken Seite vorhandene Drohne eröffnete das Feuer aus ihrer Maschinenkanone, dessen Geschosse gegen die Cockpitscheibe krachten, außer einigen Kratzern aber keine Schäden verursachten. Dann verhielt das Gunship, der Gegendruck warf Marleen in den Sitz und dann befand sich die Drohne genau vor dem Cockpit. Der Operator zögerte keine Sekunde. Das schwere Geschütz, das unterhalb der Kanzel angebracht war, ratterte los und die grell gelben Perlenschnüre fraßen sich in die Panzerung der Drohne. Sie hatte keine Chance. Funken sprühten auf, als die Drohne getroffen, ihre Elektronik von den Geschossen zerstört wurde. Einzelteile der Mechanik und Panzerung segelten durch die Einschläge davon, dicht gefolgt von Funkenschlägen, die sie ausgelöst hatten. Sie trudelte zu Boden und damit waren es nur noch zwei Verfolger. *Gut geschossen, Operator.*

Auf einem Monitor vor ihr ermahnte sie eine Leuchte, dass sich das Gunship im Zielsucher einer Rakete befand, dann beschleunigten die Rotoren und der Operator legte es herum und versuchte, der anfliegenden Rakete zu entkommen. Doch durch die Feuerpause, um die erste Drohne vom Himmel zu holen, hatte er zu viel Zeit verloren. Die kleine Rakete krachte in das Gunship und schüttelte es durch. Zahlreiche Leuchten vor ihr begannen Schadensmeldungen von sich zu geben, doch Marleen konnte sie nicht einordnen. Was sie aber wusste, war, dass es einen zweiten Treffer nicht aushalten würde. Ein Blick nach hinten bestätigte ihr das nur noch umso mehr. Rauch quoll aus einem der Rotoren, doch die Rakete hatte wohl nur den Flügel getroffen und so nicht zu viel Schaden angerichtet. Für den Moment flogen sie noch. Aber nur für den Moment.

Das Gunship nahm an Höhe zu und ging in eine Wende nach rechts, während die noch übrig gebliebenen Drohnen mit ihren Maschinenkanonen die Außenhülle weiter traktierten. In einem Moment sah Marleen das Blitzen ihrer Mündungen, im nächsten stürzte das Gunship wieder herunter, um ihnen auszuweichen. *So wird das nichts.* Irgendwann waren sie geliefert.

Vor ihr näherte sich ein Wolkenkratzer und das Gunship raste auf ihn zu, im letzten Moment schnitt der Operator in eine Kurve und raste an der glitzernden Fassade des Gebäudes vorbei, während die Geschosse der Drohnen in die Scheiben des Gebäudes einschlugen. In den Häuserschluchten konnten sie die Drohnen vielleicht abschütteln, wenn der Operator gut war. Aber es war dennoch besser, sich lieber einen Alternativplan zurechtzulegen. Eine weitere Häuserfront kam ins Blickfeld und das Gunship raste an ihr vorbei und entkam für einen Moment dem Blickfeld der Drohnen. Es drehte auf der Stelle herum und das schon angeschlagene Triebwerk rebellierte energisch gegen das heftige Manöver. Marleen konnte solche schnellen Manöver ab, obwohl es ihr für einen Moment doch ein wenig mulmig wurde. *Brechtüten finden sie unter ihrem Sitz…Nein, tut mir Leid, gehören nicht zur Standardausstattung dazu.*

Die beiden Drohnen fielen auf die Falle herein. Als sie hinter der Fassade hervorkamen, hatte der Operator schon auf sie gewartet. Grell belfernd ratterte das Bordgeschütz erneut los und die zweite Drohne hatte keine Chance auszuweichen. Sie flog genau in den Kugelhagel hinein. Funkensprühend wurde ihrer Elektronik von den großkalibrigen Geschossen zerrissen und einer ihrer Propeller machte schlapp. Innerhalb weniger Sekunden setzte der Rest ihrer Systeme aus und wie ein Stein viel sie zu Boden. *Noch eine. Jetzt aber los.*

Doch die dritte Drohne war zu schnell. Ehe der Operator das Gunship erneut auf sie ausrichten konnte, hatte sie die Zielpeilung abgeschlossen. Ein Feuerschweif trennte sich von unterhalb der Aufhängung und konnte sie auf die Entfernung unmöglich verfehlen. Der Operator war sich dieser Gefahr bewusst und hatte das Risiko trotzdem einkalkuliert. Marleen sah die Rakete größer werden, als das Gunship absackte und einen Ausweichkurs ansteuerte, der beinahe unmöglich schien. Die Rakete krachte oberhalb des Gunship in die Triebwerkselektronik und verursachte enormen Schaden. Das jedenfalls nahm Marleen an, als das erneute Aufblinken der Anzeigen vor ihr die neuen Schäden anzeigten. *Kein Glück dieses Mal.*

Die Drohne versuchte noch eine weitere Rakete zu starten, doch der Operator beschleunigte das Gunship und raste unter der Drohne hindurch, während die nächste Rakete in den Nachthimmel verpuffte. Es krachte von oberhalb der Bordelektronik, als sie versuchten zu entkommen. Im nächsten Moment ertönte eine grelle Alarmsirene und das Gunship begann zu trudeln. Dichter schwarzer Qualm entkam den Rotoren und Marleen wusste, dass es spätestens jetzt das Ende ihrer Flugstunde war. Sie würden abstürzen. *Der Fall ist harmlos, keine Sorge. Schlimm wird's beim Aufschlag.*

Sich an den Sitz klammernd erkannte sie vor ihr kleinere Gebäude, die ihr immer näher kamen. Doch die schwere Beschädigung, die dem Gunship den Rest gegeben hatte, schienen der Drohne nicht auszureichen. Schon hatte sie die erneute Verfolgung aufgenommen. *Jetzt reicht's.*

Sie schnallte sich ab und ging nach hinten in die Passagierkabine. Mit einem schnellen Handgriff hatte sie sich in einer der Sicherungshalterungen angeschnallt und ihr MR–15 von der Schulter genommen.

»Öffnen Sie die Luke. Ich hole mir die letzte Drohne.«

»Sind Sie sicher? Wenn die Drohne in die Kabine feuert, bleibt von Ihnen nicht mehr viel übrig.«

»Und andersherum macht Sie uns sowieso früher oder später den Gar aus. Eine weitere Drehung, um sie ins Visier zu nehmen, werden wir nicht überleben. Also machen Sie schon.« Ohne zu antworten, öffnete sich die Kabinentür und Marleen riss das Sturmgewehr an die Schulter. *Da bist du, Bastard.*

Für einen Moment kam die Drohne ins Blickfeld und schien durch den Nano–Boost dort stehenzubleiben, sofort ließ Marleen ihr Sturmgewehr sprechen. Donnernd tönte das Wummern der Waffe in ihren Ohren wider, als die Kugeln in den Nachthimmel eintauchten und nach dem letzten Verfolger suchten.

Marleen hielt den Abzug betätigt und verfeuerte ein ganzes Magazin der schweren

Munition, die in die neben dem Gunship fliegende Drohne eindrangen. Für den Moment konnte sie sich auf den erzielten Schaden nicht konzentrieren, sie wollte lieber sichergehen, dass so viele Geschosse wie möglich, in die Drohne einschlugen. Als das Magazin leer geschossen war, überzeugte sie sich von ihrem Unternehmen. Die Drohne war schwer getroffen und hatte der schweren Munition nicht standhalten können. Einen Funkenschlag später explodierte sie und als greller Feuerball verschwand sie im Nachthimmel.

Geschafft. Als der Andruck sie erneut in den Sitz presste, musste sie den letzten Gedanken wieder zurücknehmen, denn noch war sie nicht heil am Boden angekommen. Durch die geöffnete Luke sah sie schräg stehende Wolkenkratzer, die zu weit weg waren, als dass Marleen mit ihrem Gunship in sie hinein krachen könnte.

»Ich lande diese Kiste jetzt, halten Sie sich fest.« ließ sie der Operator wissen, dass es jetzt soweit war. *Einschlag in weniger als einem Herzschlag. Festhalten.*

Sie schloss die Augen und dann hatte sie das Gefühl von einer riesigen Faust empor gewirbelt zu werden. Um sie herum splitterte es und das Gunship fraß sich in den Boden. Metallteile wirbelten an ihr in Zeitlupe vorbei, einen Moment später hörte und spürte sie ein weiteres Krachen, als das Gunship noch einmal den Eindruck zu machen schien, es wolle abheben, doch erneut hart auf dem Boden aufschlug. Es hatte sich überschlagen.

Dann war es zum Stillstand gekommen. Ob sie noch lebte, wusste sie im ersten Moment nicht, doch da ihr alle Knochen im Körper Schmerzen signalisierten, war sie es offenbar noch. *Ist der elende Schmerz endlich mal zu was nutze.* Als sie mit der Hand an den Gurtauslöser griff und ihn betätigte, wurde sie in die Kabine entlassen, die sich in Seitenlage befand. Die ehemalige Ausstiegsmöglichkeit lag nun versperrt unter ihr und der einzige Ausweg schien die Frontscheibe zu sein. Als Marleen hindurch geklettert war, erkannte sie zu ihrem Glück eine große Öffnung in der ehemaligen Cockpithaube und dahinter lag, was der Operator als Notlandeplatz auserwählt hatte.

Eine Müllkippe. Marleen sprang aus dem Fenster und wurde von einem stinkenden Berg Abfall empfangen, in den das Gunship sich hinein gebohrt hatte.

»Scheiße geflogen.«

»Seien Sie lieber froh, dass Sie noch leben«, konterte er. Marleen streckte und vergewisserte sich, dass sie nicht wirklich schlimm verletzt war. Sie stieß einen Schrei aus, als ihre malträtierten Knochen gegen die abrupte Bewegung rebellierten.

»Diesmal war es wirklich gute Teamarbeit. Sie haben sich gut um die ersten beiden Drohnen gekümmert.« Sie bog ihren Rücken und versuchte, ihre Knochen wieder einigermaßen in ihren Ursprungszustand zu versetzen.

»Und Sie gut um die letzte.«

»Deswegen führe ich Sie noch lange nicht zum Essen aus.« *Das könnte ihm so passen.*

»Wie Sie meinen.«

»Und wie geht es jetzt weiter. Ich nehme an, mein nächstes Ziel befindet sich nicht hier in der Gegend?«

»Nein, das definitiv nicht. Da Sie die letzte Drohne abgeschossen haben, bevor wir abstürzten, kann man Ihre Spur auch nicht zurückverfolgen. Was uns zusätzliche Zeit verschafft.«

»Ist ja wunderbar. Vielleicht gibt's hier ja 'nen Taxi–Stand«, spottete sie, während sie sich an den Abstieg von dem Müllberg machte. Der Gestank jedenfalls machte ihr mehr als verständlich deutlich, dass sie zwar dankbar war für die weiche Landung, aber für das Aroma definitiv nicht.

Den Müllberg hinunter laufend, kratzte sie sich am Halsband, was sich durch den Absturz ein wenig verschoben hatte und an ihrem Hals entlang scheuerte.

»Wie konnten Sie die Drohnen überhaupt übersehen? Normalerweise sind Sie doch immer einen Schritt im Voraus?«

»Die Drohnen sind nicht dem MPC untergeordnet und werden auch nicht über den Zentralcomputer des MPC–Distrikthauptquartiers verwaltet und gesteuert. Ihre Steuerung und Programmierung läuft separat.«

»Und von wo aus?«

»Nur der Hersteller verwaltet die Operationen selbst, aus Angst vor Cyberterroristen und Manipulation. Weswegen ich Sie auch nicht einsehen konnte.«

»Und das MPC hat keinen Zugriff auf die Drohnen?«

»Nein, außer natürlich die Bestimmung ihrer Ziele.«

»Und das konnte so schnell geschehen?«

»Ich war selbst überrascht. Aber vielleicht hat man das Gunship auch schon vorher am MPC–Gebäude registriert und die Drohnen daraufhin vorsichtshalber alarmiert. Ich werde das prüfen.« *Und wenn schon, ist jetzt eh unwichtig.*

In einiger Entfernung kamen rote Feuerzungen aus einer Müllverbrennungsanlage und Geräusche schwerer Maschinen tönten in den Nachthimmel. Zudem stank es hier gewaltig, aber einen besseren Ort für eine Crash–Landung hätte man wirklich nicht finden können, außer einen riesigen Haufen Müll. Es musste sich hier um eine der Hauptbeseitigungsanlagen handeln, diese waren aber nur in abgelegenen Bezirken der Stadt untergebracht. Und für den Moment war der Operator sicher erst mal damit beschäftigt, die Herkunft der Drohnen aufzuklären und danach einen neuen Plan zu machen, wie sie hier weg kommen sollte. *Gibt es hier keinen Wegweiser? Oder ein großes, leuchtendes Exit–Schild?*

Ein automatischer Mülllaster in grellem Gelb kam herangerollt und der Boden zitterte für einen Moment unter den schweren Ketten, mit denen er seine Ladung transportierte. Er verhielt an dem Müllberg, von dem Marleen gerade herunter gekommen war, drehte auf der Stelle, während seine Rampe in Position ging. Es klackte und ein weiterer Berg an Abfall wurde auf den schon vorhandenen aufgeschüttet. Sie sah einen Moment hin, dann versuchte sie einen Ausgang zu erkennen oder überhaupt einen Anhaltspunkt, wie man von diesem Gelände herunterkam. In ihren Augen spiegelten sich die Flammen der Verbrennungsanlagen wieder, sie überlegte, ob sie nahe der Ausgänge waren und als der Mülltransporter sein Abladen beendet hatte, sprang sie auf eine der Plattformen, die menschlichen Mitfahrern dienen sollten. Sie wurden aber nur zu Wartungszwecken wirklich bemannt. Eine kleine Sprossenleiter brachte sie auf eine kleine Plattform, auf der sich ein kleiner ausklappbarer Sitz befand. Vor ihr befand sich die Schalttafel mit den momentan ablaufenden Befehlen, die das Gefährt ausführte. Marleen hatte keine Ahnung, wo das Gefährt hinsteuerte, aber das es nicht in die Stadt selbst hinausfahren würde, war ihr sofort klar. Kein Kettenfahrzeug, außer die der MFA hätten dazu eine Genehmigung. Aber es könnte sie sicherlich nahe eine der Kontrollpunkte bringen, von denen sie wieder Zugang hätte zur städtischen Ebene.

Ein Fahrzeug mit menschlichem Personal kam ihr entgegen und sie duckte sich sofort. Sie mussten den Absturz bemerkt haben und sahen jetzt nach, was dort hinten auf dem Müllberg lag. Marleens Verstecken war sicher hilfreich, denn ein leeres Gunship war schön und gut, vor allem wenn die Arbeiter der Anlage darauf kamen, dass es unbemannt gewesen sei und deshalb abgeschossen wurde. Was auch immer die Arbeiter für sich entscheiden würden, ihre Anwesenheit war nicht wichtig für ihre Schlussfolgerungen. *Lass dich lieber nicht erwischen, Kleines. Die stellen bloß unangenehme Fragen.*

Als das Fahrzeug hinter ihr an dem Wrack angehalten hatte und drei Männer aus dem Wagen ausstiegen und sich nur auf die Überreste ihres Lufttaxis konzentrierten, kam sie wieder ein wenig hervor. Müllkippen waren nur mit wenigen menschlichen Arbeitern bestückt, die meisten Geräte liefen vollautomatisch und es bedurfte höchstens einiger Techniker, sowie Wartungspersonal und Verwaltung. Wenn sie sich klug anstellte, konnte sie aus der Müllkippe entkommen, ohne dass sie jemand sah. Das wiederum ließ ihr freie Hand, in dem Stadtteil, der vor ihr lag. *Dann bist du nur ein MPT auf Routine. Nichts weiter.*

Sie verhielt hinter der Konsole, als sie einen weiteren Arbeitertrupp aus einiger Entfernung sah. Einer von ihnen deutete in die Richtung von dem Absturz, doch die anderen beiden versuchten ihm wohl klarzumachen, dass er sich lieber um seine Arbeit kümmern solle, da sie ihrerseits auf einen Mülltransporter deuteten, der gleich vor ihnen stand. Hatte Marleen richtig Glück, das ihrer voll funktionsfähig war. Jedenfalls sofern sie die Anzeigen richtig interpretierte. *Chinesisch für Anfänger. Drücken sie bitte hier.*

Weiter hinten kamen die großen Schlote der Verbrennungsanlagen näher und die Geräusche der schweren Maschinen wurden lauter.

»Wie ich vermutet hatte, man hat das Gunship am Gebäude entlang fliegen sehen und sofort Alarm geschlagen. Nachdem Sie dann Ihre Schüsse abgefeuert hatten, wurden die Drohnen auf Sie angesetzt.«

»Gut, damit wäre das geklärt.« Der Transporter war durch das Rasseln der Ketten und dem Laufen des Motors laut genug, als das sie sowieso niemand hörte, aber sicher fühlte sie sich deshalb nicht. »Ich werde versuchen, unentdeckt von diesem Gelände zu entkommen, damit man mich nicht mit dem Absturz in Verbindung bringt. Wenn ich hier raus bin, dann haben Sie hoffentlich einen Plan für mich.«

»Das lässt sich einrichten.«

»Ich denke, die Müllmaschine hier unter mir zu manipulieren ist sinnlos, weil es dann jemandem auffällt und sie Techniker schicken, um das Problem zu beheben. Wird wohl auch so funktionieren. Sie könnten mal nachsehen, wo sie hinsteuert.«

»Habe ich schon. Denken Sie, es bleibt mir verborgen, wie Sie sich fortbewegen?«

»Nein, natürlich nicht.«

»Sehen Sie die Verbrennungsanlage? Das ist Ihr momentanes Ziel. Dort befindet sich ein Umladeplatz. Sie können dann auf einen städtischen Transporter wechseln, der bringt Sie von dem Gelände herunter.« *So weit, so gut.*

Der Umladeplatz gleich vor ihr war hell erleuchtet, riesige Scheinwerfer strahlten viel zu grelles Licht auf die Fläche und städtische Mülltransporter kamen, luden ab und fuhren wieder, woraufhin die geländeinternen Fahrzeuge den gerade abgeladenen Müll aufluden und zu den Lagerplätzen brachten, bis er schließlich verbrannt wurde. Durch die Beleuchtung musste Marleen vorsichtig sein, das sie nicht gesehen wurde. *Menschliches Personal war zwar auch hier rar gesät, aber wenn du unvorsichtig bist…*

Der Gedanke war Zeitverschwendung. Eine Reihe Förderbänder, die vor ihr Müll in die Verbrennungskammern brachten, rollten vor sich hin und der Lärm wurde zunehmend belastender für ihre Ohren. Ratternd und knirschend fuhren die Bänder ihre nie enden wollende Last in das ebenfalls nie endende Feuer der Verbrennungsanlagen.

Alle Arbeiter trugen Gehörschutz, was sie dazu ermutigte, ihr Gefährt zu untersuchen. In einem kleinen Kasten mit dem entsprechenden Symbol neben dem Schaltpaneel wurde sie fündig. Schnell war der Gehörschutz entnommen und auf ihren Ohren platziert. Eine Sorge weniger für den Moment. *Sieht bestimmt schick aus.*

Hinter ihr rumpelte ein weiterer Kettentransporter auf die Umladestation zu, der sauber hinter ihr in der Spur blieb. Die Verbrennungsanlage, die vorher so klein gewirkt hatte, stand jetzt mit ihren riesigen Schloten direkt vor ihr und machte einen imposanten Eindruck, als Marleens Fahrzeug an ihr vorbei steuerte. Die zahlreichen Eingänge der Laufbänder, die großen schweren Metalltüren für die Fahrzeuge der Deponie und die von Ruß übersäten Gesichter der Arbeiter vervollständigten das Bild. Voraus sah sie ihre Mitfahrgelegenheit. Städtische Mülltransporter ebenfalls in verdrecktem grellem Gelb standen beinahe in Reihe und Glied, als sie sich ihrer Ladung entledigten.

Eine Tür am Hauptgebäude der Verbrennungsanlage öffnete sich und zwei Arbeiter kamen heraus, was Marleen sich hinter ihrer Deckung zusammenkauern ließ. *Seht bloß nicht hierher. Sonst seid ihr dran.* Sollten die Arbeiter einen Blick auf die Maschine werfen, hätten sie Marleen sofort gesehen. Dafür war es hier einfach zu gut durch die Flutlichtscheinwerfer beleuchtet.

Einen Moment standen die Arbeiter an der Tür, als einer der Männer seinen Blick auf das vorbeifahrende Gefährt warf. Zitternd dachte sie daran, die beiden auszuschalten, doch es hätte nicht ausgereicht, um ihre Flucht ungeschehen zu machen. Da wandte sich der Mann schließlich wieder ab und beide sahen nach hinten zu der Stelle, an der Marleen ihr Gunship wusste.

»Hat das MPC diese Leute schon kontaktiert?«, fragte sie flüsternd den Operator.

»Nein, es sind keine Anfragen verzeichnet.« *Gut.*

Die Männer entfernten sich zunehmend und als das große Gefährt schließlich zum Stehen kam, nutzte Marleen ihre Chance. Sie sprang auf die kleine Leiter, rutschte sie hinab und ging sofort hinter der schweren Maschine in Deckung, während die ihrerseits damit beschäftigt war, ihren Greifarm auszufahren, um weiteren Abfall aufzuladen. Sie blickte hinter der Maschine für eine Sekunde hervor, sich vergewissernd, ob sie freie Bahn hatte zu einem der städtischen Transporter. Keinerlei menschliches Personal war zu sehen. Gerade zum Sprung ansetzend viel ihr im letzten Moment eine Kamera auf, die über ihr an einer Wand der Verbrennungsanlage montiert war.

»Eine Kamera direkt über mir. Sie schaut auf die Umladestation.«

»Kümmere mich darum.« Marleen glitt hinter ihre Deckung zurück und begann die Sekunden zu zählen. *Wenn dich jetzt jemand sieht, ist der Plan gescheitert...*

»Laufen Sie. Jetzt.« Sie gehorchte dem Befehl des Operators innerhalb eines Augenblinzelns. Sofort war sie auf den Beinen und rannte um die schwere Maschine herum auf den städtischen Transporter zu. Der Untergrund war rutschig und sie drohte zu fallen, als ihr Blick erneut auf die Kamera sah. Sie musste ihr genau ins Blickfeld rennen. Die Maschinen taten ihre Arbeit und ließen sich von Marleens Präsenz nicht beirren.

Für einen Moment glaubte sie hinter einem der Fahrzeuge jemanden gesehen zu haben, doch als sie an dem grellgelben Transporter angekommen war, konnte sie niemanden mehr erkennen. Mit einem Sprung war sie auf der Plattform angelangt, die sie in die überdachte und geschlossene Fahrerkabine brachte. Im Gegensatz zu den anlageninternen Fahrzeugen waren diese praktischer, was Marleen zu schätzen wusste. Die Tür glitt auf und sie stieg in die Kabine. Kaum hatte sie die Tür geschlossen, da fuhr das Fahrzeug an und steuerte auf eines der großen Eingangstore zu, das sie von der Müllkippe herunterbrachte. *Gleich geschafft.*

»Welchen Stadtteil betrete ich?«

»Sie erreichen Distrikt 23. Ich muss Ihnen nicht sagen, dass es in diesem Bezirk viele Gruppen gibt, die mit den Separatisten kooperieren.«

»Nein, das müssen Sie nicht. Vor ein paar Wochen haben Sie doch auch einen MPT in diesem Bezirk operieren lassen, wenn ich nicht irre.«

»Sie irren sich nicht.«

»Demnach wird man mich wohl bestens empfangen. Was erwartet mich hinter dem Haupttor?«

»Sie kommen in einen industriellen Bezirk. Die meisten der Einrichtungen laufen automatisch und wenn Sie sich nicht von Ihrem Gefährt trennen wollen, kann ich Sie nur dazu ermutigen, es weiterhin als ihre Transportmöglichkeit anzusehen.« Das hatte den Mars von Anfang an mit geprägt. Die Automatisierung sämtlicher Industrieanlagen mit nur minimalem Personal. Größtmöglicher Luxus für die neue Bevölkerung des Planeten.

»Ich denke, ich bleibe dabei. Sagen Sie mir einfach, wenn Sie was Besseres gefunden haben.«

Das große Rolltor, das den Mülltransporter noch um einiges überragte, teilte sich in zwei Hälften und diese fuhren in die dafür vorgesehenen Vorrichtungen. Die beiden Hälften der Tore blieben einen Moment geöffnet, als ein weiterer Transporter, der ihr entgegen steuerte, auf das Gelände rumpelte. Das Rolltor begann sich zu verschließen, nachdem sie und zwei weitere Transporter hindurch waren. *In Sicherheit.*

Ihr Gefährt bog nach rechts und sie sah die beleuchteten Gassen des Distrikts 23 näher kommen.

Auf den Straßen war nicht ein einziges Hydromobil vorhanden. Sämtliche Einrichtungen, die hier vor sich hin arbeiteten, mussten mit dem Minimum an menschlichem Personal auskommen und es würde sicherlich für den Großteil dieses Bezirkes zutreffen. Alles was sie zu tun hatte, war zu warten, bis sie in eine Gegend kam, wo es wieder ein wenig geschäftiger zuging, um dort den Wagen zu verlassen. *Misch dich unters Volk und warte, bis der Operator einen Plan hat.* Klang schon mal ganz vernünftig. Die geglückte Flucht ließ sie ebenfalls durchatmen. Selbst wenn das MPC einen Trupp zur Müllkippe beorderte, war von ihr keine Spur mehr und sie würden bei ihrer Suche wieder von vorne anfangen müssen. *Wärst gerne dabei, wenn sie den Müllberg nach dir durchwühlen. Um ihre bescheuerten Gesichter zu sehen.*

Ein vorbei eilendes Hydromobil war so schnell, dass es jedes Erkennen einer Person im Führerhaus des Mülltransporters unmöglich machte. Marleen schenkte ihm keinen Blick und war sicher, das es sich nur um einen Raser gehandelt hatte, der die nächtlichen Industriebezirke als Rennpiste benutzte, um aus seinem Fahrzeug alles heraus zu holen, was an Geschwindigkeit vorhanden war. Da die Automated–Linear–Highways als Rennstrecke ausfielen, mussten sich etwaige Raser anders organisieren. Also abgelegene, automatisierte Industriegebiete. Es gab sogar eine Szene, die sich Industrial–Racing nannte. Raser gab es eben überall.

Auf dem Bildschirm sah Marleen den ersten Anlaufpunkt und das Fahrzeug steuerte an den Straßenrand, hielt und fuhr die seitlichen Greifarme aus, um die Müllbehälter einzusammeln, die für das Fahrzeug bereit gestanden hatten. Der Abfall polterte in das Innere des Fahrzeuges und die Arme stellten die Behälter wieder an ihre ursprüngliche Stelle. Dann fuhr das Fahrzeug an. Ein Blick bestätigte ihr, das sie sich nahe bevölkertem Gebiet befand. Erste Häuser und Apartmentgebäude erschienen am Straßenrand und als sie sich herumdrehte, erkannte sie ein deutliches Zeichen von Zivilisation. Ein leuchtendes Reklameschild, das alle paar Sekunden das Bild wechselte. Hatte eben noch ein Bild eines Servicebots den Platz eingenommen, so wechselte es nun und zeigte eine Sequenz eines schnell fahrenden Sportwagens auf einer Straße. Im Hintergrund waren die wüsten Berglandschaften des Mars zu sehen, die für einen solchen Spot den richtigen Hintergrund schufen. Die Berge glänzten rot und der ebenfalls rote Sportwagen fuhr durch das Bild. Ein Terra–3. Sie gab ein kleines Schmunzeln von sich, hatte sie doch vorhin erst den Komfort dieses Fahrzeugs genossen.

Ein weiterer Anlaufpunkt des Transporters wurde auf dem Kontrollpult angezeigt und das Fahrzeug verlangsamte seine Geschwindigkeit. *Zeit zu gehen.*

Einige Leute rannten aus ihren Wohnungen und brachten dem schon näher kommenden Wagen ihren Müll noch im letzten Moment. Sie platzierten ihre Behälter auf den dafür vorgesehenen Markierungen und sahen zu dem Gefährt, das Marleens Aussteigen unmöglich machte. *Geht nicht. Zuviel Publikum.* In ihrer Kabine sich zusammenkauernd war sie dankbar, das man die erhöhte Kabine nicht einsehen konnte. Danach hatten die Leute wahrscheinlich sowieso nicht das Bedürfnis. *Wer vermutete schon Unheil in einem Müllaster?*

Einige Sekunden wartend, lauschte sie auf das Ein–und Ausfahren der Greifarme, bis das Fahrzeug wieder anfuhr. Die Geschwindigkeit war nicht sonderlich hoch und Marleen entschied sich für einen Ausstieg während der Fahrt. Die Anlaufpunkte waren zu sehr im Blickfeld von Leuten, dass es besser war, einen geeigneten Moment abzuwarten. Sie kam hinter ihrem Versteck hervor und das Fahrzeug bog in eine Seitengasse, die eine Abkürzung zum nächsten Anlaufpunkt sein musste. Das Fahrzeug wurde wegen der schmalen Straßenverhältnisse noch langsamer und Marleen erkannte ihre Chance. Sich vergewissernd, dass niemand zusah, legte sie ihren Gehörschutz zurück, kletterte aus der Kabine und stieg die Leiter auf die Plattform hinab.

»Danke fürs Mitnehmen«, sagte sie noch, tippte dabei dem Wagen an die Seite. Das Ende der Straße kam näher, dann sprang sie und rollte sich wegen der doch nicht so unerheblichen Geschwindigkeit am Boden ab.

Das Fahrzeug fuhr unbeirrt weiter und Marleen stand auf. Die Gasse war ähnlich wie die, in der sie ihren Weg heute Nacht begonnen hatte. Unrat lag überall herum, Müllsäcke lagen aufeinander, Reste von defekter VR–Ausrüstung dazwischen, aus Gullideckeln kamen leichte Rauchschwaden. Distrikt 23 war in ihren Erinnerungen nicht ganz so schlimm, wie es in Maluna der Fall war, aber vorsichtig sein musste sie trotzdem. Ihre MPC–Hardsuit war verdreckt, schmutzig und demnach lange nicht mehr so eindrucksvoll, wie eine saubere und glänzende. *Konnte Nachteile haben. Aber das blieb abzuwarten.*

»Ab jetzt bin ich bloß ein MPT auf Streife. Haben Sie schon einen weiteren Verlauf für mich?«

»Halten Sie sich für den Moment einfach aus Schwierigkeiten raus.«

»Dürfte nicht das Problem sein.« Ein Griff nach hinten sagte ihr, das ihre beiden Waffen, das NM–23 und das MR–15 noch an Ort und Stelle waren.

Das Ende der Gasse mündete in eine breite Straße, sofort ins Auge viel ihr ein kleines Café, an dessen Außenseite auf einem Infoscreen sich das Wort Frühstück immerzu wiederholte und dazu die Speisen und Getränke angezeigt wurden, die dazu angeboten wurden. Lecker und Schmackhaft sahen sie aus, vor allem aber die Tatsache, die jetzt auf dem Monitor erschien. *Echte Cola.* Dieser Laden bot echte Cola an. Keinen Synthetik–Mist, wie es bei den meisten anderen der Fall war. Ein Grund, dort eine Pause zu machen. Da der Operator mit einem Plan noch nicht aufwarten konnte, schien das die beste Alternative zu sein. *Pause.* Für den Moment eine richtige Pause. Kein in einem Fahrzeug hocken und ausgeliefert sein, sondern in einem Café zu sitzen und einige der Bedürfnisse zu stillen, die Menschen nun einmal hatten. *Wird auch Zeit für dein Frühstück.*

Sie klopfte sich den gröbsten Dreck vom Anzug ab und die aufkommenden Partikel kitzelten in ihrer Nase. Ihr Gesicht würde sicherlich auch nicht allzu gut aussehen, weswegen die Toilette sicher das Erste war, was sie im Inneren des Cafés zu schätzen wusste. Marcie`s Inn stand in neon–leuchtendem Grün über dem Eingang und während Marleen so gut es ging, versuchte ihren Anzug zu säubern, erkannte sie einige Gäste durch das große Fenster im Laden. Geöffnet hatte er also schon.

Sie beendete die Reinigungsprozedur und lief über die Straße. Es gab keine verwüsteten Hydromobile und auch nichts, das auf einen unruhigen Bezirk hinwies. Die Fahrzeuge, die hier geparkt waren, sahen ganz normal aus und ein an einem Infoterminal stehender Mann schien gerade mit seiner Frau zu telefonieren, als Marleen neben ihm zum Eingang des Cafés ging, die Tür aufschob und das Innere betrat. *So kommen wir der Sache schon näher.*

Besonders überfüllt war es nicht, es gab einige Arbeiter, die sich in der hinteren Ecke an einem Tisch versammelt hatten und sich offenbar schmutzige Geschichten erzählten. Ihre ebenso schmutzigen Lachen ließen auf nichts anderes hinweisen.

Am Tresen stand eine junge Frau und sah Marleen beim Hineinkommen an. Sie schien sich an der Präsenz einer MPT nicht zu stören, aber schließlich war auch sie nur ein zahlender Kunde, wie alle anderen auch. Ein Pärchen frühstückte an einem anderen Tisch, aber abgesehen davon war das Café leer. Marleen suchte für einen Moment das Schild, das zu den Toiletten führte. Als sie es gefunden hatte, steuerte sie darauf zu. Die Räumlichkeiten waren einfach, aber sauber. So auch hier. Es roch gut und als Marleen die Tür hinter sich geschlossen hatte und den Wasserhahn öffnete, sah sie in den Spiegel vor sich. Für einen Moment schauderte sie, als sie ihr verzerrtes und dreckiges Gesicht dort erkannte. Sie öffnete ihre Haare.

Ihre lange braune Mähne hatte jegliche Schönheit verloren und man brauchte jetzt nicht mal mehr in Marleens Gesicht zu sehen, um zu erkennen, wie geschafft sie sein musste. Dazu reichte ein Blick auf ihre lange, zerzausten Mähne und die vielen Staubpartikel, die durch sie hindurch schimmerten. Sie zog ihre Handschuhe aus und ließ das kühle Nass über ihre Hände laufen. Danach hielt sie ihren Kopf unter den Wasserhahn, der hoch genug war, als das ihr Kopf bequem darunter Platz hatte. Die Kühle auf ihrem Gesicht tat gut und vermochte ihr neue Kraft zu geben.

»Also, Kailen. Was hat Shmitty über diese seltsame Kanone herausgefunden?«

Neals erste Frage, während Kailen die Tür zum Marcie`s Inn öffnete.

»Erzähle ich euch gleich, wenn wir sitzen. Shmitty hat das Gerät gut untersucht.«

»Hey Jungs!«, begrüßte die Bedienung die drei eben in den Laden eingetreten Gäste. Die drei Separatisten waren hier sehr bekannt und öfters mal zu Gast in langen Nächten.

»Machst du mir das Übliche, Marcie?«, sagte Kailen.

»Na klar.«

»Für mich nur einen starken Kaffee, aber extra stark!«, orderte Neal.

»Für mich auch.« gab Hub, der dritte im Bunde als Bestellung auf.

»Lange Nacht?«

»Ja, allerdings. Ich war bei Shmitty wegen neulich, aber…« Marcie winkte ab, sah zur der Toilette, um sich zu vergewissern, dass die Tür sich nicht gerade jetzt öffnete und wand sich dann wieder den drei Jungs zu.

»Pacs?«, fragte Kailen.

»Ja, aber nur eine. Sieht ziemlich mitgenommen aus. Wenn Ihr euch ruhig verhaltet, dann wird Sie euch bestimmt in Ruhe lassen.«

»Meinst du nicht, Sie ist wegen uns hier?«

»Nein, nicht so wie die aussieht. Wenn Sie zurückkommt, könnt Ihr euch ja davon überzeugen. Sie scheint auch eine lange Nacht hinter sich zu haben.«

»Das hat uns noch gefehlt.«, entkam Neal.

»Macht euch mal keine Sorgen. Ich bringe euch gleich eure Sachen. Und jetzt ruht euch aus.«

Mit einem zwiespältigen Gesichtsausdruck ging Kailen zu einem alleinstehenden Tisch, an dem er und die anderen in Ruhe reden konnten. Er setzte sich und die anderen beiden nahmen gegenüber von ihm Platz.

Kailen sah sich um, war einen Moment unschlüssig, ob er die Waffe, die er dem Trooper vor zwei Wochen abgenommen hatte, den Jungs noch einmal zeigen sollte, entschied sich aber dagegen. Wäre der Pac nicht hier gewesen, dann wäre das eine andere Geschichte. Aber so war es ein zu großes Risiko.

»Hier ist eure Bestellung.« Marcie stellte das Tablett mit den bestellten Kaffees und dem Cappuccino auf den Tisch, stellte die Getränke ab und ging wieder zurück zum Tresen.

»Lasst euch schmecken.«

»Du bist die Beste«, gab Kailen noch hinterher. Er nippte an seinem Cappuccino, dann stellte er ihn wieder ab und kam zur Sache.

»Er hat mir ein Datapad mitgegeben, auf dem sämtliche Infos gespeichert sind. Die Sache ist nur, das selbst er nicht weiß, was es damit auf sich hat.« Kailen zog das Datapad aus seiner Jackentasche und legte es auf den Tisch.

»Die Geschosse, die das Ding verwendet, können aus der Entfernung auf ein Ziel programmiert werden. Das Prinzip, so hat er es mir erklärt, ist, dass der Benutzer nur seine Waffe in eine Richtung zu halten braucht und irgendwer anders programmiert die Ziele in die Munition ein. Wenn er dann die Waffe abfeuert, treffen die Ziele immer ihr Ziel, sofern man ungefähr in ihre Richtung feuert. Weswegen dieser Trooper auch drei Leute auf einmal erledigen konnte.«

»Ist ja abgefahren. Und funktioniert das jetzt auch noch?« Kailen sah Hub an und verzog sein Gesicht.

»Klar, du Idiot, der Typ, der die Munition programmiert, hat sicher nichts dagegen gehabt, das wir den Pac umgelegt haben.«, spottete Neal. Hub sah Kailen an, entschied sich aber lieber dafür, sein vorlautes Mundwerk erst mal zu halten.

»Die Vorrichtung über dem Lauf ist für die Zielprogrammierung zuständig. So viel hat er mir verständlich machen können. Das Seltsame, was auch er nicht verstanden hat, ist das Gerät unterhalb des Laufes.«

»Und wofür ist das gut?«, fragte Hub.

»Offensichtlich kontrolliert sie den Pulsschlag von dem Benutzer der Waffe und außerdem hat sie noch einen Impulsgeber, der sich aktiviert, wenn die Waffe weiter als 5 Meter von dem Bio–Chip des Benutzers entfernt ist.« Hub und Neal waren verwirrt.

»Was denn für einen Impuls?«, fragte Neal.

»Das konnte er auch nicht so ganz erklären. Er meinte, das es an dem Trooper noch ein Gerät gegeben haben muss, das den Impuls empfängt. Außerdem kann dieser Impuls auch ferngesteuert aktiviert werden.«

»Der Pac, den du umgelegt hast, hat also noch ein Teil gehabt, das zu der Waffe passt. Irgendeine Ahnung, was es hätte sein können?«

»Da tappt Shmitty völlig im Dunkeln. Aber mir ist ein Halsband an dem Trooper aufgefallen, bevor ich abgehauen bin. Das könnte es gewesen sein. Und alle Trooper, die mir danach begegnet sind, trugen so was nicht.«

Neal fasste zusammen.

»Also eine Waffe, die man aus der Entfernung steuern kann und die ihrem Benutzer zu beachtlicher Treffergenauigkeit verhilft. Dazu noch ein Gerät, das die Lebensfunktionen des Nutzers immer im Auge hat und man kann ein Signal an ein Halsband senden. Und was macht das Halsband dann?«

»Viele Möglichkeiten bleiben wohl nicht, oder?«

»Hey, der Trooper«, sagte Hub.

Hinter den NSMs öffnete sich die Tür und eine junge MPT kam aus der Toilette heraus und ging zum Tresen.

»Die ist ja gar nicht übel.«, entkam es Hub.

»Stimmt.«

»Können wir uns vielleicht auf das Wesentliche konzentrieren.« Kailen würdigte dem Trooper keinen Blick und fand es besser, gar nicht erst Aufmerksamkeit zu erregen.

»Schau mal, die hat doch ein Halsband.«

»Für dumm verkaufen kannst du jemand anders.« Hub hatte eigentlich ziemlich gute Augen und sein Gesichtsausdruck ließ kein bisschen Humor aufkommen. Was Kailen überzeugte, doch einmal hinzuschauen.

»Da soll mich doch der…«, war seine erste Reaktion, als die MPT mit einem bestellten Frühstücksteller und einem vollen Glas Cola zu einem freien Tisch ging.

Ein leicht grauer Metallring lag um ihren Hals, der farblich zu ihrem MPC–Hardsuit passte, weswegen der Ring auch nur Leuten etwas sagte, die mit ihm zu tun gehabt hatten.

Und Kailen hatte das Glück zu eben jenen Leuten zu gehören.

»Das ist das Ding!«

»Sie ist also doch wegen uns hier.«, flüsterte Neal nervös.

»Nein, das glaube ich nicht. Wenn Sie es wäre, dann hätte Sie ihre Kanone gezückt und uns schon längst erledigt. Bleibt ruhig, wir tun so, als wäre nichts und warten ab, was Sie macht.«

»Sie frühstückt.«

»Wenn du weiter dahin glotzt, dann wird Sie dir schneller den Hals umdrehen, als dir lieb ist.« Hub nahm die Warnung ernst und sah wieder herüber zu Kailen.

»Bleibt ganz ruhig. Dann wird nichts passieren, da bin ich sicher.«

Marleen genoss den Geschmack der kühlen Cola, die in ihren Hals hinab rann und in ihr ein Wohlgefühl auslöste. *Genau das hast du jetzt gebraucht.* Ein zweiter Schluck rang ihre Kehle hinunter und die Kohlensäure brannte ihren Hals entlang. Sie stellte das volle Glas ab und biss in eines ihrer Brötchen.

»Sie machen mir Spaß. Habe ich Sie jetzt zum Frühstück eingeladen?«, platzte der Operator in ihr Wohlfühlerlebnis.

»Haben Sie.«

»Das meinte ich nicht mit unauffällig verhalten.«

»Wie ich Ihnen vorhin schon erklärt habe, Bedürfnisse sind zu stillen.« Sie redete extrem leise und hatte sich extra an einen Platz gesetzt, an dem sie den Innenraum des Cafés gut überblicken konnte. Die drei Männer, die während ihrer Abwesenheit das Café betreten hatten, waren ihr sofort aufgefallen, auch hatte sie bemerkt, dass einer von ihnen es nicht lassen konnte, zu ihr herüber zu starren. So wie er aussah, hätte er es mit Frauen bestimmt nicht leicht, doch Marleen war solche Leute gewöhnt.

Wenn man auf Routine war, gab es eine Menge Abschaum, der einem erst Ärger und dann dumme Kommentare machte. Zu oft schon hatte sie dem einem oder anderem auf die Sprünge helfen müssen.

Kauend sah sie flüchtig zu den Männern herüber, die es immer noch nicht lassen konnten, hin und wieder einen Blick auf sie zu werfen. Für einen Moment glaubte sie erkannt zu haben, dass einer von ihnen auf ihr Halsband sah, was sie nachdenklich machte. Ihre Blicke trafen sich eine Sekunde, dann sah der Mann sofort wieder herum zu seinen Kumpanen. Er hatte die Warnung ernst genommen.

Das erste Brötchen war hinunter, da entschied sie sich für das Glas und trank den Rest des Getränkes begierig aus.

»Marcie, kannst du die Nachrichten anschalten?«, rief einer der drei, der die Bedienung mit Namen anredete. *Bekannt waren sie hier also.* Die junge Bedienung, die Marleen auf ihr Alter einschätzte, schaltete den Info–Screen an und es erschien sofort ein Nachrichtenkanal. *Ihr Flachhirne schaut Nachrichten? Da kann was nicht stimmen.*

Es erschien ihr seltsam, da in solchen Cafés meist die Musiksender und Entertainmentprogramme auf den Monitoren vor sich hin flimmerten. Eine Reporterin stand berichtend im Fokus des Kameramannes und der Hintergrund ließ Marleen schlucken. Terminal 3, Thessarus SpacePort. *Verdammt, wenn sie wissen, wer da gewütet hat, wird es gleich lustig.*

»Bis jetzt wird uns vorenthalten, auf wen heute Nacht hier ein Anschlag verübt wurde, aber die Schießerei, die angeblich von einem Angehörigen des MPC begonnen wurde, forderte zahlreiche Menschenleben. Eine MPC–Reaper–Eskorte wurde im Verlauf dieser Schießerei getötet, ebenso wie zahlreiche Sicherheitsleute. Uns liegen ebenfalls Berichte von toten Zivilisten vor, allerdings hat das MPC die völlige Kontrolle über den Ort des Geschehens. Uns ist nicht bekannt, wer Ziel des Anschlages war und wie viele Menschenleben im Verlauf dieser Schießerei gefordert wurden.« Ein MPT kam ins Bild und schlug mit dem Kolben seiner Waffe in die Kamera, was das Bild sofort verdunkelte. Der schwarze Monitor wurde kleiner und das Studio kam ins Bild.

»Das sind die ersten Meldungen, die uns vom Thessarus SpacePort vorliegen. Damit ist das der fünfte Anschlag heute Nacht, an dem MPC–Einheiten beteiligt sein sollen.« Marleen stockte und ihr viel fast das Brötchen aus der Hand, das sie angefangen hatte, zu essen. Die Reporterin erklärte unbeirrt weiter.

»Die Serie der Übergriffe durch MPC–Einheiten hatte vor wenigen Stunden begonnen, als ein Trooper das Feuer auf ein Mitglied der Terraforming–Commission in seinem Dienstzimmer eröffnete und ihn die Sicherheitskräfte ausschalten konnten. Nur eine halbe Stunde später erfuhren wir von einem weiteren Angriff auf einen Industriellen von Tzusaka Industries. Sein Dienstfahrzeug wurde durch eine Explosion auf einem Automated–Linear–Highway zerstört. Das ein MPT als Schütze in Frage kommt, ist bis jetzt noch unbestätigt, wird aber als sehr wahrscheinlich angesehen. Am Interrail–Bahnhof 15 kam es ebenfalls zu einem Zwischenfall, als ein MPC–Marshal von einem Trooper getötet wurde. Uns liegen noch weitere Berichte vor, allerdings bemüht sich das MPC, Informationen nicht an die Öffentlichkeit kommen zu lassen. Die eben angeführten Attacken von offenbar MPC–Angehörigen auf hochrangige Mitglieder in Politik und Wirtschaft lässt uns momentan davon ausgehen, dass eine Revolte seitens des MPC von Untergruppen des Corps nicht auszuschließen ist. Es gibt auch Berichte über zahlreiche Straßenschlachten in von Separatisten kontrollierten Bezirken, in denen ebenfalls Einheiten des Corps ohne Vorwarnung das Feuer eröffnet haben sollen. Bis jetzt ist noch unbekannt, ob diese Ausschreitungen mit den Anschlägen zusammenhängen, es wird aber davon ausgegangen.« Gebannt starrten die drei Männer auf den Bildschirm, ebenso wie Marleen es tat. Und dann wurde es ihr klar. Es traf sie wie ein Schlag ins Gesicht. *Du bist nicht die Einzige! Es gibt noch unzählige andere wie dich, die heute Nacht auf den Straßen zum Tode verurteilt wurden!*

»Sie verdammter Lügner! Ich wusste, das Sie mir was vorenthalten haben.« Der Operator hatte zweifellos von ihrer Aufklärung wissen müssen, es aber nicht für nötig befunden, Marleen aus dem Café heraus zu kommandieren.

»Ich habe nicht gelogen, ich habe nie gesagt, das Sie nur die Einzige sind. Es spielte auch überhaupt keine Rolle. Bis jetzt.«

»Und was jetzt? Es war also geplant, dass ich es erfahre? Wie viele? Wie viele sind noch unterwegs? Wie viele haben Sie noch auf den Straßen zum Sterben zurückgelassen?« *Sag es. Na los. SAG ES.*

»Darüber bin ich nicht informiert. Ich bin nur für Sie zuständig.«

Marleen wusste, dass es hier nicht der richtige Ort war, um wutentbrannt mit sich selbst zu diskutieren, dafür gab es hier zu viel Publikum. Auf dem Monitor erschienen weitere Reporte von den Schießereien in von Separatisten kontrolliertem Gebiet. Auch dort waren viele Trooper im Einsatz, um die schon aufgehetzten NSMs in Schach zu halten. Marleen wusste, dass die anderen, derer Existenz sie vorher nie gewahr war, in diesen Bezirken, genauso wie sie anfangs, Verstecke und Stützpunkte der NSM angegriffen und zerstört hatten. Sie waren genauso ausgeliefert gewesen, wie sie. Doch sie hatte es bis hierher geschafft.

»Sie leben noch. Ein Großteil der von uns befehligten Trooper hat bereits in den ersten Aufträgen versagt, weswegen nur noch ein Bruchteil unserer ursprünglichen Leute übrig ist. Sie sind eine der Wenigen, die es soweit geschafft haben.«

»Ihre Leute? Diese Männer und Frauen gehörten zum MPC, es waren niemals Ihre!«

»Diese Leute gehören uns, genauso, wie Sie uns gehören. Sie sind unsere Attentäter.« Zum ersten Mal benutzte der Operator ganz gezielt dieses Wort. Er wollte Marleen noch einmal vor Augen führen, was sie wirklich geworden war. Ohnmächtig, irgendetwas zu tun, was sie nicht verriet, begann sich ihr Gesichtsausdruck zu verfinstern.

»Wofür, verdammt? Wofür haben Sie alle diese Männer und Frauen in den Untergang gerissen? Wollen Sie die Stadt ins Chaos stürzen?«

»Wenn Sie weiterhin am Leben bleiben, dann finden Sie es vielleicht heraus. Aber das liegt allein an Ihnen.«

»Und was dann, denken Sie ich kann jetzt meine Aufgaben friedlich und fröhlich weiter ausführen, in der Gewissheit, dass es diese Stadt ins Chaos führt.«

»Sie alleine sind nicht dafür verantwortlich.«

»Aber ich bin mit an all dem Schuld.«

»Und was wollen Sie jetzt tun, wollen Sie hier sitzen bleiben und zusehen, wie sich das MPC aus der ganzen Sache herauswindet? Ich habe noch einige Aufträge für Sie.«

»Sie können mich mal. Ihre Aufträge können Sie sich sonst wohin stecken.«

»Ich wünschte, Sie hätten die Wahl. Wirklich, nach dem Sie jetzt das ganze Ausmaß der Operation kennen, fällt es mir schwer, Sie weiterhin auf die Jagd zu schicken. Aber fragen Sie sich doch einmal selbst. Wenn ich nicht gewollt hätte, dass Sie die Wahrheit erfahren, dann hätte ich Sie getötet. Aber das habe ich nicht, weil ich an Sie glaube.«

»Und das wird Ihr Untergang sein. Ich kriege Sie. Und alle anderen, die mit Ihnen da drin hängen. Und dann lasse ich Sie bezahlen. Ich werde vor Ihnen stehen und Sie sollen bereuen, das Sie mich nicht erledigt haben, als Sie die Möglichkeit dazu hatten.«

»Dann stehen Sie uns also weiterhin zur Verfügung. Das ist eine gute Nachricht.« Marleen schlug auf den Tisch, was die Bedienung nur einmal kurz hinsehen ließ, doch ihre ganze Aufmerksamkeit gehörte momentan dem Monitor, der im Minutentakt von weiteren Anschlägen berichtete. Ebenso wie sie betrachteten auch die drei Männer den Schirm ununterbrochen, sie kümmerten sich gar nicht um sie. Noch nicht.

Dafür konnte es nur eine Erklärung geben. Sie saß in einem Café, das von Separatisten kontrolliert wurde. Die drei Männer mussten NSMs sein und die Kassiererin ebenfalls. Es konnte keine andere Antwort geben. Sonst wären sie nicht so betroffen von den Nachrichten. Marleen sah zu den Männern herüber und sie entgegneten ihren Blick noch nicht. Sie waren zu fokussiert auf die Bilder des Infoscreens. Ihre Augen spiegelten die Wut wieder, die von dem Monitor auf sie übertragen wurde. Tote Separatisten waren ein schlechtes Zeichen, vor allem wenn man in einem Café saß, das von eben jenen kontrolliert wurde. Und wenn man dann noch eine MPC–Hardsuit trug und genau jene für den Tod von NSMs verantwortlich war, dann war das eine Mischung, die früher oder später eine der beiden Parteien zu einer Aktion zwang.

Auch wenn die Toten auf der anderen Seite der Politik die Sache noch zusätzlich erschwerten. Es hatte beide Seiten getroffen, Mars–Pacification–Trooper lagen genauso blutend auf den Straßen, wie es die New–Separatist–Militia tat. Für den Moment sahen beide Seiten auf den Monitor und Marleen war unsicher, ob sie gehen sollte, wo doch der Bildschirm ihr einiges verraten hatte, was sie sonst nicht erfahren hätte. Trotzdem war es hier drin zu unsicher, vor allem, wenn sie Recht behalten sollte und es sich wirklich um ein Versteck der Separatisten handelte. *Du solltest dich besser dünn machen. Die Herren werden nicht allzu gut auf dich zu sprechen sein, wenn sie sich der Organisation verpflichtet haben. Verschwinde, Kleines. Sofort. Schluss mit Frühstück.*

Sie stand auf und trat zum Tresen, legte ihre Hand auf das Zahlenfeld, das ihrem Bio–Chip die erforderlichen Credits berechnete, doch auf dem Schirm erschien nicht die erwartete Bestätigung, dass die Credits transferiert wurden. Im Gegenteil. Ein rotes Symbol leuchtete auf und Marleen wusste, was gerade passiert war. Der Operator hatte sie eben doch nicht zum Frühstück eingeladen.

»Werden Sie nun weiterhin für uns arbeiten?«, fragte dieser mit einem Ton, der ihr verriet, dass sie ausgeliefert war.

Wenn sie ja sagte, dann würde sie zahlen können und gehen.

»Stimmt was nicht?«, fragte die Bedienung, die erkannte, das Marleen am Credittransferierer stand, ihr aber nicht signalisiert wurde, das der Betrag abgehoben wurde. Von den Nachrichten sah sie auf den Monitor, der ihr erklären musste, das Marleen nicht über die benötigten Credits verfügte, was sie wütend drein blicken ließ.

Jetzt musste es schnell gehen.

»Jungs, sieht aus, als möchte die Dame nicht bezahlen!«, sagte Marcie mit einem kalten Blick, der die vermuteten Separatisten aufmerksam machte. Der Marleen am meisten angestarrt hatte, machte Anstalten aufzustehen.

»Schon gut, ich werde weiter für Sie arbeiten. Und jetzt lassen Sie mich gehen.«

Unsicher, ob die Ansage ihr gegolten hatte, sah die Kassiererin Marleen fragend an. Marleen presste ihre Hand ein weiteres Mal auf den Credittransferierer und dieses Mal wurde der Betrag abgehoben. Marcie blickte ungewiss drein, da sie nicht wusste, was gerade passiert war, während sich Marleen umdrehte und gehen wollte. *Geh, bevor sie Fragen stellen.*

Doch einer der Männer kam ihr zuvor.

»Hey, Trooper.« Marleen drehte sich um und sah dem Mann direkt ins Gesicht. *Also gut, dann Konfrontation.*

»Kailen, mach keinen Unsinn«, ermahnte ihn Marcie. Er beachtete Marcie nicht weiter und hielt seine Aussage nicht zurück.

»Hübsches Halsband.«

»Neueste Mode«, entgegnete sie trocken. Sie drehte sich herum und ging nicht weiter auf seine Aussage ein.

»Als ich das letzte Mal so eins gesehen habe, wurden vor meinen Augen drei Männer getötet.«

»Hier werden auch gleich drei Männer getötet, wenn du nicht die Klappe hältst.«

Sie wissen etwas. Soviel steht fest. Vielleicht wissen sie nicht alles, aber sie wissen etwas.

Sie ging einen Schritt weiter, stand schon fast an der Tür, doch der Mann, der offenbar Kailen hieß, wollte nicht locker lassen.

»Es war ein Trooper. Genau wie du hatte er ein Halsband um und tötete drei meiner Freunde.« Ein Klicken einer Waffe zwang Marleen zu einer Reaktion.

Sie riss ihre CX aus dem Halfter, der Nano–Boost verzog ihre Wahrnehmung und langsam schwang die Waffe herum, zielte sofort auf die drei Männer. Die ihrerseits hatten drei Tetra Mk 30 auf sie gerichtet. Marleen richtete die Waffe auf Marcie.

»Sie sollten besser gehen, es könnte hier ungemütlich werden.« Marcie griff unter den Tresen und zog eine Clawgiver 12 heraus, entsicherte sie im gleichen Augenblick.

»Ich weiß.« Eine Sekunde war Marleen verwirrt, dann schwang ihre Waffe zu dem Pärchen.

»Sie sollten besser gehen, es könnte hier ungemütlich werden.« Die Beiden kamen der Aufforderung sofort nach und verließen duckend das Café.

»Da haben Sie sich ja schön was eingebrockt. Ich habe die drei Männer im Visier. Schießen Sie«, befahl der Operator. Ihre Wahrnehmung kehrte zurück. Sie wusste, dass es nicht zur einen Schusswechsel kommen würde und der Nano–Boost fuhr nutzlos herunter.

»Problem ist nur, das die junge Dame hinter dem Tresen mich dann erledigt.« Die Mündung der Clawgiver zielte auf ihren Kopf und diesmal war sie wirklich geliefert. Eine Schrottflinte war nun mal eine Schrottflinte. Und eine junge Kassiererin zu erledigen, kam nicht in Frage.

»Was passiert da draußen, warum habt ihr eure Leute nicht unter Kontrolle?«, fragte Kailen. »Du kannst mir nichts vormachen. Vor zwei Wochen stürmte ein Trooper eine Bar hier ganz in der Nähe und tötete viele meiner Freunde. Er trug genauso ein Halsband wie du. Und ich wette, das alle Trooper die heute Nacht da draußen unterwegs sind und Blutbäder anrichten, auch solche Dinger tragen. Was also seid Ihr?«

»Und jetzt, Sie Besserwisser?« fragte Marleen den Operator.

»Er weiß zu viel. Damit hat sich Ihre Frage eigentlich geklärt.«

»Ich komme hier nur nicht mehr lebend raus.« Kailen musste erahnt haben, was ihr von unbekannter Seite befohlen wurde.

»Sie können Ihrem Wohltäter sagen, dass ich ihn mir vorknöpfe. Er hat meine Männer getötet. Und jetzt sagen Sie mir, was hier passiert.«

»Ich knöpfe ihn mir vor, da brauchen Sie sich keine Sorgen zu machen. Ich mache das hier nicht aus Spaß.« *Spinner, denkt er vielleicht, du rennst hier freiwillig um den Block?*

Damit hatte Kailen nicht gerechnet.

»Sie arbeiten doch für Ihre Auftraggeber.«

»Das tue ich, aber…«

»Sie erzählen Ihnen nur so viel, wie nötig ist, damit man Sie gehen lässt.«, unterbrach sie der Operator. »Später werden Sie diese zusätzlichen Ziele ebenfalls liquidieren. Damit Sie nicht den Eindruck haben, ich würde Ihnen wieder etwas vorenthalten.« *Späte Einsicht. Hilft jetzt auch nicht weiter.*

»Das Halsband reißt meinen Kopf ab, wenn ich mich weigere, das zu tun, was man mir befiehlt«, sagte sie kühl. Die drei Männer sahen sich ungläubig an, als ob sie Zweifel daran hätten.

»Ich habe es dir doch gesagt.«

»Hub, halt die Klappe.« entgegnete Kailen.

»Aber das macht Sinn. Shmitty hat doch von einem Impulsgeber in der Waffe gesprochen, der ausgelöst wird, wenn die Waffe zu weit weg ist. Und das er ferngesteuert werden kann. So hat man seinen Killer unter Kontrolle.« Kailen sah Hub einen Moment an, dann schien er mit der Antwort einverstanden. Es machte Sinn. Vorerst.

»Na schön. Angenommen wir glauben Ihnen und Ihr Halsband ist eine Bombe, wofür das Ganze?« Kailen kam langsam näher und hielt Marleen seine Pistolenmündung direkt ins Gesicht. Marleen erwiderte die Geste.

»Denken Sie, das hat man mir gesagt? Bis eben wusste ich nicht einmal, das es noch weitere Trooper gibt, die da draußen mit Mordaufträgen herum eilen.«

»Sie wussten es nicht?«

»Nein, warum sollte man mir das sagen. Mit ziemlicher Sicherheit wird mich irgendwann eine Kugel erwischen, wofür soll ich dann noch informiert werden über das Ausmaß der Operation. Ich bin nur ein Gebrauchsgegenstand. Nicht mehr als das.« Sie drehte ihre Waffe auf der Hand herum und machte den NSMs klar, dass sie keinerlei Kontrolle über das hatte, was passierte. »Ich befolge die Anweisungen, erledige meine Ziele und hoffe zu überleben. Das ist alles.«

»Und wir gehören nicht dazu?«, fragte Hub ein wenig ängstlich.

»Nein, ich wollte nur etwas trinken. Ich hatte eine lange Nacht hinter mir, wissen Sie.«

»Also wenn wir Sie gehen lassen, dann gehen Sie Ihre Wege und bekommen neue Aufträge. Aber mit uns hat das nichts zu tun«, schlussfolgerte Kailen.

»Das kann ich nicht versprechen.«

»Nein, natürlich. Aber für den Moment ist das wohl alles, was Sie uns anbieten können. Sie verlassen den Laden und wir hoffen darauf, Sie nicht wieder zu sehen.«

»Klingt nach einem Deal.«

»Ja, aber das reicht mir nicht. Marcie!«

Marleen schwang herum und sah gerade noch, wie der Kolben der Schrottflinte auf ihr Gesicht zuraste. Der Schlag traf sie hart und gezielt. Marcie machte das nicht zum ersten Mal. Ihr Blick verschwamm und sie viel hart auf den Boden, als das Gleichgewicht den Kampf mit der Schwerkraft verlor. Für den Moment zu benommen für eine Reaktion, wartete sie darauf, dass die Männer ihrem Einsatz ein Ende machten. Sie versuchte ihre CX auf die Männer zu richten, doch sie war nicht schnell genug. Ehe sie die Waffe in die ungefähre Richtung halten konnte, war Marcie über den Tresen gesprungen und trat mit einem Fuß auf den Arm, so dass es ihr unmöglich war, die Waffe auszurichten. Die Mündung der Clawgiver tauchte vor ihren verschwommenen Augen auf und machte ihr klar, dass man sie nicht töten wollte.

»Ladet Sie in Wagen ein. Wir fahren zu Shmitty.« Kailen stand vor Marleen, sah sie an, erkannte dass sie nicht völlig ausgeschaltet war und nahm Marcie ihr Gewehr ab. Der Kolben krachte hart auf Marleens Schädel und knockte sie vollends aus.

Kapitel 7:
04.31 Uhr marsianische Zeit

Ihr Schädel brummte, als sie langsam wieder zu sich kam. Das Brummen eines Motors vermischte sich mit dem im Inneren ihres Kopfes. Wieder hatte man sie entführt. Wieder war sie ausgeliefert. Ihre Hände waren am Rücken provisorisch zusammengebunden. NSMs hatten keine MPC–Ausrüstung und selbst wenn, waren sie sicher nicht davon ausgegangen, sie in Marcies Inn zu benötigen. Sie kniff ihre Augen zusammen und sah sich um. Vor ihr saß Kailen mit einer Pistole, die nicht wirklich auf Marleen gerichtet war. *Wenn du keinen Unsinn baust, bleibt es auch dabei.*

Hub saß auf dem Beifahrersitz und durch die Datenbuchsen in seinem Hinterkopf ins VR–Netz eingeklinkt, während der dritte Kerl den Wagen fuhr und stur nach vorn auf den Highway sah. Kailen sah zu Marleen und erkannte, das sie wieder zu sich gekommen war.

»Hey.«

Keine Antwort seitens Marleen. Nur ein wütender Blick.

»Sorry für den Knockout. Aber gehen lassen konnten wir dich nicht. Ich würde dich gerne am Leben lassen. Wenn du ruhig bleibst, dann sollte das machbar sein. Vorerst bist du also unsere Gefangene.« *Schwachköpfe.*

»Sie wissen, dass mein Operator alles hört, was Sie sagen.«

»Das kümmert mich nicht. Er wird dich leben lassen. Hat er bis jetzt auch getan. Du bist für uns beide lebend mehr wert.« *Stimmt wohl. Muss man ihm lassen. Er ist nicht auf den Kopf gefallen.*

Sie war unsicher. Unsicher, ob sie den Operator fragen sollte, wie sein Plan aussah. Ob sie als Geisel, Druckmittel oder Austauschobjekt dienen sollte. Lebende Trooper schaffen eine Verhandlungsbasis. Tote jede Menge Ärger.

»Offiziell sind wir Feinde, ich weiß. Scheißpacs wie du töten normalerweise ohne zu zögern, aber wir wissen beide, dass du nicht in den Laden gekommen bist, um uns das Licht auszuknipsen.«

»Ich wollte nur eine Pause.«

»Hattest du ja jetzt. Also, eine Idee, was wir machen sollen?« *Geht ihn ein Scheiß an.*

»Das weiß ich, wenn es soweit ist.«

»Klingt nach einem verdammten Scheiß. Also aufpassen. Wir chauffieren dich zu einem unserer Leute, der kann vielleicht helfen. Und wenn er es kann, dann sehen wir weiter. Eine andere Option steht für dein Überleben leider nicht zur Verfügung.«

Neal drehte sich herum und sah zu Kailen.

»Shmitty findet die Idee nicht gut. Er meint, wenn Sie schon so gutes Equipment haben, dann werden Sie unsere Freundin auch orten können. Und wenn Sie noch nicht tot ist, dann werden Sie möglicherweise einen Befreiungsversuch starten.«

»Damit rechne ich auch. Aber vielleicht sind ihre Ressourcen an Troopern ja nicht mehr so gut, dass Sie das sofort durchziehen können. Wir bringen Sie trotzdem zu ihm. Wenn wir eine Möglichkeit finden, das Halsband auszuschalten, haben wir vielleicht eine Option.«

»Eher unwahrscheinlich«, konterte Hub. »In den Nachrichten ist davon die Rede, das die Ausschreitungen in den Separatisten–Bezirken langsam Überhand nehmen. Man hat durch die Anschläge ein Pulverfass gezündet, das nicht mehr zu löschen ist.« Neal redete weiter mit dem Unbekannten, während Hub mit seiner Virtual–Reality Brille in den Nachrichtenkanälen divte, um die neuesten Informationen für ihn und seine NSM–Partner auf Lager zu haben.

Eine der wichtigsten Rollen in einer funktionierenden NSM Einheit. Man musste jemanden haben, der permanent an die neuesten Informationen herankam. Dann konnten die NSM darauf sofort reagieren. Cybertalente waren in der NSM eines der seltenen Güter. Und unabdingbar für einen guten Kommandanten.

»Was also denkst du?«, fragte Kailen.

»Das MPC beteuert ihre Unschuld. Aber die Bevölkerung schluckt es nicht und es kam zu noch mehr Unruhen. Zur Beruhigung der Lage sollen verstärkt Trooper in die kritischen Viertel entsendet werden, um die öffentliche Ruhe zu gewährleisten und um ein Übergreifen der Unruhen auf die anderen Bezirke zu verhindern. So ein Schrott halt.«

Die MPC–Kanäle waren gegen solche Hackversuche eigentlich ziemlich gut gesichert und man musste schon ein guter Hacker sein, um dort Zugang zu bekommen. Was erneut für die Qualitäten von Kailens Einheit sprach. Wenn er solche Männer zu Verfügung hatte, dann musste auch die NSM viel von ihm halten.

Vielleicht hatte er mehr in der NSM zu bestimmen, als Marleen offensichtlich erkennen konnte. Ein ganzer Block konnte nur darauf warten, sich auf eine MPC–Einheit zu stürzen, wenn er den Befehl dazu gab. Hub und Neal mussten so etwas wie seine Leibwache sein. Seine persönliche Eskorte und Untergebenen, die für alle Situationen da waren. Das die NSMs gut organisiert waren, war logisch, aber das Marleen das Glück gehabt hatte, solchen Leuten in die Finger zu geraten, machte ihr ihre Pechsträhne nur noch deutlicher. *Du hast heute Nacht einfach noch kein Glück gehabt. Kommt vielleicht noch.*

»Wirst du uns töten, wenn du musst? Um zu überleben?«, fragte Kailen, wieder an Marleen gewandt.

»Wenn ich muss und mir keine Wahl bleibt. Hätten Sie mich gehen lassen, hätten Sie vor mir fliehen können.«

»Du bist also gehorsam?«

»Was würden Sie sein mit einem Halsband, das Ihnen den Kopf abreist, wenn Sie nicht tun, was verlangt wird?«

»Das will ich lieber gar nicht herausfinden.« Die Antwort war einfach gewesen und Marleen fragte auch gar nicht weiter.

Kailen sah auf ihr Halsband und versuchte sich wohl auszumalen, was Marleen heute Nacht schon hatte durchmachen müssen. Sein Tod wäre nichts Persönliches, es wäre nur ein Erlös dafür, das Marleen weiter leben konnte.

Er begutachtete den grauen Reifen genauer und sah danach in das Gesicht von Marleen. Aus kalten und müden Augen sah sie ihn an. Trotz völliger Bewegungsfreiheit war sie doch eine Sklavin. Ausgeliefert und dazu genötigt, alles zu tun, was man ihr befahl, wusste er, dass man so etwas nur überleben konnte, wenn man eine starke Frau war. Und Kailen wusste, das Marleen genau dieser Typ war.

Viele der Anderen lagen tot auf den Straßen und hatten es nicht geschafft. Kailen fragte sich innerlich, wie lange Marleen schon unterwegs gewesen war, doch beantworten würde sie es nicht. Sie sah noch einen Moment in seine Augen und legte ihren Kopf zur Seite, da sie erkannte, dass es vorerst keine Fragen mehr geben würde.

»Ich hoffe, dass ich Dich nicht töten muss.«

»Das hoffe ich auch.« sagte sie, ohne sich noch einmal zu ihm zu wenden. Er stand auf und ging zum vorderen Teil des Wagens. »Will Shmitty immer noch nicht, das wir kommen?«

Neal schüttelte den Kopf.

»Er denkt, das wir es nicht mal bis zu ihm schaffen werden. Wir sollen sie auf die Straße werfen und uns nicht länger mit ihr abgeben. Das wäre zu heiß. Wer immer für sie verantwortlich ist, hat auch die Möglichkeiten, sie aus einem bestens bewachten NSM–Lager zu befreien. Immerhin wurde sie ja auch während eines laufenden Einsatzes entführt. Dafür brauch man schon die Leute.«

Marleen wusste nicht, was genau Kailen vorhatte und auch wusste sie nicht, wie er gedachte, sie zu befreien, während der Operator jederzeit die Möglichkeit hatte, es zu verhindern. *Der Operator reist dir vorher lieber den Kopf ab, als dass er dich gehen lässt. Oder...*

Sie vernahm ein Krachen, wie das eines zerberstenden Reifens und wusste, dass ihr Gedankengang sich gerade vergegenwärtigt hatte. *Genau. Oder.* Diesmal waren Kailen und die anderen in die Falle getappt.

Der Wagen brach nach links aus, während der Nano–Boost sich aktivierte und nutzlos ihre Wahrnehmung verschwamm. Sie konnte eh nichts tun.

Die automatische Steuerung konnte nicht so schnell reagieren. Neal versuchte, dagegen zu lenken, doch das Fahrzeug schlug sich auf die linke Seite und Marleen krachte hart mit dem Kopf gegen die rückwärtige Wand. Ausbrechend donnerte das Fahrzeug gegen die Leitplanke und rutschte funkensprühend daran entlang, während Kailen und die anderen unsanft durch das Innere des Transporters geschleudert wurden. *Wieder auf die harte Tour. Typisch.*

Rutschend kam das Fahrzeug zum Stehen und Marleen ertastete sofort ihre Fessel. Ihr Kopf dröhnte erneut und diesmal war sie sicher, eine Gehirnerschütterung zu haben. *Schwachsinn. Du bist doch hart im Nehmen, Kleines.* Schmerzen konnten einem im ersten Moment den eigenen Tod erkennen lassen, doch so oft war es nicht einmal halb so schlimm. Ihre Fesseln hatten sich durch den Überschlag ein wenig gelöst und es reichte, um sie ganz zu öffnen.

Die Hintertür des Fahrzeuges krachte auf, als das Fahrzeug ruckartig zum Stehen kam und Marleen gegen sie geschleudert wurde. Das gab ihren Fesseln den letzten Rest und sie rollte über die offene Heckklappe auf den Highway. *Hallo Schmerz, alter Freund.*

Es war lediglich ein kleiner, zweispuriger Highway und hinter ihr kamen bereits einige Fahrzeuge zum Stehen.

»Verdammt!«, entkam es Kailen, gefolgt von einem Stöhnen, das Marleen sehr gut kannte. *Du hast es ihm gesagt. Aber er wollte es ja nicht hören. Dann teilt ihr euch eben den Schmerz.*

Über ihr befand sich eine Brücke, die definitiv zu einem ALH gehörte. Neal trat die Windschutzscheibe ein und versuchte aus dem Fahrzeug zu klettern. Ein Mündungsblitz zuckte von der Brücke auf und traf Neal in die Brust. Schreiend fiel er zurück, während Hub eine TMK 30 zog und das Feuer sofort eröffnete.

Die verkrümmt liegende Position war nicht unbedingt die Beste, aber er wusste mit der Waffe umzugehen. Drei kontrollierte Feuerstöße entkamen seiner Pistole, die den Schützen in Deckung zwangen. Marleen musste nicht die Schlaueste sein, um zu erahnen, dass der Schütze ein MPT war. Und das sich seine Parameter heute Nacht ebenfalls geändert hatten. *Das wäre doch nicht nötig gewesen.*

Während Hub die Brücke im Auge behielt, versuchte Neal unter einigen Flüchen seine Waffe aus der Tasche zu fischen. Er war nicht tödlich getroffen worden. Kailen kroch ebenfalls aus dem Heck des Fahrzeugs und hielt seine Pistole sofort auf Marleen.

»Hiergeblieben.«

»Das habe ich nicht zu entscheiden«, sagte sie, während der Boost nachließ und sie in die Echtzeit zurückholte.

Ein Feuerstoß von der Brücke, der krachend auf dem Asphalt niederging und dessen Einschläge den Transporter erneut durchschüttelten, zwang Kailen seine Waffe auf den Schützen zu richten und das Feuer zu erwidern. Blitzend entkam auch ihm ein Feuerstoß und er versuchte, wie die anderen, den Schützen mit der kleinkalibrigen Waffe unten zu halten. Feuerstoß um Feuerstoß verließ seine Waffe, was Marleen zum Handeln zwang. *Mal eine Schießerei in Echtzeit erleben. Auch nicht schlecht.*

»Bewaffnen Sie sich«, dröhnte es in ihrem Ohr. Die Waffen hatten ihre Entführer an Ort und Stelle gelassen, die Centurion und die beiden Sturmgewehre waren in ihren Vorrichtungen. Einen Moment lag ihre Hand an der CX, doch die eingespeicherten Köpfe der drei Männer ließen sie zögern. *Wenn du die CX nimmst, sind die drei auf jeden Fall erledigt. Mach das anders.*

Mit einem Klicken löste sich das NM–23 von ihrem Magnetholster und sie richtete es sofort auf Kailen.

»Töten Sie die Männer.« Marleen hatte diesen Befehl kommen sehen. Nur deshalb hatte der Schütze auf der Brücke keine tödlichen Schüsse abgegeben. Das war allein Marleens Aufgabe. Sie war auserwählt, ihre Entführer auszuschalten. Männer, die sie hatten retten wollen. Das Feuer von der Brücke erstarb erneut und als Kailen sich herumdrehte, sah er Marleens Mündung direkt vor sich. *Dir bleibt keine Wahl.*

Sie drückte den Abzug hart herunter und die Mündung blitzte auf. Eine Kugel bohrte sich in Kailens Torso und sie glitt herum. Als nächstes hatte sie Neal im Visier, wieder krachte die Waffe auf, Neal wurde getroffen. Hub versuchte seine Waffe in Richtung Marleen auszurichten, doch sie war schneller. Ein drittes Mal erhellte ein Mündungsblitz den Nachthimmel und Hub wurde in seiner liegenden Position getroffen. *Das reicht, um sie kampfunfähig zu machen. Jetzt weg hier.*

Sich herumdrehend wusste sie, das diese Männer ihr wirklich hätten helfen können. Doch im Moment war das die einzige Option gewesen. Sie rannte in die entgegengesetzte Richtung auf dem Highway und wartete darauf, dass ein Fahrzeug anhielt, das sie mitnehmen würde.

»Sie haben nicht die CX benutzt. Denken Sie, dass die Männer einen Einschuss überleben?«, fragte der Operator. Er hatte Marleens Gedanken vorausgeahnt. Mit der intelligenten Munition wären Kailen und seine Männer tot gewesen. Marleen hatte jedem von ihnen eine Kugel verpasst, das hieß aber nicht, dass dieser Schuss auch tödlich gewesen war. *Mehr konntest du nicht für sie tun. Hoffentlich schaffen sie es.* Sie hatten es gut ihr gemeint und wollten ihr helfen. Das der Operator ihren Tod befohlen hatte, war nur verständlich.

»Sie sind außer Gefecht und können mir nicht mehr gefährlich werden. Ihr Tod ist nicht relevant für meine Aufträge.«

»Sie versuchen immer noch so viele Leben zu retten wie möglich. Ein Fehler.«

»Das werden wir sehen.« Sie rannte an der Seite des Highways entlang und hupende Hydromobile rasten an ihr vorbei. Doch keines blieb stehen. Hinter ihr blieben die drei angeschossenen Separatisten zurück und Marleen wusste, dass dadurch, dass sie sofort die Flucht ergriffen hatte, der Operator gar nicht erst weiter mit ihr diskutieren konnte. Wenn es ihm wichtig war, würde er einen weiteren Trooper schicken. Der von der Brücke aus das Feuer eröffnet hatte, konnte die Sache vollenden. Aber es würde nicht sie sein. Sie würde die Männer vielleicht verletzt haben, aber sie hatte keine Bereiche anvisiert, die kritische Verletzungen bedeutet hatten. Sie konnten überleben. *Das haben sie verdient. Jeder von ihnen.*

»Ich habe genug Leute für sie umgebracht. Die drei kann jemand anders übernehmen. Wenn Sie mich loswerden wollen, dann nur zu.« Den Operator zu reizen, war nicht die beste Idee. Aber eine geringe Entscheidungsfreiheit war ihr dennoch geblieben.

»Wenn Sie diese Leute wiedersehen, dann sind sie tot. Sie werden keine Sekunde zögern, sie zu eliminieren.«

»Aber Ihnen gehen die Trooper aus. Sie können es sich nicht leisten, einen fähigen, einsatzbereiten und präzisen Killer, wie ich es bin, einfach so auf der Straße verbluten zu lassen. Ich weiß um meiner Qualitäten. Also lassen Sie diese Leute am Leben. Oder erledigen Sie die Jungs. Aber ich mache es nicht!«

»Sie wollen mit mir verhandeln?«

»Ich verhandele nicht. Ich mache klar. Ich bin zu wichtig für Sie, weil ich noch am Leben bin.« *Und jetzt beten, dass er sich darauf einlässt.*

Ein Hydromobil wurde vor ihr langsamer und im Scheinwerferlicht wurde Marleen für einen Moment geblendet. Sie blieb stehen und wartete auf das Fahrzeug. Als es langsam neben ihr zum Stehen kam, erkannte sie den Terra–3, den sie vorhin schon gefahren war. Die Flügeltür glitt auf und Marleen sprang hinein. Sie verschloss sich und das Fahrzeug fuhr an, beschleunigte und raste den Weg zurück zu dem Transporter, der am Straßenrand lag. Marleen stockte für einen Moment der Atem. *Der Operator meint es ernst.*

»Sie beenden, was Sie begonnen haben.« Als sie den Transporter im Scheinwerferlicht näher kommen sah, begann ihre Hand ein wenig zu zittern. Sie versuchte etwas zu erkennen, doch weder auf der Straße, noch im Fahrzeug lag jemand. Lediglich Blutspuren waren an den Stellen zu sehen, an denen Marleen die Drei angeschossen hatte. Sie waren entkommen. Überlebt und in den Häuserschluchten untergetaucht.

Na also, endlich mal was richtig gemacht.

»Sie sind zu spät.« sagte sie. *Und jetzt? Wenn es gleich laut piept, dann war das wohl die falsche Entscheidung. Oder er tötet Lexia vor deinen Augen….*

Der Wagen hielt an und das Scheinwerferlicht machte es ihr umso deutlicher, das die Männer verschwunden waren.

»Sie haben gerade Ihr eigenes Todesurteil unterschrieben.« Sie schloss die Augen und wartete darauf, dass es das jetzt gewesen war. Ihr Tod als Tausch gegen ein paar Separatisten, die sie hätten retten können. *Lausiger Abgang.*

Doch entgegen ihrer Erwartung fuhr der Wagen an und ließ den umgestürzten Transporter hinter sich. Doch niemand erklärte ihr, warum das so war. *Du hältst wohl besser deine Klappe. Ob er gerade darüber nachdenkt, dich hochzujagen? Quatsch. Dafür bist du zu gut. Er braucht dich und deshalb lässt er dich leben. Lexia jetzt zu töten, würde genauso wenig bringen. Damit verspielt er seinen einzigen Trumpf.*

Sie lehnte sich zurück und tastete an ihrem Halsband. *Von so etwas zum Töten gezwungen.* Marleen schüttelte den Kopf und zwang sich, an etwas anderes zu denken.

»Sie werden weiter für uns tätig sein«, unterbrach sie der Operator bei ihrem Gedankengang. »Aufgrund der von Ihnen erbrachten Leistung werden sie und ihre Freundin weiterhin leben dürfen. Meinen Glückwunsch. Die drei Männer, die sie angeschossen haben, werden ebenfalls ihrer Zielliste hinzugefügt. Wenn ihr Standort bekannt ist, werden Sie sich um sie kümmern. Aber vorerst gibt es noch andere Ziele, die Ihre Aufmerksamkeit verlangen.«

Glücklich darüber, dass ihr Kopf noch an Ort und Stelle war, wusste sie, dass ein weiterer Fehltritt ihr Ende war. Aber ihre Rechnung war aufgegangen. Es waren nicht mehr so viele Trooper mit Halsbändern übrig und es gab noch genug Ziele, die es auszuschalten galt.

Marleens Überleben war für den Operator und seine Hintermänner unabdingbar. Was sie davon überzeugte, das sie gerade einen kleinen Sieg errungen hatte. *Du hast jemanden leben lassen und bist selber auch noch im Spiel. Bestens.*

»Nicht weit von hier befindet sich eine Wasseraufbereitungsanlage. Dort befinden sich ihre nächsten Zielpersonen. Eine Gruppe Separatisten hat nach dem Angriff eines Troopers auf ihr lokales Versteck durchgedreht und mit ein paar Giftmüllfässern die Anlage gestürmt. Sie haben sich verschanzt und verlangen eine sofortige Erklärung seitens des MPC, sonst würden sie die Fässer in die Frischwasserzufuhr entleeren und einen Teil der Stadt verseuchen.«

»Ist das schon offiziell bestätigt worden?«

»Nein, es ist offiziell noch nicht bekannt.«

»Und woher wissen Sie dann davon?«

»Ich habe meine Quellen. Außerdem sind die Comms der Männer nicht verschlüsselt.«

Steckt bestimmt noch mehr dahinter, aber er wird dir eh nichts verraten. Wie immer.

Die Aktion selbst war eine Folgereaktion der Amoklaufenden Trooper. War nicht schwer, vorherzusehen, dass es bald in der ganzen Stadt zu weiteren Ausschreitungen und Blockkriegen kommen würde, wenn man die Sache nicht in den Griff bekommen würde. Was momentan nicht mal ansatzweise der Fall sein musste.

»Wie viele sind es?«

»Es sind nur vier. Sie sind die Überlebenden einer Zelle von Separatisten und nach dem der Trooper den Rest ihrer Einheit ausgeschaltet hat, konnten diese drei ihn erledigen und es kam zu einer Hassreaktion seitens der Männer.«

»Man kann es ihnen nicht verübeln.«

»Nein, das ist wohl richtig. Aber dennoch ist es nun Ihr Ziel, die Reste dieser Zelle auszuschalten und die Verseuchung zu verhindern.« Marleen war erstaunt, das man sie zum Schutz der Öffentlichkeit einsetzen wollte.

»Wie edel, ich rette eine Menge unbescholtener Bürger, wenn ich die Verseuchung verhindere.«

»Sie töten Ihre Zielpersonen. MPC–Einheiten sind ebenfalls auf dem Weg, aber Sie werden schneller sein.« Der kleine Monitor vor ihr öffnete sich und auf dem Bild sah sie einen der Männer, wie er ein Fass mit dem vermuteten Giftmüll über eine Rampe auf eine erhöhte Plattform schaffte, die sich genau über einem der Tanks befand, in denen sich das Frischwasser befinden musste.

»Die Männer halten sich in diesem Gebäude auf.« Das nächste Bild zeigte eine Außensicht einer Beobachtungskamera, die das Gebäude genau im Blickfeld hatte. »Sie fahren bis hier.« Die Kamera bewegte und der Fokus vergrößerte sich und sie erkannte neben einem geparkten Lastwagen eine Mauer. »Sie werden hinter der Mauer ankommen und sich von dort in das Gebäude einschleichen. Beachten Sie aber, dass Sie schnell sein müssen. Wenn einer der Männer Sie entdeckt, wird er Alarm schlagen und die übrigen werden versuchen, die Reservoirs zu kontaminieren.«

»Was ist das für Giftmüll?«

»Unwichtig. Wahrscheinlich hat diese Separatistenzelle diesen Plan schon lange verfolgt und durch den Angriff des Troopers wurden sie sozusagen zur Durchführung ermutigt.«

»Wenn die Verseuchung stattfindet, dann können Sie sich das selbst in die Schuhe schieben. Das war doch wohl klar, das es auch seitens der Separatisten solche Reaktionen geben würde.«

»Damit haben wir gerechnet, aber mit so einer Reaktion wurden wir überrascht. Trotzdem ist eine Verseuchung der Wasservorräte nicht vorgesehen.«

»Ihre Logik möchte ich verstehen.«

»Werden Sie nicht. Tun Sie einfach, was ich Ihnen sage.«

»Ihre Waffe wird mir da wohl ganz gelegen kommen.«

»Richtig. Sie sollten kein Problem haben, durch den Eingang zwei durch das Chemikaliendepot in die Haupthalle zu gelangen.« Das Bild auf dem Monitor änderte sich erneut. »Diese Verladerampe führt vom Verladeplatz in die Halle und von dort kommen sie durch Eingang zwei auf eine Beobachterplattform. Die Männer sind nur zu viert und rechnen noch nicht mit einem baldigen Erscheinen des MPC, da sie noch in der Besprechung der Vorgehensweise sind. Da sie die Aktion nicht weit im Voraus geplant hatten, ist anzunehmen, dass sie durch die Unterbesetzung ebenso unterorganisiert sind. Trotzdem müssen sie vorsichtig sein. Sie können ins Gebäude über diesen Weg eindringen, ich leite Sie dann bis zur Plattform.«

»Sie sind wie immer meine Augen und Ohren.«

»So ist es. Erledigen Sie die Männer schnell und sauber. Sie sind ein Trooper und es sind Separatisten, die einen Anschlag ausüben. Also machen Sie Ihren Job.« *Er hat Recht. Es ist ein Einsatz, der so auch während deines Dienstes hätte auftauchen können. Erste Priorität. Die Männer an den Fässern.*

Ein einziges Fass konnte eine enorme Verseuchung hervorrufen, es war also unabdingbar, das alle NSMs, die mit einem Fass eine Bedrohung darstellen, gleichzeitig zu eliminieren waren.

»Hier sehen Sie einen der Männer. Er hat sich umringt mit drei Fässern und steht auf einer der Kontrollstationen über einem der Tanks. Nur aus erhöhter Position werden Sie ihn eliminieren können ohne die Fässer zu treffen.« Hinter den Fässern sah sie den Mann geduckt an seiner Waffe herumspielen. Eine Securitek Maschinenpistole war sein Begleiter, genau wie bei den anderen Männern wohl auch. *Separatistenwaffe. Was auch sonst kam in Frage?*

»Haben die Männer außer den Typ–3 noch irgendwelche Hardware?«

»Nur was Sie sehen. Der Lastwagen, den sie zum Transport der Fässer benutzt haben, beinhaltet vielleicht noch einiges, aber das ist im Moment nicht ersichtlich. Kontrollieren Sie ihn gegebenenfalls, wenn Sie vor Ort sind.«

»Gut.«

»Hier sehen Sie die zweite Stelle, die sie für die Verseuchung ausgewählt haben.« Genau wie bei dem anderen NSM hatte sich dieser mit drei Fässern über einer Plattform verschanzt, während die Tankdeckel von einer Steuerkonsole geöffnet wurden.

»Ein weiterer Mann befindet sich hinter der Steuerkonsole?«, fragte sie.

»Richtig. Hier sehen Sie den Kontrollraum.« Das Bild wechselte und ein weiterer NSM stand hinter einem Kontrollpult und musste für das Öffnen der Tankdeckel verantwortlich sein.

»Wo ist der Vierte?«

»Ist im Moment nicht ersichtlich. Ich sage es Ihnen, sobald ich ihn lokalisiert habe.«

»Zeit bis Eintreffen bei Ziel?«

»Sie werden in wenigen Minuten dort sein. Kontrollieren Sie Ihre Ausrüstung und achten Sie auf meine Anweisungen. Dann sollte es kein Problem sein. Immerhin hängen eine Menge Leben an diesen Fässern.«

Inklusive deinem Eigenen, Kleines.

Daran denkend wurde ihr die Realität des Halsbandes wieder bewusst und sie musste sich unwillkürlich daran kratzen…

Die Tür zu Shmittys Versteck krachte auf und Kailen trat mit schmerzverzerrtem Gesicht in den Keller des Waffenexperten, der bereits mit seinem Eintreffen gerechnet hatte. Das Backup–Team, das sich nicht weit entfernt von Kailens Männern aufgehalten hatte, war nach dem Überfall sofort zur Stelle gewesen und hatte ihn und seine beiden Begleiter aus dem Wrack gezogen, ihnen eine Nano–Med Spritze verpasst und zu Shmitty gebracht. Bei solch einer wertvollen Fracht war ein Backup Team Pflicht. Und jetzt wusste Kailen auch, warum er darauf bestanden hatte. Neal und Hub folgten ihm und waren beide von dem Team ebenfalls mit einer Spritze versorgt worden. Die kleinen Nano–Bots waren bereits fleißig die beschädigten Zellen zu reparieren, was den Schmerz aber nicht einen Deut verringerte.

An den Wänden und auf den Tischen lagen einige seiner Waffen, die er für die Separatisten stets in Schuss hielt. Er verließ den Keller nur selten, dafür arbeitete er an den Waffen umso härter, vor allem wenn Notlagen wie heute Nacht ihn dazu zwangen Überstunden zu machen. Doch Arbeit und Freizeit war bei ihm schon immer dasselbe gewesen. Sei es, das er mit einer VR–Ausrüstung im Netz herum eilte, um sich neue Baupläne und Modifikationen anzusehen und auszuprobieren oder er in verschlüsselten Kanälen der MFA nach den neuesten Spielsachen grub, er hatte immer eine Beschäftigung.

Zahlreiche Infoscreens, die in seiner Kathedrale verteilt an Decken und provisorischen Vorrichtungen hingen, zeigten die momentanen Krisenherde der Stadt und die Versuche des Mars–Pacification–Corps die Situation wieder in den Griff zu bekommen. 3D–Holos von Shmittys Lieblingswaffen, sowie einige bewegende Panoramas von den schönsten Marsgipfeln zierten die noch wenigen freien Stellen des Kellerraumes.

 Auch jetzt sah er nicht von seiner CX hoch, als die drei Männer mit blutigen Anzügen in seinem Zimmer standen.

»Ich habe dir gesagt, du sollst sie nicht herbringen.«

»Hey, sie ist NICHT hier, oder?«, entfuhr es Kailen, während er sich auf einen Sessel fallen ließ.

Dieser trockene Kommentar brachte Shmitty schließlich doch dazu, Kailen anzusehen. Shmittys Augen fixierten Kailen, sahen dann auf seine Brust, wo der rote Verband die Stelle kennzeichnete, wo Kailen für seinen Fehler bezahlt hatte.

»Du hast wirklich Sinn für Humor. Das muss ich dir ja lassen. Aber gut, wie geht es euch?«

»Sie hat uns angeschossen, wie soll es uns schon gehen?«, konterte Neal, der sich auf eine Couch fallen ließ, die Shmittys Bett darstellte, wenn er denn mal die Zeit hatte, Schlaf zu finden. Bei all seiner Geschäftigkeit konnte das die eine Sache sein, auf die er schon mal verzichtete. Schlaf war bis zu einem bestimmten Zeitpunkt relativ für ihn. Er trat von seinem Tisch zu den Männern und sah sich die Verwundungen an.

»Ein glatter Durchschuss bei jedem von euch?«, fragte er, nachdem er Kailens Wunde kurz angesehen hatte. Diese nickten nur zustimmend. »Sie ist wirklich eine erstklassige Schützin«, schlussfolgerte er.

»Vielleicht möchtest du mit mir tauschen, dann kannst du das ja noch einmal sagen.« antwortete Kailen mit schmerzverzerrtem Gesicht.

»Sie froh, dass sie dich nicht umgelegt hat, du Heißsporn. Ich nehme an, du hast was für mich?« Kailen griff in seine Tasche und warf ihm das Datapad zu. Shmitty fing es und sah darauf. Ein Satellitenbild von einem Highway und ein darauf blinkender Punkt bestätigten ihm, was er sich erhofft hatte. Es war Marleens momentane Position.

»Und sie hat nichts mitbekommen?«

»Nein. Sie war bewusstlos, als ich ihr das Ding angebracht habe.«

»Und der Peilsender ist wo genau?«

»An ihrem Rücken gleich unterhalb ihres Halsbandes und funktioniert einwandfrei. Unmöglich, das sie von seiner Existenz erfährt. Selbst wenn sie die Waffen löst, wird sie ihn nicht erkennen.«

»Das ist gut. Das ist sogar sehr gut.« Shmitty lächelte und drehte sich wieder herum. »Damit sind wir wieder einen Schritt weiter, dieses Rätsel zu lösen.«

Sie mit einem Peilsender zu versehen, war Shmittys Idee gewesen. Vor allem, da sie nichts von ihm wusste, konnte es den Männern einen entscheidenden Vorteil verschaffen. Sofern es jemals einen Plan geben würde, wie man sie ihres Halsbandes entledigte, ohne sich dabei eine Kugel einzufangen.

»Wo wir gerade dabei sind«, ergänzte Hub. »Bei dem Überfall wurde meine Verbindung mit dem Netz unterbrochen. Gibt es was Neues?«

»Das kann man wohl sagen.«, antwortete Shmitty mit finsterer Stimme. »Es gibt tatsächlich eine wichtige Neuigkeit. Könnt Ihr euch an Tanner erinnern?«

»Dieser hirnrissige Typ, der unter Bolakis arbeitet? Er hat doch mit seinen schießwütigen Freunden an irgendeinem schwachsinnigen Plan gearbeitet, den er uns aber nie erzählt hat. Irgendwas mit Giftmüll«, erinnerte sich Kailen. Tanner war schon immer ein Mistkerl gewesen, der die Interessen der Bevölkerung total ignorierte und sich nur um seine Eigenen gekümmert hatte. Seine Ideen waren meist unverantwortlich und er war seit einer Geiselhinrichtung zu Bolakis abkommandiert worden, wo man ihn ruhig gestellt hatte. Dass die NSM sich seiner noch nicht entledigt hatte, war Kailen unverständlich, aber vielleicht hatten manche anderen Kommandeure mehr Vertrauen in ihn. Was Kailen bezweifelte.

»Bolakis und die meisten seiner Männer wurden vor nicht ganz einer Stunde von einem Pac ermordet. Doch unglücklicherweise überlebte Tanner und drei seiner Leute. Als Vergeltungsaktion hat er dann seinen Plan in die Tat umgesetzt und ist mit seinen restlichen Männern in die Wasseraufbereitungsanlage eingedrungen und droht die Reservoirs zu verseuchen, wenn seitens des MPC keine Erklärung zu den Vorfällen abgeliefert wird.«

»Mist. Das hat uns noch gefehlt.«

»Richtig. Und Ihr kennt Tanner. Ihr wisst, das er Ernst machen wird.« Hub stöpselte zwei Transferkabel in seine Hinterkopfbuchsen, nahm sich eine VR–Brille und ging sofort wieder ins Netz, um Näheres zu erfahren. Ihm das zu befehlen war Unsinn; er kannte seine Stärken selbst und würde sie voll zum Einsatz bringen.

»Gut, also Hub kümmert sich um die Infos und versucht in die Überwachungskameras der Anlage einzudringen.«

»Soll das heißen…?«, begann Neal.

»Wir müssen diesen Irren davon abhalten, etwas zu unternehmen. Alle Pacs in der Umgebung stecken in Unruhen fest, es wird definitiv eine Weile brauchen, ehe sie ein Team zu der Anlage abkommandiert haben. Und wenn Tanner die kommen sieht, dann zieht er seine Aktion durch. Das wisst Ihr genau so gut wie ich.«

»Da hat sich schon jemand in das Überwachungsnetz der Anlage gehackt«, warf Hub ein. »Ich habe so etwas noch nicht gesehen. Der Schlüssel, den diese Leute benutzen ist unglaublich.« Kailen musste nicht lange überlegen, um daraus eine Theorie zu spinnen.

»Es sind die Auftraggeber der MPC–Killer. Sie werden unsere Gefangene dorthin schicken.« Mehrere unsichere Augenpaare fuhren zu Kailen und er sah zuerst Neal und dann Shmitty an.

»Wenn du von der Verseuchungsaktion weist, dann werden die Hintermänner der Morde davon auch wissen. Und was immer ihr Ziel ist, die Verseuchung der Reservoirs ist es wohl nicht. Also schicken sie einen Trooper, der gerade keinen Auftrag hat, dorthin. Die Anlage ist immerhin nicht weit von hier. Und die junge Dame war wohl gerade verfügbar.«

»Naja, nicht so ganz«, sagte Shmitty.

»Aber wenn sie schon das Risiko eingehen, sie aus den Händen einer NSM Einheit zu befreien, muss sie die richtigen Qualifikationen für den Job mitbringen.«

»Genau. Drei Durchschüsse im Bruchteil einer Sekunde gehören zum Beispiel dazu«, konterte Shmitty.

Schmerzhaft wurde Kailen wieder an die Fähigkeiten von ihr erinnert, auch wenn die Schmerzen angesichts der akuten Gefahr, die von den übrig gebliebenen Männern aus Bolakis Einheit ausging, für den Moment überspielt wurden.

»Sie wird sich also die Männer vornehmen?«, fragte Neal.

»Wenn nicht sie, dann ein anderer Halsband–Trooper. Und du bist dir sicher mit der Verschlüsselung?«

»Ja, das ist schon ein dicker Brocken. Ich kann zwar auf die Kameras zugreifen, aber demjenigen, der vor uns das System gehackt hat, bleibt das nicht unbemerkt und er kann mich jederzeit rauswerfen oder das Signal zurückverfolgen.« Shmitty nahm die CX hoch und begutachtete sie. »Wer immer dahinter steckt, hat einiges an Hightech zu bieten. Wenn du nochmal reingehst, dann können sie unseren Standort orten und schicken uns vielleicht jemanden vorbei. Also lass es gut sein.«

»Was machen wir dann?« fragte Kailen.

»Bist du denn schon wieder fit, um deiner Wohltäterin erneut in die Augen zu sehen.«

»Tanner ist und war ein Idiot, wenn sie sich um ihn kümmern muss, dann soll sie.«

»Gut, dann bleiben wir also hier.«

»Aber vielleicht kann sie die Unterstützung auch gebrauchen«, wollte Hub hinzufügen. Mit einem schnellen Handgriff hatte Kailen eine Patrone in der Hand, die auf einem der Tische lag und warf sie in seine Richtung.

»Du willst sie bloß wiedersehen, weil sie süß ist. Vergiss es. Sie wird uns umlegen, wenn sie muss.«

»Bist du dir sicher?«, fragte Shmitty.

»Sie ist entschlossen und wird alles tun, nur um die Nacht zu überleben. Und wenn sie uns schon hat überleben lassen, wird ihr Auftraggeber beim nächsten Mal bestimmt nicht so nachsichtig sein, wie er es vielleicht dieses Mal gewesen ist. Wir stehen genauso auf ihrer Liste, wie es Tanner und seine Leute tun. Lassen wir ihr den Vortritt, immerhin ist sie besser ausgestattet als wir.« Dabei sah ihn Shmitty ungläubig an, dann machte er eine Geste in Richtung der vollen Regale und Schränke, in denen seine Hardware verstaut war.

»Sie hat zwar nicht die Masse, aber sie hat das da.« Sein Finger zeigte auf die erbeutete CX und Shmitty wusste sofort was gemeint war. »Damit wird sie Tanner und den anderen einen entscheidenden Schritt voraus sein.«

»Was unsere Anwesenheit völlig unnötig macht«, kombinierte Neal.

»Genau. Also, hast du was neues über diese interessante Waffe herausgefunden?«

»Ich habe mich schon gefragt, wann du das fragen würdest«, entgegnete Shmitty und nahm die CX hoch.

Der Terra–3 rollte aus und kam zum Stehen. Marleen nahm die CX und im selben Moment öffnete sich die Flügeltür des Fahrzeuges. Sie sprang heraus und sah die Mauer hinauf. Eine Kamera sah sie direkt an, aber der Operator war mal wieder schneller gewesen. *Alle Kameras wie immer unbrauchbar.*

»Der vierte Mann muss sich in der Überwachungsstation der Anlage befinden. Dort gibt es zwar keine Kameras, aber sonst kann ich ihn nicht lokalisieren. Machen Sie sich an die Arbeit.« *Schon unterwegs.*

Marleen trat zur Front des Terra–3, nahm Anlauf und rannte über die Motorhaube auf das Dach des Wagens, sprang an die Mauer und wuchtete sich mit einer schnellen Rolle über die Mauer. Am Boden rollte sie sich ab, warf ihren langen Pferdeschwanz nach hinten und hielt ihre CX in die Richtung des Rolltores. Niemand war zu sehen.

Sie kam aus ihrer geduckten Haltung hoch und schlich zum Rolltor. Der Lastwagen der NSM–Einheit stand hier und Marleen warf einen schnellen Blick in den offenen Laderaum. *Leer. Also keine Überraschungen.* Neben dem Rolltor gab es den Eingang, den der Operator erwähnt hatte. Sie öffnete ihn und glitt durch die Tür in das Innere des Gebäudes. Ein langer Gang führte zu der Tankhalle, während einige Fässer mit Reinigungschemikalien verstreut in der Gegend standen. Am Boden lag ein toter Mitarbeiter des Werkes, was Marleen wieder vor Augen führte, das diese Männer keine Skrupel hatten, auch Unschuldige zu töten. Ein Grund mehr für sie, diesen Einsatz ernst zu nehmen. Sie blieb an der Wand und eine weitere Überwachungskamera drehte sich über ihr friedlich vor sich hin. Der vierte Mann im Überwachungsraum war also blind und zudem auch noch unfähig seinen Männern jedwede Hilfestellung zu geben. *Gut so. Blind und unwissend. Sie werden ihren Untergang nicht mal kommen sehen.*

»Die Tür mit der großen zwei führt sie nach oben auf die Beobachtungsplattform. Sie müsste zu Ihrer linken sein.« Ein Blick bestätigte ihr, dass sich die Tür dort befand. Eine große rote Stahltür, mit einer zwei. Marleen drückte den Knauf herunter, doch sie bewegte sich nicht.

»Verschlossen. Gehört das zum Plan?«

»Was, dann kann nicht…«

»Also gehört es nicht zum Plan.« schlussfolgerte sie.

»Bleiben Sie wo Sie sind. Ich öffne sie.«

Eine Stimme erklang, die nicht dem Operator gehörte. Und noch eine Zweite aus dem Korridor vor ihr.

»Was machen wir mit dem da?«

»Lass ihn liegen, ich habe keine Zeit, mich um diesen Mist zu kümmern. Und du bist sicher, das der Tote nicht auf der Kamera zu sehen ist?«

»Ja, ganz sicher. Ich habe es zweimal überprüft und ich bin mir sicher. Irgendjemand hat uns eine Endlosschleife ins System eingespeist.« Die Ausbuchtung, hinter der Marleen sich befand, bot zwar Deckung, aber wenn die beiden Männer weit genug heran kamen, um sie einsehen zu können, war es aus. Sie nahm die CX hoch und wartete auf die beiden, doch sie blieben bei der Leiche stehen.

»Der muss sich auf einer der Toiletten aufgehalten haben, als wir über die Verladerampe gestürmt sind und als ich das nächste Fass holen wollte, stand er auf einmal vor mir.«

»Soll heißen?«

»Wer immer die Kameras gehackt hat, hat diesen Typen übersehen, aber ich habe ihn auch vor einer Minute erst umgelegt, also kann es noch nicht lange her sein.« *Hast du dir so den ersten Fehler des Operators vorgestellt? Er soll sich sonst wohin scheren, dass er sich so etwas Dämliches erlaubt.*

»So ein Mist. So ein elender Mist«, hörte sie den Operator ihre Vermutung bestätigen. Wenn er das Schloss entriegelte, würde es zu laut sein, sofern die beiden Männer hier dann noch standen.

»Ich vermute man wird uns in Kürze angreifen. Sie waren also nicht so schlau, wie ich dachte. Geh zurück und sag den Männern Bescheid, dass sie mit der Aktion beginnen sollen.« Der andere Mann musste zögern, denn das nächste was Marleen hörte, war ein Schlag.

»Ich habe dir gesagt, das wir Ernst machen, wenn das MPC nicht spurtet. Wenn wir uns nicht beeilen, dann stürmen sie gleich durch diesen Eingang und machen uns allen den Garaus. Los, worauf wartest du.« *Du musst handeln. Nano–Boost. Jetzt.*

Marleen sprang aus der Ecke heraus und richtete ihre Waffe im Flug auf die beiden Männer. Zweimal krachte die CX während des Seitwärtshechtsprungs auf. Sie starben, noch ehe sich Marleen am Boden abgerollt hatte. Jetzt kam es auf Sekunden an.

»Öffnen sie diese Tür!« Es klickte bestätigend und Marleen rammte die Tür auf und rannte die Treppe hoch. Die beiden Männer an den Fässern würden die Schüsse gehört haben. Wenn sie ebenfalls zögerten, konnte Marleen die Katastrophe verhindern. Wenn sie kaltblütig und rücksichtslos waren, dann war es zu spät.

»Sie verdammter Scheißkerl haben es versaut. Sie haben ihnen die falsche Aufnahme gezeigt.«

»Das diskutieren wir später aus.« *Natürlich, jetzt passt es gerade nicht so gut.*

Sie erinnerte sich an die Aufnahmen, die sie vorher begutachtet hatte und versuchte sich zu erinnern, wo die beiden verbliebenen Männer sich positioniert hatten, während sie die Stufen hinauf eilte. Die Treppe endete an einer weiteren Tür, Marleen krachte gegen sie und befand sich sogleich im Inneren der Tankhalle. Sofort sah sie einen der verschanzten Männer und schoss. Es krachte und obwohl sie sich sicher gewesen war, ihn niemals hätte treffen zu können, wurde er durch einen Kopfschuss außer Gefecht gesetzt. *Wenigstens das hat der Operator richtig gemacht.* Sie glitt herum und suchte den zweiten Mann. Doch bei den Giftmüllbehältern war er nicht. *Er ist getürmt. Wohin hast du Scheißkerl dich verkrochen?* Ihre Waffe glitt durch den Raum, auf der Suche nach ihm, doch finden konnte sie ihn nicht. Es polterte und ein stolperndes Geräusch ließ sie herum schnellen. *Da ist er ja.*

»Nein, nein!«, schrie er, während er versuchte sich wieder aufzurichten. Er hatte gezögert. Marleen aber nicht.

Ein weiteres Mal krachte der Schlagbolzen zurück und eine weitere Hülse wurde aus dem Inneren der Waffe hinausgeschleudert und sirrte an ihr vorbei. Der Getroffene sackte nur einen Moment später zusammen.

»Auftrag erfüllt.« Sie senkte ihre Waffe und sah die Fässer an. Sie standen unbeschädigt und ihr Inhalt war in Sicherheit. »Wenn Sie jetzt auch noch erwarten, dass ich diese Fässer wegräume, dann können Sie mich mal.«

»Keine Sorge, das gehört nicht zu Ihren Missionsparametern. Und jetzt verschwinden sie, das Corps wird bald hier sein. Ein Zusammentreffen mit Ihnen kann ich nicht empfehlen.«

»Natürlich nicht.« Marleen sicherte die CX in ihrem Holster und sprang von der Plattform herunter auf einer weitere und rutschte die Leiter, die sich an ihr befand, herab. Es krachte hart, als ihre Sohlen auf den metallenen Boden aufkamen, dann ging sie zu dem Toten. Sie fühlte seinen Puls und vergewisserte sich, dass er tot war.

»So unsicher?«

»Sie machen Fehler genauso wie ich. Also hören Sie auf, mich wegen meiner Fehler anzuklagen.« Sie hatte diese Frage herausgefordert. Nur deshalb hatte sie den Puls des Toten gefühlt. Sie wollte den Operator genau da haben, wo sie ihn hatte. *Er wird sich eh nicht entschuldigen. Aber netter Versuch.*

Sie stand auf und ging.

»Sie wollen also immer noch mit mir verhandeln?«

»Ich habe keine Lust, sie anzuschreien, nur weil ihretwegen fast die halbe Stadt verseucht wurde. Ich werde es einfach als Fehler ihrerseits einordnen und damit gut. Aber als Gegenleistung werden Sie meine Fehler und meine Art und Weise die Dinge anzugehen auch nicht mehr in Frage stellen. Haben wir uns verstanden?« *Nur zur Erinnerung, keine Antwort bedeutet ja.*

Sie ging durch das große Rolltor, was zurück aus der Tankhalle in den Durchgang führte, indem die beiden toten NSMs lagen.

»Hm, das leuchtet ein. Aber sie wollen die Dinge wirklich so angehen, wie sie es für richtig halten?«

»Immerhin bin ich diejenige mit der Waffe. Also ist es auch meine Entscheidung.«

»Darüber lässt sich nicht verhandeln. Ziele, die ausgewählt wurden, sind zu neutralisieren.«

»Ich habe mich gerade wegen Ihrem Versagen zu einer Entscheidung gezwungen. Dankbarkeit für meine schnelle Entschlusskraft wäre angebracht. Immerhin sind alle vier Ziele tot und die Verseuchung wurde verhindert.« Um ihre Aussage zu untermauern, trat sie leicht gegen einen der beiden Männer, die ihr zuerst zum Opfer gefallen waren.

»Sie machen mich wahnsinnig mit Ihren Forderungen! Wenn ich eine Entscheidung treffe, dann wird die nicht in Frage gestellt. Und Punkt.«

»Das gilt für mich gleichermaßen. Ich mag Ihre Killerin sein, aber eine Marionette bin ich nicht. Da besteht für mich ein Unterschied.«

Am Rolltor angekommen, legte sie ihre Hand auf die blau–leuchtende Kontrolloberfläche der Konsole neben dem Tor und öffnete es. Es fuhr hoch und Marleen war für einen Moment unsicher, warum der Operator nicht auf ihre Aussage reagierte. Sie sprang die Verladerampe herunter und trat zu dem Lastwagen der NSMs.

»Und worin liegt dieser Unterschied?«

»Ich befolge meine Befehle und dafür bleiben Lexia und ich am Leben. Das was ich tue, hat also einen Grund. Es mag ein recht einfacher sein, aber dennoch ist es für mich genug.«

»Sehen Sie. Und deshalb wählten wir Sie. Weil Sie einen starken Überlebenswillen haben.« Sie stand vor der Mauer, wusste aber nicht, wie sie zurück zu ihrem Fahrzeug kommen sollte.

»Nein, diesmal müssen Sie leider mit dem Lastwagen Vorlieb nehmen.« *Aber der schöne Wagen…*

Sie drehte sich herum und stieg in das Führerhaus des Fahrzeuges.

»Schade, ich hatte mich so an den Terra–3 gewöhnt.«

»Je länger Sie dasselbe Fahrzeug verwenden, desto wahrscheinlicher wird es für sie von einer MPC–Patrouille aufgehalten zu werden. Daher werden Sie anderweitige Transportmittel benutzen.«

»Gut, Sie sind der Boss.« Kaum hatte sie Platz genommen, startete der Transporter seinen Motor und fuhr an. Das große Tor, durch das die NSMs auf das Gelände eingedrungen waren, öffnete sich und der Wagen fuhr hinaus in den Industriebezirk.

»Sie werden nicht weit mit diesem Fahrzeug fahren, es bringt sie zu einer Skytram–Station und von dort aus werden Sie mit der Bahn Ihren Weg fortsetzen. Sie haben mal wieder eine interessante Zielperson.« Der Monitor des integrierten Bordcomputer fuhr hinaus und zeigte ihr eben Selbige. »Miles Chang. Er arbeitet für Deptadyne. Klasse 12 Entwickler. Sie finden ihn im Chen–Tao Bezirk.«

»Also ein gut gesichertes Ziel?«

»Richtig. Dies ist sein Aufenthaltsort.« Auf dem Monitor erschien ein kleines Gebäude, das eher nach einem Bunker aussah, als nach einem Labor von Deptadyne, aber der Schriftzug über der Tür machte klar, das es zu ihnen gehörte.

»Die Vorgehensweise ist die gleiche, wie auch bei Viktor Flechett, Sie gehen hinein und geben sich als sein Begleitschutz aus. Alles andere ist einfach. Zielperson finden. Auftrag erledigen und wieder raus. Sofern Sie nicht meinen, Sie müssten wieder zögern und alles erschweren.« *Noch mal einen Trupp Reaper töten? So viel Glück hast du auch wieder nicht.*

Marleen dachte an Flechett und wie ihr Zögern das Auftauchen des Teams hervorgerufen hatte und die nicht ganz einfache Flucht aus dem Florisson. Sicher hatte ihre Entscheidung noch andere Konsequenzen gehabt, weitere Reaper–Teams mit Tötungsauftrag, et cetera, aber bei der momentan wohl chaotischen Lage in den schwierigen Bezirken mussten auch solche speziellen Aufträge warten, vor allem, wenn Reaper–Teams auf einmal mit Tötungsaufträgen überschwemmt wurden, weil es noch viele weitere amoklaufende Trooper gab, die nicht nach den Regeln spielten. Der Operator und seine Hintermänner wussten genau, wie sie die Ressourcen des MPC bündeln und ausreizen konnten. Das hatte Marleen für sich schon in Erfahrung gebracht. *Ein einzelner Amok laufender MPT war irgendwann Geschichte, sie würden eine Schlinge um ihn herum legen und diese immer enger ziehen. Aber viele Amoklaufende Trooper überall in der Stadt, die unzusammenhängende Ziele ausschalteten und für absolutes Chaos und Aufstände seitens der Separatisten sorgten. Dessen musste man erst mal Herr werden.*

In all dem Chaos würde es unmöglich sein, herauszufinden, worum es wirklich ging und welche Ziele miteinander in Verbindung standen und welche bloß Mittel zum Zweck waren, um Aufstände zu provozieren und Verwirrung zu stiften. *Vielleicht hast du heute Nacht eines der wichtigen Ziele getötet.* Vielleicht hing eine ihrer Zielpersonen mit der eines anderen Troopers zusammen. Vielleicht war schon der erste Tote, der Besitzer des Waffengeschäftes eines der wichtigsten Ziele. Nur das Marleen in all dem Durcheinander nicht klar sehen konnte, wer wichtig war. Und wer nicht.

Bei all dem, was sie heute Nacht für den Operator und seine Organisation schon ertragen musste, konnte sie eine gewisse Professionalität nicht abstreiten, mit der diese Operation durchgeführt wurde. Selbst wenn man sich mit allen Ressourcen darum bemühte, die Zusammenhänge der ganzen Toten herauszufinden, so konnte es dennoch Wochen oder Monate brauchen, ehe man überhaupt etwas ermittelt hätte. Und wer wusste schon, wie viele Ziele wirklich ausgeschaltet wurden. Es konnte Hunderte oder sogar Tausende von Toten geben, dazu kamen noch die, die durch Aufstände und Unruhen getötet wurden. Alles in einer Nacht. Absolute Überlastung der Ressourcen des Mars–Pacification–Corps. *Chaos.*

Ja, das war eine Antwort. Alle Ziele standen nicht im Zusammenhang zueinander, aber einige taten es. Und eben jene Ziele waren es, die Antworten haben konnten. So wie Flechett. Er hatte den Eindruck gehabt, als wüsste er etwas. Weshalb Marleen auch gezögert hatte. *Du hast Antworten gewollt. Er hat sie gehabt.*

Wenn sie also lange genug am Leben blieb, um einige der Zielpersonen zu treffen, die Antworten hatten, konnte sie vielleicht das größere Bild erkennen, das dann zum Vorschein kam. Aber dafür musste sie noch viele Ziele ausschalten. Aber eine Überlegung war es schon wert. Sie hatte eine Frage für sich beantwortet, doch viele Neue geschaffen. *Wer sind die wirklichen Ziele? Das gilt es herauszufinden. Vielleicht hat dieser Chang ja Antworten…*

Kapitel 8:
05.43 Uhr marsianische Zeit

»Sie sind da.« Der Lastwagen hielt an und Marleen stieg aus und befand sich sogleich an der erwähnten Skytram–Station. Sie eilte die Treppe hinauf und oben angekommen wartete schon ein Zug auf sie. Im Laufen erkannte sie auf dem Anzeiger, das dieser Zug zum Chen–Tao Bezirk fuhr, was sie einsteigen ließ. Sie setzte sich auf eine freie Bank und sah sporadisch in das Innere des Wagons. Er war gähnend leer. Weit hinten saßen ein paar Jugendliche, die mit Knüppeln und anderen provisorischen Schlaggegenständen offensichtlich vorhatten, zu einem Siedepunkt zu fahren, um dort sich ein wenig austoben zu können. Als sie Marleen erblickten und ihre beachtliche Waffenauswahl sahen, wechselten sie einige ängstliche Blicke miteinander und nach einigem Überlegen mussten sie zu dem Schluss gekommen sein, dass sie in Punkto Bewaffnung mit der eines MPT doch nicht ganz mithalten konnten. Dieser Schluss ermutigte sie, ihre Gegenstände sofort fallen zu lassen und den Wagon umgehend zu verlassen. *Sie hätten sich nur den Tod geholt. Besser so, ganz bestimmt.*

Dieses Schauspiel verfolgend, musste Marleen ein wenig schmunzeln.

»Sehen Sie, niemand kann Ihnen das Wasser reichen«, ergänzte der Operator.

»Das waren nur ein paar Kids, die meinen, sie könnten sich die Unruhen zu nutzen machen, um sich ein wenig zu prügeln. Das ist nicht mal ansatzweise eine Herausforderung. Wo wir gerade dabei sind, wie sieht es mit der Sicherung bei Deptadyne aus.« Auf ihrem Datapad erschien das Gebäude und eine dreidimensionale Blaupause zeigte es in allen Fassetten.

»Sie sehen, dass das Gebäude eher einem Bunker ähnelt, als einem Labor, was Sie sicher schon selbst erkannt haben. Bei diesem Gebäude handelt es sich um ein Safehouse für den Fall der akuten Bedrohung von DeptaDyne Mitarbeitern, die einen bestimmten Level erfüllen. Hier werden nur Experten hineingelassen und das gilt auch für ihre Begleitung. Die komplette Einrichtung ist automatisiert und befindet sich auf dem neuesten Stand der Technik. Geschütztürme in den Wänden und Spinnenroboter an allen Ecken. Chang sollte von einem Trooper schon vor einer Weile ausgeschaltet werden, doch der Trooper versagte. Also zog er sich in das Safehouse zurück. Er hat seine eigene Sicherheitszelle, hier.«

Auf dem kleinen Datapad vergrößerte sich das Bild auf einen kleinen Raum, der sich genau in der Mitte des Gebäudes befand.

»In der Zelle selbst gibt es keine Sicherheitsleute. Genauso wenig wie im ganzen Gebäude. Einige andere Wissenschaftler sind als Vorsichtsmaßnahme ebenfalls dort untergebracht, die haben Sie aber nicht zu interessieren. Sie halten Ihren Arm an das Lesegerät des Eingangs und erhalten Zugriff auf das Gebäude. Nach seinem Eintritt hat Chang sämtliche Verteidigungsanlagen auf passive Abwehr geschaltet. Sie müssen also damit rechnen, im Zielsucher der Verteidigungsanlagen gescannt zu werden. Die Deckengeschütze werden Sie also immer im Visier haben.«

»Klingt ja beruhigend. Soll das heißen, das auch die Spinnenroboter in den Gängen herumlaufen und mir Gesellschaft leisten?«

»So ist es. Solange Sie nichts Unüberlegtes tun, werden Sie in Ruhe gelassen.«

»Und wenn ich etwas Dummes tue, wie zum Beispiel jemanden töte?« Eigentlich war die Frage überflüssig, aber Marleen hatte sie sich nicht verkneifen können.

»Wenn Sie können, versuchen sie Chang aus dem Gebäude zu locken. Sobald er nicht mehr in Reichweite der Sicherheitssysteme ist, können Sie ihn bedenkenlos ausschalten.«

»Und wenn er nicht mitkommen will?«

»Plan B. Weg freischießen. So wie immer.«

»Reizend.« Beide Möglichkeiten schienen nicht gerade hohe Erfolgsaussichten zu haben, aber Marleen wusste, dass mit vorangehender Zeit der Schwierigkeitsgrad deutlich stieg. Der Operator wusste, was er ihr zutrauen konnte und was noch nicht. Und wenn sie sich gut machte, bekam sie das nächste Ziel, das wieder besser gesichert war. Für den Operator war es wichtig, jemanden zu haben, der fähig war, die Aufträge zu erfüllen. Die kleinen, wie auch die großen. *Immer höher hinaus. Es wird immer schwieriger. Und irgendwann…*

»Was passiert eigentlich, wenn ich scheitere und sterbe? Bekommen Sie dann einen neuen Trooper zugeteilt, den Sie dann wieder durch die Stadt hetzen können?« Einen Gedankenblitz später hatte sie das Überlegte auch schon ausgesprochen.

»Das kann ich Ihnen nicht sagen.«

»Sie sagten, das Ihnen die Ressourcen ausgehen, also ist jedem Operator ein Trooper zugeteilt worden.«

»So mag es sein.«

»Also, wenn ein Trooper getötet wird, hat sein Operator keine Aufgabe mehr. Zumindest nicht für den Moment.«

»Ich werde dann eine andere Aufgabe zugeteilt bekommen. Sie denken doch nicht, dass wir so rational denken und jeder Operator, der keinen Trooper mehr hat, einfach einen Neuen bekommt. Wir verfügten von Anfang an nur über begrenzte Ressourcen.«

»Jeder Operator wurde einem bestimmten Trooper zugeteilt?«

Schweigen.

Also hast du voll ins Schwarze getroffen.

»Sie sind also von Anfang an mir zugeteilt worden? Man hat Ihnen meine Laufbahn gezeigt und wozu ich während der Ausbildung fähig war und dann haben Sie gesagt, das Sie sich um mich kümmern wollen? Sie Glücklicher.« Marleen wusste um ihrer weiblichen Züge. Sie wusste, das sie attraktiv und ein schöner Anblick war. Oft genug hatten es angehende Trooper auf der Akademie sie wissen lassen. *Kannst ja froh sein. In Wirklichkeit bist du nur deswegen rekrutiert worden.*

Innerlich lächelte sie, als sie realisierte, was das bedeutete.

»Sie sitzen also auf Ihrem Stuhl so lange, wie ich am Leben bin. Und wenn ich in drei Tagen immer noch unter den Lebenden weile, sind Sie immer noch für mich verantwortlich. Macht es Sie nicht ärgerlich, das andere Operator schon fertig sind mit Ihrer Aufgabe und Sie immer noch da sitzen und mich herumkommandieren müssen?«

»Es ist mein Job, ich wusste worauf ich mich eingelassen habe, als ich den Auftrag annahm.« *Sicherlich. Ganz bestimmt.*

Mit dieser Antwort hatte sie gerechnet. Er hatte Recht. Es war für Marleen nichts Persönliches, all diese Aufträge zu erfüllen und ebenso war es für den Operator nichts Persönliches sie durch die halbe Stadt zu jagen. Es war halt der Job.

»Es ist meine Aufgabe, Sie lebend durch diese Nacht zu bringen und Ihnen bestmögliche Hilfestellung zu geben. Damit Sie Ihre Aufträge erledigen können.«

»Denn wenn nicht, ist Ihre ganze Operation gescheitert.« Sie wusste, was für Credits und was für ein technologischer Aufwand benötigt wurde, um so etwas abzuziehen. Eigentlich wusste sie es nicht, aber sie ahnte, das es gigantisch sein musste. Wenn die Operation scheiterte, würde der Operator sicher auch zu den Leuten gehören, die sich dann warm anziehen mussten. Aber das war nicht ihr Problem.

»Es ist die nächste Station, Sie verlassen den Bahnhof und ich sage Ihnen auf der Straße wie es weitergeht. Kümmern Sie sich nicht um meine Probleme, auch wenn ich das zu schätzen weiß.« *Du willst ihn eben auch ein bisschen kennenlernen.* Es waren nicht ihre Probleme, aber Marleen wollte trotzdem wissen, was werden würde, wenn sie nicht mehr war. Die Antwort war einfach. Der Operator würde seine Verbindung unterbrechen, von seinem Stuhl aufstehen und gehen. Und ganz sicher würde er sich nicht umdrehen und zu dem Terminal zurück blicken, an dem er die letzten Stunden von Marleens Leben hatte vorbeiziehen sehen.

Frage beendet. Nächster Auftrag für den Operator. Doch dazu wollte es Marleen nicht kommen lassen. Wenn sie schon durch die halbe Stadt gehetzt wurde, sollte sich der Operator ruhig auf seinem Stuhl langweilen. Er war also doch von ihr abhängig. Auch wenn sie nicht wissen konnte, ob es aufregend war, als Operator stundenlang auf einem Stuhl zu sitzen oder ob es ihn anödete. Wenngleich Marleens Anblick auf all den Überwachungskameras doch eine Ermunterung sein musste. *Er hat mit dir definitiv das bessere Los gezogen. Das steht fest.*

Sie stand auf und trat zum Eingang, legte ihre Hand auf das Lesegerät und ihrem Biochip wurden die Credits berechnet. Draußen war es angenehm kühl und sie blickte sich auf dem Bahnhof um. Gähnende Leere zeichnete sich ab, an einer Ecke sah sie einen zerstörten Säuberungsroboter, aus dem eine kleine Rauchfahne emporstieg. Ein paar Schüsse erklangen von irgendwo unter ihr in einiger Entfernung. Es war also durchaus kein so ruhiger Bezirk, wie sie anfangs erhofft hatte.

»Gibt es in diesem Bezirk schon Unruhen?«

»Nur wenige. Separatisten sind hier nicht die Mehrheit, aber es gab wohl einige Übergriffe von Aufständischen auf Konzerngebäude. Sonst finde ich keine Einträge.« Ein Pulk Asiaten kam in diesem Moment die Treppe hinauf und sie traten an Marleen vorbei und gingen ohne sie weiter zu beachten in den Skytram. Sie ihrerseits verließ die Station und betrat den Chen–Tao Bezirk. Die Treppe hinunter rennend betrachtete sie unzählige Neonreklametafeln, die alle eines gemeinsam hatten. Marleen verstand nicht, was auf ihnen stand. *Jetzt nimmt man dir schon dein Entertainment. Eine Frechheit.*

Die Tafeln glitzernd und leuchtend zogen Marleens Blicke einen Moment zu sich. Dann sah sie schnell wieder von ihnen nach vorn, zu der Szenerie, die sich ihr offenbarte. Entgegen ihrer Erwartung war es ungewöhnlich lebendig hier auf den Straßen. Gleich unter dem Bahnhof befand sich ein offener Markt und zahlreiche Stände und Händler boten offensichtlich jederzeit hier Waren an. Während sie am Fuß der Treppe stand und dem Getümmel einen Moment zusah, näherte sich ihr ein Fahrrad, das nur knapp an ihr vorbei eilte. Der Fahrer rief etwas auf Chinesisch, dann war er in der Menge verschwunden. Sich daraufhin umsehend, erkannte sie, dass sie auf der Spur für Zweiräder stand und entschied sich dafür, in den Markt hineinzugehen.

»Sie sagen einfach, wenn ich falsch gehe.«

»Sie müssen den Markt durchqueren und dann sehen Sie es auch schon. Es ist sozusagen nicht zu übersehen.«

»Seltsam ein Safehouse gleich neben einer belebten Gegend aufzubauen.«

»Müssen Sie mir nicht sagen. Aber sie werden schon ihre Gründe haben.«

»Ich frage Chang einfach, der wird es bestimmt wissen.«

»Aber halten Sie sich nicht zu lange auf.«

Ein Geruch, der ungewohnt und zugleich schmackhaft war, zog in ihre Nase und sie warf einen Blick auf den Stand, von dem er ausging. Ein Händler bot hier selbstgemachte Speisen an und wenn man sich in letzter Zeit nur von Synthetik–Nahrung und Proteinen ernährt hatte, war es glatt eine Versuchung, seine Angebote zu kosten. *Hättest du jetzt Hunger, dann wäre das genau das Richtige. Lecker.*

Sie sah einen Moment auf das reichhaltige Angebot und entschied sich dafür, dass sie im Moment keinen Hunger hatte. Einige Kunden drängelten sich an ihr vorbei und der Verkäufer schien auch ohne sie gute Geschäfte zu machen. Der Operator erkannte ihren Gedanken.

»Schon wieder Appetit?«

»Es riecht verlockend.«

»Wenn Sie meinen.«

»Aber diesmal spare ich Ihnen die Credits.« *Muss wirklich nicht sein.*

Damit schritt sie weiter und ließ den Stand hinter sich zurück. An einem weiteren Stand war ein Mann gerade damit beschäftigt, aus seinem Transporter einige Hühner auszuladen. *Es gibt also doch Hühner auf dem Mars.*

Als der Mann sich herumdrehte und Marleen dort stehen sah, schien er ein wenig verlegen zu wirken. Der Gesichtsausdruck, den er aufsetzte, reichte ihr, damit sie wusste, dass es sich um geklonte Hühner handelte. *Er denkt wohl, du willst seine Lizenz sehen.* Für geklonte Tiere brauchte man eine, trotzdem waren sie in der Anschaffung billiger. Originale waren teurer, aber man brauchte keine Lizenz, jedenfalls nicht für die Herkunft, beziehungsweise das Labor. Also verkaufte man sie unter der Hand oder eben auf Risiko. Aber immerhin musste er seinen Lebensunterhalt auch verdienen. *Du bist nicht hier, um seine Existenz kaputtzumachen. Lass ihn in Frieden. Er hat es so schon hart genug.* Sie lächelte dem Mann zu und er nickte nur, hatte die Geste verstanden, dann machte er sich wieder an seine Arbeit und Marleen zog weiter.

Ein anderer Verkäufer riss einen Schutzvorhang von einigen Kisten und in den Käfigen, die darunter lagen, flogen einige weiße Tauben wie wild umher.

Oft hatten diese Menschen nicht mehr als einen kleinen Transporter, einen Platz auf einem offenen Markt und ein kleines Zimmer irgendwo. Doch die Arbeit, die sie an den Tag legten, war oft hart genug, das hatte Marleen schon bei einigen Razzien auf solchen Märkten erkannt.

Konzerne auf der einen Seite und die kleinen Tagelöhner auf der anderen. Die einen hatten immer genug und die anderen nie. *Leben auf dem Mars.*

Zwei große Männer mit verschränkten Armen und offensichtlichen Cyberimplantaten kamen auf sie zu und drängelten sich an ihr vorbei. Sie mussten zu einer ortsansässigen Bande gehörten, die der Unruhen wegen durch die Straßen zogen und ihren Bezirk kontrollierten. Zu den kybernetischen Armen kamen noch einige Handfeuerwaffen und sicher waren sie von Marleens Auftreten in Kenntnis gesetzt worden. Ein MPT, der seine Wurzeln nicht in diesem Bezirk hatte. *Du fällst einfach zu schnell auf.* Hier noch viel mehr, als in anderen Bezirken. Sie sah zu einer Neonreklame, die auf einem Geschäft stand und dort erkannte sie gerade noch einen Mann, der sie zu beobachten schien. *Richtig also. In diesem Bezirk schlief man also auch nicht.* Doch solange Marleen niemanden durch Aktionen beunruhigen würde, konnte sie lebend und ohne Blutvergießen zu dem Safehouse kommen.

»Man beobachtet mich, können Sie seine Comm–Frequenz hacken?«, fragte sie den Operator.

»Sollte kein Problem sein. Einen Moment.« Sie warf dem Mann auf dem Dach einen verächtlichen Blick zu und schritt dann weiter. An einem weiteren Stand und an den Menschen vorbei, sah sie weiter hinten in der Menge zwei weitere Männer, die den eben begegneten sehr ähnelten. Angesichts ihrer begrenzten Kontakte mit der chinesischen Bevölkerungsgruppe konnte sie so manche Leute nicht voneinander unterscheiden, sofern sie nur einen kurzen Moment Zeit gehabt hatte, um sich ihre Gesichter zu merken. Sie sah genauer hin und war sich jetzt erst Recht sicher, das eben jene beiden ihr eben schon nahe gekommen waren.

»Die gehören zu einer ortsansässigen Bande, den Fuh–Long Dragons. Die haben hier ganz in der Nähe einen Nachtclub und ihre Lizenzen für Sexdroiden sind wohl nicht die Allerneuesten. Weswegen sie wohl nervös sind. Lassen sie die Männer in Ruhe, dann passiert Ihnen nichts.«

»Sie haben leicht reden, die Jungs hängen mir ganz schön am Rockzipfel. Muss ich sie loswerden, bevor ich das Safehouse betrete?«

»Sie müssen nicht, denn bedenken Sie, dass nur Ihnen Zutritt gewährt ist. Die automatischen Geschütze mögen Unbefugte nicht so gerne.« Die Sicherheitssysteme würden außer Marleen niemanden in das Gebäude lassen, weswegen sich die Gefahr der Fuh–Long Dragons gerade oder zumindest sobald sie das Gelände des Safehouses betrat, von selbst erledigen sollte. *Mal sehen, ob sie dumm genug sind, dir in den Radius der Geschütze zu folgen.*

Als sie den Markt verließ und eine weitere Straße vor sich hatte, erkannte sie das Gebäude. Ähnlich ihrer Vermutung und der gesehen Aufnahmen wirkte es wie ein Bunker. Sie sah über einem Doppeltor zwei automatische Geschütze sirrende Bewegungen ausführen und es wurde ihr unwohl bei dem Gedanken sich auf Gedeih und Verderb diesen Geschützen für einen Moment auszuliefern. Aber eine Wahl hatte sie trotzdem nicht.

Chang würde das Gebäude kaum von sich aus verlassen, es sei denn es würde in ihm ein Verlangen nach frischer Luft laut. Doch frische Luft war auf dem Mars auch nicht gerade die perfekte Beschreibung für die vorhandene Atmosphäre. Da Marleen von Anfang an mit dieser Luft groß geworden war, hatte sie sich daran gewöhnt, doch die Geschichten von wirklich sauberer Luft, die man ihr erzählt hatte, klangen verlockend.

Ein Taxi fuhr gemächlich an ihr vorbei, sie wartete noch auf einen Kleintransporter, der sogleich abbog und auf den Markt zusteuerte, dann überquerte sie die Straße mit schnellen Schritten. Sie atmete tief ein und trat selbstsicher in den Scanbereich der Autogeschütze. Sofort zog eines der Geschütze auf sie und eine automatisierte Stimme ertönte.

»Bleiben Sie stehen. Scanvorgang läuft.« *Das sind die Momente, die am wenigsten gefallen.*

Einige Passanten sahen zu ihr und andere warteten wohl auf das Aufblitzen der Geschütze, doch es geschah nichts. Die kleine Kamera unterhalb der Mündung des Geschützes scannte Marleen und als ein paar Sekunden vergangen waren, ertönte ein Piepen und das Doppeltor schwang auf.

»Zutritt gewährt.« Sie sah noch einmal hoch zu den Geschützen, die wieder umschalteten auf ihren normalen Scanmodus und Marleen nicht weiter beachteten.

Ihr Blick glitt in den grauen Eintrittsbereich des Safehouses, als sie durch die Tür hindurch trat. Kaum war sie über die Schwelle in das Gebäude eingedrungen, als sich die große Tür auch schon wieder schloss. Hier stimmte die Sicherheit wirklich. Im Eingangsbereich leuchtete ein Monitor vor sich hin und drei Gänge führten zu jeweils drei Sektionen des Gebäudes. Marleen trat an den Monitor heran, während sich dieser von selbst aktivierte und etwas auf Chinesisch anzeigte. Als sie auf den Monitor sah, konnte sie keinen Schriftzug erkennen, den sie verstand.

»Miles Chang«, sagte sie in der Hoffnung es würde ausreichen. Sie wartete einen Moment und strich sich die Haare hinter die Ohren, bevor sie sich mit der Hand einmal durch ihren Pferdeschwanz fuhr. *Sprechen die nur Chinesisch hier?*

Als sich vor ihr eine kleine Luke öffnete und ein Dienstdroid aus einer versteckten Kammer empor fuhr, wusste sie, dass der Monitor mit einer Spracherkennung ausgestattet war und er ihre Frage verstanden hatte. Der kleine Dienstdroid stand dort und als Marleen einen Schritt auf ihn zuging, fuhr dieser an und steuerte geradeaus auf den mittleren Gang zu. Sie sah dem Droiden einen Moment nach, bis er anhielt, da er offenbar erkannte, dass sie ihm nicht folgte.

»Na gut, ich komme ja schon. Keine Hektik«, sagte sie eher zu sich selbst. Sie trat an den kleinen Droiden heran, der jetzt seine Fahrt fortsetzte und fast geräuschlos die kahlen Fliesen entlang fuhr, die hier im Foyer den Boden schmückten. In den Gängen selbst war ein teuer wirkender Teppich die Ausstattung, die den hier untergebrachten Technikern ein Gefühl von Willkommen sein vermitteln sollte. Abgesehen vom Teppich wirkten die Gänge aber eher kahl. Vielleicht waren die Wohnungen ein wenig edler ausgestattet, aber im Gegensatz zum Florisson war das hier nur eine Absteige. Sie sah ein paar Türen an und wartete darauf, dass der Droide hielt. Ein metallisches Geräusch, wie das von kybernetischen Beinen erklang und ein Spinnenroboter erschien hinter einer Ecke, sein Kopf mit dem aufmontierten Maschinengewehr schwang zu Marleen, dann spazierte er mit ruhigen Schritten auf sie zu, hob kurz seinen Torso an, als Marleen an ihr vorbei schritt. *Verschwinde, Blechhaufen.*

Ihr Herz schien beinahe davon rennen zu wollen, so raste es, doch der Spinnenroboter senkte seinen Torso wieder und ging weiter. Sie sah ihm noch einen Moment hinterher, bis er hinter ihr verschwunden war. An einer Deckenaufhängung hing ein weiteres Autogeschütz und suchte den Bereich akribisch nach Bedrohungen ab. Für den Moment zählte Marleen nicht dazu, doch wie sie nach vollführtem Auftrag aus dem Gebäude kommen wollte, war ihr immer noch ein Rätsel. Denn spätestens wenn Chang tot am Boden lag, hatte sich ihr Status in diesem Gebäude geändert. *Das kann ja was werden bei all den Geschützten und Bots. Schaffst du ja nie.*

Der Droid kam vor einer großen Tür zum Stehen und drehte sich auf der Stelle herum. Marleen sah die Tür einen Moment an und dann öffnete sie sich mit einem leisen Sirren. Ihre Hand tippte auf der CX hin und her, als sie zögernd in den Raum eintrat. Ihre Augen suchten sofort die Decke und die Ecken nach vorhandenen Sicherheitssystemen ab, doch sie konnte keine Luken erkennen, aus denen im Notfall Geschütze oder Ähnliches auf sie einschwenken konnten. *Haben diese Räume völlige Immunität gegenüber den Gängen oder waren die Geschütze und Spiderbots so gut versteckt, das du keine Chance hast, sie ausfindig zu machen?*

Sie wusste es nicht.

Im Zimmer selbst hingen seidene Vorhänge an den Wänden und Bilder mit Schriftzeichen füllten ehemals karge Stellen. Es gab eine kleine Ecke, in der ein Weihrauchbehälter stand und in dem einige Stäbchen vorhanden waren. Marleen kannte sich mit chinesischen Traditionen nicht aus, hatte aber immer vorgehabt, das einmal nachzuholen. Ein leichter Rauch entkam dem Behälter und als sie einen Moment ihren Blick auf ihm verhielt und seine Funktion nicht erklären konnte, erkundete sie den Raum weiter. Die Tür hinter ihr verschloss sich und Marleen hatte das Gefühl, das sie ein Geräusch wie das einer Verriegelung gehört hatte. Ob das nur standardmäßig der Fall war oder sie eine unangenehme Überraschung erwartete, konnte sie nicht sagen. Vielleicht war es auch bloß eine Irritation ihrerseits gewesen. *Du hast ein Klicken gehört, ganz bestimmt.*

Die Schriftzeichen ansehend, schritt sie in dem Raum umher und war einen Moment fasziniert von seinem Ambiente, das für sie völlig neu war. Marleens Familie hatte zwar mongolische Herkunft, aber dennoch hatte sie sich mit dem Wenigem, was sie an asiatischem hatte, nicht weiter beschäftigt. Sie wusste nur, dass vor einigen Generationen ein Mongole unter ihren Vorfahren war. Auf Terra musste das gewesen sein. Nach einer Weile auf dem Mars konnte man seinen Ursprung schon vergessen. Vor allem wenn man selber nie auf Terra auch nur einen Schritt getan hatte.

Der Name war danach einfach in der Familie geblieben. Ein wenig sah man Marleen an, das sie etwas Asiatisches hatte, aber das war Vergangenheit und Marleen hatte sich nie damit auseinandergesetzt. Lediglich ihre Augen konnten einem Kenner etwas verraten.

Ein großes Bild mit einer exotisch aussehenden Landschaft fesselte sie einen Moment und sie fragte sich, ob es ein künstlich angelegtes Terrain war oder möglicherweise auf der Erde die Heimat von Chang darstellte. Sie trat näher an das Bild heran und jetzt erkannte sie, das der Wasserfall auf dem Bild sich bewegte und das Wasser sprudelnd in den Fluss darunter ergoss. Zwei Vögel flogen durch das Bild und bei noch genauerem Hinsehen konnte sie sogar die Äste der Bäume sich von Windböen bewegen sehen. *Changs Zuhause, vielleicht.*

»Sie waren noch nicht auf der Erde?« Miles Chang hatte soeben den Raum betreten. Aufgeschreckt von seiner Präsenz sah sie zu ihm und er stand in einem Outfit vor ihr, das nicht danach aussah, als hätte er in nächster Zeit vor, das Gebäude zu verlassen.

»Nein, ich bin ein reines Marskind. Aber vielleicht eines Tages«, entgegnete sie, während sie von Miles wieder zurück auf das Bild sah.

Miles hingegen sah Marleen weiter an, als würde er sie mustern. Sie erkannte es aus ihrem Augenwinkel. Es machte sie ein wenig nervös. Es schien beinahe als wüsste er, was gerade vor ihm stand und das Marleen nicht zu seiner Sicherheit hier war.

»Sie wollen zur Erde?«, fragte er, während er sich an einen edlen Tisch setzte, auf dem zahlreiche Figuren mit Schwertern und anderen skurrilen Waffen standen. Diesmal schwieg sie.

»Hm, Mhm«, grummelte er nur als Antwort. Er saß hinter seinem Tisch und schien den Blick nicht von Marleen zu lassen. Es zog an ihren sowieso schon angekratzten Nerven.

»Was sehen Sie mich so an?«

»Ich hatte jemand anderes erwartet.« Sein Gesichtsausdruck zeigte ein leichtes Lächeln.

»Jemand anderes?«

»Ich dachte, dass jemand, der es fertig gebracht hat, die ganze Nacht zu töten und es immer geschafft hat, davonzukommen, anders aussieht. Nicht so… jung wie Sie.«

Verdammt. Er weiß es. Tu was.

Ihre Folgereaktion war sofort und blitzschnell. Sie riss die CX aus ihrem Halfter heraus und schoss. Ein Vase hinter Chang wurde noch im aufkeimen des Nano–Boosts in tausend Teile zerrissen, doch Chang rührte sich keinen Millimeter. *Die Kugel muss doch direkt durch ihn durchgegangen sein. Außer. Scheiße…*

Dann realisierte sie. Ein Hologramm.

Sie schnellte herum und wartete auf das Auftauchen von Spiderbots oder den Geschütztürmen. Wenn er es wusste, dann musste sich jeden Moment die Tür hinter ihr öffnen und ein Spiderbot mit blitzendem Maschinengewehr den Raum betreten. *Wo bleiben sie den? Das kann es doch noch nicht gewesen sein? Kein Alarm? Keine Aufblitzenden Mündungen? Kein Stirb Marleen Shou?*

Sie wartete. Die wenigen Sekunden, die verstrichen waren, schienen beinahe ewig anzudauern. Doch nichts passierte. Ihr Herzschlag ging schneller. Steigerte sich zu einem Stakkato, wie das Rattern eines ihrer Sturmgewehre. Ihren Blick auf die Tür gerichtet, halfterte sie die CX wieder und griff zum MR–15. Sie kniete sich hin und zielte auf die Tür, aus der sie die drohende Gefahr erwartete. *Gleich. Sie werden dich nicht kriegen.*

Dann begann das Hologramm zu sprechen.

»Ich gratuliere Ihnen. Sie haben mich getötet. Sie werden sich wundern, warum ich Ihnen dafür gratuliere. Nun, bevor ich Ihnen erkläre, was Sie hier sehen, muss ich Ihnen mitteilen, das Sie eingesperrt sind. Die Tür hinter Ihnen hat sich nach Ihrem Eintritt verschlossen und wird sich erst nach Abschluss dieser Mitteilung an Sie wieder öffnen. Ebenso haben Sie keine Möglichkeit, sich nach außen zu verständigen. Das komplette Gebäude ist vollkommen isoliert und abgeschirmt. Sie sind also allein und können momentan nichts tun, außer mir zuzuhören. Ihr stiller Auftraggeber wird ebenfalls nicht in der Lage sein, Sie zu verständigen, aber falls Sie mir nicht glauben, können Sie es gerne versuchen.« Er schwieg einen Moment und sah Marleen an. *Nicht schon wieder.*

»Operator? Operator, können Sie mich hören?« Sie rechnete nicht damit, das Chang log. Was er demnach auch nicht tat. Der Operator konnte sie wirklich nicht hören.

»Gut, nachdem Sie sich jetzt also eingehend davon überzeugt haben, das Ihre Kommunikationsmöglichkeiten unbrauchbar und das Sie de facto meine Gefangene sind, lassen Sie mich erklären, warum ich Ihnen diese holografische Botschaft hinterlasse. Sie sind hier, um mich zu töten, was Sie wohl auch getan haben. Mit Ihrem Eintritt in meine Gemächer haben Sie einen gespeicherten Ablauf ausgelöst, der diese Nachricht an Sie weitergibt.« Marleen sah auf das Hologramm und wusste, dass sie gefangen war. Aber auch, dass dieser Mann etwas mit ihr teilen wollte. *Anderenfalls hätte er sich wohl kaum die Mühe an all dem gemacht.*

»Wer Sie sind spielt keine Rolle. Sie wurden heute Nacht entführt und sind mit einem Halsband aufgewacht. Nach Ihrer Wiedergeburt sagte man Ihnen, dass Sie Ihre Aufträge zu erledigen haben, sonst… Ich hatte heute Nacht schon einige Begegnungen mit manipulierten Angehörigen des Corps, die mir klar gemacht haben, dass ich verschwinden muss. Und deshalb habe ich mich entschieden, dem entgegenzusehen und meinen lange auserkorenen Fluchtplan in die Tat umzusetzen. Denken Sie nicht, dass Sie eine Möglichkeit haben, mich zu finden. Wenn nicht mal Ihr Operator von meiner Flucht etwas mitbekommen hat, wird es Ihnen noch weniger gelingen.« Sein Zeigefinger zeigte auf Marleen und Sie nickte nur, nicht wissend, ob er in diesem Moment eine Übertragung dessen, was hier passierte, mitverfolgen würde.

Ein Monitor fuhr aus dem Tisch heraus, schaltete sich an und Marleen sah einen Mann, der ihr vollkommen unbekannt war.

»Das ist General Maxim Alenius. Er ist der befehlshabende Offizier einer Militärbasis nahe der Stadtgrenzen und hat vor einiger Zeit einige extravagante Projekte bei uns in Auftrag gegeben. Nun, ich will Sie nicht mit technischen Details langweilen, deshalb komme ich gleich zum Wesentlichen. Ich arbeitete zusammen mit einigen anderen Wissenschaftlern bei DeptaDyne an einigen dieser Projekte, ebenfalls waren Leute bei NarcoTek an anderen streng geheimen Entwicklungen für die MFA beteiligt. Es ging hierbei um mehrere projektillose Waffensysteme und Schwebepanzertechnologien. Wir haben in äußerster Diskretion zueinander gearbeitet. Ein Mitarbeiter bei NarcoTek namens Viktor Flechett ist mit verantwortlich für die Überwachung der Projekte bei NarcoTek, aber er war heute Nacht eines der ersten Ziele. Sie werden sich fragen, warum solche Experimente so wichtig sind, dass manche Leute alles tun, um sämtliche Beweise ihrer Existenz zu vernichten. Das kann ich Ihnen nur begrenzt sagen.« Das Bild wechselte und eine Vogelperspektive eines großen MFA Stützpunktes kam ins Bild.

»Das ist das Cyrus Valley Militärlager unter dem Kommando von General Alenius. Die ersten Prototypen einiger Waffen werden dort zu Testzwecken aufbewahrt und der General genießt genug Vertrauen seitens der TFC, das Sie ihn freie Hand haben lässt. Zahlreiche Männer und Frauen, die heute Nacht von Ihnen und anderen MPTs ausgeschaltet wurden, sind für die Entwicklung dieser Waffen verantwortlich. Wer immer also dahinter steckt, will entweder die Waffen besitzen, um seine eigenen Ziele auf dem Mars durchzusetzen, sozusagen als Druckmittel für jedwede Opposition oder aber dieser unbekannten Partei ist es nur daran gelegen, dass die Waffen und alle Spuren ihrer Existenz zerstört werden. Was von beiden Optionen zutrifft, kann ich Ihnen nicht sagen, wie gesagt, dafür bin ich nicht gut genug informiert. Sie aber können dieses Rätsel lösen, wenn Sie gut genug sind. Und dass Sie es bis hierher geschafft haben, sagt mir, das Sie gut sind. Ihre Reise wird Sie also bis nach Cyrus Valley führen. Ob man Sie dorthin schicken wird, um Alenius zu töten oder aber, ob er der Drahtzieher ist, werden Sie alleine herausfinden müssen. Der Stützpunkt ist einer der bestbefestigten auf dem Mars. Sie sollten also gewarnt sein. Alenius kann Antworten haben, aber möglicherweise ist er lediglich ein weiteres Ziel, was heute Nacht auf Ihrer Liste landen wird. Ich kann es Ihnen nicht sagen. Sollten Sie eine unserer Waffen in die Hände bekommen, dann wünsche ich mir, dass Sie denjenigen, der für all das verantwortlich ist, finden und ihm eine unserer Errungenschaften persönlich präsentieren. Ich wünschte, ich könnte Ihnen all das persönlich mitteilen, aber meine Flucht ist wohl erforderlich, damit Sie erfolgreich sein können. Ich vertraue Ihnen all das hier an, weil ich weiß, dass Sie, genauso wie ich, nur benutzt werden. Wir haben beide keine Wahl. Sie nicht und auch ich nicht. Deshalb wünsche ich mir nur, das Sie alles in Ihrer Macht stehende tun, um erfolgreich zu sein.« Ein letztes Mal machte er eine Pause. Seine letzten Worte drangen in Marleen ein.

»Wir werden uns nicht wiedersehen.«

Dann sah er nach unten und das Hologramm schaltete sich ab. Es ließ Marleen allein in ihren Gedanken zurück.

Ohne dass ihr ein Spiderbot oder ein Geschützturm Schwierigkeiten machen würde, hatte sie die Möglichkeit, das Gebäude zu verlassen. Doch als sie die Tür hinter sich ansah, war ihr noch nicht danach zu gehen. Dieser Mann hatte ihr einen Hinweis hinterlassen, damit er sich an denen, die ihm nach dem Leben trachteten, würde rächen können. Hätte er Alarm ausgelöst, würde Marleen jetzt tot am Boden liegen. Jemand anderes hätte ihren Platz eingenommen. So wie Chang es schon widerfahren war. Versagte ein Trooper, folgte der Nächste. Marleen war bloß die Letzte in der Reihe gewesen. *Das Ende der Straße für Chang.* Die Hintermänner des Operators ruhten nicht, ehe sie die Ziele, die sie für notwendig erachteten, ausgeschaltet hatten.

Und wenn Alenius hinter allem steckt? Wenn er der Drahtzieher ist und alle ausschal-

tet, um alleinige Kontrolle über diese neuen Waffen zu haben? Selbst seine eigenen Verbündeten? Aber wofür?

Na klar. Wenn er das Monopol auf neue Militärprodukte an sich gerissen hat, dann wird er zum alleinigen Herrscher über das System. Und der Mars zum neuen dominanten Planeten. Das muss es sein!

Nun war Marleen ihm einen Schritt voraus. Sie wusste, worum es ging. Sie konnte nun also eingrenzen, welche Ziele nur Mittel zur Verwirrung waren und welche wirklich mit der Sache zu tun hatten. Wenn sie aus dem Gebäude kommen würde, war der Operator wieder bei ihr, doch für den Moment war sie allein. Zum ersten Mal seit ihrer Entführung wusste sie, dass niemand hier war, der ihr zuhören würde, der ihr Befehle gab oder jederzeit ihrem Leben ein Ende machen konnte. Theoretisch konnte er sicher den Schalter umlegen und sobald Marleen aus dem Gebäude kam und wieder empfangsbereit war, würde sie das Signal einholen. *Kaboom.*

Doch für den Moment war sie sicher. *Bleib doch hier. Sitz es einfach aus. Du hast heute Nacht genug gemordet. Sollen andere an deiner Stelle weiter machen.*

Chang war untergetaucht. Jemand mit seiner Stellung und seiner Position konnte sich überall verstecken. Er hatte Recht. Sie würden sich nicht wiedersehen, es sei denn, er würde es als notwendig erachten. Ihn ausfindig zu machen, war reine Zeitverschwendung.

Sie hätte ihm eine Chance geben sollen, doch die Ereignisse der Nacht und das Treffen mit Flechett, was ähnlich abgelaufen war, hatten sie vorsichtiger gemacht. Obwohl sie instinktiv froh war, ihn nicht erschossen zu haben. *Denk an Flechett. Du hast bei ihm nicht reagiert und es hat eine Menge mehr Menschenleben gekostet, ihn am Spaceport abzufangen. Deswegen hast du geschossen.*

Sie hatte aus Reflex gehandelt, weil sie das Auslösen des Alarms verhindern wollte. Die Angst, einen weiteren Kampf mit Spiderbots und Geschütztürmen überstehen zu müssen, war in ihr zu tief begraben, als das sie ihre Enttarnung nicht einfach so hätte akzeptieren können. Ihr Kopf sagte, dass sie richtig gehandelt hatte, doch ihr Herz sagte etwas anders. Es sagte das Gegenteil. *Du hättest ihn getötet. Er, der dir wirklich hat helfen wollen.*

Sie hatte gehandelt, wie sie es heute Nacht gelernt hatte. Der Operator hatte aus ihr eine Killermaschine gemacht, die nur an sich selbst dachte und andere Leute nur zum Zweck des eigenen Überlebens nutzte. Chang hatte es verstanden. Er wusste, dass wer immer das Zimmer betreten, nicht zögern würde. Aber er wusste, dass niemand von seiner Flucht etwas mitbekommen hatte. Der Operator hatte es nicht. Also würde er es auch nicht erfahren. Und dafür gab sie ein Versprechen an Chang. Das Marleen hinter das Geheimnis der Operator kam.

Und sie war diejenige, die mit dieser Bürde nun entlassen wurde, um den Operator zu finden und ihn zur Strecke zu bringen. Selbst wenn es bedeuten würde, einen Stützpunkt der MFA im Alleingang zu stürmen. *Na und? Kleinigkeit. Nach allem, was heute Nacht schon hinter dir lag, war das nur eine geringe Erhöhung des Schwierigkeitsgrades.*

»Ich werde es schaffen, das verspreche ich Ihnen«, flüsterte sie in den Raum hinein, drehte sich herum und trat zum Ausgang des Raumes.

Als die Tür sich öffnete und sie hinaustrat, wusste sie, das sie einen Sieg errungen hatte. *Eins zu Null. Aber mit Kailen und den Anderen am Leben ist das heute Nacht sogar schon dein zweiter Sieg. Bist auf dem richtigen Weg, Kleines.*

Was nicht bedeute, dass sie schon am Ende ihrer Reise angekommen war, aber es bedeute, dass sie einen Anhaltspunkt hatte. Und tief im Inneren wünschte sie sich, einige der neuen Waffen, die in Cyrus Valley lagerten, in die Finger zu bekommen.

Ein Spiderbot kam neben ihr zum Stehen, sah sie an, scannte sie und verhielt dann neben ihr. Er schien keine böswilligen Absichten zu hegen. Den Gang hinunter gehend folgte er ihr gemächlich. *Ein Wachhund, der die Besucher des Herrchens noch zur Tür geleitet. Wie nett.* Obwohl es ihr sehr verdächtig vorkam. Sie sah noch einmal zu ihm hin, als sie um eine Ecke bog und wieder in der Eingangshalle des Safehouses stand. Ein weiterer Spiderbot schritt auf seinen metallenen Füssen heran und würdigte sie nicht mal mit einem kurzen Aufblinken seiner Sensoren. Irgendetwas an dem, der ihr folgte, war anders. *Unsinn, du bist bloß paranoid. Umso länger und härter die Nacht wird, umso mehr fängst du an zu spinnen. Siehst schon Dinge, die gar nicht da sind.*

Sie schüttelte kurz den Kopf, trat dann zum Ausgang des Gebäudes durch die Doppeltür hinaus in die Straßen. Das sofort einsetzende Neonlicht hatte sie wieder zurück, was sie nach oben blicken ließ. Am Nachthimmel sah sie einen der Monde des Mars. *Phobos vielleicht?*

Als sie ein metallisches Klappern hinter sich hörte, raste ihr Kopf sofort herum und sie hatte aus Reflex ihre Hand an den Halfter gelegt. Der Spiderbot stand im Eingang der Tür und war immer noch nicht von ihr losgekommen.

»Was wird das denn?«, fragte sie ihn.

»Haben Sie mich gefragt?« ertönte die verzerrte Stimme des Operators aus dem Inneren ihres Comms.

»Die Ruhe war so angenehm ohne Sie.«

»Das habe ich mir gedacht.«

»Wussten Sie, das ich da drin auf mich gestellt bin?«

»Ja, aber warum es ihnen sagen? Sie hätten sich wieder unnötig Sorgen gemacht. Auftrag?«

»Erledigt.« *Das erste Mal das du lügst. Scheiß was drauf.*

»Und der Spiderbot?«

»Ich weiß nicht, er macht mich nervös. Mit Ihnen hat es nichts zu tun?«

»Nein, ich habe keine Zugriffsmöglichkeiten auf die Sicherheitssysteme von DeptaDyne.«

»Sie können mal etwas nicht hacken? Welch angenehme Neuigkeit.«

»Lästern Sie nicht.«

Der Spiderbot drehte sich herum und verschwand in dem Gebäude, indem sich Marleens Schicksal ein wenig gewandt hatte. Wer immer heute Nacht in dieses Gebäude eintreten sollte, war dazu bestimmt es mit dieser Info wieder zu verlassen. *Sei also froh, das du es gewesen bist.*

»Ihr nächstes Ziel befindet sich nur einige Straßen von hier. Wenn Sie wollen, können Sie laufen. Ich übermittle die Daten auf Ihren Datapad. Aber vorerst habe ich auch noch einige schlechte Nachrichten.« *Wenn er schon das Wort Schlecht benutzt, dann MUSS es eine mittlere Katastrophe sein.*

Sie hörte ein Dröhnen und sah die Straße herunter, aus der es zu kommen schien. Grelle Scheinwerfer blendeten ihre Sicht, während ein ganzer Konvoi Fahrzeuge sich genau auf Marleen zubewegte. Sie konnte durch die Dunkelheit die Herkunft der Fahrzeuge nicht ausmachen, aber eine Ahnung, die sich gerade in diesem Moment einschaltete, ließ sie zu dem nächstgelegenen Infoscreen sehen, der an einer Hausfassade prangerte. Und dort bestätigte sich ihre Vermutung. *Nein, das kann nicht sein. Nicht das!*

Auch wenn sie durch den Motorenlärm die Reporterin nicht hören konnte, war sie sich ihrer Worte sofort bewusst. Sie stand vor dem Haupttor eines MFA Stützpunktes, während Trosse an Militärfahrzeugen hinter ihr den Stützpunkt verließen. *Mobilmachung.*

»Ich sehe es.«, war ihre kurze Antwort an den Operator, der offenbar genau wusste, dass er Marleen nicht erklären musste, was gerade passierte. Aufgrund der Ereignisse heute Nacht und der wohl immer weiter wachsenden Unruhen war der Ausnahmezustand ausgerufen worden. Die MFA wurde nun zur Beruhigung der Unruhen und zur Wahrung der Sicherheit in die Stadt entlassen, ermächtigt nach ihren Vorstellungen die laufende

Krise zu beenden. *Ermächtigt zu tun, was immer sie wollen. Jeden, der Alenius im Weg steht, abräumen.*

Als der erste MFA Truppentransporter mit rot–orangem Sechseckraster an ihr vorbeifuhr und sie die Insignien an seiner Seite erkannte, sah sie einen Konvoi, dessen Ende ihr nicht mal ersichtlich war. Schier unendlich lang schien sich die Reihe der Fahrzeuge nach hinten zu strecken, während Marleen weitere Transporter, Geländewagen und einen Schützenpanzer erkannte.

Von jetzt an steckst du tief in der Scheiße. Handeln war gefragt und zwar sofort. *Wenn die Soldaten den Befehl haben, auf jeden MPT, der ein merkwürdig aussehendes Halsband trägt, sofort das Feuer zu eröffnen, dann musst du verschwinden. Sofort verschwinden.*

Noch hatten die Soldaten ihr keine Aufmerksamkeit geschenkt, immerhin standen um sie herum etliche Schaulustige, die dem Aufmarsch entgegensahen und mit wütenden Mienen den Soldaten das widerzuspiegeln versuchten, was in ihnen vorging. Wut und Angst gegenüber dieser neuen Entwicklung. *Vielleicht hättest du wirklich im Safehouse bleiben sollen. Doch zu spät.* Eine Gasse hinter ihr schien wie geeignet, erst einmal Unterschlupf zu gewähren, bis dieser Konvoi der MFA hindurch war. Denn wenn sie sich richtig erinnerte, hatte sie noch ein paar Aufträge zu erledigen. Und einen MFA Stützpunkt zu stürmen. Doch jetzt galt es erst mal sich vor der MFA zu verstecken. *Wieder zurück zum Grundgedanken. Überleben.*

Die Gasse hinunter rennend, sah sie auf ihr Datapad, was ihr deutlich machte, das dies genau die falsche Richtung war und in genau der Gegenrichtung das nächste Ziel lag.

»Wo wollen Sie hin?«, fragte der Operator absolut überflüssig.

»Weg von dem MFA Konvoi. Über die Straße werde ich wohl in nächster Zeit nicht kommen.« Eine Nische, aus der einige Rohre nach oben in die Häuser führten, nutze Marleen, um sich in der Gasse zu verstecken. Sie bot ihr perfekt Platz und sie lugte vorsichtig herum, um den Konvoi vorüberziehen zu lassen.

»Das haben Sie jetzt davon. Mit der Präsenz der MFA wird meine Sache wohl nicht gerade leichter«, gab sie erzürnt von sich.

»Das mag sein, aber diese Entwicklung ist eigentlich vorhersehbar gewesen.«

»Ja, wenn man hinter einem Terminal sitzt und sieht, wie die ganze Stadt zum Teufel geht. Wenn man so wie sie die Möglichkeit hat, das ganze Chaos zu überblicken. Für mich sieht das allerdings anders aus. Denn hier unten auf der Straße ist die Sicht ein wenig eingeschränkter.«

Ein weiteres Mal sah sie von ihrem Versteck zu dem nicht enden wollenden Treck an rot–orange gerasterten MFA Fahrzeugen.

»Und wie soll es jetzt weiter gehen?«

»Wie meinen Sie das? Sie warten, bis der Konvoi vorbei ist und dann gehen Sie zu Ihrem nächsten Ziel. Und lassen Sie sich nicht von der MFA erwischen.«

»Toll. Ganz toll. Ist ja ein super Plan. Ich nehme an, wenn sie mich erwischen, dann machen sie mit mir kurzen Prozess.«

»Richtig, also schießen Sie zuerst. Ihre Aufträge haben immer noch Priorität. Und wenn sie ein paar tote MFA Soldaten bedeuten…«

Sie trat gegen einer der Rohrleitungen, erst leicht, dann mit härteren Tritten.

»Erst MPTs und jetzt soll ich auch noch Soldaten töten? Wenn ich auch nur einen von ihnen erledige, wird man mich auf dem ganzen Planeten suchen. Solange bis sie mich haben.« *Tut man doch sowieso schon. Ist eh egal dann.*

»Das Problem betrifft nicht nur Sie, vergessen Sie das nicht. Ihre Leidensgenossen stecken da genauso mit drin. Ebenso wie jeder einzelne NSM, der es ab jetzt wagt, sich mit den Soldaten anzulegen. Sie sind sicher in all dem Chaos.« *Sicher? Es ist sicher, dass du ihm den Schädel einschlägst, wenn du ihn erwischt.*

Ein weiterer Tritt sollte dem Operator klar machen, dass sie sich aber nicht gerade sicher fühlte. Was auch verständlich war.

»Zum Henker mit Ihnen.« Hinter ihr war der Konvoi vorbeigezogen und es kam nun darauf an, sich ungesehen durch die Gassen des Bezirks zu bewegen und jeder Patrouille und jedem Fahrzeug der MFA partout auszuweichen. Sie wusste zwar, dass sie einen Stützpunkt stürmen musste, sofern sich dazu die Gelegenheit ergab, aber das hier war etwas völlig anderes. Weil die Soldaten wussten, mit wem sie es zu tun haben würden. Sie waren hier, um Marleen und alle anderen amoklaufenden Troopern zu erledigen. Und wenn einige NSMs dumm genug waren, sich mit ihnen anzulegen, würde sie dasselbe Schicksal ereilen. Für einen Moment wünschte sie sich, sie hätte die Unterstützung solcher Leute. Denn mittlerweile war sie genau das geworden. Ein Terrorist, der auf der Abschussliste jeder Organisation dieses Planeten stand…

Kapitel 9:
12.00 Uhr terranische Zeit

Der dichte Urwald war beeindruckend. Die riesigen Bäume, auf denen einige Vögel saßen, dessen Existenz er bis zum jetzigen Zeitpunkt nicht einmal geahnt hätte, genossen Kailens volle Aufmerksamkeit. Ein Exemplar sah Kailen aus seinen großen Augen an, doch anstatt hinfort zu fliegen, krähte er nur einen Schrei in Richtung des Unbekannten. Kailen sah den anderen Artgenossen noch einen Moment bei ihrem Spiel zu, doch auch sie ließen sich von seiner Präsenz nicht verwirren.

Als er genug gesehen hatte, strich er mit seiner Hand durch einen dichten Strauch. Die feuchten Blätter gaben Flüssigkeit wieder und Kailen trank einen Schluck dieses Wassers, was klarer und köstlicher nicht hätte sein können. Besser, als alles was er jemals als Wasser gekostet hatte. Das war wirklich ein Genuss.

Als er sich durch das Buschwerk hindurch gekämpft hatte, vernahm er das Rauschen eines Wasserfalles und der dazu gehörige Fluss kam sogleich in sein Blickfeld. Beinahe wäre Kailen in ihm davon gespült worden, doch gerade noch so konnte er sich halten und sah dem Gurgeln des Flusses hinterher, das ihn beinahe mitgerissen hätte. Die Vögel hinter ihm kreischten lauter, als ob sie nach Kailens Absturz in den Fluss verlangten.

Als er auf den Wasserfall zuging und seine ganze Pracht ihm nun begreiflich wurde, musste er ein weiteres Mal innehalten, um dieses Naturschauspiel zu genießen.

Die blaue Wand klaren Wassers, das sich von einem Hang herab in den Flusslauf ergoss, brodelte. Er trat näher an dieses Schauspiel heran, als er unterhalb des Wasserfalls eine Bewegung ausmachte. Dort war jemand. Eine menschliche Silhouette schien sich in einer Höhle unterhalb des Wasserfalles zu befinden und wurde mit jedem Schritt, den Kailen dem Wasserfall näher kam, deutlicher. Dann sah er es.

Es war eine Frau. Lange, braune Haare hingen an ihren Schultern herab, die bis über ihre Brüste reichten und sie verdeckten. Sie schien Kailen nicht bemerkt zu haben und trat in diesem Moment aus der Höhle heraus direkt unter den Wasserfall. Kailen sah ihre Schönheit, ihren Körper, wie sie sich unter dem Wasserfall langsam drehte und es genoss, wie das Wasser ihren Körper bedeckte. Ihre Haare wurden gänzlich eingeweicht und sie hob den Kopf an, schloss ihre Augen, während das Nass ihren Körper verwöhnte. Kailen kam ihr näher. Ihr Körper war so schön, noch niemals hatte er etwas Reineres und Saubereres gesehen. Noch immer hatte die Unbekannte Kailen nicht erspäht. Ihre Hände fuhren jede Einzelheit ihres Körpers ab und sie wusch sich mit einer Intensität, von der Kailen beeindruckt war. Die Steine unterhalb von ihm boten guten Halt, während die Entfernung der beiden weiter schrumpfte. Nun drehte sie sich mit dem Rücken zu ihm und ihre Hände stützten sich an einigen Steinen ab und ließ die unteren Partien ihres Körpers in vollem Glanz erstrahlen. Er befand sich nur wenige Augenblicke von dem, was nun sein Hauptaugenmerk besaß, entfernt.

Als er näher herankam, ging die Unbekannte noch weiter in eine Beuge, dass Kailen die Hitze des Dschungels nur noch intensiver vorkam. Seine Hand streckte sich aus, er war nur noch Zentimeter von der Unbekannten entfernt.

Ein grelles Licht riss ihn in die Wirklichkeit zurück und als er als nächstes Shmittys Gesicht vor ihm sah, nebst dem Transferkabel, das er aus Kailens Datenbuchse in seinem Hinterkopf herausgezogen hatte, wurde ihm klar, dass er jetzt nicht zurück konnte.

»Sorry, Kailen, aber wir haben Schwierigkeiten.«

Er musste an Kailens Gesichtsausdruck erkennen, dass ihn das nicht wirklich kümmerte.

»Das ist echt unfair. Es wurde gerade erst richtig interessant.« Shmitty nahm die VR–Brille, die er Kailen vom Kopf gerissen hatte und legte sie zurück in die Ladestation zusammen mit den beiden Transferkabel, die er in die dafür vorgesehen Halterung steckte.

»Wo bist du angekommen? Hast du sie schon gesehen?«, fragte Shmitty, um Kailens Kummer ein wenig zu trösten.

»Sie stand genau vor mir.«

»Ah, das ist wirklich bitter. Naja, beim nächsten Mal. Aber jetzt gibt es Wichtigeres.«

Virtual–Reality Ausflüge waren eine feine Sache, man verging sich an niemandem, man konnte richtig abschalten und alles erleben, was einem sonst nie in den Sinn kam. Und nach der Aufregung, die Kailen heute Nacht erlebt hatte, musste er seinen Kopf einen Moment frei bekommen. Und Shmittys VR–Ausrüstung hatte sich einfach angeboten. Das Erlebnis hatte Shmitty selbst ausgesucht, es war eines seiner Favoriten.

Kailen stand missmutig und immer noch an die Frau denkend von dem VR–Stuhl auf, in dem er geruht hatte.

»War gut?«, fragte Hub grinsend. Er hatte gehofft, dass er der nächste sein könnte, aber da Shmitty nur ein VR–Terminal besaß, konnte eben auch nur einer davon Gebrauch machen. Und ein Terminal hatte einfach mehr Qualität, als diese kleinen, tragbaren Decks, die man an jeder Ecke bekommen konnte. Das wusste auch Shmitty.

»Du willst jetzt nicht in meiner Rolle sein, glaub mir«, trotzte Kailen nur. Aus einer nicht beendeten Dive herausgeholt zu werden, vor allem bei so einer wie dieser, war eines der Dinge, die man niemandem wünschte. Sie kamen gleich nach Elektroschock–Therapie und freier Fall ohne Fallschirm.

Nachdem sich Kailen hoch gekämpft hatte, waren Hub und Neal mit beiden Augen auf die Ansagerin fixiert, die auf dem Infoscreen zu sehen war.

»Gebt mir ein Update«, sagte Kailen schnell, um jedwede weitere Kommentare über seinen unverhofften Dive–Abbruch zu unterbinden, während er sich an seinen im Hinterkopf installierten Datenbuchsen kratzte. Plötzlicher Dive–Abbruch hatte immer einen immensen Juckreiz zur Folge.

»Mobilmachung«, war Neals einziges Wort. Doch dieses eine Wort war in der Lage Kailens gerade Erlebtes vollkommen zu verdrängen und sich wieder mit der Realität zu befassen. Mobilmachung bedeutete Krieg. Es bedeute noch mehr Probleme und Schwierigkeiten, als es sowieso schon der Fall war. Sofort ließ er von den Buchsen ab und konzentrierte sich ganz auf den Monitor.

Die Kamera im Infoscreen zeigte einen Konvoi MFA–Fahrzeuge, der gerade in einer belebten Gegend dabei war, Stellung zu beziehen, Kontrollpunkte aufzubauen und die Kameraleute zu verscheuchen, auch wenn es sich nicht vermeiden ließ, dass die Kameras so nah am Geschehen dran waren. Schließlich wollte man der Bevölkerung ja mitteilen, was gerade passierte. In alten Zeiten hatte eine Ausgangssperre meist nach Ausrufen des Ausnahmezustandes gefolgt, doch bei einer Metropole wie Nutopia City war das schlicht nicht mehr machbar. Die komplette Unterhaltungsindustrie fand größtenteils nachts statt und man wollte ja nicht die ganze Bevölkerung gegen sich aufwiegeln, wenn man ihnen auch noch das nahm, was sie einigermaßen beruhigte. Ausgangssperre hieß Krieg mit der ganzen Stadt, doch darum sollte es der MFA nicht gehen.

Während Kailen auf den Monitor starrte, fing Shmitty an, mit sich selbst zu reden, wobei es sicher ein anderes Team war, das die Kommunikation mit ihm suchte.

»Kailen, es ist Reaser. Bei ihm im Bezirk kommt gerade ein Konvoi an, er wollte es dich nur wissen lassen.«

»Von wegen Beruhigung der Situation, das wird denen einen Dreck bringen. Sag ihm, er soll ruhig bleiben und sie sollen sich aber trotzdem auf einen Angriff vorbereiten.« Neal sah Kailen misstrauisch an.

»Einen Angriff? Ich denke, die MFA ist nur zur Sicherheit ausgerückt?« .

»Wenn du Boss bei der MFA wärst und wüsstest, in welchen Bezirken der Stadt sich NSM und Pacs prügeln, dann würdest du ihnen auch Feuer unterm Hintern machen. Du bist aber immer zum Nichtstun verdonnert, weil du keine Befugnisse hast. Würdest du dir dann nicht auch wünschen, dass sich deine Männer mal so richtig austoben können? Das du dich mal austoben kannst? Und dann auf einmal wird die ganze Stadt zum Katastrophengebiet erklärt. Glaub mir, da ist so mancher Kommandeur, der nur darauf gewartet hat, es unseren Leuten heimzuzahlen.«

»Du meinst also, es geht denen gar nicht um die Pacs?«, fragte Hub. Er musste dabei sicher an die vorher entkommene Gefangene denken, was Kailen schon alleine an seiner Aussprache klar wurde.

»Sicher geht es ihnen auch darum, aber die mordenden Trooper haben die Unruhen provoziert, sieh dir nur die Geschichte an der Wasseraufbereitungsanlage an. Von den Troopern ging der erste Schlag aus, aber die Unruhen angezettelt haben wir.«

»Das stimmt wohl«, ergänzte Shmitty.

Auf den Infoscreens waren hauptsächlich die Straßenschlachten zwischen MPC und Separatisten in den Vordergrund gerückt, weil sie meistens blutiger und öffentlicher waren, als ein MPT, der einige gezielte Anschläge ausführte. Die Halsband–Trooper wurden zwar immer noch in den Nachrichten erwähnt, aber das Hauptaugenmerk galt den Bezirken, in denen Bürgeraufstände und vor allem NSM Aufstände die Folge der Anschläge der MPTs gewesen waren. Dabei waren sie nicht mal diejenigen gewesen, die das ganze Chaos ausgelöst hatten.

»Die MFA kümmert sich also einen Dreck um die Halsband–Trooper?«, war Neals nächste Frage.

»Nein, denke ich nicht. Aber da jene Leute, so wie unsere Freundin zum Beispiel, die ganze Sache ebenfalls mitbekommen, werden sie noch mehr dazu gezwungen, verdeckt und vorsichtig zu agieren. Wenn man einen enttarnt, wird es sicher Prioritätsziel werden, aber bis dahin werden sie sicher mit maximaler Diskretion vorgehen. Also sind sie nur sekundäres Ziel. Die Unruhen in den einzelnen Bezirken, das ist das Hauptziel der MFA. Da bin ich mir sicher.« Neal und Hub grübelten, während Shmitty sich zum Gespräch mit seinem unsichtbaren Kameraden zurückgezogen hatte.

Es leuchtete ein. Ein einzelner MPT, der durch die Stadt eilte, sich versteckte und sicher auf allerbeste Unterstützung seitens seiner Auftraggeber hoffen konnte, war definitiv das weniger auffindbare Ziel, als eine Gruppe Separatisten, die nur darauf warteten, sich ein weiteres Feuergefecht liefern zu können.

»Und was denkst du, wird unsere Freundin machen?«, fragte Neal.

»Check doch mal ihre Position«, schlug Hub vor.

Kailen zog das Datapad unter einem Haufen Waffenersatzteile heraus und sah den kleinen Punkt durch einige Gassen eilen.

»Sie ist noch im Chinesenviertel. Zu Fuß, denke ich.«

»Und was war mit vorhin, warum konnten wir ihr Signal nicht empfangen?« Hub hatte die Frage aufgeworfen, als sie in ein Gebäude hineingegangen und das Signal plötzlich verschwunden war. Zuerst hatte er angenommen, sie hätte den Peilsender gefunden, doch dem war nicht so gewesen. Später, als sie das Gebäude verlassen hatte, war ihr Licht wieder auf dem Schirm aufgeleuchtet.

Ein Störfeld, so hatte Shmitty vermutet.

»Gut, sie ist also noch in Chinatown. Hub, geh mal ins Netz und check, ob es da schon MFA Präsenz gibt.« Hub hob seinen Daumen als Bestätigung und setzte sich die VR–Brille auf, stöpselte die Kabel in seine Hinterkopfbuchsen.

»Und wehe, du machst bei meinem Dive weiter. Dann werde ich…«, drohte er, doch er wusste, dass Hub so nicht dachte. Es war nur ein Versuch gewesen, die Stimmung aufzulockern.

»Keine Sorge, er hat seine Flamme heute Nacht doch schon gefunden«, konterte Neal. Dabei tippte er Hub auf die Schulter.

»Haltet die Klappe. Ich versuche zu arbeiten«, entkam ihm störrisch. Dabei wussten beide, dass jede Info, die mit der Pac zu tun hatte, sich Hub nur zu gern organisierte.

»Gut, Neal, du sagst Reaser, er soll mit ein paar Leuten zu mir durchstoßen. Wenn ich richtig denke, dann kennen sie vielleicht sein Versteck, ist besser wenn er evakuiert.«

»Ok.«

»Und ich werde Shmitty noch mal wegen dieser kleinen neuen Spielzeuge fragen.« Shmitty war in einem der Hinterzimmer seines Kellers, den er als Lagerraum für seine exquisiten Gerätschaften verwendete. Als er hineintrat, war Shmitty damit beschäftigt, eines seiner Favoriten unter einer Plane hervorzuholen. Kailen schloss die Tür hinter sich.

»Die Jungs haben ihre Aufgaben. Was ist dein Plan?« Shmitty pustete den Staub von dem großkalibrigen Gewehr, das sich in seinem Augenmerk befand. Zuerst reagierte er gar nicht auf Kailens Frage, sondern widmete sich nur der Waffe.

»Du willst dir also auch deine Scheibe MFA abschneiden? Ist das dein Ernst? Und alles, was wir die Jahre aufgebaut haben, ruinieren?«

Shmitty sah Kailen direkt in die Augen, während er den Ladehebel des Gewehres zurückzog.

»Ein Auermark–74 Sturmgewehr, schon reichlich alt, aber es ist trotzdem das Beste, was ich zu bieten habe. Damit machst du einen Trupp MFA in weniger als einer Sekunde kalt. Völlig frei konfigurierbare Feuerrate. Ausfahrbare Extras, wie Visiereinrichtung, Windrichtungsmesser und visuelle Anzeige für Restgeschosse im Magazin. Verfeuert Hülsenlose Munition Kaliber 7,37 mm. Mit diesem Ding…« Kailen entschloss sich dazu, Shmitty erst einmal ausreden zu lassen. Wenn er über seine Geräte philosophierte, dann war man besser beraten, wenn man ihn ließ. »… würde ich eure Freundin nur zu gerne ausrüsten, um zu sehen, wie ein Profi mit solch einer Waffe umgeht. Ich selbst bin nur der Techniker, aber wenn ein Meister solch ein Gerät besitzt, dann sollte sich die MFA warm anziehen.« Er war also wahnsinnig geworden, definitiv.

Sonst würde er nicht so einen Unsinn erzählen.

»Du willst also unsere Freundin hier haben? Du willst sie damit ausrüsten und die Ersten, die ihren Kopf in den Asphalt rammen, werden wir sein, weil wir immer noch Ziele für sie sind? Falls du es vergessen hast, sie hat uns angeschossen«, erklärte Kailen, wenngleich er sich darüber bewusst war, das Shmitty viel zu clever war, als das er so linear dachte.

»Wir sind nur solange Ziele für sie, solange ihr Halsband aktiv ist. Wenn es ausgeschaltet ist, dann ist das eine andere Frage. Nicht wahr?« Und damit hatte er Kailen. Sein

Plan war also das Halsband auszuschalten.

»Und wie stellen wir das an?«, fragte er ungläubig. Er griff in eine Kiste und zog einen blau leuchtenden, eiförmigen Gegenstand heraus. Kailen wusste, was es war. Er hatte von diesen Dingern gehört, selbst aber nie eine gesehen. Eine EMP–Granate.

»Ich weiß, was du denkst«, kam ihm Shmitty zuvor. Wir werfen eine Granate und schalten ihr Halsband und ihre Waffe aus. Aber das ist nicht der Punkt.« Kailen hörte weiter zu, denn er wusste, worauf Shmitty hinaus wollte. »Wenn wir ihr Halsband grillen und ihre Waffe, dann befreien wir sie, haben aber keine Möglichkeit, das Signal zurückzuverfolgen. Und das ist der Trick an der ganzen Geschichte. Die EMP–Granaten sind etwas feines und bestimmt sind die MFA Soldaten mit solchen Dingern ausgestattet, aber das würde bedeuten, das man die Pacs entschärft, ihre Halsbänder und Waffen unbrauchbar macht, damit aber auch jedwede Möglichkeit terminiert, das Signal zurückzuverfolgen.«

Für Kailen war das alles ein bisschen zu viel Info auf einmal.

»Warte, verstehe ich das richtig? Die MFA kann die EMP–Granaten einsetzen, aber das heißt nur, das sie den Trooper von seinen Aufgaben entbinden und sämtliche Geräte, die sich nah genug befinden, ebenfalls frittieren.«

»Mehr oder weniger«, bestätigte Shmitty.

»Und wenn die MFA den Auftrag hat, die Waffen sicherzustellen, so dass sie das Signal zurückverfolgen können?«

»Es gibt jede Menge toter Trooper. Schon vergessen? Diejenigen die gescheitert sind. Frage ist nur, ob sich die Waffen dann so abschalten, das man sie nicht verfolgen kann. Sofern der Träger terminiert wird.«

»Du meinst also, das, wenn unsere Freundin stirbt oder jeder andere Trooper, dann grillt sich die Waffe selbst, so dass ein Zurückverfolgen unmöglich ist?«

Shmitty nahm die EMP Granate und schraubte sie auseinander. Die Zündkapsel legte er auf den Tisch und gleich daneben das Magazin aus dem Auermark–74.

»Ich nehme an, das die Drahtzieher etwas ähnliches in die Waffen eingebaut haben. Sozusagen ist ein Zurückverfolgen des Signals nur möglich wenn…«, sein Finger zeigte auf Kailen. Damit wollte er überprüfen, ob Kailen verstanden hatte, wie es funktionierte.

»Der Träger der Waffe muss leben, die Waffe muss aktiv sein, aber das Halsband nicht.« Ein Schnipsen von Shmitty bestätigte Kailens Gedankengang als richtig.

»Und wie schaffen wir es, nur ihr Halsband auszuschalten?«

»Dafür habt Ihr ja mich. Damit du dich mit solchen Sachen nicht beschäftigen musst.« Als Kailen sah wie akribisch Shmitty die EMP–Granate auseinanderbaute, wusste er, das wenn es einen Weg geben würde, dann würde er ihn auch finden. Wenn nicht, dann waren sie keinen Schritt weiter. Und dann war es den Drahtziehern der Halsband– Trooper wirklich gelungen, den perfekten Killer auf Zeit herzustellen.

»Also ist EMP nur sinnvoll, um Trooper zu befreien, aber nicht um das Signal zurückzuverfolgen?«, war seine abschließende Frage.

»Richtig. Es soll uns aber speziell darum gehen, das Signal innerhalb des Halsbandes, was die Explosion auslöst, zu deaktivieren. Und dafür kommen die EMP–Granaten nicht in Frage. Weil sie nun mal selbst nach der Befreiung uns nicht weiterhelfen kann, was ihre Auftraggeber angeht. Weil sie unwissend ist. Und das von vornherein von denen auch so geplant wurde.«

Kailen wusste, dass Shmitty noch ein Ass im Ärmel hatte und er bislang nur in die falsche Richtung gedacht hatte. Bevor Kailen erahnt hatte, was er meinte, war Shmitty ihm schon zuvorgekommen.

»Der Sender, mein Freund. Er ist zwar sinnvoll, um ihre Position zu orten, aber vielmehr habe ich dich damit beordert, den Sender an ihr anzubringen, um die Frequenz, die das Signal zur Explosion auslöst, zu hacken und bei Bedarf auszuschalten.« Shmitty griff einen weiteren Datapad aus der Tasche, auf dem eine wirre Abfolge von Befehlen und Zahlenreihen abgebildet war. Kailen konnte genauso gut eine Konversation zwischen zwei Chinesen zuhören, er würde genauso wenig verstehen.

Aber was Kailen nicht verstand, war für Shmitty erst recht schwierig. Er war Waffenexperte und kein Hacker.

»Hub ist ein fähiger Hacker, aber ich glaube nicht, das er in der Lage ist, das Signal zu hacken. Ein alter Freund von mir, dem ich vertraue, wie keinem anderen auf diesem Planeten, ist gerade dabei, die Frequenz zu hacken.«

»Und wie lange wird das noch dauern?«

»Der Schlüssel ist unglaublich kompliziert. Wenn er es nicht hinbekommt, dann bleibt uns nur übrig, sie mit einer EMP zu befreien und zu hoffen, dass sie uns so einige Infos geben kann. Aber bis ich das definitive Aus nicht erhalten habe, werdet Ihr sie euch auch nicht schnappen. Ganz einfach.«

»Und wenn er das Signal gehackt hat?«

»Dann seht Ihr zu, dass Ihr sie herbringt, aber für den Moment ist er nicht einmal nahe dran, das Signal zu terminieren. Ihr könnt also schön ruhig bleiben und euch ausruhen. Wenn er ihr Halsband ausschalten kann, macht Ihr euch auf den Weg und schnappt sie euch.«

So war also der Plan. Eigentlich war es ein guter Plan, aber wenn Shmitty Recht hatte und es wirklich so gut verschlüsselt war, dann war auch der beste Plan nutzlos. Aber die Idee mit dem Sender war definitiv nicht Shmittys Handschrift. Sein unbekannter Hacker musste also erste Klasse sein.

Wenn das nicht funktionierte, dann gab es keinen anderen Weg außer die EMP. Aber vorerst setzte Kailen Vertrauen auf Shmittys Bekannten. Vorerst.

Kailen verließ den Raum, sah schnell noch einmal zu dem Datapad, auf dem immer neue Zahlenreihen und Befehle aufblendeten, so schnell konnte Kailen nicht mal tippen, wenn er Muskelbooster verwendete. Im Besprechungsraum hatte sich Hub schon wieder aus dem Netz ausgeloggt.

»Infos«, sagte er nur kurz und Kailen nickte als Bestätigung. Neal war nicht zu sehen, wahrscheinlich war er nach draußen gegangen um Reaser und seine Männer zu empfangen, immerhin wussten sie nicht, wo das Versteck war. Jede Gruppe operierte unabhängig von der anderen und Stützpunkte und Verstecke wurden erst recht nicht offenbart. Reine Sicherheitsmaßnahmen. Falls das MPC jemanden schnappte und dann tiefenpsychologische Scans durchführte, war auch der beste Stützpunkt verraten. Aber die NSM wusste sich zu organisieren. Hatte sie schon immer.

Er fuhr direkt weiter fort, um Kailen nicht erst nachdenklich zu machen.

»Die Soldaten haben EMP–Granaten bei einigen Troopern eingesetzt, um sie zu befreien. Hat aber nicht funktioniert. Wenn die EMP–Granate zündet, dann zündet auch das Halsband. Muss eine Art Rückversicherung sein gegen die Granaten. Diese verdammten Schweine haben wirklich keine Skrupel.« Ein kräftiger Faustschlag auf den Tisch, dann stolperte er zurück zu Shmitty.

Die Tür krachte auf und Kailen wartete nicht einmal Shmittys Frage ab, was denn der ganze Aufstand sollte.

»Die EMPs sind nutzlos. Sobald sich ein Trooper in ihrem Wirkungsgrad befindet, zündet das Halsband wohl durch die Überladung, die durch die EMP ausgelöst wird.« So jedenfalls verstand es Kailen. Es gab auch nicht wirklich eine andere Möglichkeit.

»Wenn dein Hacker es nicht schafft, dann haben wir keine andere Möglichkeit, sie zu retten.« Shmitty sah kurz von seinem Gewehr auf. Als ob er so etwas schon geahnt hatte, schüttelte er den Kopf und warf das Gewehr wütend einmal durch den Raum.

»Verdammt. Ich habe es geahnt. Wäre ja zu schön gewesen. Gut, ich werde sehen, was sich machen lässt. Lass mich jetzt allein.« Kailen verstand diese Aufforderung und schloss die Tür wieder. Shmitty würde den Dialog mit seinem Hacker suchen, aber das würde er in völliger Isolation tun, aus eben jenen Gründen, die auch die einzelnen Gruppen der NSM dazu gebracht hatten, nicht zu viele Informationen über die anderen Gruppen zu besitzen.

Kailen verstand das. Der Hacker war Shmittys letzte Trumpfkarte und nur Shmitty würde diese Karte auch einsetzen können. Es diente schließlich zum Wohle der NSM.

»Die MFA hat über ihr internes Netzwerk an alle Truppenteile die Warnung herausgegeben, das EMPs nutzlos sind. Bei Sichtung eines Troopers sind sie mit konventionellen Methoden auszuschalten, sofern diese Widerstand leisten.« Hub hatte sich in den Datentransfer der MFA eingehackt und ihre aktuellen Befehle abgehört. Was gut war, doch brachte es Kailen und die anderen keinen Schritt weiter.

»Muss für die Soldaten ein mieses Gefühl sein, sie wollen helfen, können es aber nicht. Und die Trooper sind gezwungen auf die Soldaten zu schießen, weil es ihnen von ihrem Operator befohlen wird. So eine Kacke.«

Sein Fuß traf den Tisch hart und eine Pistole polterte auf den Boden, während der Rest der Geräte auf dem Tisch liegen blieb. Es schien Hub ein wenig mitzunehmen, da er genau wusste, dass sich der Wunsch, seine Angebetete wiederzusehen, erst mal verschoben hatte. Aber nicht nur verschoben. Sofern sie überhaupt noch eine Möglichkeit fänden, sie zu befreien, konnten sie schon glücklich sein. Wenn überhaupt.

Kailen lief im Raum hin und her und Hub sah ihn an, wartete auf weitere Befehle. Er griff sich an den Kopf und versuchte eine Lücke zu finden, doch das alles schien sinnlos. Es war einfach nicht möglich, sie zu befreien.

»Boss?«, fragte Hub. Kailen nahm seine Hand vom Gesicht herunter und sah ihn die leicht traurigen Augen seines Partners. Was Hub sich wünschte, war auch Kailens Begehren. Nur dass es ihm nicht so sehr darum ging, ihre Schönheit noch einmal zu betrachten, sondern vielmehr, dass sie Antworten hatte, die ihnen helfen konnten, diese Nacht zu überleben.

»Wir sollten froh sein, dass wir nicht in ihrer Lage stecken. Wenn sie überhaupt noch Hoffnung hat, dann hätte ich gerne auch etwas davon.«

Das Datapad, was ihren Position anzeigte, fing an ein alarmierendes Signal von sich zu geben. Der Punkt, der sie war, schien auf der Flucht zu sein. Und es konnte nur einen Grund dafür geben. Die MFA hatte sie soeben gefunden.

Marleen rannte um die Straßenecke und vor ihr befand sich ein großer Platz, auf dem einige Hydromobile geparkt waren. Der Hinterhof war gut geeignet als Versteck, aber wenn man bereits enttarnt wurde, war das weniger der Ort, an dem sie gerade sein wollte. Der Nano–Boost war zu einem stetigen Begleiter geworden. Die Zeitlupe, in der sie sich befand, war vertraut und angenommen. Es war Teil ihrer selbst und sie wusste damit umzugehen.

»Los, sie ist da hinten lang!«, hörte sie hinter sich in der Gasse einen MFA-Soldaten rufen, der seine Kameraden bei ihrer Sichtung sofort alarmiert hatte. Sie sprang über eines der Hydromobile und ging dahinter in Deckung. Das MR–15 hatte sie bereits in der Hand, auch wenn es nicht so einfach gewesen war, es während des Sprints von ihrer Schulter zu holen. Der erste Trooper kam aus der Gasse heraus auf den Parkplatz gelaufen und hatte nicht einmal Zeit sich umzusehen. *Friss das.*

Die Mündung ihres Sturmgewehres belferte los, spuckte ihre Geschosse dem Soldaten entgegen. Sie trafen ihn und er fiel auf der Stelle hin und blieb regungslos liegen. *Keine Zeit für Verhandlungen. Keine Zeit für Alternativen. Du musst überleben. Du hast keine Wahl.*

Ein zweiter MFA Soldat kam hinter der Mauer hervor, sein Sturmgewehr suchte nach Marleen. Sie glitt sofort hinter dem Fahrzeug in Deckung.

»Ich kann sie nicht sehen!«, hörte sie einen der Männer rufen, daraufhin nahm sie an, dass nun weitere Soldaten auf den Platz ausschwärmen würden, um sie ausfindig zu machen. Innerlich zählte sie die Sekunden. *Drei. Zwei. Eins. Jetzt.*

Sie kam hinter ihrer Deckung hervor und erkannte drei rot–orange Sechseckraster–Hardsuits. *Keine Sekunde verschenken.* Das Gewehr krachte gegen ihre Schulter, als sie den Abzug erneut betätigte und eine Salve den ersten der drei Gegner zu Boden riss. Im selben Augenblick korrigierte sie und noch ehe die beiden Soldaten antworten konnten, feuerte sie eine weitere Salve ab und schickte auch den zweiten Soldaten in die Knie. *Noch einer.* Der aber hatte sie nun entdeckt.

Sie konnte das Risiko nicht eingehen, jetzt zu zögern und wieder in Deckung zu gehen. Der Nano–Boost, dem sie vertraute, wie einem zweiten Ich, ließ sie nicht im Stich. Seine Mündung blitzte auf und Projektile durchbohrten das Fahrzeug vor ihr, stanzten große Löcher in den Motorraum und die Seite. Marleen begegnete seinen Schüssen mit den ihren und war erfolgreicher, da er keine Deckung zur Verfügung hatte. Ihre Geschosse trafen die Brustpanzerung des Soldaten und rissen ihn herum. Kleinkalibrige Munition konnten sie auf Entfernung abhalten, sowie Splitter einer Granate, aber der Munition aus den MR–15 waren sie in jeder Hinsicht hoffnungslos unterlegen. Pures Glück, das Marleen im Laufe ihrer Nacht an eines dieser Gewehre gekommen war. Nicht auszudenken, wenn sie nur auf ihre CX und das NM–23 angewiesen wäre. *Hoffnungslos unterbewaffnet. Oder hättest du jetzt versuchen wollen, dir eine ihrer Waffen zu holen?*

Und die Munition der CX war zu wichtig, um sie an sekundären Zielen zu verschwenden. Das jedenfalls waren die Worte des Operators gewesen.

Hinter der Ecke hatten nun weitere Soldaten Position bezogen und sie wusste, dass ihr momentaner Standort nicht mehr sicher genug war. Es würden sich weitere Männer aufmachen, um sie einzukesseln und in Kürze wäre sie geliefert.

»Nicht mit mir, Freunde. Ich habe auch Taktikkurse genossen.«

Sie stand auf, das Gewehr bereit und ihr Körper angespannt, jederzeit den Rückschlag der Waffe abzufangen. Ein Blick bestätigte ihr, dass es Zeit war, die Stellung zu wechseln. Sie ließ das Sturmgewehr weiterhin auf das Ende der Gasse gerichtet, während sie sich rückwärts zwischen den geparkten Hydromobilen in Richtung einer weiteren Gasse bewegte. Auf den Hauptstraßen würde sie es früher oder später mit Fahrzeugen der MFA zu tun bekommen, sie musste also Wege benutzen, die zu schmal waren oder zu verwinkelt, als dass MFA–Fahrzeuge vernünftig in ihnen manövrieren konnten. *Oder am besten gar nicht erst hineingelangten.* So eine Gasse befand sich weiter links von ihr, aber dazu musste sie über den Parkplatz und aufgrund der großen Anzahl geparkter Fahrzeuge ließ ihr das nicht viel Freiraum, anderseits bot es hingegen gute Deckungsmöglichkeiten.

Ein Helm tauchte am Ende der Gasse auf und Marleen feuerte sofort. Er sollte sicher nach ihrer Position sehen, aber diesmal war sie schneller. Noch ehe er sie ausmachen konnte, krachten die Geschosse in die Wand und überredeten ihm zum schnellen Rückzug. *Nur nicht sehen lassen. Nur nicht…*

Aus dem Augenwinkel erkannte sie, dass sich auf einem der Dächer etwas zu bewegen schien. Und richtig, ein Soldat war dort in Position gegangen, um den Überblick über den Parkplatz zu bekommen und um Marleens Position an seine Kameraden weiter zu geben. *Zu spät, jetzt musst du schnell sein.* Der Boost dirigierte ihre Arme wie die einer Tänzerin in einer Oper und sofort zielte das Gewehr auf den Beobachter und einen Moment später donnerte Marleens Mündung auf, während sie der nächsten Gasse immer näher kam. Die ersten Geschosse krachten in die Hauswand, Marleen versuchte zu korrigieren, doch der Soldat war schneller. Er verschwand, bevor die Geschosse ihn erreichten. *Sie dürfen nicht sehen, in welcher Gasse du verschwindest.* Wenn ihr das gelang, hatte sie wieder eine Chance, doch für den Moment war sie ihnen ausgeliefert. Man würde eine Schlinge um sie legen und diese immer enger ziehen, solange, bis man sie zur Strecke gebracht hatte. Und wenn es soweit war, blieb nur noch die Frage übrig, wer schneller war. Der Operator am Schalter für das Halsband. Oder die Soldaten an ihren Abzügen.

Wenn du eins nicht willst, dann an irgendeiner Wand in der Stadt, vergessen und schuldig gesprochen vom Rest des Planeten, zu enden. Du wirst kämpfen.

Ein weiteres Hydromobil später war sie der Gasse näher gekommen, sie feuerte den Rest ihres aktuellen Magazins in die Wand, hinter der sie den Beobachter ausgemacht hatte, dann tauchte sie in die Gasse hinein und rannte sie eng an einer Wand entlang haltend, herunter.

»Sie haben gerade vier MFA Soldaten getötet. Gratulation. Ich hätte nicht gedacht, dass Sie so weit gehen werden«, hörte sie den Operator sagen. Sie wusste nicht, ob er darüber beeindruckt oder ob es bloß ein Zeichen der Verachtung war und er sich nichts sehnlicher wünschte, als endlich von seinem Terminal aufzustehen und mit dieser Sache abzuschließen. Nein, er würde es sicher genießen, Marleen noch eine Weile erhalten zu bleiben.

»Wenn ich mich ergebe, bin ich tot. Entweder erledigen mich die Soldaten oder Sie tun es. Diese Genugtuung werden Sie nicht bekommen, Sie Scheißkerl.« Marleen achtete darauf, nicht zu laut zu sprechen, immerhin konnte hinter jeder Ecke ein weiterer Soldat lauern. »Ich habe Ihnen gesagt, dass ich mir Ihren traurigen Hintern holen komme und das werde ich. Und wenn ich dafür eine Division MFA–Soldaten ausschalten muss. Aber Sie sind dran.« Sich diese Worte wieder ins eigene Bewusstsein zurückholend, machte ihr Mut. Die Details, die sie bei Chang erfahren hatte, trugen sicher auch ihren Teil dazu bei, aber das war eine Trumpfkarte, die sie ausspielen würde, wenn es Zeit dafür war.

Am Ende der Gasse bog sie ab und rannte weiter auf eine Ansammlung von Lichtern zu. Ein Marktplatz. Hinter ihr würden die Soldaten sämtliche Abzweigungen überprüfen, sie konnte also nirgendwo anders hin. Zumindest hatten die Soldaten ihre Spur für den Moment verloren. Die Echtzeit kehrte langsam zurück.

Wenn sie Glück hatte, dann würde niemand auf sie warten und sie konnte sich in der Menge verlieren und war fürs erste wieder sicher. Was sie zwar nicht glaubte, aber solange sie Hoffnung hatte, war das eine gute Sache. Sie blieb stehen, sondierte die Umgebung.

Etliche Stände machten sich nicht viel aus dem verhängten Ausnahmezustand, immerhin waren es Leute, die nur durch den Gewinn ihre Existenz sichern konnten. Und NSM gab es hier auch kaum, weswegen sich die Geschäftigkeit nicht von der eines regulären Arbeitstages unterschied. Sie atmete einmal tief durch und rannte los, tauchte in die Menge hinein, während etliche Augenpaare ihr entgegensahen.

Einige mussten im Vorbeigehen ihr Halsband erkannt haben und es in Zusammenhang mit der MFA–Präsenz bringen, da sie mit den Armen anfingen auf Marleen zu zeigen, während andere ihr lediglich argwöhnisch Blicke hinterher warfen. Die einen kümmerte es, die anderen nicht. Doch sicher würde keiner von ihnen das Militär alarmieren. Sie wollten schließlich keine Schießerei auf ihrem Marktplatz, während sie versuchten ihren Lebensunterhalt zu verdienen. *Für diese Leute gehört Action nicht zu ihrem Alltag dazu.*

Am anderen Ende der Verkaufsstraße, in die sie hineingegangen war, erschienen zwei Soldaten, die sofort nach ihr Ausschau hielten. Innerlich spürte sie die erneute Anspannung größer werden, doch ein Verkäufer kam ihr zuvor.

»Kommen Sie, Kommen Sie.« Er deutete auf seinen Stand an und wollte Marleen in ein Versteck schaffen.

Sie nickte nur und folgte dem alten Mann, der eine Plane öffnete und sie in einen Käfig hineinließ. Er musste bereits einige Tiere verkauft haben, weswegen er auch Platz für sie hatte. *Sonst hättest du dir eben einen Käfig teilen müssen. Mit einem riesigen Pavian.*

Aus einigen anderen Käfigen drangen weiterhin laute Schreie, die ihr sagten, dass er wohl noch gerne ein paar mehr Tiere verkaufen wollte. Marleen zog die Plane hinter sich herunter und konnte durch ein Loch in der Plane verfolgen, was auf dem Platz vor sich ging. Ihre Arme fingen an zu zittern, das Gewehr lag unsicher in der Hand. Sie wusste nicht, ob sie es nun brauchen würde oder ob ihr für den Moment Amnestie gewährt wurde. Einige wütende Blicke konnten ihr die Position der Soldaten verraten. Sie mussten sich nur noch wenige Meter von ihrem Versteck entfernt aufhalten. Dann kam der erste rot–orange Kampfanzug in Marleens Blickfeld und verhielt dort. Sein Kamerad war offensichtlich von den Angeboten eines anderen Standes angezogen worden, was ihn zu einer Wartezeit verdonnert hatte.

»Nun komm schon, wir sind nicht zum Einkaufen hier. Wir müssen diese MPT finden.«

»Ja, ich bin schon da. Sonst sieh dir doch auch noch was an.« *Das fehlte noch.*

»Ich habe an diesem Plunder kein Interesse, aber an der Frau, die gerade vier unserer Leute getötet hat. Und das solltest du auch.« Ein Grummeln seines Kameraden ließ ihn wohl realisieren, warum sie sich hier befanden und was ihre Aufgabe war. Der zweite Soldat erschien und betrachtete auch diesen Stand ausgiebig. Seine Augen kreisten umher und schienen an den Angebotenen Sachen Interesse zu finden. Doch dann verhielt er plötzlich. Es war als wäre ein Zucken durch seinen Körper gegangen. Von einem Moment auf den anderen hatte sich sein Gesichtsausdruck verändert. Kaum merklich, aber Marleen war trotzdem sicher, dass es so war.

»Was ist denn los? Hast du…« Ehe der Soldat seine eigene dumme Frage realisiert hatte, riss der andere sein MR–15 herum. Die Plane wurde empor gewirbelt, als Marleen ihrerseits das gleiche tat und die vertraute Wärme des Nano–Boosts zurückkehrte. Die Mündung kam zum Vorschein und zwei Schüsse peitschten über den Marktplatz und warfen den ersten Soldaten um. Die Zeit schien einen Moment völlig stehen zu bleiben und Marleen sah den getroffenen Soldaten in einem Standbild verhalten, während sein Gewehr durch die Luft flog. Dann segelte er langsam nach hinten und fiel zu Boden.

Der zweite Soldat erkannte, dass er keine Chance hatte. Automatisch hob er die Hände und erwartete das Aufblitzen von Marleens Mündung. Doch nichts geschah. Sie kam aus ihrem Versteck mit erhobenem Gewehr heraus und ließ den Lauf nicht von dem Mann, der sich ihr offensichtlich ergeben wollte. *Du hast gerade dein Leben gerettet, Armleuchter. Es gibt also auch clevere Soldaten.*

Laute Befehle wurden von irgendwo deutlich und sie wusste, dass sie nicht viel Zeit hatte.

»Deine Magazintasche, wirf sie auf den Boden.« Er nickte schwitzend und löste den Knopf von seiner Rüstung und warf sie zu Marleen. Mit einer Hand das Sturmgewehr haltend, bückte sie sich, nahm sich die Magazine und ließ den Blick nicht von dem Kontrahenten, der vor ihr stand und offensichtlich erkannt hatte, dass es ihr nicht darum ging, ihn zu töten.

»Dreh dich um und renn. Los!« Er nickte nicht einmal und tat sofort, was sie ihm nahegelegt hatte. Sie ihrerseits begann in die Richtung zu laufen, aus der die beiden Männer gekommen waren, während sie die Magazintasche an ihrem Anzug befestigte.

Schnelligkeit war jetzt ausschlaggebend. Wieder enttarnt war es ein Katz und Maus Spiel, bis sie erneut ihre Position gewahr waren und zuschlugen.

»Warum haben Sie die beiden Männer nicht gleich getötet?«, fragte der Operator.

»Ich töte nur, wenn mir keine Wahl bleibt. Ich töte nicht wahllos. Das sollten Sie doch kapiert haben.«

Zwei Soldaten hatten die Schüsse gehört und waren ihren Kameraden entgegengekommen. Als Marleen aus der Verkaufstrasse heraus rannte, stiegen sie gerade aus einem MFA–Landraider Geländewagen aus. Marleen richtete die Waffe auf sie und jagte einige

Salven in die Türen, die trotz Funken aber den Einschlägen standhielten. Die Soldaten duckten sich hinter den Türen, während sie ihre Sturmgewehre entsicherten. Hinter Marleen befanden sich weitere Stände und eine Wand, die den weiteren Weg versperrten. *Sackgasse.* Sie konnte nur zurück in die Richtung aus der sie gekommen war oder sich an den beiden Männern in dem Geländewagen vorbei kämpfen. *Letzteres.*

Feuernd hielt sie die Männer unten, als sie auf den Geländewagen zu rannte, während die Waffen der beiden Soldaten hinter den Türen erschienen und sie ins Visier nehmen wollten. Genug Zeit zum Reagieren entschied sich Marleen, rollte sich am Boden ab, entkam den Geschossen um Haaresbreite und krachte gegen die Front des MFA Fahrzeuges. Sie stand auf, glitt nach rechts und schoss dem ersten Soldaten mit einem Schuss in den Kopf. Der Weg auf dieser Seite war frei.

Im Vorbeigehen an der rechten Seiten des Geländewagens leerte sie den Rest ihres Magazins durch die offenen Türen in den zweiten Soldaten, der ihrer Aktion nicht hatte folgen können. Reguläre Soldaten hatten keinen Boost. Es klickte, als das Magazin der Waffe seinen Mangel an Geschossen verkündete und Marleen es mit einer schnellen Handbewegung aus der Waffe nahm. Es polterte auf den Boden und sie rammte ein neues in die Waffe, woraufhin der automatische Verschluss die Waffe erneut feuerbereit machte.

»Bereit für noch mehr davon?«, fragte der Operator überflüssig. *Lass sie nur kommen.*

Ein Wardog–Schützenpanzer rollte in diesem Moment als Antwort auf seine Frage aus einer Seitengasse heran und seine Maschinenkanone auf dem Dach hatte ihr Ziel sofort erkannt. Sie schwenkte mit einem lauten Sirren auf Marleen ein und diese hatte nur einen Atemzug Zeit, dagegen zu reagieren. Genug Zeit, also. *Rückzug war also doch die einzige Alternative.*

Die Mündung des Geschützes krachte los und da, wo Marleen vor einer halben Sekunde gestanden hatte, wurde die Straße aufgewühlt und meterhohe Dreckfontänen spritzten empor. Sie rannte an dem Geländewagen vorbei, während die Einschläge der Geschosse ihr langsam näher kamen. Zurück auf den Marktplatz. Zwei weitere Truppenangehörige liefen gerade die Straße herunter, als Marleen in die Verkaufsstraße einbog und die beiden sofort unter Feuer nahm. Im Laufen rieselten die leer gefeuerten Hülsen an ihr vorbei und klimperten auf den Boden, während sie den Tod über die beiden Männer brachten. Einer von ihnen schaffte es noch zu feuern, doch seine Salve glitt an Marleen vorbei und krachte in die rückwärtige Wand und brachte einen Infoscreen zum Splittern. Das Bild erstarb und Einzelteile regneten auf den Wardog, der sich an dem Geländewagen vorbei geschoben und die Verfolgung aufgenommen hatte. *Das wird eng. Zu eng.*

Sich erneut zur Seite abrollend, entkam sie dem Aufrollen der Mündung des Schützenpanzers. Zwei weiße Tauben flogen langsam über sie hinweg, aus ihren zertrümmerten Käfigen befreit. Sie tauchte im Wirrwarr der Stände, die von ihren Besitzern bei Anfang der Schießerei zurückgelassen wurden, unter.

Hinter ihr zerrissen die großkalibrigen Geschosse des Panzerfahrzeuges die dünnen Wände der Stände, zerfetzten Ware und zertrümmerten Eigentum. Doch Marleen war schneller als seine automatische Zielerfassung. Sie krachte mit ihrem Körper gegen die Tür eines Standes und warf sich hindurch, während die brutalen Einschläge der Maschinenkanone für den Moment erstarben. Das Panzerfahrzeug hatte sie aus dem Sichtbereich verloren. *Ruhe für den Moment. Aber nur für den Moment.* Sie rannte zwischen den Ständen entlang, während der Schützenpanzer mit seinen drei Achsen die Verkaufsstraße entlang zu schleichen schien.

Deckung gegen Sicht hatte sie schon und aufgrund der vielen Tiere war eine Umschaltung des Fahrzeuges auf Wärmesignatur auch zwecklos. Außerdem mussten sich in all dem Durcheinander auch noch einige Zivilisten hier aufhalten. Sie hörte den Schützenpanzer parallel zu sich entlangfahren, während sie hinter ihrer Deckung kauerte.

»Du siehst dort drüben nach. Ihr zwei geht auf dem Dach in Stellung und versucht sie von dort zu lokalisieren«, hörte sie einen MFA rufen. Geduckt schlich sie hinter den Ständen entlang, sah nach oben, um sich zu vergewissern, das man sie von den Dächern aus nicht sehen konnte.

Ein Wardog–Schützenpanzer war eine vollkommen unbemannte Kampfeinheit, die ähnlich wie die MPC–Vertikopterdrohnen aus der Entfernung von einem menschlichen Operator gesteuert wurde. Ihre sechs separaten, gelenkigen Beine, unter denen die Laufrollen montiert waren, machten eine maximale Geländegängigkeit möglich und waren für die bergigen Landschaften des Mars bestens geeignet. Das Chassis hatte man sich wohl von einem Marserkundungsroboter ausgeliehen und dann ein großes Geschütz auf den Chassis montiert, anstatt der üblichen Forschungsgeräte. So lief es grundlegend immer ab. Was die Wissenschaft erfand und einmal einen Nutzen für die Menschheit gebracht hatte, landete früher oder später immer auf dem Reißbrett eifriger Militärkonstrukteure, die es dann in eine Waffe verwandelten. Bewaffnung und Forschungsgeräte waren eben austauschbar. Schon immer gewesen.

Was Marleen im Moment nicht so sehr zu schätzen wusste. Die Tatsache dass es unbemannt war, machte es ihr einfacher, seine Zerstörung als erste Priorität zu betrachten. Vor allem, da sich in Kürze noch weitere Wardogs an der Suche nach ihr beteiligen würden. *Zeit für eine Aktion.*

»Können Sie das Auge des Wardogs ins Visier nehmen?«, fragte sie den Operator.

»Sie wollen sich ernsthaft mit dem Fahrzeug anlegen?«

»Können Sie oder nicht? Ist Ihre Munition in der Lage, den Visor auszuschalten und das Fahrzeug erblinden zu lassen? Denn wenn, dann würde mir das die Flucht um einiges erleichtern.«

»Es ist möglich. Aber ich sehe Sie nicht gerne sterben.«

»Jetzt sind Sie wohl an der Reihe damit, mir zu vertrauen. Auf drei also.« Sie sah kurz hinter ihrer Deckung hervor und konnte das Fahrzeug erkennen. Die optische Scaneinheit des Fahrzeugs befand sich unterhalb des Geschützturmes in einer kugelförmigen Vorrichtung, die fast den gesamten Umkreis im Auge haben konnte. Das war ihr Ziel, doch nur dann, wenn die Zielvorrichtung sie genau ansah. Nur in dem Bruchteil einer Sekunde, in der sie angepeilt wurde, hatte sie eine Chance, das Ziel für den Operator programmierbar zu machen. Du *willst also in den Sichtbereich des Wardogs und es nur für einen winzigen Moment in seinem Dauerfeuer aushalten? Großartig.*

»Es war nicht mein Plan«, entgegnete der Operator, ihren Gedanken erkennend.

Sie nahm das Sturmgewehr und legte an. Der Nano–Boost ließ die Zeit langsamer laufen. Der Abzug gab ihrem Finger nach und das Aufhellen ihrer Waffe ließ den Wardog anhalten. Funken sprühend schlugen die Geschosse gegen seine Panzerung, wo sie nicht mehr als Kratzer hinterließen. Sofort drehte sich der Geschützturm des Panzers herum und das Auge suchte sein Ziel. Marleen rannte los, während sie das Sturmgewehr in ihrer Hand weiter sprechen ließ.

Weitere Geschosse verglühten an der Panzerung des Wardogs, während sein Geschütz ihre Botschaft erwiderte. Der Wardog stand still und versuchte Marleen in seine Visiereinrichtung zu bekommen, während sie mit schnellen Bewegungen auswich. Das nächste Magazin ihres Sturmgewehres war verschossen und sie nahm es in die linke Hand und schlug es gegen den Magnetholster, während ihre rechte die CX aus dem Halfter nahm. Hinter ihr wurden die Stände von Einschlägen getroffen und durcheinandergewirbelt. Tische und Stühle wurden zerfetzt, zersplitterten unter den Einschlägen der großkalibrigen Geschosse und ruinierten ganze Warenansammlungen.

Sie richtete die CX auf den Wardog, sprang feuernd über einen Stand, rannte weiter.

Noch ein paar Meter, dann war es geschafft. *Lauf, Kleines. Gleich hast du es.*

Die Einschläge hinter ihr kamen immer näher, dann betätigte sie instinktiv den Abzug ihrer CX. Das intelligente Projektil fand seinen Weg und die Visoreinrichtung des Wardogs zersplittere nur einen Lichtblitz später. Das Geschütz feuerte unbeirrt weiter, doch als Marleen erkannte, das es zu hoch zielte, um ihr im geduckten Zustand gefährlich zu werden, rollte sie sich unter dem entgegenkommenden Strom an Projektilen durch und ließ das Geschützfeuer über ihrem Kopf passieren. Der Wardog war ungefährlich. Nicht aber die Soldaten.

Ein Mann kam hinter dem Wardog zum Vorschein und musste erkannt haben, dass ihr größter Pluspunkt nicht länger ein Pluspunkt war. Im Gegenteil. Unfähig sein Ziel zu erfassen, fiel ein unvorsichtiger Soldat dem Feuer der Kampfeinheit zum Opfer. Während der Geschützturm noch einige Stände zerstörte, tauchte Marleen in den Trümmern unter. Das Geschütz feuerte noch einige Sekunden weiter, was ihr Zeit verschaffte, erneut Abstand zwischen sich und ihre Verfolger zu bringen. Denn die Soldaten mussten sich auch in Deckung halten, wollten sie nicht von ihrem eigenen Gefährt zerfetzt werden.

Was jetzt, den Weg den du gekommen bist? Ist wohl die beste Option. Vielleicht konnte der Operator einen Wagen zu ihrer Fluchtmöglichkeit bereitstellen. Oder überhaupt mal mit einer Idee aufkommen, wie sie aus dem ganzen Schlamassel wieder herauskommen würde.

»Sie hatten lange genug Zeit sich etwas zu überlegen. Ich höre«, rief sie die Gasse herunter laufend den Operator an.

»Sie sind auf sich selbst gestellt. Ich habe keinerlei Zugriff auf die militärischen Datenbanken und ihre Einheiten.« Das reichte ihr nicht als Ausrede.

»Sie könnten doch ein Fahrzeug kapern und dann…« Der Operator unterbrach sie.

»Die MFA hat überall in diesem Bezirk mittlerweile Straßensperren errichtet. Niemand kommt in einem Fahrzeug aus diesem Bezirk heraus. Sie müssen zu Fuß weiter.« Die Betonung lag ganz klar auf müssen.

»Vor mir ist wieder der Parkplatz, so langsam gehen mir die Optionen aus.« *Stopp.*

Rechts von ihr war eine Tür, die zum Hintereingang eines Restaurants gehören musste. Sie war nicht dazu verpflichtet, sich nur auf den Straßen zu bewegen. Es war bestimmt die beste Möglichkeit, um Abstand zwischen ihre Verfolger zu bringen. Und um sich zu verstecken, war es in einem Gebäude deutlich sicherer. *Jemand zu Hause?*

Sie krachte mit ihrem Anzug gegen die Tür und diese gab sofort nach. Offenbar hatte schon jemand diesen Weg gewählt, um aus dem Gebäude heraus zu kommen. Was nichts gutes bedeuten musste. Sie sicherte die CX wieder und griff zu ihrem MR–15. Eine Küche lag vor ihr und ein chinesischer Koch mit einem Beil in der Hand schien keinen freundlichen Eindruck zu machen, als sie an ihm vorbei rannte.

»Nur auf der Durchreise«, sagte sie schnell, um ihn nicht zu verunsichern. *Du hast noch nicht nachgeladen. Oder wolltest du die nächsten Männer todprügeln?* Mit einem Handgriff war das leere Magazin entnommen und sie warf es dem Koch zu.

»Durchreisegebühr.« Er fing es und sah sie spöttisch an während sie ein neues einrasten ließ.

Hinter der nächsten Tür befand sich der Saal des Restaurants. Einige Gäste warfen sich bei Marleens Anblick sofort unter die Tische, während sie mit dem Sturmgewehr in der Hand den Raum sondierte, um jedwede Bedrohung sofort zu identifizieren. *Nichts.* Niemand schien ihr hier feindlich gesinnt zu sein.

Sie lief weiter, an den Tischen vorbei und einem großen Brunnen, in dem Fische friedlich vor sich hin schwammen. Fisch war definitiv nicht ihr Fall und bleiben wollte sie auch nicht, obwohl sie einen kleinen Hunger verspürte. Der Eingang kam schnell näher, ein Blick durch die Tür auf den Vorplatz deutete auf keine Gefahr hin. Sie öffnete die Tür und rannte hinaus auf die Straße, auf der keinerlei Betrieb herrschte. Ein Blick nach links. Nichts zu sehen. Das Gewehr schwenkte nach rechts. Ebenfalls nichts. *Lauf!*

Doch ein Gefühl, das ihr sagte, sie wurde beobachtet, ließ sie zu einem Infoscreen sehen, der oben auf einem Dach vor sich hin flimmerte. Sie war sicher, sie hatte von dort ein Geräusch vernommen. Doch da war nichts zu sehen.

»Worauf warten Sie, los!«, befahl der Operator. Einen Moment später trugen sie ihre Beine die Straße hinunter, während sie sich verdeckt hinter einigen Hydromobilen hielt. Nach einigen Schritten, krachte es hinter ihr lauf auf. Und richtig. Es war eine Falle gewesen.

Ein Wardog donnerte aus einer Garage heraus und versperrte sofort die gesamte Straße. Marleen riss das Gewehr herum und duckte sich hinter den geparkten Hydromobilen.

Während sie auf das Auflodern der Kanone wartete, fuhr hinter ihr ein Geländewagen aus einer Nebenstraße und versperrte auch diesen Weg. Ein Soldat machte das schwere Maschinengewehr auf dem Fahrzeug sofort einsatzbereit und richtete es auf Marleens vermutete Position. *Eingekesselt.*

Kurz zurück sehend erkannte sie vier weitere Soldaten hinter dem Wagen hervorkommen und langsam mit vorgehaltenen Waffen die Straße hinunter schleichen. Sie wussten um Marleens Fähigkeiten. Sie würden vorsichtig sein und sicher gehen, dass sie diesmal nicht entkam.

»Wir haben dich, du Miststück! Hast du gehört?«, hörte sie einen der Soldaten rufen. Ihr Kopf sank hinter den Fahrzeugen zurück, Haarsträhnen fielen über ihre Augen und sie ließ sich fallen. *Hier würde es doch also enden. Zwischen Hydromobilen auf einer Straße. Umzingelt und völlig am Ende.*

Sie war auch am Ende ihrer Kräfte.

»Tja, das war`s dann wohl.« Diesmal hatte der Operator kein Gegenargument parat und vielleicht war es wirklich nur darum gegangen, dass sie ausgeliefert und für ihre Taten bestraft wurde.

Sollte sie es noch einmal wagen?

All deine Kraft zusammen nehmen und es den MFA Soldaten ein letztes Mal beweisen, dass du nicht kampflos aufgeben wirst? Ihre Magazine waren immer noch gut gefüllt und sie würde sicher noch den einen oder anderen erwischen. Aber wenn sie es genau betrachtete, war es ohne jede Hoffnung. Sie tötete nicht wahllos und nur wenn sie eine Chance hatte, aus dieser Situation als Sieger hervorzugehen, dann war es den Kampf wert. Doch so wie es aussah, war es diesmal nicht der Fall. Feuerte sie auf den Wardog, zersiebten sie die Soldaten. Feuerte sie auf die Soldaten, war es anders herum. Ohne jedwede Worte blieb sie an Ort und Stelle und es war auch nichts mehr zu sagen. *Vorbei. Erledigt. Fertig.*

Mit einem Griff war die CX aus dem Halfter genommen und einen Moment überlegte sie, ob sie sich wenigstens von der Waffe trennen sollte, die sie heute Nacht in einen berechnenden Killer verwandelt hatte. Ein letzter Gruß an den Operator und an ihre Arbeit. Aber die Vorstellung ohne Kopf beerdigt zu werden, ließ sie zögern. Die Waffe lag in ihrer Hand, ruhig und friedlich, während die Soldaten immer näher kamen. *Die letzten Sekunden deines Lebens.*

Es mussten nur noch wenige Meter sein, die sie von ihr trennten. Es war beinahe, als konnte sie jeden Atemzug ihrer Kontrahenten hören. Und ihre Gedanken lesen. Wie sehr sie sich wünschten, dass es hier zwischen den Fahrzeugen endete.

Sie sah noch einmal herum zu dem Wardog. Sein Geschütz lauerte auf sie. Ein lautes Krachen ertönte, was so abrupt und schnell erschien, dass Marleen zuckte und die Augen vor Schreck verschloss. Es war nicht das Feuern des Geschützes. Nein. Als sie die Augen wieder öffnete, stand ein Spinnenroboter auf dem Turm des Wardogs. *Was zum...*

Im dem Moment sprang der Spinnenroboter von dem Wardog herunter und Marleen war sicher, dass er etwas hinterlassen hatte. *Eine Mine.* Als der Spiderbot auf dem Asphalt auftraf, detonierte der gerade eben platzierte Sprengsatz und riss den Wardog in einer grellen, aufflammenden Explosion auseinander, die dank des gerade wieder einsetzenden Boosts zu einem Stillstand kam. Einen Moment betrachtete Marleen die Feuersäule und seine Intensität, die sich in ihren Augen wieder spiegelte und ihr einen Moment Ruhe gab. Die Explosion drückte ihn ein wenig weiter nach vorne, doch er schien sie unbeschadet überstanden zu haben. Marleen war von einer Sekunde zur anderen hellwach. *Deine Chance. Mach sie platt!*

Sie riss das Sturmgewehr an ihre Schulter und feuerte eine Salve in einen der MFA Soldaten, der nur wenige Meter entfernt das Schauspiel ebenso ohnmächtig verfolgt hatte. Im selben Moment blitzte die Mündung des Maschinengewehrs auf dem Spinnenroboter auf und Marleen und der Bot begannen zusammen eine Symphonie anzuspielen, die vollendeter nicht hätte sein können. Der Bot rannte auf die Soldaten zu, während seine Mündung den ersten der vier Soldaten ausschaltete. Parallel fiel der vierte Soldat getroffen von Marleens Waffe herum. Ein weiteres Mal korrigierten Marleen und der Spiderbot ihre Waffen und das Aufblitzen ihre Mündungen riss den zweiten und dritten Soldaten von den Füssen und machten sie handlungsunfähig. *Das ist mal Teamwork.*

Nicht aber den Soldaten an dem schweren Maschinengewehr auf dem Geländewagen. Seine Mündung loderte sofort auf und die Geschosspuren krachten in den Asphalt und rissen die Straße auseinander, während sie auf den Spiderbot zu steuerten. Er konnte nicht zwei Ziele auf einmal im Visier halten, weswegen der Schütze sich wohl für den Roboter entschieden hatte. *Dein Fehler.* Marleen kam hinter dem Wagen hervor und zielte schnell in seine ungefähre Richtung. Ihre Mündung fackelte nicht lange und sie riss ihn mit einem langen Feuerstoß von dem Wagen. Das automatische Feuer des schweren Maschinengewehres erstarb und der Schütze war liquidiert. Marleen war wieder zurück im Geschäft.

Sie sah herum und betrachtete den überraschenden Alliierten mit einem nervösen Blick. Sich noch einen Moment auf seinen metallenen Körper konzentrierend, konnte sie nur noch die Augen aufreißen, als seine Mündung plötzlich herum schwenkte. *Was?*

Dann blitzte es grell auf und ein Projektil traf im selben Moment ihr Halsband und warf Marleen herum und sie krachte hart auf den Asphalt. Es blitzte und rumorte unterhalb ihres Kopfes, als das Projektil irgendetwas mit ihrem Halsband anstellte. *Nein, nicht so.*

Sie rechnete damit, dass es gleich explodierte und ihren Kopf von ihrem Körper trennte. Auf der Straße liegend und die Waffe ganz fest umklammernd, schloss sie die Augen, während das Halsband immer merkwürdigere Geräusche von sich gab. Doch es hörte sich eher nach einer Fehlfunktion an, als nach dem Signal zur Detonation. Es schien beinahe, als würde sich das Halsband wehren, gegen was auch immer aus dem Projektil auf es übertragen wurde. Dann brach das Halsband funkensprühend auseinander. Über ihr sah sie Einzelteile des Halsbandes davonfliegen und spürte den Druck an ihrer Kehle, als die geschundenen Reste des Gegenstandes, der sie heute Nacht gefangen gehalten hatte auf dem Asphalt landeten. *Das kann nicht sein…*

Der Spinnenroboter sah sie noch einen Moment an, während sie sich aufraffte und die Einzelteile des Halsbandes betrachtete, die vor ihr auf der Straße lagen. *Vorbei.* Sie war befreit.

Ungläubig und überrascht von dieser Wendung rieb sie sich am Hals, wo das Halsband Druckstellen hinterlassen hatte. Dann hörte sie ein Knirschen in ihrem Ohr und wusste, dass sich der Operator gerade ausgeklinkt hatte. Seine Aufgabe war beendet. Mit Terminierung des Halsbandes war Marleens Status als Waffe nicht länger aktiv und es war für ihn keine Notwendigkeit mehr, mit ihr in Kontakt zu stehen. Auch wenn Marleen gerade jetzt zu gern die Flüche des Operators hören würde. Es war vorbei! *Oder?*

Der Spiderbot fuhr einen kleinen Monitor aus und ein vertrautes Gesicht erschien auf ihm. *Miles Chang. Was?*

»Ich grüße Sie erneut und darf Ihnen zu Ihrer wiedererlangten Freiheit gratulieren. Doch bevor Sie anfangen mir Fragen zu stellen, muss ich Sie bitten, sich in Sicherheit zu bringen, damit wir an einem ruhigerem Ort mit dem weiteren Verlauf Ihrer Mission weitermachen können.« Chang saß genau dort, wo Sie ihn hinterlassen hatte, in seinem Stuhl, innerhalb des Safehouses. Ob es nun wirklich er oder wieder nur eine programmierte Erinnerung war, musste Marleen später herausfinden. Jetzt galt es von hier zu verschwinden.

Der MFA Geländewagen bot dafür die richtigen Voraussetzungen. Marleen sah den Spiderbot an, der schon in Richtung des Geländewagens mit seinem Blick wies.

»Ja, das denke ich auch.« *Du fährst. Nicht der Operator.*

Der ewigen automatischen Chauffeurdienste des Operators war sie inzwischen überdrüssig und nun war es an ihr, mal wieder das Steuer in die Hand zu nehmen. Die Tür war offen und sie schwang sich hinter das Lenkrad. Der Spiderbot sprang auf das Heck des Fahrzeuges und stemmte sich mit seinen Füssen in das Metall. *Besser so, es könnte jetzt ein wenig rasant zu gehen.*

Mit einem Ruck fuhr der Wagen an und sie beschleunigte. Offenbar erkannte der Spiderbot, dass als sicher genug an und Chang begann von seinem Rücksitz zu erklären.

»Was Sie hier sehen und hören ist Teil meines Gedächtnisses, was in meinem Cyberhirn eingespeichert wurde. Ebenso wie die Aufnahme innerhalb meines Verstecks ist auch das, was Sie jetzt sehen, programmiert. Ich habe sozusagen Teile meines Bewusstseins in den Spiderbot übertragen und er ist vor allem darauf programmiert, Ihren Schutz sicherzustellen. Sie werden sich fragen, warum ich Sie nicht sofort befreit habe. Nun, das ist einfach. So wissen Sie, dass ich es durchaus ernst meine mit meinen Bemühungen, Ihnen beim Überleben dieser Nacht behilflich zu sein.«

Der Spiderbot war also darauf programmiert worden, dir im Falle einer Situation zu helfen, die unweigerlich deinen Tod bedeutet hätte. So versuchte Marleen es sich zu erklären.

»Der Bot war darauf programmiert, Sie zu observieren und sich im Hintergrund zu halten. Jede Ihre Aktionen wurde gescannt und natürlich auch jede Ihrer Kampfhandlungen. Der Bot war darauf programmiert Ihnen zu helfen, falls Ihre Überlebenschance in Kampfhandlungen einen bestimmten Prozentsatz unterschreitet. Zusätzlich sollte er Sie von Ihrem Halsband befreien. Dazu kann ich Ihnen Folgendes sagen. Sie mussten vollständig stillstehen, damit ich das Geschoss genau an dem kleinen Kasten, der sich unterhalb Ihres Kinns befunden hat, anbringen konnte.« *Gut, das er dich vorher nicht um deine Erlaubnis gefragt hat.* »Das Projektil war mit einem Virus gefüttert, das darauf programmiert war, das Deaktivierungsprotokoll im Inneren des Bandes zu aktivieren. Dieses Protokoll habe ich bei meinen Untersuchungen an einem Ihrer Vorgänger gefunden und damit auch eine Möglichkeit, es zu aktivieren. Dass es diese Protokolle gibt, hat mich selber erstaunt, aber ich habe die Halsbänder ja nicht entworfen. Ich kann Ihnen nur sagen, dass sie vorhanden waren. Für welchen Zweck auch immer… Trotz allem musste ein wirklicher guter Schütze den Sender oder das Projektil, was Ihnen lieber ist, in Position bringen. Und auch dafür standen mir Ihre gescheiterten Kollegen zur Verfügung. Um es sozusagen zu testen, ohne das jemandem Schaden zugefügt wird.«

Richtig, denn sie waren ja schon tot. Aber warum das Deaktivierungsprotokoll?

Marleen bog an einer Kreuzung ab und sah, was irgendwann hatte kommen müssen. Eine MFA Straßensperre in einiger Entfernung. Sie rollte langsam auf die Sperre zu und entschied sich dafür, noch nichts zu überstürzen. *Konzentriere dich jetzt erst mal darauf, von hier weg zu kommen. Die anderen Fragen kannst du dann später beantworten.*

Sie parkte den Wagen am Straßenrand und ließ den Motor laufen. Wenn er erst mal ausgeschaltet war, würde sie ihn möglicherweise nicht wieder aktivieren können. Niemand war auf sie aufmerksam geworden oder hatte sie bemerkt. Was gut war.

Sie stieg für den Moment aus dem Fahrzeug aus und betrachtete zahlreiche andere Fahrzeuge, die sich dort hintereinander reihten und auf ihre Durchfahrerlaubnis warteten. Mehrere Soldaten kontrollierten den Innenraum und die Ladeflächen der Fahrzeuge und Marleen war sicher, das eben jene Genehmigung sie nicht bekommen würde. Aber da sie sich jetzt ein paar Straßen weiter befand, war es auch vorerst sicher. *Bis ein Soldat dein Gesicht kontrollierte, natürlich.* Sofern er nur grob auf das Halsband achten würde, konnte sie durchaus entkommen. Auch wenn Aufgeben eine Option war, kam sie für Marleen nicht in Frage. Chang hatte sie befreit, damit sie hinter das Geheimnis kam und nicht, damit sie irgendwo in den Straßen von Nutopia City verschwand. *Wohin willst du auch gehen?*

»Also was jetzt?«, fragte sie den Spiderbot. Einen Moment scannte der die Umgebung und vergewisserte sich, das ihnen niemand gefährlich werden konnte.

»Sie werden schon zu dem Schluss gekommen sein, dass ich Sie nicht so einfach gehen lassen werde. Da Sie sich nun hoffentlich eines Fahrzeuges, vorzugsweise eines der MFA bemächtigt haben, können Sie sich etwas freier bewegen, als es vorher der Fall war. Allerdings ist Ihnen sicher schon aufgefallen, dass es noch einige Blockaden zu überwinden gibt. Aber bevor ich Ihnen helfe, aus diesem Bezirk zu kommen, will ich Ihnen noch einige Details erklären.« Marleen war unsicher, ob hier, unweit der Straßensperre dafür der richtige Ort war und schlich in eine Seitengasse, die sich gleich neben dem geparkten Fahrzeug befand. Der Spiderbot positionierte sich genau am Eingang der Gasse und konnte jedwede Gefahr sofort ausmachen.

»Dieser Spiderbot ist mein persönlicher Leibwächter innerhalb des DeptaDyne Gebäudes gewesen und ich vermache ihn hiermit sozusagen Ihnen. Sein Munitionsvorrat ist voll und über die Langlebigkeit seiner Energiequelle sollten Sie eigentlich informiert sein. Dieser Bot wird Ihnen also bis zu seinem Abschalten bei allem unterstützen, was Ihnen widerfährt. Er gehorcht jedem Ihrer Befehle, zum Beispiel, wenn Sie ihm befehlen würde, die Blockade anzugreifen, damit Sie mit Ihrem Fahrzeug hindurch steuern können. Allerdings sollten Sie sich darüber gewahr sein, dass eine sinnlose Opferung meines Roboters Ihre weiteren Aufgaben durchaus erschweren könnte.«

»Kein Zweifel«, bestätigte sie nur, ungewiss ob der Bot sie hören konnte.

»In seinem Speicher befinden sich sämtliche Erinnerungen, die ich über einige Projekte in meinem Neokortex angesammelt habe. Also Forschungsdaten, Testläufe, Personen die ebenfalls mit mir zusammengearbeitet haben und so weiter. Diese Daten können Sie nur von einem entsprechenden Terminal entschlüsseln und natürlich nicht direkt aus dem Bot hervorrufen. Sollte der Bot in fremde Hände fallen, was bei einem Scheitern Ihrerseits der Fall sein könnte, dann zerstört sich der Spiderbot selbst und jegliche Daten sind verloren. Ich möchte nicht, dass meine Daten jemand anderes in die Hände fallen, außer Leuten, denen Sie vertrauen. Sie können folgen?« Marleen schaute von der Gasse auf den Monitor des Bots und offenbar erwartete dieser eine Antwort.

»Ja, kann ich.«

»Ich freue mich auf die Zusammenarbeit und werde mich an gegebener Stelle wieder mit Ihnen in Verbindung setzen. Gehen Sie behutsam mit meinem Geschenk um und bleiben Sie am Leben. Ich hoffe auf Sie.« Damit endete dieser Monolog von Chang und Marleen wusste, dass es jetzt an ihr lag, einen Weg an den Wachposten vorbei zu finden.

Obwohl es sicher ratsamer war, den Bezirk zu verlassen, ohne das die MFA davon etwas mitbekam. *Und wie willst du das anstellen? Und wer sagt dir, dass der Operator dich nicht immer noch orten kann?*

»Was ist mit meinem Bio–Chip? Bin ich weiterhin für den Operator anpeilbar?« Chang hatte wohl mit seiner ersten Ansage an nicht alles gedacht, aber trotz allem schaltete sich der Monitor erneut an und stand Marleen Rede und Antwort.

»Ihre Waffe und Ihr Bio–Chip sind natürlich weiterhin für den Operator verfügbar. Dass Sie die Waffe lieber nicht auf sich selbst richten sollten, ist wohl klar. Sonst enden Sie noch an einer Ihrer eigenen Patronen. Wenngleich Sie sich damit abfinden müssen, dass man jederzeit weiß, wo Sie sich aufhalten, denke ich nicht, dass man Ihnen nach dem Leben trachten wird. Denn erstens: Sie wissen nichts von Ihrer indirekten Zusammenarbeit mit mir. Und zweitens: Sie werden es auch so schon schwer genug haben, zu überleben. Immerhin sind Sie für den Tod von dutzenden Menschen verantwortlich und die Mars–Federal–Army und das Mars–Pacification–Corps wird sicher nicht glimpflich mit Ihnen umgehen, sofern Sie Ihnen begegnen. Dass Sie nicht in Ihre alte Position zurückkehren können, brauche ich Ihnen nicht zu sagen. Sie sind jetzt auf sich gestellt und können sich sozusagen als Vogelfrei betrachten.«

»Was Sie nicht sagen.« Dass Marleen niemals mehr in das Corps hätte zurückkehren können, war ihr schon verständlich gemacht worden. Jetzt kam es nur noch darauf an, den Operator zu finden und ihn mitsamt seiner Organisation zu beerdigen. Danach würde sie weiter sehen. *Aber erst danach.*

»Ich bleibe also ein Ziel für den Operator, aber aufgrund der schon reichlich gesunkenen Zahl an Troopern mit einem Halsband ist es unwahrscheinlich, dass man jemanden mit dem Auftrag mich zu liquidieren entsendet?«

Soviel verstand sie von all dem nicht, aber sie war sicher, wenn sie die richtigen Fragen stellen würde, dann hatte Chang auch die richtigen Antworten. Es war wie Puzzeln. Nur mit ein paar tausend Teilen. Marleen erinnerte sich an einen Begriff, den man ihr in der Akademie beigebracht hatte. *Ein Conundrum.*

Ihr missfiel der Gedanke, ein Ziel für den Operator zu sein, doch momentan hatte sie keine Wahl. *Fährst du direkt und ohne Umweg nach Cyrus Valley oder gibt es einen Alternativplan?*

Zögernd sah sie wieder in die Gasse und vernahm das Geräusch eines MFA Vertikopters, der offenbar angefordert wurde, um die Straßen aus der Luft nach der flüchtigen MPT zu scannen. Zeit sich weitere Fragen für später aufzubewahren und einen Fluchtplan zu schmieden.

Direkter Angriff. Nein. Oder?

Mit dem Spiderbot fiel sie zu sehr auf und sie konnte unmöglich zwischen den Gassen hin und her eilen, bis sie irgendwann entdeckt wurde. Also ging es nicht anders. Sie musste einen direkten Angriff starten.

Während sie zurück zum ihrem Wagen ging, riss eine plötzliche Explosion einen der MFA–Landraider in Stücke und danach hämmerten von irgendwo hinter der Straßensperre Maschinengewehrsalven auf die noch verbliebenen Soldaten und Fahrzeuge ein. Sie sah Einschläge und einige Soldaten versuchten sich gegen den unsichtbaren Gegner zu verteidigen. Einer der MFA–Männer duckte sich hinter seinem Fahrzeug, riss sein MR–15 in die Höhe und verfeuerte ein ganzes Magazin ins Nirgendwo. Ein helles Peitschen ertönte und von einem Scharfschützen getroffen, fiel er hinter seiner Deckung zusammen. *Es müssen NSM Leute sein.* Marleen ging hinter dem Ende der Gasse in Deckung. *Wenn diese NSMs einen MPC–Hardsuit sehen, würden sie ihn genauso niedermähen, wie die Übrigen.*

Es krachten noch zwei weitere Schüsse, dessen Herkunft Marleen erneut nicht deuten konnte. Ein weiteres Mal erklang der merkwürdig helle Ton des Scharfschützen, dann kehrte Ruhe ein. Sie sah schnell um die Ecke herum und konnte nur einen brennenden Geländewagen und einige Tote erkennen. Ein Motorengeräusch hinter der ehemaligen Straßensperre kam näher und ein Lastwagen krachte gegen die Überreste des Fahrzeugs, schob sich an ihm vorbei und fuhr die Straße hinunter. In dem Moment verstand sie.

Es war kein Zufall, dass genau diese Sperre gerade jetzt von Unbekannten überfallen wurde. Während der Lastwagen sich Marleens Position näherte, hing sie ihr Gewehr an ihren Magnetholster und dann hielt der Lastwagen genau neben Marleens erbeutetem Landraider an. Die Tür öffnete sich und ein schon Bekannter sprang heraus und sein Gesicht strahlte beim Anblick von Marleen vor Erfolg.

Kailen war zurück.

Sie stand angewinkelt an der Wand hinter ihr und sah ihn nur ungläubig an.

»Taxi gefällig?« Sie schüttelte nur den Kopf und ging an ihm vorbei zur Ladefläche.

»Der Spruch musste ja kommen«, entgegnete sie nur, ohne ihn anzusehen. Der Spiderbot richtete seine Mündung auf den für ihn Unbekannten und Kailen zuckte sofort zurück.

»Was ist das denn?«

»Mein Schoßhündchen. Wenn du dumme Kommentare machst, dann beißt er.« Ein metallisches Geräusch, das dem Laden einer Waffe ähnelte, ertönte und überredete Kailen dazu, dass er mit dem Bot lieber vorsichtig umgehen sollte.

»Wie auch immer. Er kommt auch mit?«

»Er ist meine und möglicherweise auch eure Überlebensgarantie. Aber können wir uns darüber im Truck unterhalten?« Ohne auf eine Antwort von Kailen zu warten, öffnete sie die Ladeluke und eine Hand streckte sich ihr entgegen. Sie erkannte auch den Hacker mit Namen Hub wieder. Er schien beinahe noch erfreuter zu sein, Marleen wieder zu sehen. Ohne auf seine Hand einzugehen, kletterte sie auf das Heck des Transporters.

»Hilf lieber ihm«, sagte sie trocken, als der Spiderbot sich ebenfalls daran machte, auf die Ladefläche zu klettern. Hub war von der Präsenz des Spiderbots genauso verwirrt, wie Kailen, akzeptierte diese neue Entwicklung mit einem stummen Nicken. Er reichte dem Spiderbot die Hand, doch als seine scharfe Metallklaue ausholte und kurz davor war, sich durch seine Hand zu bohren, widerrief er die Geste lieber wieder.

»Und das hätte ich mit dir auch gemacht«, setzte Marleen noch hinten an.

Die Fahrertür schlug zu und im selben Moment fuhr der Transporter an, drehte auf der Stelle herum und raste die Straße herunter. *So viel Glück hättest du wohl nicht erwartet. Vor allem, da du letztes mal noch auf Sie geschossen hast.*

Marleen ließ sich auf die Sitzbank fallen, die im Laderaum angebracht war und sah sich um. Durch eine kleine Luke erkannte sie auch Neal wieder. Damit waren alle hier, die sie das erste Mal auch gesehen hatte. Sich erinnernd, machte sich ein Gedanke in ihrem Kopf bemerkbar, dass noch jemand fehlte. Bei ihrer ersten Entführung hatte Kailen mit einem Waffenexperten gesprochen, dessen Name ihr aber mittlerweile wieder entfallen war. Jener Experte musste es auch gewesen sein, der die MFA Soldaten aus der Entfernung erledigt hatte.

Du musst dich wohl nicht fragen, wie sie dich gefunden haben. Natürlich nicht.

»Wo ist das Teil?« So viel hatte sie mittlerweile für sich alleine heraus finden können, dass irgendwo an ihr ein Sender angebracht war, mit der die NSMs sie gefunden hatten.

»Du kommst gleich zu Sache. Keine Begrüßung, nicht mal ein Danke. Und Hey, nur mal so nebenbei: Es tut immer noch ziemlich weh, wo uns deine Kugeln getroffen haben. Etwas mehr Dankbarkeit wäre vielleicht angebracht. Immerhin hättest du die Straßensperre ohne uns wohl kaum überwunden.«

»Bist du dir sicher?«

Der Spiderbot schüttelte sich kurz, was eine direkte Untermauerung auf Marleens Aussage war.

»Na gut, vielleicht hättest du es doch geschafft. Aber so musstest du dir nicht die Hände schmutzig machen.«

»Musste ich schon genug diese Nacht. Und Ihr wisst genau, dass ich keine andere Wahl hatte, als auf euch zu feuern. Nur so konnte ich euer und mein weiteres Überleben sicherstellen.«

»Ja. Das haben wir schon kapiert. Aber du erwartest doch nicht, dass wir dir ein freundliches Danke sagen dafür, dass du uns durchlöchert hast. Nein? Also gut, dann zurück zum Wesentlichen.« Er machte eine Pause, um ein wenig Abstand zwischen »Du hast auf uns geschossen« und »Wir sind hier, um dir zu helfen« zu bringen. »Das ist der Deal. Wir haben einen Hacker, der das Signal deiner Waffe eventuell zurückverfolgen und uns helfen kann, einen der Operator zu finden. Was vielleicht ein Weg ist, diese ganze Sache zu überleben. Wenn du nicht willst, kannst du jederzeit aussteigen. Aber ich denke mal, das du ohne Hilfe ganz schon aufgeschmissen bist.» Er hatte nicht Unrecht. Sie hätte theoretisch direkt nach Cyrus Valley durchstarten können, aber mit neuen Verbündeten an der Seite gab es durchaus noch Alternativmöglichkeiten.

»Wir werden also ein Team?«

»Richtig. Du magst heute Nacht so manchen von uns umgelegt haben, aber das war dein Job. Du musstest, um uns aufzuhetzen und auf die MPC loszugehen. Das musste jeder Pac, der kontrolliert wurde. Und du wirst wohl kaum wieder zu deinen Leuten zurückgehen können, die werden dich in irgendeiner Sträflingskolonie abladen und das war es dann für dich. Nicht gerade schmackhaft oder?« Sie dachte sporadisch an das, was sie dort erwarten würde und konnte Kailen nur beipflichten.

»Also steigst du bei uns ein. Aber dafür musst du uns vertrauen. Der Sender befindet sich hinter deiner Halskrause. Unmöglich für dich ihn zu sehen, aber wenn du willst, entfernen wir ihn.«

»Vielleicht ist er noch nützlich, also wieso bleibt er nicht einfach, wo er ist.« Für Kailens Team sichtbar zu sein, war keine schlechte Sache und wenn sie ehrlich war, freute sie sich über jeden neuen Verbündeten.

»Ihr wollt also das Signal zurückverfolgen, um meinen Operator zu finden?«

»Richtig, aber zuerst musst du uns sagen, wie du dein Halsband losgeworden bist. Unser Hacker sollte nämlich dein Halsband ausschalten, doch dann berichtete er uns plötzlich davon, das es nicht länger aktiv sei. Dann machten wir uns auf den Weg, um dich zu holen. Denn…« Marleen unterbrach ihn.

»Denn meine Waffe kann noch immer zurückverfolgt werden. Schon klar, das weiß ich bereits.« Hub sah sie merkwürdig an. Obwohl er eigentlich ein ganz fähiger Hacker zu sein schien, musste er sich gerade fragen, wie das alles sein konnte. Marleen zeigte mit ihrem Finger auf den Spiderbot und er verstand immer noch nicht.

»Mein letztes Ziel, ein gewisser Miles Chang, der für DeptaDyne gearbeitet hat, hinterließ mir in seinem Safehouse eine Nachricht, nachdem er mich mit seinem Hologramm ausgetrickst hat. Und während ich im Chinesenviertel von der MFA eingekesselt wurde, erschien dieser Spiderbot, der mich im letzten Moment aus einer brenzligen Situation herausholte. Chang hat in seinem Speicher wichtige Daten hinterlassen, die möglicherweise die ganze Sache aufklären.«

»Was meinst du mit Aufklären?«, fragte Hub.

»Er hat angeblich an einigen neuen Projekten gearbeitet. Chang zufolge hat ein General der MFA bei etlichen Konzernen nach neuen Technologien forschen lassen, die dem Militär dann zur Verfügung stehen sollen.«

»Und darum geht es? Um diese neuen Technologien?«, ergänzte Hub.

»Nicht nur das, wahrscheinlich ist das wieder nur ein Teil der Wahrheit.«

Der Transporter hielt an und die Ladeluke öffnete sich. Ein älterer Mann kletterte auf die Ladefläche und über seine Schulter war das, was die MFA Soldaten ausgeschaltet hatte. Marleen sah dem Mann einen Moment in die Augen, während dieser sie ebenfalls musterte.

»Lief alles glatt?«, fragte er in Richtung Kailen.

»Ja, alles bestens. Der Spiderbot ist übrigens ihr eigener. Die junge Dame war ebenfalls nicht faul in den letzten Stunden.«

»Ich bin Shmitty und wenn Sie wirklich das drauf haben, was die Jungs behaupten, dann ist es mir ein Vergnügen, Sie kennenzulernen.« Er nickte Marleen zu und sie erwiderte seinen Gruß.

»Der Spiderbot ist voller DeptaDyne Daten und hat wohl etwas mit dem Grund der MPC– Anschläge zu tun.«, klärte ihn Hub kurz auf. Shmitty sah kurz auf den Spiderbot und dann wieder zu Marleen.

»Mich würde eher interessieren, wie sie das Halsband losgeworden sind. Der Hacker, den ich mit Ihrer Befreiung betraut hatte, war sehr bemüht, über den Sender, den man Ihnen verpasst hat, das Halsband zu entschärfen. Doch er war wohl nicht einmal nahe dran, als das Signal des Halsbandes sich plötzlich abschaltete. Wie haben Sie das angestellt?«

»Ich habe gar nichts. Der Bot hat!« Kailen meldete sich von vorne.

»Können wir das vielleicht später besprechen. Wichtig ist, was Chang dir hinterlassen hat.«

»Auf dem Speicher des Spiderbots sind wohl die Daten, Versuchsergebnisse und Testläufe dieser neuen Waffen, an denen Chang gearbeitet hat. Genaueres kann ich euch auch nicht sagen, da ich bis jetzt keinen Zugriff auf die Daten hatte. Er hat gesagt, dass er nur Leuten, denen ich vertraue, Zugriff auf die Daten gewährt. Sterbe ich, dann gibt es keine Möglichkeit mehr an die Daten heranzukommen und der Spiderbot zerstört sich selbst. Was Ihr also braucht ist ein Terminal, das die Daten lesen kann und dann entscheiden wir, was wir damit anfangen. Die Prototypen dieser Waffen, von denen es bereits einige geben soll, befinden sich laut Chang in der Cyrus Valley Militärbasis und ein gewisser General Maxim Alenius ist wohl für sie verantwortlich. Ob er nun auch hinter der ganzen Sache steckt, kann ich euch nicht sagen. Chang hält es nicht für unmöglich, aber es heißt nicht, das es auch so sein muss.«

»Wenn wir also das Signal der Waffe zurückverfolgen und es in Cyrus Valley seinen Ursprung hat, dann ist das ein Wegweiser in die richtige Richtung«, ergänzte Hub.

»Und das ist der Plan«, sagte Kailen.

»Ihr wisst allerdings, dass wir das Signal nur einmal zurückverfolgen können. Sobald sie unsere Bemühungen entdecken, werden sie ihrerseits sämtliche Verbindungen kappen und damit wird auch für uns die Möglichkeit terminiert, noch etwas auszurichten«, fügte Shmitty noch hinzu.

»Was ist mit der Munition?«, fragte Marleen. »Wenn die Waffe noch aktiv ist, damit sie deine Position orten können, dann wird auch die Munition noch aktiv sein. Demzufolge können wir sie vielleicht für unsere Zwecke manipulieren. Wenn die Waffe abgeschaltet wurde, müssen wir nur einen Weg finden, sie wieder zu aktivieren. Und dann können wir auch das Signal zurückverfolgen.« Als sie die Waffe aus dem Halfter zog, bestätigte sich ihre Vermutung. Die kleinen Dioden, die vorher ein grünes Licht angezeigt hatten, waren ausgeschaltet. Der Operator hatte sämtliche Verbindungen zu ihr getrennt. Sie war also vollkommen auf sich gestellt und es war für sie nur verständlich, warum man ihr nicht nach dem Leben trachten würde. Ohne den Spiderbot und ohne Kailen und seine Männer wäre sie wirklich verloren gewesen. Was viele andere sicherlich auch waren. Ihre Mission endete, der Kontakt wurde eingestellt und sie waren für sich allein verantwortlich. Niemand konnte ihnen helfen.

Vor ihrem geistigen Auge stellte sie sich so manchen Trooper vor, der allein und verlassen in einer Gasse saß und dessen Mission gerade geendet hatte. *Er hatte die Nacht überlebt, aber sein weiterer Weg war vollkommen ungewiss.* Der Operator hatte also nicht gelogen. Es war nie geplant gewesen, die Trooper am Ende ihrer Operation zu töten. Sie wurden einfach entlassen und waren von dann an auf sich gestellt.

Das gleiche Schicksal hätte Marleen auch erwartet, wenn Chang und Kailen nicht gewesen wären. *Ausgeliefert und verlassen irgendwo in einer der neonleuchtenden Gassen zu sitzen und nicht zu wissen, was werden sollte. Nicht gerade ein beruhigender Gedanke.*

Ein Grund mehr sich den Operator und seine Hintermänner vorzunehmen und sie zur Rechenschaft zu ziehen. *Sie würden bezahlen. Jeder Einzelne.*

»Habt Ihr das nötige Equipment?«, fragte Marleen.

»Ja, in unserem Versteck haben wir alles, was dazu nötig ist. Wenn es nicht funktioniert, dann fahren wir nach Cyrus Valley und prügeln die Antworten aus Alenius heraus. Wenn es dir nichts ausmacht.« Normalerweise würde sie es in so einem Fall vorziehen, alleine zu arbeiten, aber einen Stützpunkt der MFA zu stürmen wäre selbst mit der Hilfe des Spiderbots nicht zu schaffen.

»Kailen«, sagte Marleen nur. »Danke.«

Sie hatte es bisher versäumt, sich zu bedanken, doch wenn die Jungs bereit dazu waren, mit ihr in den Tod zu gehen, um hinter das Geheimnis zu kommen, dann war Danke sagen das Mindeste und Einzige, was sie momentan tun konnte. Zusammen mit noch einer weiteren Sache. Denn wenn sie sich richtig erinnerte, wusste keiner von ihnen ihren Namen.

»Mein Name ist Marleen Shou.«

Kailen sah aus dem kleinen Fenster zu Marleen und seine Augen spiegelten das wieder, was er gerade dachte. Damit war das Vertrauen besiegelt. Von jetzt an würden sie Partner sein.

»Freut mich, Marleen.«

»Wie lange brauchen wir noch, bis wir bei eurem Versteck sind?« Ihre Kräfte neigten sich so langsam dem Ende und ihre Augen hielten sich mehr schlecht als Recht offen. *Zeit für ein bisschen Schlaf.*

»Wenn es euch nichts ausmacht, dann werde ich ein wenig schlafen. Ich bin total fertig.«

»Nur zu.« Marleen legte sich zur Seite und machte es sich auf der Ladefläche so bequem, wie es nur irgend ging. Sofort gab ihr Körper dem Bedürfnis nach und sie fiel in den lange ersehnten Schlaf…

Die Nacht war vorüber. Als sich ihre Augen öffneten und ihr ein Leuchten von außerhalb des Ladefläche klar machte, das es mittlerweile wieder Tag war, sah sie um sich und erkannte die restlichen Mitglieder von Kailens Team auf der Ladefläche. Nur Shmitty fehlte. Der Spiderbot erkannte ebenfalls, dass sie wach war und sein Kopf sirrte in ihre Richtung, verhielt dann und wartete offenbar auf Anweisungen. Sie streckte sich und kam langsam hoch, unsicher, ob es definitiv genug Schlaf gewesen war. *Sollte wohl erst mal reichen.*

»Wie lange war ich weg?«

»Zehn Stunden«, antwortete Kailen.

»Fühlte sich richtig an.« Sie streckte sich ausgiebig und machte sich mit den geänderten Lichtverhältnissen vertraut. Obwohl sie nicht vollkommen nach draußen sehen konnte, musste sie sich an das grelle Sonnenlicht erst mal wieder gewöhnen. »Wohin fahren wir?«

Dass der Lastwagen fuhr, hatte sie sofort bemerkt, obwohl ihr das Ziel ungewiss erschien. *Es sei denn…*

»Wir haben das Signal deiner Waffe zurückverfolgen können.« Sofort war sie hellwach. Ohne zu antworten, sah sie Kailen mit großen Augen an.

»Es war gar nicht so kompliziert gewesen. Wir haben die Waffe an eine Stromquelle angeschlossen und einen Impuls durch gejagt. Hat ausgereicht, um eine Position zu bekommen. Und es ist nicht Cyrus Valley.«

»Sondern?« Ihre Neugier und die Tatsache, dass es wirklich funktioniert haben musste, machten sie nervös, aber die Antworten auf alle ihre Fragen schienen in greifbarer Nähe zu sein.

»Das lässt sich nicht so ganz sagen. Offenbar handelt es sich um eine Seitengasse im Kolea Distrikt. Und das ist auch das, was wir nicht verstehen. Es ergibt einfach keinen Sinn.«

»Wie meinst du das?«

»Das Signal zurückzuverfolgen, war simpel und der Ort, von dem es ausgeht, ist irgendeine Gasse. Das stinkt nach einer Falle.« Marleen musste ihm zustimmen. Es war einfach zu offensichtlich.

Der Operator und seine Hintermänner haben soviel Mühe und Credits in die Operation gesteckt und auf einmal ist es ein leichtes, seinen Standort ausfindig zu machen? Nein, es konnte nicht so einfach sein.

»Also, wie ist euer Plan?«

»Wir fahren hin und sehen es uns an. Da wir nicht wussten, ob ihnen unser Signal aufgefallen ist, sind wir sofort aufgebrochen. Denn es kann sich auch um ein mobiles Signal handeln. Wie einen Anhänger oder so.«

»Und mich wolltet Ihr einfach schlafen lassen?«

»Niemand von uns wollte dich vom Laster herunter tragen. Und warten wollten wir auch nicht. Der Plan sieht vor, dass einer aussteigt und nachsieht. Neal hat sich dafür freiwillig gemeldet. Der Rest wäre hier geblieben. Und wecken wollten wir dich nicht. Jedenfalls nicht, wenn es nicht notwendig gewesen wäre.«

»Schon verstanden. Ich weiß eure Fürsorge zu schätzen.«

»Boss!«, hörte sie Neal von vorne sagen.

»Ok, wir sind da. Neal steigt aus und meldet uns, was sich in der Gasse befindet. Danach rücken wir gegebenenfalls nach oder verschwinden, wenn es zu heiß wird.«

Danach wandte er sich zu Neal.

»Pass auf dich auf.« Die Beifahrertür öffnete sich und Neal stieg aus, um nachzusehen, was sich am anderen Ende der Leitung befand, die Marleen durch die halbe Stadt gehetzt hatte. Oder was sich vorgab dort zu befinden.

»Wie ist die Situation in der Stadt?« Sie hatte immerhin einige Stunden verschlafen und musste sich mit der vielleicht geänderten Situation auseinandersetzen.

»Nicht viel. Die Trooper mit Halsbändern sind noch teilweise im Einsatz, obwohl die MFA sich hauptsächlich um die Unruhen und Blockkriege kümmert.«

»Und euer Bezirk ist da wohl der Ruhigere?«

»Nicht wirklich. Kurz bevor wir aufbrachen, erreichte uns die Nachricht, dass eine andere Zelle nicht weit von uns von einer Spezialeinheit der MFA ausgeräuchert wurde. Drei unserer Freunde starben und zwei weitere sind auf der Flucht. Vielleicht wären wir die nächsten gewesen. Obwohl Shmitty sicher ist, dass niemand sein Versteck kennt, hat er seine meisten Waffen zu einem anderen Versteck gebracht. Aber er hat dir das hier da gelassen.« Kailen reichte ihr das Sturmgewehr, mit dem Shmitty die MFA Soldaten an der Straßensperre ausgeschaltet hatte.

»Es ist ein Auermark–74. Shmittys beste Waffe. Du betätigst diesen Knopf und das Magazin wird herausgelassen. Dann schiebst du ein neues hinein und er automatische Verschluss macht die Waffe wieder feuerbereit. Sie verfeuert hülsenlose Munition. Du musst du dir auch um den Rückschlag nicht allzu viele Gedanken machen.« *Jetzt kommen wir der Sache schon näher.* Die neue Waffe fühlte sich gut an und sah dazu auch noch ziemlich gut aus. Wenn sie eins schätzte, dann wenn man ihr die richtige Ausrüstung zur Verfügung stellte. Shmitty musste einiges an Hoffnung in Marleen stecken, wenn er ihr seine beste Waffe überließ.

Sieht wirklich nach allerbester Hardware aus. Jetzt kann sich der Operator aber auf was gefasst machen.

»Kann ich aussteigen?«

»Ja, na klar. Aber nicht, das du wegläufst.«

»Keine Sorge. Will mich nur frischmachen.« *Jetzt nicht mehr.* Es würde keinen Sinn machen, jetzt wegzulaufen. Nicht, wo wie so nah dran war. Sie öffnete die Luke und ließ sich auf die Straße gleiten. Der Spiderbot tat es ihr gleich und kam seinerseits aus dem Transporter heraus, stellte sich neben sie und ließ Marleen nicht aus den Augen, selbst nicht, als sie kurz aus dem Blickfeld der Jungs verschwand. *Ein guter Gefährte.*

Ein kleines Rinnsal lief zu ihren Füssen entlang und erst jetzt erkannte sie, dass sie unterhalb einer kleinen Brücke in einem Kanal standen, der aber trocken gelegt war. Neal war über eine Treppe an der Seite der Brücke verschwunden und unweit von hier musste er das unter die Lupe nehmen, was dort auf sie wartete. Die Anspannung machte sich bemerkbar und obwohl sie sicherlich noch Schlaf nachzuholen hatte, war momentan nicht daran zu denken. *Erst die Arbeit. Dann die Bedürfnisse.*

In einiger Entfernung stiegen dichte Rauchwolken aus nahen Fabriken auf und sie mussten sich am Rande eines Industriebezirkes aufhalten. Hier schien es keine Unruhen zu geben und auch Aufständische, die Ärger machen wollten, waren hier sicher rar gesät. *Bot sich also als Versteck für einen Operator an.* Über ihr fuhren einige Fahrzeuge über die Brücke und machten sie darauf aufmerksam, dass die Geschäftigkeit trotz der Unruhen in Nutopia City weiterging.

Marleen trat nach ihrer Pause zurück an den Transporter und zu Kailen.

»Herrlicher Tag?«, fragte er.

»Der schönste, den ich je gesehen habe.« Vor einigen Stunden wusste sie nicht, ob sie jemals wieder das Tageslicht erblicken würde, während sie schwitzend und nach Atem ringend durch die Stadt gerannt war. Auf der Jagd nach den nächsten Zielen. Doch jetzt im Licht des Tages und ohne das kratzende Gefühl des Halsbandes schien alles so unwirklich. Wie ein lange währender Alptraum, aus dem sie endlich erwacht war. Auch wenn die Präsenz von dem Spiderbot und Kailen sie darauf hinwiesen, dass es unmöglich ein Alptraum gewesen sein konnte. Sie atmete tief ein und genoss den Moment der Stille. Weit entfernt ragten die Fabrikschornsteine in den Himmel und Geräusche schwerer Maschinen waren entfernt vernehmbar. Hier gab es kein MPC, keine MFA und auch niemanden der ihr Ärger machen wollte. Es war ein neuer Tag in Nutopia City und ein neuer Tag für Marleen Shou.

»Es ist ein grauer Transporter.«, hörte sie Neal aus ihrem Comm sagen.

»Grau?« Kailen war misstrauisch.

»Ja, einfach nur grau. Sieht nicht wirklich wie der Kontrollstand von einem Operator aus.«

»Das soll es wohl auch nicht. Sonst irgendetwas Verdächtiges?«

»Nein, gar nichts. Keine MPC–Fahrzeuge, keine MFA. Nichts. Nur ein paar zivile Fahrzeuge sind an mir vorbei, aber niemand schien sich für mich zu interessieren.« Kailen sah Marleen an, wartete auf ihre Entscheidung. *Jetzt oder nie.*

»Gehen wir es an.«, sagte sie, während sie einen schnellen Blick auf ihre neue Waffe warf.

»Es geht los.« Er entsicherte seine Typ–3 und ging die Treppe hinauf.

»Nur leichte Waffen?«

»Mit großen Kalibern fallen wir zu sehr auf. Du allerdings nicht.« Was richtig war.

Zivilisten mit Waffen wurden grundlegend als NSM eingestuft und in neunzig Prozent der Fälle entsprach das auch der Wahrheit. Sie allerdings trug immer noch ihren MPC–Hardsuit. *Weswegen man dich gewähren lassen wird.* Und ohne Halsband hatte sie sogar wieder Autorität gegenüber neugierigen Zivilisten. Wenngleich sich mancher nach der Herkunft des Spiderbots fragen würde. Sie folgte ihm und Hub blieb im Lastwagen zurück, um notfalls mit dem Fahrzeug als Fluchtmöglichkeit zur Verfügung zu stehen. Die Kanäle waren ein gutes Versteck. Kailens Planung war hervorragend. *Keine Einwände.*

Hinter der Treppe sah sie Neal, wie er am Rande eines teilweise verlassen scheinenden Wohnbezirks am Anfang einer Gasse stand und versuchte, nicht zu auffällig zu wirken. Der Spiderbot folgte Marleen über die Treppe, obwohl er sichtlich seine Mühe hatte, die Stufen empor zu steigen. Die Stufen waren doch etwas klein, doch nach einigem Hin und Her war auch er am Rand der Brücke angekommen. Marleen sah einmal die Straße hinab, hinter ihnen waren die schon gesehenen Fabriken und aufgrund der enormen Lärmbelastung musste sich ein Großteil der Bevölkerung, die hier einst gelebt hatte, dazu entschlossen haben, anderweitig Quartier zu beziehen. Vielleicht hatte dieser Bezirk einmal für neue Marsimmigranten zur Verfügung gestanden, bis man für sie bessere Wohnungsmöglichkeiten gefunden hatte. Doch jetzt schien alles leer und nirgendwo gab es ein Zeichen dafür, dass hier jemand lebte. Die Fenster waren teilweise zertrümmert und Schmierereien waren an fast allen Wänden von reichlich unbegabten Künstlern hinterlassen worden. *Du hättest hier auch nicht leben wollen.* Über ihr war ein Wegweiser, der lediglich die Besitzer der Fabriken identifizierte und wo man diese finden konnte.

Ein Kleintransporter fuhr hinter ihr heran, steuerte an dem Gespann vorbei und führte seine Fahrt in den Stadtteil fort. Marleen sah sich noch einmal um, doch kein weiteres Fahrzeug war zu sehen. Neal winkte den anderen zu, verschwand in der Gasse. Der Spiderbot scannte kontinuierlich die Gegend, doch auch er vernahm keinerlei Gefahr. *Gut, also alles sicher für den Moment.*

Marleen rannte über die Straße, sah an den maroden Bauten hoch, die ihr jetzt nur noch verkommener vorkamen und glitt an die Mauer, neben der sich der Eingang der Gasse befand. Sie lugte um die Ecke und richtig. Neben einem riesigen Haufen Müll, Altmetall und weggeworfener Möbel stand ein grauer Lastwagen, als ob er dort hin gehören würde. Er sah heruntergekommen aus, doch das diente wohl lediglich dazu, ihn in dieses Viertel einzufügen. In anderen Viertel würden die anderen Lastwagen, die als Operatorzentrale dienten eben auch den Gepflogenheiten des jeweiligen Bezirks angepasst sein. So schlau waren die Drahtzieher der ganzen Sache schon.

»Was jetzt? Gehen wir einfach anklopfen?«, fragte Marleen, ihr Gewehr auf die Straße richtend. Sie rechnete jeden Moment damit, dass ein Überfallkommando über sie herfiel oder das der Lastwagen seinen Motor startete, weil sie Marleen und ihre Gefährten entdeckt hatten, doch nichts passierte. Ein Hydromobil, das zu einem der Konzerne gehörte, steuerte auf der Straße heran, doch fuhr unbeirrt weiter, als der Fahrer den Spiderbot und sein Geschütz sah. Neal hatte darauf keine Antwort und Kailen war sich ebenfalls nicht sicher. *Was bleibt auch? Man erwartete euch entweder nicht oder aber genau das ist der Fall und eine unangenehme Überraschung lauert im Inneren des Fahrzeuges.*

»Scan«, sagte Kailen einer plötzlichen Eingebung folgend. »Hat der Spiderbot so was?« Darauf wäre Marleen nicht gekommen. Schließlich wusste sie nicht um aller Funktionen ihres metallenen Gefährten. *Nächstes Mal; Bedienungsanleitung lesen.*

»Chang, kannst du einen Scan von diesem Lastwagen machen?«

»Gewiss«, entgegnete Changs Stimme und der Bot richtete seine Apparatur in Richtung des Fahrzeuges. Auf dem kleinen Monitor erschien das Fahrzeug und dann wurde sein Inneres offensichtlich. Ein großes Terminal musste sich im Inneren befinden, das konnte sie auf den Monitoren erkennen. Doch ansonsten war dort nichts zu erkennen. Keinerlei Gefahren, aber auch keinerlei Operator.

»Da ist niemand...« *Hast du das nicht erwartet?* Nach Abbruch ihres Kontaktes war der Operator von seinem mobilen Terminal abgeholt worden und das Terminal wurde zurückgelassen. Um eventuellen Rückverfolgungsversuchen vorzubeugen.

Marleen schritt auf den Lastwagen zu, die Waffe gesenkt. Jetzt war sie sich sicher, dass es nur eine Finte gewesen war. Sie atmete noch einmal tief durch und legte dann ihre Hand an den Türgriff, der die Ladefläche offenbaren würde. Sie sah zurück und Kailen an. Dann drückte sie den Tür Knauf herunter und die Tür schwang auf. *Richtig geraten.*

Das Innere war leer. Ein Geruch wie der von verschmorter Elektrik zog sofort an ihr vorbei und aus Reflex hielt sie sich die Hand vor die Nase. Sämtliche Geräte waren zerstört und an Ort und Stelle geröstet worden. Warum war einfach. Niemand wäre in der Lage, dieses System wieder herzustellen und damit die Herkunft der Befehle, die der Operator dann an die Trooper weitergeleitet hatte, herauszufinden. *Perfekt durchdacht. Leider.* Die Perfektion unterstrich ein weiteres Mal, dass sie es mit den besten Leuten zu tun haben musste. Marleen winkte Kailen heran. Neal blieb zurück, um weiterhin die Straße im Auge zu behalten.

»Und, niemand zu Hause?«

»Fehlanzeige.«

»Hätte ich mir auch denken können. Es war eben doch zu einfach gewesen.« Kailen warf einen Blick in den Ladebereich, rümpfte die Nase, als ihm ebenfalls der Geruch der verschmorten Anlage begegnete und gab ein enttäuschtes Murren von sich.

»Sie müssen es bemerkt haben, als ihr sie angepeilt habt. Dann haben sie das Equipment gegrillt und den Operator evakuiert. So einfach.« Sie trat in den Ladebereich hinein, nachdem sich der Gestank ein wenig verzogen hatte. Sie strich mit ihrer Hand über die Geräte, nahm ein paar Transferkabel in die Hand, die sicher dem Operator bestimmt waren; sah schließlich auch den Sessel, in dem der Operator über Marleens Leben gewacht hatte. Im Gegensatz zu dem Terminal und dem restlichem elektrischem Equipment war der Stuhl unversehrt und Marleen zögerte, als sie vor ihm stand. *Ground Zero.*

Das war er also. Der Platz, von dem ihr Leben in den letzten Stunden kontrolliert wurde. Ein großer Helm lag ebenfalls nicht mehr funktionstüchtig in der dafür vorgesehen Vorrichtung und Marleen nahm ihn hoch. Die Datenkontrolleinheit. Befehle und Kommandos mussten von dort zu Marleen weitergegeben worden sein und einige Anschlüsse sahen noch minimal funktionstüchtig aus. Auch wenn sie wusste, das es nicht so war. Der Stuhl machte ihr Platz und sie setzte sich, sah in die Bildschirme vor ihr, die nur Dunkelheit ausstrahlten und auf denen vor nicht allzu langer Zeit Marleens Weg wiedergegeben wurde.

»Was machst du?«

»Ich will nur die andere Hälfte der letzten Stunden meines Lebens entschlüsseln.«

»Und du meinst, das gelingt dir?«

»Ich muss wissen, was für ein Gefühl das ist, über jemand anders zu entscheiden. Immerhin hat dieser Jemand mein Leben aufs Spiel gesetzt.« *Du warst seine Marionette.*

Kailen trat in den Ladebereich ein.

»Ich kann verstehen, was es für dich bedeuten muss, hier zu sein. Aber meinst du nicht, es ist ein wenig zu unsicher? Was, wenn hier drinnen noch etwas funktioniert, ein kleiner Audiotransmitter oder so etwas und unsere Unterhaltung jetzt gerade an eben jenen Mann weitergeleitet wird, der hier gesessen hat.« *Vielleicht hat er Recht.* Wenn sie schon den Lastwagen und die komplette Ausrüstung hier gelassen hatten, war eine Falle jedweder Art nicht auszuschließen. Oder es war ihnen wirklich egal und sie scherten sich nicht weiter um Marleen, da sie ihre Freiheit wieder erlangt hatte, während sie aber trotzdem auf den Fahndungslisten des Corps und der Army bestehen blieb. *Zwei Möglichkeiten. Aber welche war jetzt die Richtige?*

»Wenn Sie da sind, dann wissen Sie sicher noch, was ich Ihnen gesagt habe. Ich komme Sie holen. Ich finde Sie. Und dann reiße ich Sie in Fetzen!«, sagte sie an den Operator gerichtet. Wenn er wirklich da war, wirklich zuhören würde, dann sollte er auch wissen, dass sie seiner Präsenz durchaus bewusst war. Sie sah an die Decke und die restlichen Geräte genauer an. *War er hier? War er es nicht?*

Unsicher blieb sie im Stuhl des Operators sitzen. Sie sah unter das Terminal, doch selbstredend gab es kein Anzeichen dafür, dass noch etwas ein Signal nach außen sendete.

»Chang, können sie ausfindig machen, ob von diesem Fahrzeug noch ein Signal nach außen geht oder sind sie dafür nicht ausgestattet?«

»Negativ, dafür fehlt mir die passende Ausrüstung.«

»War zu erwarten, oder?«, gab Kailen von sich.

»Ja, aber so ganz will ich noch nicht aufgeben.« Sie drehte den Stuhl einmal herum und sah zum Führerhaus. Dort würde sicher kein Hinweis auf die Herkunft des Fahrzeuges sein. Also gab es wirklich nur noch eine Alternative. *Cyrus Valley.*

»Was also ist der weitere Plan. Es gibt doch einen oder?«, fragte Marleen.

»Also, um ehrlich zu sein, ging unser Plan nur bis hier. Und willst du wirklich über weitere Pläne hier drin reden?« Er hatte nicht ganz Unrecht. Chang war im Moment keine große Hilfe und über weitere Pläne zu reden, während die Möglichkeit bestand, dass sie abgehört wurden, war nicht wirklich die schlaueste Vorgehensweise. Marleen stand auf und drehte von Enttäuschung getrieben, den Drehstuhl noch einmal herum, bevor sie aus dem Inneren des Lastwagens in die Gasse zurückkehrte. Kailen sah sie an, ebenso Neal und Chang.

»Hub, hol uns ab, wir sind hier fertig.«.

Sie schritt die Gasse in Richtung der Straße herunter und überlegte, was die weitere Vorgehensweise überhaupt nur noch sein konnte.

»Wir müssen also nach Cyrus Valley, falls das überhaupt noch eine Option ist.« Kailen kratzte sich ein wenig verlegen den Kopf. Marleen ging an ihm vorbei und er musste ihr mehr als argwöhnisch hinterher sehen.

»Ich will die Sache auch klären, das weißt du. Aber wie hast du dir das vorgestellt? Wir können nicht einfach einen der bestbewachtesten MFA Stützpunkte des Mars mit vier Leuten überfallen.«

»Fünf«, ergänzte sie und zeigte dabei auf Chang.

»Na gut. Und wenn schon. Ich sage trotzdem, dass es an das Unmögliche grenzt. Wir brauchen zuerst einen Plan.« Hub fuhr gerade mit dem Lastwagen heran, als Marleen fortfuhr.

»Die nächste Adresse wäre sowieso Cyrus Valley. Ganz egal, ob wir hier fündig geworden wären oder nicht.« Hub unterbrach sie.

»Ich kann mich in die MFA Datenbank hacken und herausfinden, wie viele Truppen aus Cyrus Valley abgezogen wurden. Wenn nur noch ein Bruchteil der regulären Truppen dort ist, dann könnte es unsere Chancen auf jeden Fall erhöhen.« Kailen sah Hub an und gab schließlich nach.

»Gut, tu das.« Viel mehr Optionen gab es wirklich nicht. Sie konnten überhaupt froh sein, dass Chang sich Marleen angenommen hatte, denn sonst wäre die Reise für sie alle hier zu Ende gewesen. *Ohne ihn hättest du nicht einmal den Hinweis auf Cyrus Valley.*

»Neal, du fährst. Wir fahren ein wenig in der Gegend herum, so dass man uns nicht zurückverfolgen kann.« Marleen kletterte auf die Ladefläche und Chang und Kailen folgten ihr. Der Lastwagen startete und während sie den Operationsraum des Operators hinter sich ließen, machte Hub seine VR–Ausrüstung bereit.

»Ich weiß selbst, dass uns keine andere Möglichkeit bleibt. Wir warten ab, was Hub herausfindet, dann entscheiden wir, wie wir es angehen.«

»Wir finden Alenius und legen ihn um, wenn er dahinter steckt.«, entkam Marleen, während sie auf den Boden sah. *Du bist wirklich entschlossen die Sache zu beenden und den Drahtzieher für die letzte Nacht endlich in die Finger zu bekommen.* Kailen verstand Marleens Motivation, aber ein sinnloses Stürmen des Stützpunktes endete ohne Planung für alle Beteiligten in jedem Fall tödlich.

»Lass uns abwarten, was Hub herausfindet.« Es schien für den Moment das Einzige zu sein, dass Sinn machte. Er ließ sie eine Weile in ihren Gedanken, während sie stumm nebeneinander saßen und einander nicht ansahen.

»Darf ich dich was fragen?«

»Na klar.«

»Wenn das hier vorbei ist. Was dann? Ich meine, was hast du dann vor. Hast du dir schon Gedanken darüber gemacht?« *Danach?*

Marleen wusste, dass es darauf nur eine Antwort gab.

»Ich verschwinde aus Nutopia und gehe nach Tarsus.«

»Tarsus?«

»Das liegt im Southern Valley.«

»Ich weiß auch wo Tarsus liegt. Und was gibt es da?«

»Dort lebt eine Freundin von mir. Nun ja…«

Marleen überlegte kurz, ob sie den anderen von Lexia erzählen sollte.

»Als dieser ganze Schlamassel anfing, da haben sie…« Marleen zögerte. »Sie haben damit gedroht, meine beste Freundin zu töten, wenn ich mich nicht an ihre Anweisungen halte oder Selbstmord begehe.« *Ihr seid ein Team. Früher oder später musstest du es ihnen sagen.*

Kailen schluckte und sah kurz zu Boden.

»Ihr habt wahrscheinlich die ganze Zeit gedacht, es ginge nur um mein Leben. Das es nur um mich geht, das ich entscheiden kann, ob ich leben oder sterben will. Ist soweit auch richtig, aber ich entschied mich dagegen. Ich wollte nicht als Killer missbraucht werden.« Sie schluckte einen kleinen Schwall Traurigkeit bei dem Gedanken an den Anfang dieser Nacht herunter. »Sie machten mir klar, dass ich mein Leben opfern könnte, wenn ich wollte, doch bei Lexias Leben konnte ich es nicht. Wie auch? Sie ist meine Freundin.«

»Kann ich verstehen. Ich denke niemand von uns kann seine besten Freunde opfern, selbst wenn man mit sich selbst abgeschlossen hat. Sie war auch beim Corps?«

»Früher mal. Sie hat die Ausbildung mit mir zusammen angefangen, aber dann abgebrochen.«

»Warum?«

»Sie konnte sich nicht überwinden, auf einen simulierten Aufständischen zu schießen. Es ging einfach nicht. Sie beendete die Ausbildung. Ich war damals sehr traurig, klar hatte ich noch andere Freunde, aber jemand wie sie ist einfach sehr selten…«

»Du bist aber trotzdem geblieben.« Es war nicht böse gemeint.

»Ja, hätte ich gewusst, dass es mal so endet, dann wäre ich auch ausgetreten, aber nun ja. Du denkst, dass der Dienst an der Waffe nicht so weit geht. Doch mit so einer Scheiße wie heute Nacht rechnest du nicht. Bis es dann zu spät ist.« Die Anklage war an sie selbst gerichtet. »Und dann sind deine Hände voller Blut, du hast Leben auf dem Gewissen und machst weiter, weil es gar keine andere Wahl gibt. Hast die Chance vertan, vorher auszusteigen. Und jetzt muss ich damit leben.« *Du triffst Entscheidungen. Und siehst nicht zurück.*

»Wirst du es ihr sagen? Das du ihretwegen…« Kailen brauchte die Frage nicht weiter fortzuführen. Marleen verstand auch so.

»Ich denke ich muss. Sie wird wissen wollen, was passiert ist. Und ich werde nicht lügen können. Dafür bedeutet sie mir zu viel. Also Ja. Früher oder später wird es dazu kommen.« Marleen sah Kailen an. »Ich werde ihr sagen, dass ich ihretwegen getötet habe.« Kailen zuckte zurück. Dann sah er zu Boden. Blieb einen Moment still.

»Ich kann verstehen, wie… schwierig das sein muss mit diesem Gedanken zu leben.«

»Ich hasse es. Jeden einzelnen Moment. Ich wünschte es gäbe einen anderen Weg, aber den gibt es nicht. Manchmal schrumpft das ganze Universum zu einer einzigen Entscheidung zusammen. Egal, wie lange man nachdenkt, was man sich ausmalt. Manchmal gibt es nur einen Weg. Und den muss man gehen. Ob man will oder nicht.«

Lexia. Wenn du darüber nachdenkst, dann… Nein. Hör auf damit. Jetzt ist nicht die Zeit. Wenn es soweit ist, dann kannst du dir immer noch Gedanken machen. Aber alles andere hält dich nur von deiner Entschlossenheit zurück. Lass es gut sein. Noch. Nicht.

»Also, Tarsus. Ist eine kleine Erzarbeiterstadt, soweit ich weiß.«

»Ja, Lexia arbeitet dort in einer Bar. Sie weiß die erlernten Handgriffe des Corps zu schätzen, da so mancher von den Arbeitern schon mal handgreiflich wurde. Die Atmosphäre ist da auch noch nicht so ganz weit fortgeschritten, wie hier in der Stadt. Es gibt da nicht so viele Atmosphärenprozessoren. Aber es soll trotzdem annehmbare Luft sein. Trotz der ganzen Raffinerien.«

»Ist auf dem ganzen Mars derselbe Mist. Hier in der Stadt stinken die Fabriken und Konzerne und außerhalb gibt es nicht genug Prozessoren.«

Das aus dem Mund eines NSMs zu hören, war logisch, trotzdem wollte Marleen nicht mit ihm darüber diskutieren, was er besser machen würde, wenn er etwas zu sagen hätte. *Dafür habt ihr jetzt keine Zeit. Solche Diskussionen enden nie.*

»Und du wirst weiterhin die Jungs anführen und der TFC Ärger machen?«

»Sofern ich die Nacht überlebe und am Ende noch genug NSMs übrig sind, um überhaupt weiterhin eine Widerstandsbewegung zu sein. Sie heizen den anderen wohl mächtig ein.« Wenn die MFA mit ihren geplanten Aktionen gegen die NSMs so weiter macht, dann würde es sich bald in einen Flächenbrand verwandeln, dessen Ausgang mehr als ungewiss war. Dafür war Marleen auch nicht genug informiert. Hub wäre sicher geneigt, seinen Anschluss zur Verfügung zu stellen, dafür brauchte sie ihn wohl bloß nett anlächeln. Doch Kailen hätte da bestimmt noch ein Wörtchen mitzureden. *Nein.*

So musste sie auf die Informationen warten, die Hub von sich aus geben würde. Und dann würde sich herausstellen, wie sie am besten die Operation angingen.

Zwanzig Minuten später hatte Hub die Infos.

»Bin gerade in der Datenbank der MFA. Da habe ich mich schon einige Male ausgetobt. Also das sind die Fakten. Cyrus Valley ist nur noch zu zwanzig Prozent besetzt. Die meisten der Crews, die für die Kampfpanzer zuständig sind. Die komplette Infanterie und sämtliche Spezialeinsatzkräfte sind irgendwo in der Stadt. Und laut den Daten wird sich das in den nächsten Stunden auch nicht ändern, da die Krisenherde zu groß und zu viele sind, als das man sie alle schnell unter Kontrolle bekommen könnte. Es wird sogar darüber diskutiert, die schweren Panzer ausrollen zu lassen, obwohl die in der Stadt ein viel zu leichtes Ziel für Aufständische sein können.«

»Das klingt doch nach einem guten Ausgangspunkt. Und wenn wir uns innerhalb der Gebäude bewegen sind ihre Panzer auch relativ nutzlos.«

»Wir könnten einen solchen Panzer als Fluchtfahrzeug ins Auge fassen.«, war Kailens erster Gedanke.

»Und wie kommen wir rein?«, fragte Marleen. Kailen hatte auch dafür eine Antwort.

»Wir kapern einen Mars–Federal–Army Lastwagen samt Hardsuits. Hub, kannst du die Position eines Transporters ausfindig machen und uns dann zu ihm lotsen?«

»Wir können auch abwarten, bis uns einer begegnet.« Angesichts der niedrigen Zahl an Truppen in Cyrus Valley musste eben jener Anteil an Truppen sich irgendwo in der Stadt aufhalten.

»Gut, also ist es wichtig, dass wir sie mit Kopfschüssen ausschalten.« *Gleich wieder beim Wesentlichen.*

»Da wäre deine Waffe jetzt von Vorteil.«, sagte Kailen.

»Klar, aber es muss auch so funktionieren.«

»Du kriegst das hin?«

»Mal sehen.« Sie nahm das Auermark hoch und sah durch das Visier.

»Theoretisch brauchen wir nur zwei Hardsuits, richtig?«

»Der Rest von uns versteckt sich auf der Ladefläche. Soll heißen Ja.«

Chang bräuchte keine und der Rest war auf dem Heck mit Sicherheit gut aufgehoben. Sobald sie am Tor des Stützpunktes ankamen, waren die Hardsuits sowieso nichtig. Ab dann mussten die Waffen das Reden übernehmen. Bis sie Alenius gegenüberstanden. *Und dann wird es erst richtig interessant.*

Kapitel 11:

16.34 Uhr marsianische Zeit

Eine Stunde später…

»Ich glaube vor uns ist ein Lastwagen. Ja, da vorne. Er kommt gerade aus einer Seitenstraße.«

»Dann an die Arbeit. Steuer an ihm vorbei und versuch dich vor ihn zu setzen. Dann bremsen wir ihn aus und du erledigst den Fahrer und jeden, der noch gefährlich wird.« Marleen legte sich auf den Boden und die Waffe wartete auf ein Ziel. *Sobald Kailen die Ladefläche öffnete, bist du am Drücker.* Sie spürte, wie der Wagen schneller wurde und dann zum Überholen ansetzte. Ein paar Fahrer ließen ihren Unmut über das abrupte Überholmanöver heraus, in dem sie hupten, doch Neal ließ das völlig kalt. *Wichtig war, dass er sich unter Kontrolle hatte.*

Ohne zu wissen, was draußen vor sich ging, lag sie am Boden und sah Kailen noch einmal an, während der am Schalter für die Ladeklappe war. Er hatte seine Waffe ebenfalls gezogen und würde Marleen im Falle des Falles Deckung geben. Doch sie war hier der Profi. Es kam allein auf sie an. Sie hatte die Ausbildung und die Erfahrung im Kampf. Das alles machte sie auch für Kailen zur ersten Wahl, was bewaffnete Unterstützung anging. Mit einem Quietschen zog Neal den Lastwagen herüber und dann bremste er. Die Geschwindigkeit verringerte sich innerhalb eines Augenblicks. *Zeitpunkt. Jetzt.*

Kailen betätigte den Schalter und die Rampe krachte auf. In Marleens Visier tauchte der Kopf eines jungen MFA Soldaten auf. *Nicht nachdenken. Überleben. Nano–Boost to go.* Eine Kugel zerriss die Scheibe und der Kopf des Fahrers zuckte unter dem Einschlag zurück. Sofort glitt die Mündung nach links und der Beifahrer hatte gerade noch genug Zeit seine Augen aufzureißen, als auch sein Kopf durch den Einschlag einer Kugel zurückgeworfen wurde. Der MFA Lastwagen wurde langsamer und krachte gegen einen Terminal, das zerschmettert wurde. Dann schrammte er an der Seite einer Hauswand entlang, während es einige Passanten eilig hatten, aus dem Weg zu springen. Er kam langsam gänzlich zum Stillstand.

Neal tat es ihm gleich und stoppte den Truck. Marleen saß auf der Ladefläche und erwartete das Auftauchen weiterer Soldaten aus dem Heck des Militärfahrzeuges. *Eine Sekunde. Noch eine Sekunde.* Nichts rührte sich.

»Chang, geh nachsehen, ob noch jemand im hinteren Teil auf uns wartet. Eliminieren, falls nötig.«

Dieser sprang vom Heck ihres Lastwagens sogleich auf die Straße und verscheuchte einige Passanten, die sich noch zu nah am Ort des Geschehens aufgehalten hatten. Er ließ seine Mündung nicht vom Fahrzeug, während er einen Scan ausführte. Das Krachen seiner Mündung ließ Marleen zusammenzucken, da es plötzlich und unvermittelt kam. Er feuerte in den Transporter hinein und zersiebte die Außenhülle der Ladefläche mit einem einige Sekunden anhaltenden Feuerstoß.

»Klar!«, bestätigte er sein Unternehmen, nachdem die Mündung wieder zur Ruhe gekommen war.

Marleen kam vom Heck des Transporters herunter und ging mit erhobenem Gewehr um den MFA Lastwagen herum.

»Verschwindet!«, rief sie einigen Passanten entgegen, die immer noch neugierig verfolgten, was passierte. Sie trat zu Chang und sah jetzt das Heck des Transporters. Zwei tote Soldaten lagen auf dem Boden. Chang hatte gute Arbeit geleistet.

»Alles klar!«, rief sie. Kailen und Hub nickten nur und stiegen aus.

»Die Ladung besteht aus Straßensperrmaterialien. Nichts von Nutzen.« Kailen warf ebenfalls einen flüchtigen Blick auf die Ladefläche und erkannte die Materialien.

»Wir können euch unter den Sachen verstecken, wenn die Wachposten nicht genau nachsehen, dann kommen wir sogar unerkannt ins Lager. Die Beiden lassen wir einfach, wo sie sind.«

»Klappt nicht, Boss. Wir haben keinen Marschbefehl. Wenn die einen sehen wollen, ist das Versteckspiel sowieso nutzlos.« Kailens Hand schlug gegen seinen Kopf und einen Moment musste er sich selbst für dumm halten, weil er nicht daran gedacht hatte.

»Da soll ich doch eine Beule kriegen.«

»Ihr zieht euch in der Wüste um. Hier ist zu viel Publikum. Chang, spring auf.«

Chang kam der Aufforderung sofort nach und der Lastwagen bog sich kurz nach hinten, als er hinaufkletterte.

»Brauchen wir noch was?«, fragte Kailen, während die anderen Beiden dabei waren, die beiden toten Soldaten aus dem Führerhaus ohne jegliche Befehle seitens Kailen von vorne nach hinten umzuladen.

»Ein Wunder, vielleicht«, sagte Neal.

»Nein, das haben wir schon«, konterte der und sah dabei Marleen an. Die lächelte nur und stieg dann ebenfalls auf.

Kailen gesellte sich wieder zu ihnen und Neal warf den ersten der beiden auf das Heck, während Hub den zweiten mit einem herzhaften Wurf auf die Ladefläche bugsierte. Der Rest war Routine. Neal würde fahren, so wie immer. Was definitiv sein Talent sein musste. Einen guten Fahrer zu haben, der in Nutopia City auch mal eine Highway– Verfolgungsjagd bestehen würde, war ein guter Zusatz. Für jede NSM–Einheit. Und sicher war er auch derjenige, der sich schon darauf freuen würde, einen MFA–Panzer fahren zu dürfen. Jeder musste immer wissen, wofür er kämpfen würde. Shmitty wollte nette Schießprügel für sich haben. Kailen wollte die NSM auch in Zukunft existieren sehen, Marleen wollte überleben. Und Neal wollte einfach Panzer fahren. *Träume waren wichtig.*

Als der Lastwagen anfuhr, sie die Ladeluke schloss und die Plane des Fahrzeuges herunterzog, um nicht von hinten eingesehen zu werden, wusste sie, das sich hiermit das letzte Kapitel in ihrer Suche nach den Antworten aufgetan hatte. Bald würde sie vor Alenius stehen und mit ihm die Antwort finden. Wenn es nicht so war, dann endete ihre Reise dort. Eine weitere Suche war unsinnig. Wenn Alenius nichts wusste, dann hatte sie nichts erreicht, außer dass sie überlebt hatte. *Ist doch auch schon was, oder? Kann auch nicht jeder von sich behaupten.*

»Was ist, wenn Alenius nichts weiß?«

»Er muss etwas wissen. Er ist unser letzter Hinweis.«

»Ja, ich weiß, aber was ist, wenn er zu wenig weiß?« Zweifel waren die eine Sache, die sich die ganze Zeit nicht als sinnvoll erwiesen und sie so manches Mal beinahe ihren

Kopf gekostet hatten. Das wusste sie auch.

»Ach nichts, ist schon gut. Wir ziehen das durch.« Es machte keinen Sinn, jetzt darüber nachzudenken. *Kopfzerbrechen vor dem letzten Einsatz? Nicht doch.*

In Kürze würde sie einen MFA–Stützpunkt stürmen und sich ihren Weg zu Maxim Alenius durchkämpfen. Da war absolute Konzentration gefragt. Keine Zeit für Zweifel. Die Soldaten würden ihr früher oder später sowieso nach dem Leben trachten. Ob sie nun wollte oder nicht. Aber ihr Weg führte in die Festung. Unweigerlich.

»Hey, ohne dich wären wir nie so weit gekommen. Wenn du Zweifel hast, ist das ok. Ich denke auch oft genug darüber nach, ob mein Kampf sinnvoll ist. Doch meinst du, dass ich immer ein klares ja oder nein finde? Eben nicht. Ich tue, was ich tue und daran ändert sich nichts. Nachdenken wird unsere Entscheidungen nicht ändern. Nur beeinflussen. Und das meist im falschen Moment. Also handle und denke nicht, wenn du überleben willst.« Genau das war auch ihre Prämisse in der letzten Nacht gewesen, doch sie hatte sich dagegen gewehrt. *Kämpfe. Kämpfe bis zuletzt. Und denke nicht darüber nach.*

Sie sah Kailen an und nickte. Zeit für Entscheidungen.

»Ich habe da mal eine Frage«, ließ Hub aus dem Führerhaus tönen. »Diese vier Toten, haben die nicht so was wie einen Bio–Chip, der von irgendwo kontrolliert wird.« Kailens Augen weiteten sich, als er von Marleens Gesicht herunter zu den Toten sah. Marleen erwiderte seinen Blick und verfluchte sich innerlich dafür, genau das vergessen zu haben. *Verdammt. Du elende Anfängerin.* Sie wurde vor ihrer Entführung überwacht und so wusste das MPC, dass ihr Bio–Chip nicht mehr aktiv war. So etwas kam aber vor. *Wie aber würde die MFA reagieren, wenn vier ihrer Soldaten plötzlich aufhörten, ihr Signal von sich zu geben?*

Ein lautes Rauschen hinter dem Lastwagen machte ihr sogleich deutlich, wie sich das gestaltete. Sie warf die Plane zurück und erblickte das, was sie in diesem Moment eingeholt hatte. Der durch die Blutbahnen jagende Nano–Boost gab ihr Zeit, ihren Verfolger in Ruhe betrachten zu können. Zwei große Mündungen unterhalb der automatischen Einheit, sowie Raketen in den Aufhängungen unterhalb der Rotoren. Diesmal war es keine MPC–Vertikopterdrohne, sondern eine der MFA, wenn sie vom Aussehen doch identisch waren. Was Marleen aber kein bisschen freute. Im Gegenteil. *Das war vielleicht ein Scheißplan gewesen.*

»Wir haben einen Verfolger. Neal, mach das du aus seinem Schussbereich kommst!«

»So viel also zu Plan A. Gibt es auch einen Plan B?«, fragte Marleen, als sie ihr Gewehr in Richtung der Drohne richtete.

»Können wir das vielleicht später bereden?« Die Drohne musste Marleens Gesicht gescannt haben und hatte deshalb noch mit dem Einsatz von Waffengewalt gewartet. Nun aber, da sie Marleen identifiziert hatte, war die Aufklärungsmission vorbei. *Ziel: Eliminierung des Terroristen Marleen Shou.*

Donnernd belferten die Mündungen der Drohne los und Neal riss das Steuer herum, während die Einschläge hinter ihnen in den Asphalt jagten. Die Straße wurde unter den schweren Einschlägen zerrissen und Neal steuerte direkt in den Gegenverkehr auf der Straße, der für den Moment als Deckung ausreichen musste. Doch so leicht ließ sich die Drohne nicht abhängen. Sofort hatte sie ihre Geschütze neu ausgerichtet und schwenkte auf den Lastwagen ein. Die Mündungen blitzten erneut auf und näherten sich ihnen mit atemberaubender Geschwindigkeit. Neal steuerte den Wagen um einen Lastwagen herum und die Drohne war nicht schnell genug, um das Hindernis zu umgehen. Funkensprühend schlugen die schweren Kaliber in das Heck des Lastwagens, der sich links von ihnen befand, genau zwischen ihnen und der Drohne. Neal hielt den MFA Transporter parallel zu ihm, um wenigstens einen Moment aus seiner Schusslinie zu verschwinden. Doch lange würde es nicht anhalten. Der Lastwagen neben ihnen wurde vollkommen zerfetzt und im nächsten Moment traf ein Geschoss einen der Vorderreifen und das Fahrzeug kam ins Schlingern und krachte gegen ein Hydromobil, das von der Straße geschoben wurde und den Abhang gleich neben ihnen in einen Kanal herein rutschte.

»Die Kanäle, los! Fahr da runter und steuere unter eine Brücke.« Neal riss das Steuer nach rechts und krachte so hart gegen ein Hydromobil, dass es durch die Wucht des Aufpralls sofort umgeworfen wurde und sich überschlug. Die Drohne reduzierte ihre Geschwindigkeit, da sie sonst mit dem Wagen kollidiert wäre, dann zog Neal mit dem Truck an dem umgestürzten Fahrzeug vorbei und krachte durch den Absperrzaun, der die Straße von dem Kanal trennte. Die Drohne feuerte, doch traf nur das auf dem Kopf liegende Hydromobil, das sich genau im Kreuzfeuer befand.

Kailen wurde hart zurückgeworfen, als die vordere Hälfte ihres Trucks herunter kippte und den Abhang hinunterrollte. Neal riss das Steuer nach links, als er sich dem Grund des fast leeren Kanals näherte. Ein leichtes Rinnsal war vorhanden, doch es war nicht genug Wasser, als das es sie verlangsamen würde. Der Truck wurde schneller und Kailen wusste sofort, wie sie Geschwindigkeit gut machen konnten. Er griff sich eins der großen Absperrgeländer und warf es mit einem kräftigen Ruck nach hinten. Die Drohne kam ebenfalls jetzt über den Rand des Kanals und ihre Mündung leckte nach den Flüchtigen. Die Kanaloberfläche wurde zerrissen und Dreckfontänen gellten auf. Langsam näher kommend.

Marleen nahm die Drohne ins Visier. Das grelle Mündungsfeuer von Marleens Waffe blitzte auf und für einen Moment war sie nicht sicher, ob die Geschosse des Auermark die Panzerung durchschlagen konnten. Chang erwiderte ebenfalls das Feuer aus seinem automatischen Geschütz, doch aufgrund der Geschwindigkeit des Trucks und der nicht so unbedingt guten Umstände beim Abfeuern ihrer Waffen trafen nur wenige Geschosse ihr Ziel. Die Drohne zuckte durch einige Einschläge getroffen zurück und verriss ihre Schussfolge. Marleen duckte sich, als einige der Geschosse in den Truck einschlugen und die Seite des Fahrzeuges aufrissen.

»Eine Abzweigung, haltet euch fest.« Als der Truck in die Kurve ging und Marleen samt Kailen gegen die Wand geworfen wurde, dachte sie dass der Truck durch die hohe Geschwindigkeit auf der Seite enden würde. Aber Neal hatte das Fahrzeug im Griff. Die Abzweigung führte in einen weiteren Kanal und in einiger Entfernung war eine Brücke. *Vielleicht eine Chance.*

Die Drohne schnellte um die Kurve herum, mit donnernden Läufen. Die Kontrolleinheit musste ihre Aufgabe einzig und allein in der Eliminierung von Marleen sehen und sie sah das als Kampfansage. Ihr Gewehr im Anschlag versuchte sie bei Neals rasanter Fahrweise die Drohne vor ihre Mündung zu bekommen. Eine Salve verließ die Mündung, verpuffte neben der Drohne im Kanal, dann feuerte sie ein weiteres Mal. Chang und Kailen bemühten sich ebenfalls, doch ihre Munition schien der Drohne nicht so viel zu schaden, wie Marleens es tat. Diesmal krachten wieder einige der Geschosse in ihren Verfolger, doch dieser ließ sich dadurch nicht beirren. Seine Geschwindigkeit erhöhte sich und die Drohne raste durch den Kanal mit blitzenden Geschossen auf sie zu. Neal sah es durch den Rückspiegel kommen und riss das Steuer nach rechts, worauf der Truck hart auf einen Abhang aufsetzte, den er aber unmöglich nehmen konnte. Es reichte aber, um aus der Schusslinie der Drohne zu kommen. Die Einschläge rasten an ihnen vorbei und die Drohne korrigierte, doch Marleen feuerte eine weitere Salve ab, die den nächsten Anlauf der Drohne ruinierte.

Der Truck rutschte wieder zurück in den Kanal und vor ihnen tauchte die Brücke auf.

»Kailen, nimm dir mein MR–15 und halt dieses Mistding von uns fern.«

Kailen nickte nur, nahm es von Marleens Magnetholster und legte an. Die Brücke glitt über ihnen vorbei, als Kailen, Chang und Marleen zusammen das Feuer auf die Drohne eröffneten.

»Halt hinter der Brücke an, dann kriegen wir sie.« Die Brücke war zu breit, als dass die Drohne hinter ihr bleiben konnte. Da würde sie nur ein zu leichtes Ziel für die drei Kontrahenten sein. Sie verschwand aus ihrem Sichtbereich und sie waren sicher, dass die Drohne am anderen Ende wieder auftauchen würde. Und richtig, da war sie. Neal riss das Steuer herum und der Truck machte eine 180 Grad Wende, die Marleens, Kailens und Changs Mündungen genau vor die Drohne steuerte. Sie feuerten im selben Moment. Die Mündungen der Drohne erwachten ebenfalls zum Leben und die Geschoßbahnen der Waffen schienen sich in der Luft beinahe zu überkreuzen. Neal und Hub sprangen aus dem Truck und tauchten unter den Geschosspuren durch, die im nächsten Moment das Führerhaus zerrissen und den Lastwagen von seinem Dach trennten. Die Drei auf der Ladefläche hatten mehr Erfolg. Stur hielten sie ihre Waffen auf die Drohne gerichtet, die unter den Einschlägen der Geschosse noch mehr Funken sprühte, was ihr Ende greifbar machte. Weitere Einschläge zerstörten ihre Steuerung und ihre vertikalen Rotoren untersagten den Dienst. Wie ein Stein fiel sie aus der geringen Höhe auf den Boden des Kanals. Eine grelle Feuersäule entkam ihr, als die verbliebenen Raketen detonierten und sie vollständig zerstörten. Ein Teil der Explosion entkam in Richtung Marleen und Kailen. Marleen warf sich auf Kailen, da sie sich des Schutzes, den ihr Anzug bedeutete, bewusst war. Sie legte ihre Arme um Kailens und ihr Gesicht, als die Hitzewelle die Beiden erreichte und über sie hinüber zog. Hub und Neal hatten sich unter dem kümmerlichen Rest des ehemaligen Lastwagens in Deckung begeben.

Marleen spürte die Hitze der Explosion und grub sich für den Moment tiefer in ihren Anzug, versuchte dabei aber auch Kailen so gut es ging zu decken. Dann war die Hitzewelle vorbei. Kailen sah Marleen in die Augen und musste sich merkwürdig vorkommen, da er schon ihren Atem spüren konnte. Was Marleen dazu bewegte, sich wieder aus der Umklammerung zu lösen.

»Danke.« Ohne Marleens schützende Hände wäre er ohne Verbrennungen sicher nicht davon gekommen. Sie sah ihn verlegen an, dann zu den brennenden Überresten der Drohne, die den anderen Brückenzugang versperrten. *Das war seltsam gewesen. Definitiv.*

Sie konnten also nur nach hinten entkommen.

»Verschwinden wir, ehe noch mehr Drohnen auftauchen. Irgend eine Idee, wie es jetzt weiter gehen soll?«

»Die MFA wird sicher nicht zimperlich sein, also erst mal in den Untergrund würde ich sagen. Kanalsystem. Andere Möglichkeiten? Leute?«, äußerte sich Kailen.

Gestank war nicht gerade das, wonach ihr jetzt der Sinn stand, aber eine andere Option war momentan nicht verfügbar. Vielleicht konnten sie es bis zu einer Tube–Station schaffen und mit der unterirdischen Magnetbahn erst mal aus diesem Stadtteil verschwinden.

Neal und Hub kamen aus ihrer Deckung hervorgekrochen und versuchten, so gut es ging sich ein wenig des Drecks zu entledigen, der sich unweigerlich an ihnen festgesetzt hatte. Viel Zeit hatten sie nicht, also musste es in der Tat schnell gehen mit der weiteren Planung. Da sie sich in einem trocken gelegten Kanal befanden, musste ein Zugang in die Tunnelsysteme nicht weit sein. Kailen sah sich um und hinter ihnen erkannte er einen Abflussdeckel, den sie wohl benutzen konnten.

»Dort hinten ist ein Eingang. Ich würde sagen, damit haben wir einen Plan.« Kailen ging sofort in ein Laufen über und Marleen und die anderem folgten ihm. Immerhin hatte die Drohne nur Momente gebraucht, um nach Ausschalten der Soldaten umprogrammiert und zum Zielort geflogen zu werden. Diesmal also würde ihnen noch weniger Zeit bleiben.

Kailen hatte den Eingang erreicht und riss den Kanaldeckel auf und warf ihn zur Seite.

»Chang, passt du da hinein?«

Ohne Chang würde sie definitiv nicht den Weg in die Kanalisation wählen. Dieser schnellte auf seinen metallenen Füssen heran, und scannte den Kanaleingang, um Marleen die vorhersehbare Antwort zu geben.

»Negativ. Zu eng.«

»Dreck!«, entkam Kailen. Zum einen weil er wusste, dass sie für eine andere Option nicht mehr wirklich viel Zeit hatten, zum anderen weil für ihn nicht in Frage kam, Marleen und Chang hier zurück zu lassen. Niemals hätte er sich dazu durchgerungen. Dafür hatte er zu viel Hoffnung in sie. Wenn er sie aufgab, dann war alles, wofür er heute Nacht gekämpft hatte, verloren.

»Wir brauchen ein Fahrzeug«, sagte Marleen. Im selben Moment rannte sie die Treppe gleich neben der Brücke hinauf und schwang ihr Auermark gegen den Magnetholster. Stattdessen nahm sie sich das NM–23 und entsicherte es noch im Laufen. Die Uhr tickte. Irgendwo würde jetzt eine weitere Drohne abkommandiert werden und ein weiteres Mal hätten sie vielleicht nicht so viel Glück, wie bei dieser. *Oder sie schicken zwei. Oder eine ganze Panzerdivision.*

Was machte es für einen Unterschied? Irgendwann würde das Militär sie erwischen und sie einfach zahlenmäßig überrennen. Kailen entkam ein Stöhnen, dann rannte auch er die Treppe hinauf, immer noch Marleens geliehenes Sturmgewehr in der Hand. Die anderen folgten ihm, obwohl auch sie sich nicht unbedingt mit dem Gedanken anfreunden konnten, weiterhin an der Oberfläche ihre Reise fortzusetzen.

Ein Quietschen, wie das eines Hydromobils, das zum Anhalten gezwungen wurde, erklang, dann war Kailen oben angekommen und sah, was sich hier abspielte.

Marleen hatte ihr NM–23 in der Hand, zielte unablässig auf den Fahrer.

»Aussteigen, na los!« Als der sich der Fahrer langsam daran machte, der Aufforderung nachzukommen, platzte Marleen der Kragen. Sie hielt das Gewehr auf den Boden und feuerte eine Salve in den Asphalt, um den Fahrer zum schnelleren Handeln zu ermutigen. Nun sprang dieser endlich aus dem noch laufenden Hydromobil auf die Straße und warf sich sofort hin, während er leise um sein Leben flehte. Marleen stieg ein und die Tür schloss sich sofort. Sie öffnete die restlichen Türen mit einem schnellen Knopfdruck und Kailen stieg vorne ein. Neal und Hub konnten sich die hintere Sitzbank teilen.

»Chang, spring aufs Dach und halte dich gut fest.« Der Spiderbot gehorchte und mit einem Krachen bohrten sich seine Füße in das Dach des Hydromobiles und seine Füße drangen in die Fahrerkabine ein, um besseren Halt zu bekommen. Ungewöhnlich, aber Zeit ein Fahrzeug zu suchen, in dem Chang vollkommen Platz haben würde, war einfach nicht vorhanden. Aber immerhin. Nun hatten sie einen Geschützturm. Chang ging mit seinen Beinen so weit wie möglich herunter, als Neal und Hub sich auf die Rückbank setzten. Marleen beschleunigte den Wagen und ließ den Fahrer allein auf der Straße zurück.

Wenn sie Pech hatten, dann stand hinter der nächsten Kurve eine MFA–Straßensperre, wenn sie Glück hatten, dann war es zwei Kurven später. Doch mit Chang als Wegbegleiter mussten sie flexibel sein. Denn an ihm hing alles.

»Wir machen Boden gut und sobald wir eine Tube–Station sehen, lassen wir den Wagen stehen«, erläuterte Marleen ihren Plan. Es gab auch keine Alternative. Außer auf die MFA warten. Was nicht wirklich eine Alternative darstellte.

Der Wagen beschleunigte und Kailen musste Marleen ungewiss ansehen, angesichts der Geschwindigkeit, auf die Marleen das Fahrzeug brachte.

»Keine Sorge, ich kann fahren«, sagte sie, während sie den Wagen samt seiner Insassen und Aufsaßen soweit und so schnell wie möglich vom Absturzort der Drohne entfernen wollte. Chang hielt sich wacker, aber Marleen wusste, dass sie es nicht übertreiben sollte.

Chang meldete sich sofort zu Wort, als Marleen gerade eine Auffahrt, die zu einem lokalen Highway führte, hinauf steuerte.

»Ich sehe zwei MFA–Vertikopter. Sie halten direkt auf uns zu.« Kailen sah automatisch aus dem Fenster und versuchte, die anfliegenden Objekte ausfindig zu machen. Schneller als erwartet und zu schnell, um Marleen noch Hoffnung zu geben.

»Ich sehe sie auch. Aber es sieht für mich nach keinem Kampfhubschrauber sondern eher wie ein Transporter aus.«

»Drop–Trooper.« Hub hatte sie sofort erkannt. Marleen wusste, was das bedeute. Jetzt vernahm sie auch den Rotorenlärm der schweren Transportvertikopter, die sich ihnen näherten. Die MFA hatte also doch einen Reserveplan ausgearbeitet, falls die Drohne scheitern sollte. Und da sie nur noch ein rauchender Haufen Altmetall war, musste diese Truppe mit der weiteren Verfolgung beauftragt worden sein.

Hub sah weiterhin zum Himmel, an dem sich ein Schauspiel ereignete, das man nicht alle Tage zu Gesicht bekam. Die Vertikopter der MFA öffneten ihre Seitenluken und an jeder Seite erschienen vier MFA–Promethizer Combots. Zweibeinige, voll gepanzerte Exoskelette, die von einem menschlichen Piloten im Inneren gesteuert wurden. Sie waren das Beste und Modernste, was die MFA zu bieten hatte. Schwer bewaffnet mit riesigen Sturmgewehren, die extra für sie angefertigt wurden und die Shmittys ganzes Arsenal locker in den Schatten stellten. Im nächsten Moment klackte es hoch oben im Himmel und die Sicherungen, mit der die schweren Exoskelette gehalten wurden, entriegelten und die Promethizer fielen. Hinab auf der Jagd nach ihren Zielen. Bremsraketen waren das, was bei diesen modernen Geräten einen Fallschirm ersetzte und ein dumpfes Wummern und Zischen drang an die Ohren der Insassen des Hydromobils, als die Promethizer ihre Raketen zündeten und sich dem Erdboden trotz allem noch schneller näherten. *Feierabend.*

Marleen bremste den Wagen auf dem Highway und stieg aus, das NM–23 in der Hand. Sie visierte einen der absteigenden Roboter an, wohl wissend, das sie mit keiner ihrer Waffen etwas ausrichten konnte. Der Nano–Boost verpuffte nutzlos. Kailen verließ ebenfalls den Wagen und erkannte genauso wie Marleen, das es keinen Sinn machte, weiter wegzulaufen. Auch wenn die Promethizer schwerfällig aussahen, konnten sie mithilfe ihrer Booster–Raketen und ihren Rollen unterhalb ihrer metallenen Füße mit jedem noch so schnellen Hydromobil mithalten. Wegzulaufen war pure Zeitverschwendung. Kailen riss das Gewehr ebenfalls an die Schulter und sah zu den weiter absinkenden Kolossen hinauf, die ihnen immer näher kamen. Hub und Neal taten es ihnen gleich. *Sinnlos. Ihr könntet genauso gut winken.*

Als sie sich in einem Kreis um das Hydromobil aufgebaut hatten und Chang immer noch in seiner Position auf dem Dach verhielt und sein automatisches Geschütz zwischen den lohnenden Zielen hin und her pendelte, war es soweit. Das erste Exoskelett krachte vor ihnen in den Asphalt und legte sein riesiges Sturmgewehr sofort auf die Flüchtigen an. Brocken von Asphalt splitterten und Marleen musste einen Moment ihr Gleichgewicht halten, als die weiteren Combots hinter und neben ihnen landeten und dem Highway beträchtliche Schäden zufügten. Ihr Gewehr war genau auf den Vordersten von ihnen gerichtet, während sie das Aufblitzen seiner Mündung erwartete. Selbst das Feuer zu eröffnen, war sinnlos, soviel hatte sie doch gelernt.

Hinter ihr krachten die verbliebenen Roboter in den Asphalt und schlossen den Kreis, den sie um Marleen und ihre Mitstreiter gebildet hatten. Eingekesselt.

Kailen wartete ebenfalls auf das Aufbellen ihrer Mündungen, doch nichts geschah. Stattdessen meldete sich einer der Piloten zu Wort. Auf seinem Bot stand in großen Buchstaben der Name Novak.

»Ich würde ehrlich gesagt nichts lieber tun, als sie und ihre Mitstreiter in die ewigen Jagdgründe zu befördern. Doch unglücklicherweise hätte mein Commander vorher noch gerne ein Wort mit ihnen gesprochen. Sie können sich das natürlich auch ersparen und das Feuer auf mich und meine Kameraden eröffnen. Es wird mir dann eine Ehre sein, sie eigenhändig zu terminieren. Wählen sie. Und möglichst schnell. Ich bin nicht gerade ein geduldiger Mensch.«

Hatte Marleen das gerade richtig verstanden? Man bot ihr einen Waffenstillstand an, trotz allem, was sie heute Nacht getan hatte? Welcher Commander war nur so wahnsinnig und würde die Chance nicht nutzen, eine der meist gesuchtesten Killer der letzten Nacht zu erledigen? *Den musst du kennenlernen. Und ihm dann zeigen, wie Unrecht er doch hatte.* Sie hielt das NM–23 noch einen Moment auf den riesigen Combot gerichtet, dann sicherte sie es mit einer deutlichen Handbewegung und ließ es fallen. Es polterte vor ihr auf den Boden und blieb dort liegen.

Vor ihr glitt das Cockpit des Exoskelettes auf und ein zufriedener Gesichtsausdruck erschien im Gesicht des Piloten.

»Werft sie weg. Es hat keinen Sinn.« Kailen gab ein Grummeln von sich und warf dann das MR–15 wütend auf den Boden. Aber was hätte er auch anderes machen wollen? Irgendwann war jede Straße zu Ende. Sogar eine lange, wie die Ihre. Hub und Neal ließen ebenfalls ihre Waffen fallen und hoben die Hände.

»Sagen sie Ihrem Bot, er soll sich abschalten, sonst zerstören wir ihn. Und ich will seinen Memory–Chip.« *Was bleibt dir auch? Wenn du es nicht tust, ist er erledigt. Tust du es, bleibt wenigstens sein Chip* erhalten.

»Chang, schalten Sie sich ab.« Doch der zögerte.

»Erledigt den Spiderbot!« befahl Novak.

»Nein!«, schrie Marleen im selben Moment, doch es war zu spät. Einer der Combots hob sein Sturmgewehr, dessen Mündung sofort Feuer spie und den Spiderbot noch auf dem Dach des Hydromobils traf. Sein Torso wurde von Einschlägen durchbohrt und er viel rückwärts von dem Hydromobil auf den Asphalt. Dort liegend schien ein letztes Mal mit Marleen reden zu wollen. Er erhob sich noch einmal, dann stellte sich der unwürdige Gegner vor den Todgeweihten und mit einem weiteren Aufbellen endete der Rest von Changs Existenz, auf die Marleen alles gesetzt hatte. An der Seite fuhr ein Modul heraus, das seinen Memory–Chip enthielt, auf denen sich die Daten sowie Changs Erinnerungen befanden. Marleen warf sich auf den Boden, rollte sich im Aufschwall des Boost zwischen den Beinen des Exoskelettes hindurch und griff sich den Chip.

Die große Mündung ihres Kontrahenten zielte sofort auf ihr Gesicht und blieb dort.

»Keine Dummheiten.« Beim Anblick einer solchen Mündung brauchte man nicht großartig mit sich selbst zu diskutieren. Spätestens jetzt war Marleen klar, das jeder weitere Schritt unweigerlich ihr Ende bedeutet hätte.

»Das nehmen wir Ihnen sowieso wieder ab«, war die schnelle Aussage des Piloten, der Marleen mit seinem Gewehr in Schach hielt.

»Novak an Basis. Zielperson ist gestellt und hat sich ergeben. Abtransport bereitstellen.« Die übrigen Combots rührten sich nicht und ihre Piloten waren nicht so willig wie Novak, Marleen und den anderen ihre Gesichter zu zeigen. Einer der MFA–Vertikopter, der die Promethizer abgeworfen hatte, näherte sich ihnen und seine Rotoren wirbelten Staub und Geröll auf, das sich durch die harten Einschläge der Exoskelette in den Straßenboden gebildet hatte. Sie hatten keine Kosten und Mühen gescheut, um Marleen endlich zur Strecke zu bringen. Und sie hatten sich sogar vorgenommen, sie am Leben zu lassen. Wofür Marleen dankbar war, denn ansonsten wäre sie als rote Sauce in dem Hydromobil geendet, was keine Art war, mit der sie ihrem Leben und vor allem den letzten Stunden Lebewohl sagen wollte.

Der Vertikopter landete und eine Luke öffnete sich, aus der einige MFA–Soldaten heraus geeilt kamen, die sich mit vorgehaltenen Waffen Marleen und den anderen näherten. Obwohl Marleen ihre Hände erhoben hatte, gingen die Soldaten mit maximaler Vorsicht vor. Was also entweder hieß, dass sie es so gelernt hatten oder sie einfach eine Angst gegenüber Marleen empfanden, aufgrund ihrer vorangegangenen Taten.

Was Marleen zu schätzen wusste, als sie die Männer ankommen sah, die wohl jeden Moment damit rechneten, das Marleen eine Waffe aus ihrem Ärmel zauberte, um ihnen ein Ende zu machen. Hatte sich also schon herumgesprochen, dass sie eine zähe Kämpferin war. *Gute Publicity ist immer zu was zu gebrauchen.*

Einer der Soldaten stellte sich mit seinem Sturmgewehr hinter sie, dann sah sie einen Sack über ihren Kopf schnellen und wusste, dass dieser dort auch erst mal eine Weile bleiben würde.

»Und keine Tricks.« Das Sturmgewehr stieß Marleen in die Rippen, als sie die Richtung nur noch erahnen konnte. Sie ging voran, während mit Kailen und den anderen offenbar dasselbe passierte. Sie spürte unter sich den metallenen Boden der Rampe des Vertikopters, dann stieg sie ein und ließ sich auf den ihr zugewiesen Platz fallen. Es schien so, als sei das Spiel nun endgültig für sie zu Ende. Aber noch lebte sie. Noch…

Stunden später.

Sie spürte eine Hand an ihrem Kopf und im nächsten Moment riss eine schnelle Handbewegung den Sack herunter, der ihr die letzten Stunden völlige Hilflosigkeit beschert hatte. Ihre Arme waren am Rücken mit Handschellen hinter einem Stuhl zusammengebunden, der nicht gerade komfortabel war. Sie hatte, seit sie unsanft auf diesem Stuhl Platz genommen hatte, den sofortigen Wunsch verspürt, sich wieder erheben zu können, um ihren Kidnappern diesen Stuhl über den Kopf zu schlagen. Denn ungefähr so fühlte es sich an, wenn man auf ihm eine Weile saß. Ihre Augen gewöhnten sich langsam wieder an das Licht, auch wenn Licht sicher nicht das richtige Wort war, um den erhellten Zustand zu beschreiben, der in dem Raum vorherrschte, in dem sie sich befand. Ein simpler Verhörraum der MFA. Einige rote Spuren an den Wänden zeugten von nicht immer verhandlungsbereiten Insassen, die sich unfreiwillig verewigt hatten. Ein Grund mehr für sie, bereitwillig Informationen abzugeben. Sofern sie mit denen überhaupt dienen konnte.

Als sie sich an das fade Licht gewöhnt hatte, erschien vor ihr der Mann, der ihr den Sack vom Kopf genommen hatte.

»Willkommen in Cyrus Valley. Ich bin General Maxim Alenius.«

Marleens Augen weiteten sich und sie schluckte hart. Das war so ziemlich das erste, was heute Nacht nach Plan verlaufen war. Sie war in Cyrus Valley. Und sie hatte ihren Mann gefunden. Ein Cyberauge, das Alenius rechtes Auge ersetzte, schien sie komplett zu scannen. Außerdem erkannte sie, dass sein linker Arm und das rechte Bein ebenfalls durch Cyberteile ersetzt wurden. Folglich musste Alenius ein harter Hund und ein alter Kämpfer sein. Aufgrund seiner Dienste versah man ihm mit den neuesten Errungenschaften von NarcoTek, die mit der MFA Verträge für nur die besten Cyberteile geschlossen hatte. So jedenfalls sah es aus, als Marleen Alenius musterte. Er ließ Marleens Musterung gewähren, musste sich des optischen Eindrucks, den er auf Gefangene hatte, vollkommen bewusst sein. Was angesichts seiner Laufbahn wahrscheinlich auch kein Wunder war.

Das Cyberbein sah aus, als wäre es frisch aus der Fabrik und sicher war es ein Prototyp, der mit nur dem besten an Zusatzfunktionen ausgerüstet war. Alenius halber Körper musste aus Cyberteilen bestehen, inklusive Nano–Boost, den er wahrscheinlich nicht einmal benötigte. Aber wenn man zur Spitze der MFA gehörte, dann war das einfach All–Inklusive. Ob man nun wollte oder nicht. Marleen sah wieder hoch ins Alenius Gesicht und hatte sich entschieden. Genau so sah ein Mann aus, der die Kontrolle über den Mars übernehmen wollte. Für einen Moment fragte sie sich, ob sein Herz überhaupt noch vorhanden war oder ob man auch das ausgetauscht hatte.

»Sie wollen nicht mit mir reden? Na gut.«

Dann hob er seinen Cyberarm und Marleen spürte im nächsten Moment den Schmerz in ihrer Seite, als Alenius ihr einen Schlag verpasste. Sie schrie auf und sackte zusammen.

Ein weiterer Schlag traf ihre andere Seite und Tränen schossen ihr in die Augen.

Er hatte sicher nicht hart zugeschlagen. Wer mit einem Cyberarm verprügelt wurde, musste vor allem hoffen, überhaupt wieder aufzustehen. Dafür waren Cyberarme prädestiniert. Wenig Energie verbrauchen und größtmöglichen Schmerz zuzufügen.

»Leck mich«, stöhnte sie. Sie schloss die Augen und Alenius belohnte sie für diese Bemerkung mit einem weiteren Hieb, der Marleen mitsamt ihrem Stuhl gegen die hintere Wand warf. Ihre mittlerweile offenen Haare warfen sich ihr ins Gesicht und versperrten ihr den Blick auf ihren Peiniger. Sie hustete und musste einen Moment an sich halten.

»Ich muss sagen, dass ich von Ihren Leistungen beeindruckt bin. Sie haben sich wacker geschlagen. Und ursprünglich hatten Novak und sein Team auch die Aufgabe, Sie zu terminieren. Aber als wir dann die Scanaufnahme der Drohne sahen und erkannten, dass Sie sich Ihres Halsbandes entledigt hatten, änderte ich meinen Plan ein wenig. Ich wollte zu gern der Frau gegenüberstehen, die es geschafft hatte, so lange zu überleben. Und nun sagen Sie mir, was Sie über die letzte Nacht in Erfahrung gebracht haben.« Marleen spuckte eine rote Pfütze auf Alenius Cyberbein und sah ihn danach an.

»Sie sind für diesen ganzen Mist verantwortlich und wollen wissen, wie ich es geschafft habe, Ihrer Hetzjagd zu entfliehen. Dann sind Sie noch unfähiger, als ich dachte. Denn leider haben Sie ja dafür gesorgt, dass mein Spiderbot zerstört wurde. Was Ihre Antwort also leider nichtig macht. Der Roboter hätte Ihnen vielleicht diese Frage beantworten können, Sie mieser Scheißkerl. Ich aber nicht.« *Wenn du ihn weiter anpisst, dann macht er dir hier und jetzt den Garaus. Willst du das?*

Alenius sah Marleen ein wenig störrisch an, nahm dann einen Stuhl, der vor ihr stand und winkelte sein Bein darauf an.

»Ich verstehe. Sie wollen mir also sagen, dass Sie nichts wissen?«

»Ich weiß, das Sie ein Haufen Müll sind und ich Sie für all die Trooper, die heute Nacht in der Stadt getötet wurden, dran kriege.« Mit einem Lächeln sah Alenius zur Seite, an der sich eine undurchsichtige Scheibe befand. Dort mussten sich noch weitere Zuhörer befinden, die das Gespräch verfolgten. *Ihr seid auch noch dran.*

»Mich? Aber warum denn mich? Was hat denn das alles mit mir zu tun? Sie haben heute der Mars Federal Army enorme Schäden zugefügt, und das obwohl Sie sich Ihres Halsbandes entledigt hatten. Sie hätten sich sofort ergeben und meinen Truppen ersparen können, Sie zu jagen. Haben Sie aber nicht.«

»Weil Sie die Spur sind. Es geht um Ihre ganzen neuen Spielsachen, die Sie unter Kontrolle der TFC hier eingelagert haben. Sie wollen das Monopol für Militärwaffen auf dem Mars an sich reißen!« Jetzt würde sich zeigen, was er wirklich wusste. Das sich seine Augen im nächsten Moment verdrehten, um zu vertuschen, das er gerade einen Rückschlag erlitten hatte, ließ Marleen lächeln.

»Sehen Sie, ich bin also doch nicht so dumm, wie Sie dachten. Miles Chang und Viktor Flechett waren nur zwei der Männer, die mir heute Nacht Informationen über die Projekte zukommen ließen. Aber die Informationen, die sie mir gaben, reichten aus. Sie horten die Prototypen der neuen Waffensysteme an denen all jene gearbeitet haben, die in den letzten 24 Stunden zu Tode kamen. Und nachdem im Massaker der letzten Nacht so viele Menschen umkamen, dass es unmöglich ist, das jemals zurückzuverfolgen, gehören Ihnen allein diese neuen Technologien. Sie beginnen mit der Massenproduktion und aus dem momentan verhängten Ausnahmezustand wird ein ständiger. Sie werden der alleinige Machthaber auf dem Mars und machen allen anderen verständlich, dass sich das in den nächsten Dekaden auch nicht ändert. Und wer sich dennoch wehrt, bekommt Ihre neue Waffen aus erster Hand demonstriert. Sie elender Unterdrücker!« *Sehr subtil ausgedrückt. Dafür lässt er dich bestimmt leben.*

Ihr Atem ging schneller, ihr Herz raste, nachdem sie alles, was in den letzten Tagen an sie gelangt war, an demjenigen ausgelassen hatte, der dafür verantwortlich sein musste. Sie sah ihn an, während er sich nicht sicher war, was er antworten sollte. War es, das Marleen es geschafft hatte, den gesamten Plan mit dem Wenigen und doch nicht Wenigen, was ihr zur Verfügung gestanden hatte, zu entschlüsseln? Oder weil er sich noch ein wenig mehr lustig machen wollte, über die Killerin, die heute Nacht am meisten Nutzen gebracht hatte?

»Eine interessante Theorie. Aber leider entspricht sie nicht der Wahrheit. Sie sitzen hier, weil wir die Reste Ihres Halsbandes gefunden haben und Sie meinen Truppen doch erheblichen Schaden zugefügt haben. Zusammen mit Ihren Partnern.« *Kailen und die anderen.* Sie hatten während des Fluges kein Wort miteinander gesprochen und danach mussten sie getrennt worden sein. Sicher waren sie auch hier irgendwo in einer Zelle und wurden verhört, aber momentan waren sie für Marleen unerreichbar.

»Wo sind sie?«

»Sie sind Terroristen und werden als solche behandelt. Ebenso wie Sie. Denn ich muss es Ihnen nicht noch einmal sagen. Sie hatten die Chance sich zu ergeben. Doch Sie haben einen anderen Weg gewählt.«

Marleen entgegnete Alenius Blick nicht, war sie sich doch gewiss, dass sie ohne eine Waffe nichts aus ihm herausbekommen würde.

»Sie werden verurteilt und danach werden Sie in einer Gefängniskolonie auf einem der Monde den Rest Ihres Daseins fristen. Finden Sie sich damit ab.« Damit hatte er sein Verhör beendet.

»Warum haben Sie mich nicht gleich getötet?«

»Weil ich wissen wollte, warum Sie meine Männer getötet haben. Niemand, der eine Ausbildung wie die Ihre genossen hat, tötet wahllos. Die Drohne sollte Sie nur so lange ablenken und verfolgen, bis die Drop–Trooper heran waren. Oder denken Sie ernsthaft, Sie hätten der Drohne mit einem Lastwagen wirklich entkommen können? Das hatte nichts mit Glück zu tun. Sie werden als Paradebeispiel dienen. Und dafür brauche ich Sie lebend. Ihr ganzer Amoklauf und was Sie getan haben, spielt dabei nur eine untergeordnete Rolle. Auch wenn mich interessiert, warum Sie so hartnäckig meinen Männern versucht haben zu entkommen.« Sie brauchte nicht lange nachzudenken. Ihre Antwort folgte Alenius Frage auf dem Fuß.

»Um Antworten zu bekommen. Hätte ich mich ergeben, hätten Ihre Soldaten trotzdem das Feuer auf mich eröffnet. Woher sollen die wissen, ob ich ein Halsband trage oder nicht? Versuchen Sie in einem laufenden Feuergefecht ihren Gegner zu identifizieren? Oder aber versuchen Sie, ihn zur Kapitulation zu überreden, wenn ihr Kontrahent gerade erst einige ihrer Kameraden getötet hat. Ich hatte keine Wahl!« Ein weiteres Husten entkam ihrem malträtierten Körper. *Du solltest dich schonen. Die Schläge haben dir doch zugesetzt.*

Es war ein Vagabundenspiel. Niemand hatte Recht oder Unrecht. Theorie und Praxis lag in solch einem Fall, wie dem Ihren so weit voneinander entfernt, wie Erde vom Mars. Es hatte keinen Sinn, darüber weiter zu diskutieren. Marleen lebte noch, aber die Antworten auf die Ereignisse der letzten Nacht konnte Alenius nicht liefern. Ob er sie nun hatte oder nicht.

»Sie haben Ihre Wahl getroffen. Mehr kann ich dazu nicht sagen.« Damit wand er sich herum und verließ den Raum. Das Schloss verriegelte automatisch und sie war allein. Allein und verlassen von alles und jedem. Der Plan des Operators und seiner Hintermänner war in Erfüllung gegangen. Sie hatten den Großteil ihrer Ziele ausgeschaltet, jede Verbindung zwischen den Einzelnen vertuscht und ein gigantisches Chaos angerichtet. Niemand hatte eine Spur und diejenigen, die eine solche besaßen, waren entweder tot oder wie Marleen unfähig, sich zu äußern oder überhaupt erhört zu werden. Völlige Kontrolle zu erlangen durch perfektes Chaos. Hatte Marleen bis vor kurzem noch geglaubt, sie würde hinter das Geheimnis der ganzen Ereignisse kommen, musste sie erkennen, dass nun, hier drin in diesem Raum auch dieser Gedanke nur ein Traum gewesen war. *Dein Leben hast du gerettet. Aber das war's auch schon.*

Auch wenn dahin vegetieren in einer Strafkolonie auf einem der Monde nicht zu dem gehörte, was sie als Leben bezeichnete. Würde man aus ihr wirklich den ultimativen Sündenbock machen? Was machte dann noch ein einzelner Trooper, der einmal der Truppe angehört hatte, aber schon lange abgeschrieben war? Lohnte es sich überhaupt, in all dem Chaos einem der Täter–Opfer zuzuhören? *Nein und das weißt du auch.*

All das brachten Marleen zu dem Schluss, dass ihr Weg hier endete. Endgültig. Es gab nur noch einen schmalen Pfad, der geradeaus in die Dunkelheit führte.

Leise und still entkam ihr ein Schluchzen und ohne sich die Hand vor ihr zerrüttetes Gesicht halten zu können, begann Marleen zu weinen. Tränen regneten vor ihr auf den Boden und sie schloss die Augen und ließ ihren Kopf nach vorne fallen. Ohne einen einzigen Schimmer der Hoffnung. *Hier endete es.* Das Schluchzen hallte im Inneren des Zimmers wieder und sie war allein, mit ihren Tränen, ihrem Kummer und ihrem Schmerz. Sie heulte aus ihrem tiefsten Inneren, zerstört und zurückgelassen vom Rest des Planeten in die Leere des Raumes hinein…

Kapitel 12:
19.14 Uhr marsianische Zeit

»Marleen, hören Sie mich. Ach, verdammt. Wenn Sie mir antworten, dann wird man das sowieso mitbekommen.« Eine ihr bekannte Stimme machte sich über ihr Comm bemerkbar und riss sie aus dem Schlaf. Einen Moment versuchte sie die Stimme zu identifizieren, sich wieder an das kleine Zimmer zu gewöhnen, indem sie sich befand.

»Stehen Sie auf, falls Sie mich hören können.« Marleen überlegte noch weiter, während sie aufstand, wie man es ihr befahl. Ihre Hände konnte sie von hinter dem Stuhl lösen und dann hatte sie der Empfehlung Folge geleistet. *Wer zum Geier?*

»Gut. Also hören Sie mich. Passen Sie auf, wir haben nicht viel Zeit. Wenn Sie nicht den Rest Ihres Lebens in einer Strafkolonie vor sich hin rotten wollen, dann gehen Sie zur Tür. Und nur nebenbei. Ihre Hände sollten für Sie wenigstens sichtbar sein.« Marleen antwortete nicht, wusste sie doch genau, dass zwar ihre Aktionen verfolgt wurden, aber sie waren für den Moment nicht wirklich verdächtig. Marleen ging auf die Knie, kletterte über ihre Handschelle und stand wieder auf. Ihre Hände machten einen geschafften und fertigen Eindruck. Sie zitterten unwirtlich, waren aber trotzdem einsatzbereit. Der Schlaf, der vorangegangen war, hatte ihre malträtierten Knochen wenigstens ein wenig auf Vordermann gebracht, während die Nano–Bots ihre inneren Verletzungen geheilt hatten.

»Die Tür vor Ihnen wird sich nur für einen kurzen Moment öffnen. Dahinter steht ein Wachposten. Er ist im Moment mit dem Rücken zu Ihnen gelehnt. An seiner rechten Hüfte finden Sie in seinem Holster eine Waffe. Wenn Sie schnell genug sind, können Sie Ihn entwaffnen, sobald die Tür sich öffnet.« *Hast du gerade richtig verstanden? Man macht sich die Mühe, dich zu befreien?* Ohnmächtig der plötzlichen Möglichkeit vor Augen wollte Marleen nichts anderes, als ihrem unbekannten Helfer zu danken und ihn fragen, wer er den sei. Aber für den Moment musste die Chance allein ausreichen.

Über ihr deutete das rote Licht auf die verschlossene Tür. Einen Atemzug später klickte es und die Tür fuhr zur Seite. Vor ihr tauchte der erwartete Soldat auf. Sofort griff Marleen mit beiden Händen, die durch die Handschelle unweigerlich miteinander verbunden waren, nach der Pistole, die in dem Halfter des MFA–Soldaten steckte. Er drehte sich überrascht herum und sah nur noch den Griff der Waffe auf sein Gesicht zurasen. So hart sie konnte, schlug sie ihn nieder und als er stöhnend auf dem Boden zusammen sackte, überlegte sie, ob sie ihn nach dem Schlüssel für die Handschellen durchsuchen sollte.

»Der Magnetschlüssel befindet sich in der rechten Brusttasche. Machen Sie schnell, Sie haben nicht viel Zeit. Gehen Sie nach links den Gang runter und dann an der Gabelung wieder nach rechts.« Seine Stimme war ebenfalls durch ein Störfeld verzogen, was es für sie schwieriger machte, sie genau zu identifizieren. Dem Vorschlag des Unbekannten folgend, machte sie sich auf, nachdem sie den Schlüssel aus der Tasche gefischt und den Soldaten mit einem weiteren Schlag ausgeknipst hatte. Über ihr musste eine Überwachungskamera gesehen haben, was passiert war. *Wo bleibt das Aufheulen der Sirenen? Irgendwer muss doch hinter den Kameras sitzen. Seltsam...*

Im Gang selbst gab es noch weitere Türen, die zu anderen Gefängniszellen führen mussten. Vielleicht saßen Kailen und die Anderen hier fest, aber der Unbekannte hatte zumindest für den Moment nicht die Absicht sich um ihre Freilassung zu kümmern. Vor ihr sah sie ein Terminal eines Wachhabenden. Der Wachhabende musste jene Person gewesen sein, die vor Marleens Zelle gestanden hatte.

Weshalb das Terminal auch leer war. Auf dem Screen sah sie im Näherkommen den heutigen Tagesablauf in Cyrus Valley. Was ihr damit endgültig bestätigte, dass sie sich in Cyrus Valley befand. Eine Lautsprecherdurchsage zerriss die Stille.

»Seargant Miller. Bitte begeben sie sich zum Panzerhangar A.« Routineansagen waren ein weiterer Beweis dafür, dass ihre Flucht noch unerkannt war. *Das kann gerne noch eine Weile so bleiben.*

Sie bog am Terminal des Wachhabenden ab und die Handschelle polterte hinter ihr auf den Boden, als sie sich von ihr befreit hatte. Sie hielt ihre erbeutete CX vor sich, bereit jederzeit auftauchende Soldaten auszuschalten.

»Sie dürfen jetzt übrigens wieder mit mir reden. Nur die Kamera in der Zelle war unerreichbar für mich, weswegen ich Sie darum bitten musste, kein Wort zu verlieren.« An der Seite des Ganges deutete ein Schild an, in welche Richtung sie sich bewegte. Zellenblock A war die Richtung, aus der sie gekommen war. Die Richtung, in die sie geführt wurde, war auf dem Schild mit Lagerräume Kompanie Romeo bezeichnet. Der Gang endete nach nur wenigen Metern und eine große Tür musste in die bezeichneten Lagerräume führen. Kaum hatte Marleen vor der Tür Stellung bezogen, da öffnete sie sich wie von Geisterhand und ließ Marleen hinein. Neben ihr erklangen in einem weiteren Gang Stimmen, die in dem Moment um die Ecke zu kommen schienen, als sie in den Raum hineingetreten war.

Im Inneren war eine viel zu grelle Deckenbeleuchtung gerade dabei, sich zu aktivieren, als Marleen erkannte, warum dieser Raum für sie so wichtig war. Sie sah einen Haufen militärischer Kisten und weit hinten auf einer von ihnen lagen einige Waffen. Sie erkannte ein NM–23 und eine CX, sowie ein Auermark 74. Nur das jene CX mit einigen Zusatzgeräten ausgestattet war. *Zusatzgeräte? Das kann nicht sein. Das sind deine Waffen!*

Das NM–23, das Auermark und ihre CX waren nicht einmal in eine Kiste eingelagert worden. Sogar das MR–15 stand aufrecht neben einer Kiste, als ob es auf sie gewartet hätte.

Die Erklärung war einfach. Man wollte ihr einen Prozess machen und brauchte dafür die von Marleen benutzten Waffen als Beweise. Diebstahl von militärischem Eigentum und Mord von Truppenangehörigen, sowie Sachschaden in enormer Höhe. Alles, was sie verbrochen hatte, nachdem sie sich ihres Halsbandes entledigt hatte.

Um die Kisten herumlaufend, sah sie ihre Waffen an und konnte immer noch nicht entschlüsseln, was das alles zu bedeuten hatte. Sie nahm die CX an sich, ließ das Magazin herausfallen und sah dann, was sie vermutet hatte. Ihre restliche Munition war noch vorhanden. Die Magazintaschen für die Waffen lagen gleich nebenbei und in dem Moment, als Marleen die perfekte Planung und die Sorgfalt, mit der sie hierher geleitet wurde, erkannt hatte, verstand sie. Am anderen Ende der Leitung befand sich der Operator.

»Sie? Ich dachte, Sie haben mich zum Sterben auf der Straße zurückgelassen?«

»Sie schalten schnell, ich gratuliere. Und erneut muss ich Sie vor eine Wahl stellen. Ohne mich enden Sie auf einer der Gefängniskolonien. Mit mir können Sie weiterhin Ihren Weg gehen und müssen sich nur darum sorgen, dass Sie während der Ausübung eines Auftrages sterben. Sie können sich aber auch für den anderen Weg entscheiden. Wie immer ist es Ihnen überlassen.«

Sie griff sich ihre Magazintaschen und band sie sich um ihren MPC–Hardsuit. Das MR–15 klickte hinter ihr in die Sicherung ein und die CX verschwand in ihrem Holster. Nur das Auermark hatte keine Munition mehr. *Schade. Ausgerechnet das. Dann eben was anderes.*

Das NM–23 lag ruhig in ihren Händen. Sie riss den Ladehebel der Waffe zurück und eine Patrone wurde aus dem Magazin in die Kammer geladen. Damit hatte sie ihre Entscheidung deutlich gemacht. Was den Operator freuen musste. Ein Kommentar untermauerte seine Reaktion.

»Lust auf Action?« *Das hat er richtig erkannt.*

»Ein letztes noch. Sehen Sie in der kleinen Kiste gleich zu Ihrer rechten nach. Als Beweis meines Vertrauens.« Marleen nahm die kleine Kiste unterhalb des Regals heraus, öffnete sie und sah, was sie sich nicht hätte erträumen konnte. Ein Memory–Chip. Sie wusste sofort, dass es sich nur um einen handeln konnte. *Chang. Wenn du einen Bot findest, dann kann Chang wieder leben.* Sie strich über den Chip, steckte ihn ein und stellte sich vor, wie es sein würde, wenn Chang wieder an ihrer Seite sein würde.

»Gehen wir es an.« *Alenius und jeder andere, der sich ihr in den Weg stellen sollte. Jetzt seid ihr dran. Macht euch auf die wahre Marleen Shou gefasst.*

»Hinter Ihnen befindet sich eine Tür. Gehen Sie durch sie hindurch.«

Also war alles wieder beim Alten. Und das war es auch, wonach Marleen verlangte. Es war wieder das vorhanden, was sie die ganze Nacht am Leben erhalten hatte. Der Wunsch und die Hoffnung aus der Sache nicht als Leidtragender herauszukommen, sondern diejenigen bezahlen zu lassen, die dafür verantwortlich waren.

Die Tür vor ihr schwang auf, zwei MFA Soldaten rissen die Augen auf, als Marleen voll bewaffnet in der Tür erschien. Der Nano–Boost reaktivierte sich und ihr NM–23 blitzte auf, sie feuerte eine volle Salve und die beiden Männer brachen ohne jede Chance der Gegenwehr zusammen. *Zuhause. Fühlt sich gut an.*

»Am Ende des Ganges befindet sich ein Aufzug. Nächster Kontrollpunkt.«

»Verstanden.« In einem weiteren Seitengang hörte sie eine Stimme.

»Wir haben einen Eindringling. Alarm auslösen. Sofort!« Ohne in den Gang einsehen zu können, ließ sie sich auf den Rücken fallen, rutschte auf dem Flur entlang und im Grav–Dodge feuerte sie ihr Gewehr nach rechts in den Gang hinein. Die Kugeln lösten sich aus ihrem Lauf und fanden die beiden Männer, die nur noch verfolgen konnte, wie Marleen an ihnen vorbei glitt, während sie die beiden mit Schüssen eindeckte. Ihr Manöver führte sie direkt in den Aufzug hinein. Hinter ihr kamen zwei weitere Soldaten den Gang hinunter. Der Nano–Boost gab ihr die Zeit, die sich brauchte, darauf einzugehen. Immer noch rutschend hielt sie ihr NM–23 über den Kopf nach hinten und feuerte den Rest des Magazins ohne zu zielen ab, bis sie an der Wand des Aufzuges zum Stehen kam. Sie kam hoch, mit einem Schlag von Marleen gegen die Aufzugsteuerung schloss sich die Tür. *Kommt nur, das ist gut.*

Sie warf sich gegen eine Seite des Aufzuges. Hinter den beiden gerade getöteten kamen drei weitere Männer mit blitzenden Mündungen in den Gang. Projektile sirrten heran, rasten durch die noch offene Fahrstuhltür und krachten in die Wand. Doch Marleen war bereits in Deckung, als sich die Tür vollständig verschlossen hatte und der Aufzug mit seiner Fahrt nach oben begann. Ein grelles Läuten, wie das eines Alarms ertönte und eine Alarmleuchte tauchte den Raum in rotes Licht.

»Eindringlingsalarm. Eindringlingsalarm. Unbefugte Person auf dem Weg von Zellenblock A zu Station C. Abfangen. Aufhalten. Eliminieren.«

Damit war ihr klar, wohin der Aufzug steuerte. Doch nur der Operator wusste, was dort oben so wichtig war.

»Station C ist einer der Kontrolltürme von Cyrus Valley. Dort oben finden sie Ihren Gastgeber, General Alenius.«

»Aufgecyberter Bastard. Er ist der Meinung, dass ich an all dem Schuld bin!«

»Sind Sie es etwa nicht?«

»Nicht die Waffe ist der Verantwortliche. Sondern derjenige, der sie benutzt.« Was ihre Ansicht zu den Ereignissen noch einmal verdeutlichte.

»Sie bleiben Ihrer Prinzipien treu. Das muss man Ihnen lassen.« Eine kurze Pause später fuhr er fort. »Alenius ist Ihr nächstes und auch Ihr letztes Ziel. Beseitigen Sie Ihn und ich erkläre Ihnen, wie es weiter laufen wird.«

Hast du gerade richtig verstanden? Er war der Letzte? Es gab sogar so etwas wie ein letztes Ziel? So weit bist du also schon?

Der Aufzug hielt und die Tür glitt auf. Zwei Soldaten erschienen, die Marleen mit einem schnellen Feuerstoß begrüßte. Dann rannte sie in den Raum hinein und erkannte, dass sie sich in einer Art Kommandozentrale befand. Riesige Terminals, an denen eingeklinkte Operator saßen, die ihr aber nicht gefährlich werden konnten, waren nur das erste, was sie sah. Ganz am Ende des Raumes gab es eine riesige Fensterfront, an der General Alenius stand und hinaus auf die kargen Berglandschaften des Mars blickte. Marleen ließ ihre Waffe in dem Raum herum gleiten, um etwaigen Widersachern vorzubeugen. Doch sie erkannte niemanden. Bis auf die verlinkten Operator, die an ihren Terminals saßen und Befehle an Truppen herausgaben oder aber möglicherweise auch gerade eine Drohne hinter einigen Aufständischen hinterherjagten. Sonst gab es hier niemanden, der ihr noch gefährlich werden konnte. *Seltsam.* Sogar Alenius hatte sich nicht einmal herumgedreht, als Marleen die zwei Soldaten getötet hatte, die ihn wohl bewacht hatten.

Langsam schritt sie auf Alenius zu, der immer noch steif an dem Fenster stand.

»Was hat das alles zu bedeuten? Reden Sie schon! Solange Sie noch können.«

An den Wänden über den Terminals der Operator hingen riesige Monitore, die zeigten, was die jeweiligen Männer gerade taten. Auf einem erkannte sie, dass eine Drohne gerade dabei war, einen Pulk Aufständischer zu bekämpfen. Der nächste zeigte einen Straßenkampf inmitten eines Bezirks und einige Soldaten hatten sich hinter einem brennenden Autowrack in Deckung begeben, während unzählige, bewaffnete Aufständische sie mit dem Feuer aus automatischen Waffen am Boden hielten. Es waren definitiv zu viele, als das diese Soldaten noch eine Chance gegen sie hatten. Der Operator musste ihr Kommandeur sein und wohl gerade dabei sein, ihnen ihre letzten Befehle zu erteilen, bevor es mit ihnen zu Ende war.

Marleen sah von dem Monitor herunter und wusste, dass es im ganzen Raum dasselbe war. Jeder der hier sitzenden war gerade in einen Kampf verwickelt und das wiederum war ein Zeugnis für das, was in Nutopia City Tatsache war. Es war nicht länger die Unterdrückung von Aufständen. *Nein. Es war Krieg.* Das alles hatte sich in einen vollkommenen Krieg verwandelt, der in den Straßen von Nutopia City ausgetragen wurde. Je näher Marleen Alenius kam, desto mehr Monitore zeugten davon. Jeder Monitor, den sie ansah, auf jedem Einzelnen von ihnen waren Szenen der Gewalt zu sehen. Kämpfe in den Straßen. Brennende Gebäude. Lodernde Hydromobile. Menschen, die sich erhoben hatten, um gegen das Militär und das Corps zu kämpfen.

»Warum? Warum das alles? Wofür? Reden Sie endlich!« Diese Ansage galt sowohl Alenius, als auch dem Operator. Sie beide wussten die Antwort. Dessen war Marleen sich sicher. Während weitere Szenen von Kämpfen an ihr vorbei glitten, kam sie ihrem letzten Ziel näher. Immer noch gab es keine Reaktion seinerseits. Immer noch gab es keine Männer, die den Raum stürmten, um Marleen aufzuhalten. Das alles musste einen Grund haben.

Die Türverriegelung war aktiviert und der Operator wusste, was er tat. Militärische Türcodes zu manipulieren, war also ebenfalls in seinem Repertoire vorhanden. Was sie zu schätzen wusste.

»Wie lange habe ich Zeit, bis die Türen geknackt sind?«

»Sie haben alle Zeit, die Sie benötigen. Niemand wird Sie behelligen.« Was wieder einmal für die Qualitätsarbeit sprach, mit der sie vom Operator unterstützt wurde.

Im Augenwinkel erkannte sie eine Gruppe junger Männer, die im Kugelhagel eines Combots umkamen. Keiner von ihnen trug eine Waffe. Sie hatten nur einige Knüppel und provisorische Schlaggegenstände in den Händen gehalten. Marleen sah genauer hin und hatte das Gefühl, ihnen schon einmal begegnet zu sein. Die Brutalität, die das Militär an den Tag legte, abscheute ihr. Sie hob das NM–23 gegen den Monitor und das Aufbellen der Waffe zerriss das flimmernde Bild. Sie schnellte nach links und ein weiterer Monitor zerbarst, als sie eine Kugel durch ihn hindurch jagte.

»Wofür sterben alle diese Menschen?« Splitternd wurde ein weiterer Monitor von ihr terminiert. Und noch einer. Es änderte aber nichts an der Situation. Es änderte lediglich, dass sie nicht mehr Zeuge dessen war, was passierte. Aber dennoch passierte es. Weit entfernt in der Stadt war das Realität, was sie auf den Monitoren sah. Es war kein simulierter Virtual–Reality Trip oder irgendeine Übung. *Das alles war Wirklichkeit.*

Als Alenius sich immer noch nicht bewegte, löste das in Marleen noch mehr Zorn aus. Die große Frontscheibe, vor der Alenius stand, krachte mit einem Bersten auseinander. Nun endlich drehte er sich herum.

»Sie fragen warum? Als ob Sie das nicht schon längst wissen. Dieser Krieg wird alle diejenigen beseitigen, die eine Bedrohung für unsere Gesellschaft sind. Wie lange denken Sie, hätte der Zustand, der in Nutopia City an der Tagesordnung war, weiter existieren sollen? Rebellen, die über MPTs und Soldaten herfallen, sie einfach kaltblütig ermorden. Und am Ende führt es nirgendwo hin. Außer zu noch mehr Gewalt.«

Das Sturmgewehr auf Alenius richtend, vernahm sie seine Worte, doch sie wollte nicht verstehen, was er da gerade von sich gab.

»Sie? Sie wollen mir erzählen, das Sie allein dafür verantwortlich sind?«

»Nein, nein, meine Liebe. Ich habe viele Mitstreiter. Nur hätte ich nicht erwartet, dass sich diese gegen mich stellen würden. Ich habe meine Partner wohl unterschätzt.«

»Sie haben nicht nur Ihre Partner unterschätzt.« Damit hatte sie ihm deutlich gemacht, dass sie es ernst meinte. Doch solange Alenius mit Antworten aufwarten konnte und einen Nutzen erfüllte, ließ sie ihn am Leben. Danach war eine andere Frage.

»Also was? Sie haben diesen Krieg ausgelöst, um sich all jener zu entledigen, die Ihnen in den Weg kommen können. Die NSMs und jeden anderen, der mit einer Waffe bereit ist, Widerstand zu leisten gegen Ihr System.«

»Sie sind alle Verräter. Der Krieg dient nur ihrem Besten.«

»Sehen Sie auf die Monitore! Der Krieg kostet nicht nur das Leben derer, die Sie verfolgen.«

Auf etlichen Monitoren waren MFA–Einheiten zu sehen, denen die Überlegenheit durch bessere Waffensysteme und Truppenstärke nichts brachte, außer den Tod. Aber auch das schien für Alenius nur ein Opfer zu sein, das geleistet werden musste.

»Und wenn alles vorbei ist, können Sie und Ihre Freunde sich aus der Asche erheben und sich als neue Machthaber auf dem Mars präsentieren. Nun, Sie wohl nicht mehr, aber Ihre Freunde ganz bestimmt.«

Macht Sinn. Waren alle Gegner der MFA und des MPC ausgelöscht, konnten Alenius und seine Mitstreiter den Planeten übernehmen. Und mit ihm sämtliche Konzerne. Sämtliche Technologien, die einzig und allein auf dem Mars existent waren, fielen unter ihre Kontrolle. Deshalb Chang. Deshalb NarcoTek. Die neuen Waffensysteme würden allein Ihnen gehören und damit würde der Mars zum neuen, dominanten Planeten in diesem Sonnensystem. Unter der Kontrolle der neuen Machthaber.

Das alles war ein gigantischer Putsch, in den Marleen hineingeraten war. Und er wurde von oberster Regierung gefördert. Und alle, die nicht zu den Wenigen gehörten, die das geplant hatten, waren die Leidtragenden. Sie genauso, wie all die anderen Trooper. Genauso wie die NSMs und die Soldaten. *Ihr alle seid nur Figuren auf einem Schachbrett, die umher geschoben werden.*

»Wer? Wer steckt dahinter? Ich will einen Namen, verdammt!«, schrie Marleen. Der Operator meldete sich zu Wort.

»Genug. Sie wissen, was Sie wissen müssen. Erledigen Sie jetzt Ihren Auftrag.«

»Sie haben eins vergessen. Ich trage kein Halsband mehr. Was bedeutet, dass Sie sich Ihre Befehle in den Hintern schieben können.« Marleen war erpicht, jedes bisschen Information aus Alenius heraus zu pressen, um sich danach den Rest der Verantwortlichen vorzunehmen. Und dieses Mal gab es kein Halsband, das sie daran hindern konnte.

»Sie können sich natürlich diese Information besorgen, dann muss ich Sie aber daran erinnern, dass wir immer noch Kontrolle über Ihren Bio–Chip haben. Wir wissen jederzeit, wo Sie sich befinden und was Sie tun. Sie werden niemals sicher sein, sofern Sie gegen uns agieren. Ich brauche Ihnen nicht die Möglichkeiten zu erläutern, die uns offen stehen. Es könnte aber zum Beispiel sein, dass Sie eines Morgens wieder mit einem Halsband aufwachen und dann vielleicht weniger Glück haben, als heute Nacht. Oder vielleicht wachen Sie auch gar nicht auf. Denken Sie nach, Marleen.«

Scheiße. Er hat Recht.

Während ihre Waffe nicht von Alenius abließ, musste sie in der Tat vor den Äußerungen des Operators kapitulieren. Da er völlige Kontrolle über den Bio–Chip hatte, war sie nicht sicher, solange er noch in ihrem Inneren schlummerte. In den Outbacks gab es genug Metzger, zu denen sie gehen konnte. Auch wenn ihr der Begriff Metzger immer erschreckend für einen Cyberspezialisten, der ohne Lizenz arbeitete, vorgekommen war. Sie konnte Zuflucht in Tarsus suchen, sich einen sauberen Chip installieren lassen und dann weitersehen. Aber für den Anfang war es ein Plan. Ob der Operator diesen Gedanken vorausahnte, war eine andere Geschichte. *Für den Moment aber hast du eine Option.*

»Gut. Sie haben Recht. Aber eine Bedingung habe ich noch.«

»Sie sind eine zähe Verhandlungspartnerin. Aber bitte. Was ist Ihre Bedingung?« Alenius machte Anstalten, nach seiner Waffe im Halfter zu greifen, was Marleen aber sofort erkannte. Ein Schuss bellte auf und die Kugel traf in Alenius Cyberarm.

»Nicht doch. Lassen Sie es sein.« An den Operator gewandt, erläuterte sie ihre Bedingung.

»Ich will, dass meine Partner frei gelassen werden. Oder ich zumindest in der Lage bin, sie selber zu befreien.« Wenn sie sich schon dem Bösen fügen musste, um ihr eigenes Leben zu bewahren, dann würde sie auch noch das Leben derer retten, die ihr geholfen hatten, diese Nacht zu überleben.

»Ihre Partner? Diese dreckigen NSMs, denen Sie die Tatsache verdanken, es so weit geschafft zu haben? Liegt Ihnen wirklich so viel an ihnen?«

»Ja, das tut es. Sie bleiben am Leben. Ich ebenfalls. Können Sie diese Bedingung erfüllen, dann haben wir einen Deal.«

Es war still für einen Moment, als der Operator das Anliegen wohl an seinen Vorgesetzten weiter reichen musste. Oder aber er damit beschäftigt war, die Position von Kailen und den anderen herauszufinden. *Was auch immer. Komm schon.*

»Sie haben Glück. Sie werden in diesem Moment auf einen Transporter verladen.

Wenn Sie einen Blick aus dem Fenster werfen würden, dann können Sie sich davon überzeugen.« Marleen trat an das Fenster heran, während sie Alenius nicht aus den Augen ließ. Unten auf dem riesigen Gelände von Cyrus Valley sah sie in der Tat einen Transporter, vor dem ein paar Männer standen, die ihr bekannt vorkamen. Die Kleidung stimmte und auch die Körperproportionen. Das waren Kailen und die Jungs.

»Erledigen Sie Ihr Ziel jetzt, dann wird der Transporter unfähig sein, seinen Standort zu verlassen.« Sie hatte verstanden. Ein Leben für das eines anderen. Ein Schuldiger weniger für das Leben Ihrer Partner. Sie wusste, wenn sie das jetzt tat, entschied sie sich für einen Weg. Auch wenn damit ein wichtiger Punkt für das Auflösen des Rätsels terminiert war, würde sie doch ihre Menschlichkeit erhalten. Sie würde Kailen und die anderen retten. *Wenigstens ein paar Dinge wieder gut gemacht.*

»Es gilt.« Das Gewehr krachte auf, eine Kugel durchbohrte Alenius Cyberauge, zerriss seinen Neokortex und entledigte Marleen eines der Verantwortlichen für ihre Mission. Die Zeitlupe ließ die Einzelteile seines Cyberauges in der Luft schweben, während er langsam nach hinten fiel, hart auf den Boden des Raumes krachte und dort liegen blieb.

Vorbei. Jetzt weg hier.

»Sie können nicht zu den Türen raus. Empfangskomitee. Unterhalb des Fensters befindet sich eine Plattform.« Sie gehorchte. *Was bleibt dir?* Mit einem Satz war sie durch das Fenster und sah die Plattform schnell näher kommen. Sie rollte sich ab und links und rechts erschienen zwei weitere Soldaten. Rechter Feuerstoß. Linker Feuerstoß. *Weiter.*

Vor ihr erkannte sie den riesigen Innenhof von Cyrus Valley. Unzählige Panzerfahrzeuge standen umher, sauber aufgereiht und auf Befehle wartend.

Die Türen, aus denen die Soldaten gekommen waren, verriegelten und der Weg für Marleen deutete sich an. Es ging steil bergab. Eine Leiter an der Plattform führte hinunter. Schnell rutschte sie an ihr entlang und kam auf einer weiteren Plattform hart zum Stehen. Sämtliche Türen, die zu den Plattformen führten, schloss der Operator vehement ab. Niemand, der sich nicht schon außerhalb befand, konnte ihr gefährlich werden.

Im Hof selber standen einige Soldaten, die nach Marleens Feuerstößen auf der ersten Plattform ihren Blick auf sie gerichtet hatten. Und nun realisierten sie, dass sich dort die Person befand, nach der auf dem ganzen Stützpunkt gefahndet wurde. Die Soldaten rissen ihre Sturmgewehre hoch und feuerten sofort. Der Nano–Boost fuhr hoch und sie erkannte die Projektile, wie sie in der Luft hingen, kleine graue Punkte, auf der Suche nach ihr. Grelle Lohen donnerten auf und von Sekunde zu Sekunde wurden es mehr. *Jetzt musst du schnell sein.*

Krachend wurden die Wände um sie herum von Einschlägen zerrissen, als sie eine weitere Leiter hinab rutschte und die Soldaten sich auf sie einschossen. Marleen warf ihr Sturmgewehr nach hinten gegen den Magnetholster und zog die CX.

»Sie sind dran.« Das galt dem Operator. Von dieser Plattform führte eine Leiter nach unten. Sie rannte, während die einschlagenden Geschosse näher kamen. Die aufblitzenden Mündungen auf dem Hof wurden immer mehr. Ihre Waffe zielte, der Operator tat sein Tagewerk und Marleen zögerte keine Sekunde. Während sie die Treppe hinunter rannte, ließ sie ihre CX aufbellen. Hülsen sirrten im Laufen an ihr vorbei und die ersten getroffenen Soldaten fielen zu Boden. *Nächste Treppe.*

Sie drückte den Abzug stur herunter, gewiss, dass der Operator die Kontrolle über die Situation haben würde. Was sie anhand der Trefferwirkung auch nur bejahen konnte. Ohne ihn wäre sie hier gescheitert. Und ohne den Boost auch.

Weitere Soldaten wurden durch die intelligente Munition ausgeschaltet, dann passierte das, was Marleen am wenigsten gebrauchen konnte. Ihr Magazin war leer. Sie schleuderte es hinaus und ließ ein Neues einschnappen. *Nächste Runde.* Ihre Waffe bellte sofort danach wieder auf und auch wenn sie nicht wusste, ob der Operator mit ihrer Geschwindigkeit mithalten konnte, war es doch Priorität in Bewegung zu bleiben, während sie feuerte. Noch eine Leiter, dann war sie unten angekommen. Mit einer Hand warf sie sich an die Leiter, die andere betätigte konstant den Abzug, während Marleen hinab rutschte.

Die Zahl der Kontrahenten war um 7 Männer gesunken, dem Operator sei Dank. *Noch ist es nicht vorbei.* Gleich neben der Treppe befand sich ein Stapel Kisten, die ihr gute Deckung bot. Am Transporter selber arbeiteten einige Soldaten fieberhaft daran, ihn zu starten.

»Die Gefangeneneskorte. Nächstes Ziel!«, rief sie. Die Waffe in Richtung der Eskorte haltend, wartete sie einen Bruchteil eines Moments und erinnerte sich an die Anzahl der Männer, die Kailen, Hub und Neal bewachten. Vier Männer. Viermal betätigte sie den Abzug. Vier Hülsen klimperten neben ihr auf den Asphalt. *Los jetzt. Hundert Meter zum Ziel.*

Laufend erkannte sie noch drei Männer, die sich hinter einem offensichtlich unbemannten Kampfpanzer versteckt hatten. Sie rollte sich am Boden ab, hinter einen weiteren Stapel Munitionskisten und griff nach einer CX, die ein toter Soldat fallen gelassen hatte. Um die Kisten herum schnellend, gab sie mit beiden Waffen zahllose Schüsse in Richtung der Soldaten ab, deckte sie mit Patronen ein. Zwei Männer wurden getroffen, der dritte konnte sich rechtzeitig in Deckung werfen.

Marleen sprang auf, über die Kisten, feuerte beidhändig ihre Pistolen ab, vollführte einen Grav–Dodge am Ende der Kisten und segelte dem Boden mit ausgestreckten Pistolen entgegen. Schuss um Schuss krachte sirrend und funkensprühend gegen den Panzer, bis ihre Magazine leer waren. Doch sie hatte den letzten Mann erwischt.

Kailen und die Jungs taten, was angesichts ihrer toten Eskorte möglich war. Die Männer durchsuchend, konnte Marleen erkennen, dass sie die Schlüssel zu ihren Handschellen gefunden hatten. Die beiden CX waren leer und sie ließ die eine wieder am Holster einrasten, während die andere auf dem Boden landete. Die Handschellen von Kailen und den Anderen leisteten ihr in dem Moment Gesellschaft, wo Marleen sie erreicht hatte.

»Mich laust der Affe.«, rief Kailen zur Begrüßung, während das Gewehr eines toten Soldaten den Besitzer wechselte. Hub und Neal waren nicht ganz so schnell, aber auch sie hatten sich nur einen Bruchteil später befreit und sich eine Waffe angeeignet. Die drei Männer und Marleen bildeten einen Kreis und feuerten auf die noch verbliebenen Kontrahenten, wo immer sich einer zeigte. Vor allem Marleens Waffe konnte sich hier beweisen. *So leicht wird die MFA bestimmt nicht aufgeben.*

Ein lautes Dröhnen erklang, wie das eines Panzermotors und ein Hangartor wurde zerrissen, als der sich dort befindende Behemoth durch es hindurch fuhr, um Marleen und den Anderen an die Kehle zu gehen. Es war ein Stützpunkt der Panzertruppe. Was diese jetzt gleich zu Beweis stellen würde. Der Kampfpanzer bohrte sich durch die Reste des Tores und als seine riesigen Ketten hindurch waren, fing der Turm an sich zu drehen.

»Lass mich raten. Dein Plan reichte nur bis hier«, fragte Kailen.

»Welcher Plan?«, erwiderte Marleen. »Operator? Die Situation wird brenzlig.«

Ein zweites Motorenaufbellen war zu hören und ein weiterer Behemoth donnerte durch ein verschlossenes Hallentor, während der erste seinen Turm mittlerweile auf sie eingerichtet hatte.

Sie schloss die Augen und erwartete nur das Aufblitzen seines Geschützes, das ihnen ein Ende machte. Sie vernahm eine Explosion, doch wie die eines Abschusses hörte sie sich nicht an. Sie öffnete die Augen wieder, als sie feststelle, dass sie noch lebte und sah dann, was detoniert war. Der Behemoth.

Brennend zeigte sein Rohr noch in ihre Richtung, als im nächsten Moment ein Gunship mit ratternden Geschützen über sie hinweg donnerte. Der Operator hatte wieder einmal Nerven gezeigt. Zwei Raketen lösten sich von unterhalb der Flügel des Gunships und rasten auf den zweiten Kampfpanzer zu. Panzerabwehrraketen. *Der Operator hat an alles gedacht.* Grell aufblitzend krachten sie in den Panzer und der riesige Torso des Fahrzeuges wurde zerrissen und der Turm des Monstrums flog aus seiner Verankerung und rutschte herunter. Das Gunship drehte, feuerte eine volle Salve aus seinen automatischen Geschützen in einige verschanzte Soldaten und setzte zur Landung an.

»Das nenne ich mal einen Auftritt!«, sagte Neal.

Staub und Dreck wurde aufgewirbelt, als das Gunship neben ihnen seine Luke öffnete und Marleen nur darauf gewartet hatte. Sofort schnellte sie hindurch und die anderen folgten ihr.

Das Gunship beschleunigte und startete. Kugeln aus automatischen Waffen suchten ihren Weg, einige klackerten gegen die Panzerung des Luftfahrzeuges, doch durchdringen konnten sie diese nicht. Sie waren gerettet.

Marleen erkannte auf Hubs Kopf etliche Schweißtropfen und musste wohl selber nicht anders aussehen. Das eben war haarscharf gewesen und nur dank Teamwork mit dem Operator hatte sie ihre Ziele erreicht. Sie war ihm wohl zu Dankbarkeit verpflichtet. Wenn sie sich aber auch selber eingestehen musste, dass sie ohne ihn gar nicht erst in dieser misslichen Lage gelandet wäre.

»Und jetzt verrate uns mal, wie du das hier alles auf die Beine gestellt hast.«, fragte Kailen. »Ich habe mich schon vor einem Erschießungskommando gesehen.«

»Alleine hätte ich das nicht geschafft.«

»Na komm schon, verrate es uns«, hackte Neal nach.

»Na gut. Aber freuen wird es euch nicht.«

»Wir sind am Leben und frei. Wer immer dir geholfen hat, dem sind auch wir zu Dankbarkeit verpflichtet«, erläuterte Hub. Sie ließ ihren Blick zwischen den Männern schweifen.

»Es war der Operator.«

Neal warf sich sofort gegen die Wand des Gunships, als er gehört hatte, wem er seine Flucht zu verdanken hatte. Nach einem Moment beiläufigen Schweigens setzte Kailen ein.

»Kein Scheiß?«

»Nein, ich habe mit ihm einen Deal gemacht. Wenn ich es nicht getan hätte, wäre ich in meiner Zelle versauert und irgendwann in eine Strafkolonie verschifft worden. Genauso wie Ihr dann erledigt gewesen wärt.«

»Ein Deal mit dem Teufel«, sagte Neal nur, während er stur zu Boden sah. Marleen riss ihre Pistole aus dem Holster und zielte auf ihn.

»Wenn du lieber vor einem Erschießungskommando gelandet wärst, können wir das gerne nachholen«, ermahnte sie ihn.

Er hob seine Hände, würdigte sie aber keinen Blickes, gab aber auch kein Kommentar mehr von sich. Kailen und Hub sahen sie erschrocken an, als sie selbst erkannte, dass sie wohl ein wenig überreagiert hatte. Die Pistole verschwand zurück im Holster. *Bleib ganz ruhig. Diese Männer haben dir geholfen.*

»Entschuldigt. Ich bin einfach froh, noch eine Chance gesehen zu haben, aus der Sache herauszukommen. Und ich habe dem Operator die Bedingung gestellt, dass ich euch befreien kann. Ohne euch hätte ich es nicht so weit gebracht und ohne euch war ich nicht bereit, dem Operator wieder ausgeliefert zu sein. So konnte ich wenigstens etwas von dem, was ich heute Nacht getan habe, wieder gut machen.«

»Sind wir dir wohl auch was schuldig. Und was kommt jetzt?«, entkam es Neal. Ob es sarkastisch oder ernst gemeint war, konnte sie nicht entschlüsseln. Aber als sie Neal ansah, er ihren Blick erwiderte, da wusste sie. Er hatte begriffen. Auch er würde hier nicht sitzen, wenn Marleen diese Bedingung nicht gestellt hätte.

»Das möchte ich Ihnen gerne sagen.« Der Bordlautsprecher meldete sich zu Wort und der Operator hatte dieses Mal kein Problem damit, von allen Anwesenden eingehört zu werden. »Dieses Gunship fliegt Sie zurück nach Nutopia City und dort können Sie tun, wonach immer Ihnen der Sinn steht. Sie, meine Herren sind in unseren Plänen nicht vorgesehen und es ist nicht wichtig, ob Sie leben oder sterben. Wenngleich ich Sie ermahnen muss, dass eine weitere Verfolgung unsererseits nicht wirklich von Erfolg gekrönt sein wird. Sollten Sie vorhaben, dies in Erwägung zu ziehen.«

Was quasi bedeutete, das die Jungs keinerlei Gefahren, abgesehen von den üblichen, wie Entdeckung durch das Mars–Pacification–Corps, ein Überfall durch Mars–Federal–Army Soldaten und so weiter zu befürchten hatten. Aber das galt eben nur für die drei. *Dich erwartet wohl ein anderes Schicksal.*

»Sie meine Liebe fallen ebenfalls in die gleiche Kategorie. Sie haben sicherlich Pläne in Ihrem Kopf, die Sie nach Ihrer nun vollendeten Auftragslage durchführen können. Aber ich möchte Ihnen parallel dazu noch gerne ein Angebot machen.« In der Tat stand Marleens Plan nach Tarsus zu gehen, um dort Lexia zu treffen, noch immer ganz oben auf ihrer Liste der Optionen. Mal abgesehen davon, einen neuen Host für Chang zu finden.

Was aber in Tarsus werden würde, musste sich erst dort zeigen. Vor allem nachdem sie Lexia die Wahrheit gesagt hatte. Weswegen sie dem Operator weiter zuhören konnte. Zumindest für den Moment.

»Also?«

»Sollten wir wieder einmal Aufträge haben, die einen Spezialisten erfordern, dann könnten wir uns mit Ihnen wieder in Verbindung setzen. Und ich verspreche Ihnen, das es kein Halsband geben wird. Sie werden dafür natürlich voll ausgezahlt. Bereits jetzt befindet sich ein nicht unerhebliches Guthaben auf Ihrem Bio–Chip. Wenn Sie es überprüfen, können Sie mir sicher zustimmen, dass es mehr als großzügig ausgefallen ist. Damit können Sie sich eine Existenz außerhalb von Nutopia City irgendwo in den Outbacks aufbauen. Und wenn Sie wollen, dann treten wir wieder mit Ihnen in Verbindung. Aber nur wenn Sie wollen, versteht sich.« Sie dachte nach. Es gab keinerlei Chance mehr, den Operator ausfindig zu machen. Jedweder Versuch weiter gegen ihn zu Felde zu ziehen, würde im Nichts enden. Die neuen Waffen, Chang und alles was damit zusammen hing, war auch nur ein Teil des Puzzles gewesen. Natürlich strebten der Operator und seine Hintermänner nach der Herrschaft, aber solange der Bürgerkrieg auf dem Mars noch nicht geschlagen war, würden sie ihr Ziel nicht erreicht haben. *Und da kommst du ins Spiel.*

Und vielleicht sollte sie ja doch noch eines Tages ihre Hände an eine solche Waffe legen können. Bei einem Auftrag, den sie ausführen würde. Und vielleicht würden jene Aufträge auch wieder Licht in die Dunkelheit bringen und ihr Stück für Stück einen Hinweis darauf geben, was noch dahinter steckte. Auch wenn Bürgerkrieg und Machtübernahme seitens der Militärs schon schlimm genug war. *Sofern die neuen Aufträge für dich moralisch vertretbar sind…*

Warum solltest du dann zögern?

»Ich akzeptiere. Aber trotzdem werde ich mir die Freiheit nehmen, zwischen den Aufträgen zu wählen. Ich allein entscheide. Wenn Sie mich gut analysiert haben, dann wissen Sie schon, welche Aufträge für mich in Frage kommen.« Kailen sah sie mit großen Augen an. Zum einen verstand er, für was sie sich gerade entschieden hatte. Zum anderen wusste er, dass sie sich damit weiter benutzen ließ.

Was auch ihr nicht entgangen war.

»Jetzt sieh mich nicht so an. Ich weiß, dass es bestimmt nicht die ehrbarste Methode ist, meine Existenz weiter zu führen. Trotzdem steht meine Entscheidung fest.«

»Ich würde dasselbe tun, glaub mir.«, versuchte Hub sie zu ermutigen.

»Nur das du nicht gerade der geborene Söldner bist.«, warf ihm Kailen entgegen.

»Sie dürfen sich natürlich jederzeit mit Ihren Partnern verbünden und Ihre Belohnung dann mit ihnen teilen. Es bleibt Ihnen überlassen.« Eine weitere Option, obwohl Marleen noch nicht wusste, ob sie den Kontakt mit Kailen und den anderen halten würde. Doch wie sie ihr Glück einschätzte, würden sich ihre Wege in Zukunft sowieso wieder kreuzen. *Ganz bestimmt.*

Sie drehte sich um und sah hinaus zum Fenster. Sie überflogen die riesige Sturmmauer, die Nutopia City umringte. Weit hinten sah sie die kargen, roten Hügel des Mars. Unter ihr erkannte sie kleinere Bezirke und weit hinten in den Hochhausschluchten der Stadt etliche Rauchsäulen, die zum Himmel empor stachen. *Der Krieg war in vollem Gange.*

Langsam begann sich das Gunship zu senken.

»Was werdet Ihr machen?«

»Wir gehen zurück in unseren Bezirk und werden sehen, was weiter passiert.«

»Grüßt Shmitty von mir. Sagt ihm danke für das Gewehr.«

»Und du? Immer noch, was du dir vorgenommen hast?«

»Du brauchst es gar nicht zu verheimlichen. Der Operator wird doch sowieso wissen, wohin ich gehe.« Dabei berührte sie die Stelle, wo der Bio–Chip unter ihrem Fleisch lag.

»Richtig, ganz vergessen. Diese ganze Überwachungskiste kann einen ja paranoid machen.«

»Wie wahr.«

»Sie werden Ihre Privatsphäre bekommen, keine Sorge«, hörte sie den Operator sagen.

»Also dann. Bis zum nächsten Mal«, verabschiedete sie sich.

»Ich freue mich schon.«

Das Fahrwerk des Gunships fuhr aus und es landete. Marleen sah aus dem Fenster, wollte ihre Umgebung kurz sondieren, doch schon glitt die Luke des Gunships auf und ließ sie hinaus. Sie waren inmitten einer künstlichen Grünanlage angekommen. Niemand war zu sehen und ein gleich nebenbei stehendes Terminal lud sie ein, das Versprechen des Operators bezüglich ihrer Entlohnung zu überprüfen. Um sie herum stießen etliche Wolkenkratzer in die Höhe und sie konnte das Ende der Häuserfronten nicht erkennen. Nutopia City hatte sie zurück.

Sie verließ das Gunship und Kailen, Neal und Hub folgten ihr. Sofort, als sie die Rampe verlassen hatten, schloss sich diese wieder und das Gunship startete unverzüglich. Sicher würde sie auch mit diesem Fluggerät in Zukunft noch die eine oder andere Begegnung haben. *Sofern du zu einem Auftrag zusagst.*

»Das war es also? Du gehst deinen Weg und wir unseren?«, fragte Kailen.

Marleen sah hoch zu den riesigen, glänzenden Fassaden der Wolkenkratzer.

»Ich denke schon. Ihr versteht sicher, dass ich jetzt nicht mit euch mitkommen kann. Ich muss das alles erst einmal verarbeiten. Deswegen gehe ich nach Tarsus, um dort bei meiner Freundin unter zu kommen. Aber eines Tages sehen wir uns bestimmt wieder. Ich weiß es.« So wie sie den letzten Satz ausgedrückt hatte, war es für sie klar, dass es dazu kommen würde. Vor allem Hub würde sicher darauf hoffen, obwohl sie jetzt erst einmal zu ihrem Bezirk lebend zurückkommen mussten. Sie sah die Jungs an, wusste nicht, wie sie sich verabschieden sollte. Immerhin kannte Marleen sie nicht wirklich. Aber dennoch hatten sie zueinander gestanden. *Trotz allem. Waffenbrüder.*

Sie nickte ihnen zu, dann drehte sie sich um und verschwand zwischen den Bäumen des Parks. Kailen sah ihr einen Moment nach, ungewiss ihrer Zukunft.

Der Monorail kam zum Stehen und Marleen sah aus dem Fenster. Ihr Spiegelbild schimmerte matt hindurch und sie hatte sich verändert.

Es hatte ihr weh getan, ein Stück weit, sich von ihrer langen, braunen Mähne zu trennen, doch nach den überlebenden Troopern wurde immer noch gefahndet, also hatte sie etwas an ihrer Erscheinung ändern müssen. In einem Auto–Barber–Shop hatte sie sich für eine Frisur entschieden, die ihrem nun rebellischen Selbst ein bisschen mehr Ausdruck verlieh. Dunkelrote, beinahe lila Haare, die ihr knapp über die Schulter reichten und zudem schick geschnitten waren. Noch hatte sie sich nicht ganz daran gewöhnt und zuckte jedes Mal unwirklich, wenn sie sich selbst im Spiegel sah. Aber es war nötig gewesen.

Am Bahnhof tummelten sich etliche Leute, aber nur wenige schienen einsteigen zu wollen. Der Zug selber aber war bis zum Bersten gefüllt gewesen. Etliche Menschen hatten seit Beginn des Bürgerkrieges Nutopia City verlassen und sich in Richtung der Outbacks abgesetzt. Tarsus war nur eins von vielen Auffanglagern für die vielen Flüchtigen, die sich in ihrer einst als Paradies angepriesenen Hauptstadt nicht mehr sicher gefühlt hatten. Das Militär hatte mit unnachgiebiger Härte in den von NSM und Aufständischen kontrollierten Stadtteilen gewütet und umso mehr Gewalt dadurch provoziert.

Sie selbst hatte die vielen aus der Stadt strömenden Menschen als Deckung verwenden können. Es wurde kaum noch nach Identitäten und Herkunft kontrolliert, wenn man die Stadt verließ. Es gab zwar Truppen und MPC–Präsenz an den Interrailstationen, aber nur, um Unruhen zu verhindern, nicht aber die Leute daran zu hindern, die Stadt zu verlassen. So konnte auch Marleen sich nach einer ausführlichen Neubekleidung damit beschäftigen, ihrem Traum nachzukommen. Die Bezahlung des Operators war in der Tat mehr als großzügig ausgefallen und da sie nicht in ihre alte Wohnung zurückkehren konnte, musste sie alles, was sie vorhatte, mitzunehmen, neu organisieren. Und in Nutopia war die Auswahl nun mal größer, als es in Tarsus der Fall war. *Leben im Outback. Mal sehen, ob du dich daran gewöhnen kannst.*

Menschen drängelten an ihr vorbei und quetschten sich zum Ausgang des Zuges, als hätten sie Angst, gleich wieder nach Nutopia zurück verfrachtet zu werden. Nach dieser Station kamen noch ein paar winzige Grenzdörfer und danach kam ewig überhaupt nichts. Hier war für die meisten der Passagiere die Reise zu Ende, sofern sie nicht im absoluten Nirgendwo Zuflucht vor dem Krieg finden wollten.

Als Marleen durch das Gedrängel den Bahnsteig erreicht hatte, stellte sie ihre beiden Koffer erst einmal ab und blickte über den Bahnsteig hinaus auf die Stadt. Tarsus selbst lag ein wenig unterhalb des Gleises, in einer kleinen Schlucht. Ein ideales Versteck. Erst einige Treppen führten auf das Straßenlevel. Doch Marleen hatte es nicht eilig. Sie hatte sich in den letzten Tagen genug abgehetzt und war im Moment dankbar für jeden Moment, in dem sie nicht mit einer Waffe in der Hand durch Straßenschluchten, Hochhäuser oder Militärkomplexe gejagt wurde. *Das würde noch früh genug weiter gehen. Doch im Moment. Nicht.*

Über ihr hing ein Infoscreen und im Gebrüll und Geschrei der Menschen hier am Bahnhof verstand sie so gut wie gar nichts. Obwohl das Thema in den letzten Tagen immer dasselbe gewesen war. Klar hatte die TFC alles mobilisiert, was ansatzweise bewaffnet war, doch gegen einen ganzen Planeten schienen sie zumindest momentan nicht die Oberhand gewinnen zu können. Sie hatten die NSM und die Gangs, die sicher den Hauptteil der gegnerischen Streitmacht und gleichzeitig auch der Hauptteil der restlichen, nicht geflüchteten Bevölkerung darstellte, maßgeblich unterschätzt. Und Verstärkung von der Erde war nicht möglich. Jedenfalls nicht in nächster Zeit. Auch wenn das sicher eine der letzten Optionen war, mit denen man rechnen musste.

Kopfschüttelnd sah sie von dem Monitor weg. Sie hatte selber genug zu all dem Chaos beigetragen, als das ihr danach war, sich noch weiter mit den Bildern zu quälen.

Dann blieb ihr Blick auf einer jungen Frau hängen. *Lexia.*

Durch die neue Frisur und die neue Kleidung musste sie Marleen schon in die Augen sehen, um sie zu erkennen. Marleen atmete einmal tief ein, dann begann sie auf Lexia zuzugehen.

Sie bemerkte es erst, als sie ihr ganz nahe war, schreckte herum, durch das neue Aussehen von Marleen erschrocken, doch Marleen hielt sich nicht mit Worten und Erklärungen auf.

Sie drückte sich an sie, hielt ihre Freundin fest und hatte zum ersten Mal seit Tagen das Gefühl, endlich Ruhe gefunden zu haben. Endlich etwas gefunden zu haben, das man zuhause nannte. Sie klammerte sich an Lexia, ihre Augen kniffen sich zusammen und eine Träne rang ihre Lippen hinunter. Minutenlang hielten die beiden sich fest, ohne dass Marleen imstande war, ein Wort zu sagen.

Als sie sich endlich getrennt hatten, sah Lexia Marleen tief in die Augen. Sie musste erahnen, das Marleen etwas Schreckliches passiert war.

»Was… Was ist denn mit dir?« Sie sah von ihr ab und versuchte sich innerlich zu verstecken, wusste aber, dass gerade bei ihr das keinen Sinn machte. Sich selbst ein wenig schämend, gingen ihr die Bilder der vergangen Tage und vor allem jener Nacht für einige Augenblicke durch den Kopf. Doch sie schüttelte sie ab, genauso schnell wie sie gekommen waren. Lexia sah Marleen mit ihren treuen und wartenden Augen an. Marleen wusste, sie schuldete ihr die Geschichte. *Es wird ihr das Herz brechen. Das weißt du.* Denn schließlich hatte Lexia die Akademie aufgegeben, weil sie zu herzlich gewesen war und es nicht fertig gebracht hatte, auf einen simulierten Gegner zu feuern. In allem anderen war auch sie gut gewesen, aber wenn es auf den Straßeneinsatz ankam…

Sie hatte keine Wahl. Die Wahrheit war bei so einer Freundin die einzige Alternative. Auch wenn es Lexia wehtun würde. Wenn sie erkannte, wer ihre einstmals beste Freundin jetzt war. *Söldner. Killer. Schachfigur.*

»Ich muss dir etwas sagen.« Kummer und Trauer klangen in ihrer Stimme mit und Lexia rang mit ihren Gedanken. Sie sah ihre Freundin an und schien sie zeitgleich nicht mehr wiederzuerkennen.

Marleen legte ihren Arm auf ihre Schulter, sah zu Boden und brachte es nicht fertig. Sie wollte so sehr. Es sich von der Seele reden, es raus lassen, aber es ging nicht.

»Lass und erst mal irgendwo hingehen, wo wir Ruhe haben. »Und du dich ausruhen kannst.« Sie streichelte ihre Wange und strich ihr eine Träne aus dem Gesicht. Sag es mir, wenn du bereit dazu bist.« Marleen sah weg von ihr, zu Boden, in die Menge. Dann nickte sie.

»Soll ich deinen Koffer nehmen?«

Die beiden Koffer, die Marleen dabei hatte, waren in der Tat nicht das Leichteste gewesen.

»Den kleinen, wenn du magst.« Jedes Wort viel ihr schwer.

»Klar«, entgegnete sie, griff sich den kleinen Koffer und ging vorab zum Fahrstuhl, der sie zum Straßenlevel bringen würde. Marleen hingegen ließ ihren großen Koffer nicht aus den Augen. Und nur sie allein wusste um des Passworts, das ihn öffnete. Die Sachen, die in ihm lagerten, waren dafür zu wichtig, als dass jemand anderes außer ihr darüber verfügen sollte. *Nicht mal Lexia.*

Der Fahrstuhl glitt auf und beide gingen hinein. Lexia erkannte sofort, das der große Koffer Marleens ganze Kraft kostete.

»Was hast du denn da alles drin? Sag mal, hast du deine ganze Wohnung geplündert?«

»Nicht ganz. Es ist nur… Kram.« *Sag es ihr, jetzt sag es schon.*

»Kram, hm? Schon in Ordnung. Ich werde auch nicht mehr fragen.« Lexia klang verletzt. Sie hatten sich so lange nicht gesehen und Marleen hatte keine zehn Wörter nach ihrer Wiedervereinigung herausgebracht. Ganz zu schweigen von einer Geschichte, warum sie sich äußerlich und wohl auch innerlich so geändert hatte.

Ihre anfängliche Freude hatte sich schneller als ihr lieb war, in Trauer verwandelt und Marleen wusste um der immensen Last, die auf ihrer Schulter lastete und die von dort verschwinden musste. *Jetzt sag es ihr schon.*

Der Fahrstuhl war auf dem Straßenlevel angekommen und die Tür sirrte auf.

Lexia ging voran, schweigend und ohne Marleen noch einmal anzusehen. Sie musste das Gefühl haben, einer Fremden zu begegnen, jemanden, den sie einmal gekannt hatte, aber der jetzt jemand anderes war und vielleicht würde sie nie wieder ein Freund sein. Vielleicht würde das, was passiert war, ihre Freundschaft fordern. *Warum zögerst du es also noch hinaus. Worauf wartest du denn?*

Lexia erkannte, das Marleen ihr nicht folgte. Sie sah sie an. Auch Lexia war den Tränen nah. Eine langjährige Freundin wiederzusehen, keine zehn Worte miteinander zu wechseln und dann schweigend nebeneinander herzugehen. *Das war es nicht wert.*

Dann ging Marleen hinaus, voran, zu einer kleinen Gasse, die sich unweit des Fahrstuhls befand. Lexia folgte ihr, wohl wissend, das sich Marleen zu etwas durchgerungen hatte.

Tarsus war nicht unbedingt klein, aber es war auf jeden Fall keine wirkliche große Stadt. Es gab einige Infoscreens, aber weder sah sie besonders viel Neon, noch machten die Straßen den Eindruck, sie wären heruntergekommen. *Das hier ist nicht Nutopia. Hier ist die Welt wohl noch in Ordnung.*

Auch konnte man die Gasse nicht mit der vergleichen, in der Marleen ihre Reise angetreten hatte. Aber sie war leer, niemand lungerte hier herum und es war ein geeigneter Ort, um Lexia ihre Antworten zu präsentieren.

Marleen ging tief in die Gasse hinein, während Lexia ihr schweigend folgte. Dann, als sie weit genug von der Straße weg waren, drehte sie sich um, sah Lexia tief in die Augen und tippte die Zahlenfolge in den Koffer.

Er schwang auf. Klimpernd vielen die Waffen aus der senkrechten Haltung hinaus und vor Lexias Füße. Die CX. Das NM–23. Das MR–15.

»Es tut mir Leid«, begann sie. »Ich wollte dich davor beschützen. Vor der Hölle, die ich in den letzten Tagen durchgemacht habe. Ich wurde entführt und dazu gezwungen, Menschen umzubringen.« Jedes Wort kostete eine Überwindung. Aber zeitgleich befreite es sie von all dem. *Es gibt keine Alternative.*

»Wenn ich es nicht tue, haben sie damit gedroht…« Zögern. Zu Boden sehen. Lexia verstand nicht. Sie sah herunter auf die Waffen und dann wieder in das Gesicht ihrer Freundin. Fassungslos. Verstört.

»Dich umzubringen.« Die letzten Worte klangen in der Gasse leise nach. Lexia schüttelte den Kopf. »Nein. Nein. Das ist nicht wahr!«, stotterte sie.

»Es tut mir so leid.« Dann sah Marleen sie nicht mehr an. Sie sah weg von ihr zu den Waffen und ließ Lexia allein mit ihren Gedanken. Marleens Hölle war nun auch zu ihrer geworden. Sie hörte es. Erst schwach, ein Wimmern. Hinter verschlossenen Händen verborgen. Dann ein Schluchzen, das sich seinen Weg bahnte. Ihre Hände verbargen Lexias Gesicht, doch konnten es nicht verhindern.

Dann fiel Lexia auf die Knie und konnte sich des Bedürfnisses nicht mehr erwehren. Tränen regneten scheinbar endlos aus Lexias Augen in die Gasse und das Schluchzen klang an den Wänden der Gasse wieder. Marleen war so ohnmächtig, so hilflos, wie sie es auch in jener Nacht gewesen war.

Dann ging sie auf die Knie. Nahm ihre Freundin in den Arm und streichelte ihr Haar.

Und? Kannst du es jetzt noch tun? Kannst du es JETZT wirklich noch einmal tun?

Schweigend hatte sie darauf keine Antwort…

ENDE